Ⅰ 零日传说 命运 Destiny

陈虹羽 著

图书在版编目(CIP)数据

零日传说. I, 命运 / 陈虹羽著. —重庆: 重庆出版社, 2023.2
ISBN 978-7-229-17227-5

I. ①零… Ⅱ. ①陈… Ⅲ. ①长篇小说—中国—当代 Ⅳ. ①I247.5

中国版本图书馆CIP数据核字(2022)第199107号

零日传说 I·命运
LING RI CHUANSHUO I·MINGYUN

陈虹羽 著

责任编辑：邹　禾　许　宁　郭思齐
装帧设计：冰糖珠子
责任校对：朱彦谚

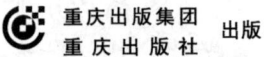
重庆出版集团 出版
重庆出版社

重庆市南岸区南滨路162号1幢　邮政编码：400061　http://www.cqph.com
重庆出版社艺术设计有限公司 制版
重庆豪森印务有限公司 印刷
重庆出版集团图书发行有限公司 发行
E-MAIL: fxchu@cqph.com　邮购电话：023-61520646
全国新华书店经销

开本：890mm×1230mm　1/32　印张：12.75　字数：296千
2023年2月第1版　2023年2月第1次印刷
ISBN 978-7-229-17227-5
定价：59.80元

如有印装质量问题，请向本集团图书发行有限公司调换：023-61520678

版权所有　侵权必究

Ⓘ 零日传说 命运

陈虹羽 著

图书在版编目(CIP)数据

零日传说．Ⅰ，命运／陈虹羽著．—重庆：重庆出版社，2023.2
ISBN 978-7-229-17227-5

Ⅰ.①零… Ⅱ.①陈… Ⅲ.①长篇小说—中国—当代 Ⅳ.①I247.5

中国版本图书馆CIP数据核字(2022)第199107号

零日传说Ⅰ·命运
LING RI CHUANSHUO Ⅰ·MINGYUN

陈虹羽 著

责任编辑：邹 禾 许 宁 郭思齐
装帧设计：冰糖珠子
责任校对：朱彦谚

重庆出版集团 出版
重庆出版社

重庆市南岸区南滨路162号1幢 邮政编码：400061 http://www.cqph.com
重庆出版社艺术设计有限公司 制版
重庆豪森印务有限公司 印刷
重庆出版集团图书发行有限公司 发行
E-MAIL:fxchu@cqph.com 邮购电话：023-61520646
全国新华书店经销

开本：890mm×1230mm 1/32 印张：12.75 字数：296千
2023年2月第1版 2023年2月第1次印刷
ISBN 978-7-229-17227-5
定价：59.80元

如有印装质量问题，请向本集团图书发行有限公司调换：023-61520678

版权所有 侵权必究

目 录

《零日传说》再版修订说明　001

楔子　001

第一章　白日幻梦　007

第二章　唤醒者　046

第三章　特训　079

第四章　三人组　119

第五章　星之下　167

第六章　神隐　205

第七章　再会　253

第八章　奈落之底　291

第九章　群兽盛宴　333

尾声　391

《零日传说》再版修订说明

  旧版的《零日传说》系列已出版了《零日传说Ⅰ·遗忘鸟涅槃》《零日传说Ⅱ·地狱门咆哮》《零日传说Ⅲ·猎户座坠落》三部。借由这次再版的机会，我对它们做了整体修订，除字句精修外，还调整了一些设定上的细节，并出于字数和套装的考虑，将旧版三部的内容合并为了此次再版的前两部，亦即《零日传说Ⅰ·命运》《零日传说Ⅱ·长夜》。

  《零日传说Ⅲ·弑神》是全新的内容，是整个系列故事的终章。情节上与旧版《零日传说Ⅲ·猎户座坠落》的结尾相衔接，是在那之后发生的事。

  看过旧版三部作品的读者，可以直接入手本次出版的《零日传说Ⅲ·弑神》开始阅读。虽然之前的设定已有所改动，可能出现设定上与旧版矛盾的地方；但它们情节上是连贯的，并不影响理解故事。

  当然，如果您愿意购入整套再版，并从头再次阅读，我非常

零日传说Ⅰ·命运

感激。

　　对于之前尚未接触过该系列、初次与这部作品相遇的读者，愿你们享受阅读过程。

　　现在，就让我同你们一起进入这个少年热血幻想的世界。

陈虹羽
2021.5.31

楔子

  白凌霄此刻后悔了。
  十七岁,高三。虽不想面对七个月后的高考,但也不想此刻就挂掉。
  虽然今天,蒲苇和其他同学一起嘲笑自己的眼神令他几乎窒息,但……仍旧不想此刻就挂掉。

  下晚自习没有尽快回家,而是骑着嘎吱响的单车漫无目的地闲逛。
  他一直跟母亲说想买辆新的。捷安特专卖店里,那辆银色的变速车是那样诱人。可母亲总以"下次测验你若能进入年级前一百名就买"为由推托。什么嘛,作为母亲,难道不知道自己儿子根本不可能达到这种水准?
  旧单车的响声咚啦在寂静的夜里。前方,穿校服的一男一女牵手走着。

零日传说Ⅰ·命运

太过分了,穿着校服早恋能不能低调一些啊?

这么想着,白凌霄故意加大了蹬脚踏的力度,让单车的响声更加刺耳。他堂而皇之骑到那对小情侣旁边,女生回头看到他,脸上本是愠怒的表情,但很快变成看到熟人的欢欣,大咧咧地招呼道:"小白!怎么是你啊?哈哈,你该换自行车了哦!"

这女生居然是蒲苇。

"啊……那个……你们……我,我该转弯了,再见!"

刚好左边有条岔路,没多想便逃也似的转进去。嘎吱,嘎吱。单车的响声从没像此刻这样令白凌霄感到尴尬不堪。

没看清那个男生。是蒲苇新交的男朋友?竟然有男朋友了啊……什么时候有的?

光想着心事,并没注意到不远处的巷口,三个青年蹲在那儿抽烟。其中一人留着杀马特黄发,模样极其可笑,什么年代了还打扮成这样?白凌霄忍不住多看了他们几眼,却不想他们干脆走上前拦住了自己。

一人嘴里叼着烟屁股,另一人脸上似笑非笑,杀马特双手插在裤兜。"看什么看?学生崽子放学不回家,满街乱晃找死啊?"

"谁看你了?我没看你。"

"来都来了,留点买路钱吧。"

"我……"本来想说"我不",最低限度也要说句"我没钱",但看着气势汹汹的三人组,手就软搭搭不听指挥地伸进裤兜,正好摸到上个月刚换的手机。

本来母亲是没打算给自己换这么好的手机的。但现在网课越来越多,很多高考讲义要看网课学,最后就买了这台还算不错的。

杀马特掏出他的手机，打开微信里的收款二维码。三人齐齐盯着白凌霄，等他乖乖扫码付费。

现在的人抢钱还挺与时俱进哈？真是倒霉，如果是上月遇到，就把那个几百块的旧手机进贡给他们了。现在……白凌霄心一横，梗着脖子小声说，"让一让……"

话音刚落，就被他们一下踢翻，连人带车倒在地上。新手机从裤兜滑出，落在一边。

"我勒个……"白凌霄暗暗骂了一半，嗓子眼儿窜上一股腥味，吐了口吐沫，里面带着的血丝在昏黄的路灯下若隐若现。

叼烟屁股那人蹲下来，将落在地上的新手机捡走了。他咧嘴一笑，冲小白喷出一口烟圈，小白被呛得连咳了几声。

杀马特俯身一拳打在白凌霄腹部，"以后没事别乱看。你今天交的学费不错，就饶了你吧。"

三人组放声大笑，扬长而去。

到底是怎样的一天啊？

白凌霄就这样倒在地上，看着漆黑的天空。

被打的地方隐隐痛着。

自己的人生，很失败吧？

虽然想一直躺下去，直至时间尽头。可再不快点回家，又该忍受一整晚母亲的唠叨了。白凌霄拖着疼痛的身躯扶起自行车，这条小巷如被世人抛弃一般，从围墙两边望出去，楼房退得很远。他跨上车，使劲蹬了几下脚踏，自行车飞也般前行，他松开把手，站在脚踏上展开双臂，享受吹散烦恼的夜风。

零日传说 Ⅰ · 命运

　　小巷外，杂草丛生。
　　可恶，气死了！居然敢抢本大爷的新手机！
　　如果有超能力，就能把那几个人暴揍一顿，一定要揍得他们连妈都不认识才解气。呃……可现实里自己是被揍的那一个，还幻想有超能力？真可笑，这种时候还胡思乱想。暗恋的女生不喜欢自己，被抢劫又打不过别人，学习成绩不上不下，既考不上好学校，又没到可以完全躺平放弃的程度。高考要上哪所大学读什么专业，一点想法都没有。这样的人生活着还有意思吗……
　　哎，等等。等等？
　　前方，一个巨大的黑影不由分说冲上来。
　　白凌霄猛地从思绪里回过神，却连刹车都来不及捏。他被这个不知从哪儿冒出来的庞然大物撞得呈抛物线从自行车上飞出去，足足四五米远之后再重重摔在地上。剧痛从肋下传来，他疼得龇牙咧嘴，一时眼冒金星。
　　刚才念叨的活着没意思什么的，只是一种表达情绪的吐槽，好吗？我还不想死啊……就算卑微如草芥，也有资格活下去吧？
　　不对，刚才撞飞自己的那个东西，好像……是头牛？
　　被牛撞死？也太衰了。
　　白凌霄揉揉脸，确认自己没做梦也没穿越，这……这可是城里！他艰难地支起身，朝那头庞然大物看去。
　　那头"牛"长着四个角、浑身白毛如蓑笠般披在身上。它朝着夜空咆哮一声，跨步朝自己冲来。
　　白凌霄急得爬起来要跑，可没跑两步就又摔倒在地。他不甘地捶了一拳，看来今天，是真的要被一头牛撞死了。简直可以进入最白痴的死法排行榜前三！倒霉也要有个限度吧？

他绝望地紧贴地面，双手抱头闭上双眼。

白天发生的事闪回进脑海。

"小白，听说你这儿长了一大块疤？"坐前排的蒲苇转头低声问白凌霄，手指了指左胸心脏的位置，然后比画了个圆盘大小的形状。

"呃……不是什么疤，是胎记啦，胎记。"白凌霄装出轻松的样子回应道。

心里却骂着，不就是长了个难看的胎记吗，有什么好讨论的，怎么一转眼全班都知道了？

上午刚进行了高考前的体检。这次体检比以前都严格，要脱光光检查四肢、脊柱什么的。全班男生一起进了诊室，脱去所有衣物只剩内裤。

左胸心脏位置那块丑陋而巨大的青色胎记是白凌霄的心病，之前，他从来没想过有一天会在所有人面前暴露这团隐秘的存在。为此，他甚至在夏天从不去游泳，这种感觉糟透了。树城两年前新开了一家水上乐园，听说各种水上云霄滑梯、激流勇进、冲浪等项目好玩死了。暑假时沈放约自己去玩，每次都以"不爱玩水"为由拒绝了。哪有男孩不爱玩水的嘛？都怪这该死的胎记。

哎……

体检时，他确定同学们几乎都一眼就看到了自己的胎记。但他们都表现出良好的涵养，善意而又做作地装出视而不见的模样移开视线。直到检查完穿好衣服，也没谁提到这一话题。

白凌霄以为自己熬过一关，却不知背地里这种事转眼就传到女生耳里了。

零日传说Ⅰ·命运

　　这个女生，还是自己暗恋了两年的蒲苇。

　　蒲苇一点没看出白凌霄的局促，一脸天真好奇地不依不饶问道，"听说形状很独特哦，生下来就有吗？还是青色的？哈哈，介不介意给我看一下啦？"

　　平时两个人也打打闹闹开些小玩笑，而且面对蒲苇的任性，白凌霄多是包容的。所以蒲苇这么说的时候，并不认为有什么不妥。

　　白凌霄却在这一瞬间，觉得这个自己暗恋了两年的女生很轻浮。对那张可爱的脸，也厌恶起来。

　　混蛋，生死瞬间，怎么也该出现些愉快的回忆，为何一闭上眼，只是想起今天不开心的事？

　　都怪蒲苇……不，所有一切的一切，都完完全全怪这块丑陋的胎记。要不是它，今天就不会心情不好，也就不会乱转到这种鬼地方了。

　　该不会真的要死在这儿吧？还没谈过恋爱呢！那头牛冲过来了吗？

　　应该快了……

　　白凌霄长长呼了口气，仿佛已经有了觉悟，等待最后时刻的来临。

　　似乎经过了比想象中要久得多的一段时间。

　　"你，可以走了。"

　　一道清冷、凛冽的女声传来，掷地有声。

第一章 白日幻梦

1

"卡——"

男孩们拖着长长的尾音叫嚷。白凌霄被一群男生抬起,双腿劈开,眼看就要撞上门框。此时蒲苇正好路过,她和狼狈的白凌霄对视一眼,噗嗤笑出声。

笑就笑吧,反正我就这样了……白凌霄吸吸鼻子,在撞上门框的一瞬间配合地拼命哀嚎。男生们哄笑着散开,白凌霄掉到了地上。他揉揉屁股站起来,起哄道:"沈放,你居然敢松手摔我,太不仗义了!"

沈放一脸你能拿我怎么样的表情,笑得很夸张。

此时,两个低年级女生怯怯地向高三(四)班的教室门前走来,沈放眼尖发现了她们,瞬间恢复严肃脸,挽起校服袖子挺拔

零日传说Ⅰ·命运

地站到走廊向阳的一侧,任阳光落在自己脸上。

"沈同学,你……你好……这是……"其中一个女生双手递上一个淡蓝色信封。

沈放收回远望的眼神,装出一副刚反应过来这两个女生是找自己的样子,吃惊地"哈?"了一声。

"这是给你的信。"那个女生头低得根本看不见脸。她咬咬牙吐出这么一句,将信塞到沈放手里,然后拉着自己的女伴逃也似的跑开了。

"噢噢噢。"刚刚还陷入沉默的男生此刻又爆发出哄闹,"沈放,这学期第几封了?信里写什么,让我们都看看嘛。"

"不——给。"

"扮什么酷啊!"白凌霄招呼着,和一帮男生一拥而上,扛起沈放往门框撞去。

沈放举着那个淡蓝色信封,不让其他人碰。

虽然从未接受过低年级女生的表白,但,也从来不会随便把她们写给自己的信当茶余饭后的笑料分给兄弟们看。连最好的哥们儿白凌霄也不行。

"小气鬼!小心我把你的逗比事迹爆料到学校贴吧里,让你伪装出的冷酷形象分分钟破灭。"白凌霄威胁他道。沈放一直这样,私下嬉皮笑脸,却总在女生面前装绅士,偶尔遇到特别在意的事,又突然变得十分严肃。

沈放回答,"好了好了,你想想,她们本来表白失败就很可怜了,如果还要被我当成笑话讲给其他人听,不是更可怜吗?"

"沈放,你能不能别说这么肉麻的话?我要吐了。"

"我看你是嫉妒我长得帅。"沈放一记爆栗打在白凌霄背上,

第一章　白日幻梦

随后换成讨好的语气,"好啦,放学后等我一会儿?"

"好吧好吧。"白凌霄不耐烦地说。

每当收到情书,沈放坚持放学后在教学楼楼梯口等到那个女生出来,当面拒绝。

"太残忍了……"白凌霄曾这么吐槽。不过沈放说,既不拒绝也不接受,才是真正的残忍。

今天表白的女生正和女伴有说有笑地走下楼梯,看到沈放等在楼梯口,顿时不知所措地低下头。沈放举起手朝她挥了挥,表明自己确实是在等她。女伴脸上露出"我懂的"的微笑,自己留在后面,把那个女生推到沈放面前。

白凌霄站在不远处百无聊赖地看着这一切。

沈放一米八几,校服穿在他身上跟最新潮的休闲运动装一般。真是应了那句"长得好看的人穿校服都好看"的话。和学校里那些爱耍帅的男生不同,他遵守校规没留长发,也不穿奇装异服。但他看起来永远明亮、干净。

要不是从小一起长大,知道他太多糗事,小白大概会从一个男生的角度承认他是"男神"也说不定。

沈放把信还给了女生,最后像兄长般揉揉女生的头发。女生捏着信落寞地走了。白凌霄走过去问,"拒绝了?"

沈放点头。

"我真是服了你,你拒绝那么多女生,她们还是前赴后继地追向你,当我是空气吗?偶尔也看我一眼嘛……喂,你跟她说了什么?"

"我就说自己要备战高考啊,暂时不想考虑恋爱的事。然后让她努力学习，一起加油什么的。"

"喂，我说啊，起码有十几个女生追过你了吧，你一个都看不上吗？就算看不上她们，你也不可能没有喜欢的人。要不你就太不正常了。"

"照你这么说，一定要有喜欢的人才正常？"

"当然啊！我们是青春期欸，青春期，懂不懂？不喜欢异性，叫什么青春期嘛……"说到"异性"这个词时，白凌霄突然一个激灵，他做出一张哭脸，"哎我说沈放，你该不会喜欢同性吧？你该不会这么多年以来一直暗恋着我……"

"滚蛋！"又一记爆栗落在白凌霄背上，"我喜欢你？做梦去吧。再说，你怎么知道我没有喜欢的人？"

"有了？谁啊？"白凌霄八卦地凑上去问。

"不告诉你。"

两人从车库取了自行车，打打闹闹，并排骑行在回家的路上。

自从那天在小巷子被不良青年抢了手机，小白放学后再也不一个人乱转了，都是老老实实和沈放结伴回家。

想起那天的经历，总觉得是个不真实的梦。他也在网上查过资料，白色的牛倒是有，四个角的就没了。怎么想也想不通，试探着问过沈放"世界上到底存不存在怪兽"这种问题，本以为会被沈放嘲笑，没想到沈放似乎很感兴趣，刨根到底地问自己是不是见到了什么。

"哪有……对了，待会儿还去吃烤面筋？今天你请我啊。"因为还不确定是否要向沈放坦白那天见到的事，小白只好赶紧转换

第一章 白日幻梦

话题。

"为什么又是我请你?"沈放不满地抗议道。

"因为今天放学我等了你半天欸。"

沈放一脸无可奈何地看着白凌霄,白凌霄则一脸无耻。不过沈放也不缺零花钱,便答应下来。

似乎很容易就绕过了这个话题,沈放确实不再追问。可小白总觉得有哪儿不对。或许是自己多心了吧?一周过去,什么事都没发生,就在白凌霄以为那次遭遇要永远尘封在记忆里时,才发现事实远非如此。

这天,几个男生凑到白凌霄面前,挤眉弄眼地问,"小白,老实交代,你做啥了?"

"什么我做啥了?"白凌霄头也不抬,手中的笔飞快写写画画。下堂课要检查昨天发下来的试卷的完成状况,他还没写完。此刻正借来沈放的卷子,鬼画桃符地抄写着。

"别装蒜了。你如果没做啥,为什么叶乔会来找你?"

"啥,叶乔?"白凌霄心中一惊,疾书的笔也不由自主停下来。

好事的男生看到他的反应,更加兴奋地问,"说,你是不是骚扰她了?"

"才没有,别瞎说。"白凌霄心烦意乱,心虚地问,"她来找我?"

"就在教室门口等你呢。"男生们脸上浮出看热闹的表情。

白凌霄放下笔走向教室外,突然觉得透不过气。

虽刻意不去想,事实上,那晚的场景历历在目。

"你,可以走了。"

听到这道冷静的女声,白凌霄终于颤巍巍睁开眼——

哪里还有那头"牛"的身影?连"牛"的尸体都没有了。

难道是自己看错了?可校花叶乔手持双刀挡在自己面前,显然是刚战斗过。

"你你你……"一瞬间好多疑问涌上心头,问出来的却是一句,"你为什么有刀?"

叶乔在榕树中学可是无人不知的人物。

今年刚开学,"高一新生里有个绝世大美女"的消息便不胫而走。很多班级的男生都成群结队去高一(十三)班窗外打望,欲一睹这个绝世大美女的模样。这才开学一两个月,已经有好几次男生斗殴事件是因她而起了。可她从不理会这些和自己息息相关的一切,上学就来,放学就走,不与任何人交往。没有朋友也没有绯闻。

唯一的活动是,每周体育课她会在篮球场打球。仍然一个人,运球,上篮,奔跑,起跳。一米七的修长身体灵活而柔软,投球从未射失过。

听说刚开始有几个高二的男生去撩她,嬉笑着要跟她一起玩。她没搭理他们,收了球转身要走。结果男生拦住她去路。最后她和男生打赌,她运球上篮一过三,如果赢了,男生们就别再来打篮球。结果第一个男生轻敌,被她轻易过掉;第二个男生还没反应过来怎么回事,也被她过了;最后一个男生跳起来要盖帽,叶乔一个假动作虚晃而过,到了篮板下才起跳,反手投出进球得分。

第一章 白日幻梦

篮球事件后，她成了真正的女神。没有男生敢轻浮地对她，她是高高在上的，可望而不可即的存在。

而此刻，这个高高在上的存在，就以这种不可思议的方式出现在白凌霄面前。

啊，大概女神的出场方式都这么特别吧……白凌霄在心里讪讪地想。

叶乔背对着他，仍旧保持着双刀交叉在前的防御姿势，声音再次传来，"今天看到的事，一个字都不许透露出去。"

"呃，好……"

"喝下这个。"不容分说，叶乔收起刀，转身将一支口服液递到白凌霄面前，用命令的口吻说道。

"藿香正气水？"看着这支小瓶，小白倍感疑惑。

"别管那么多，喝。"

电影里的各种场景瞬间涌入脑海，小白只觉得自己的双腿比刚才更软了，"我，我保证不会泄露今天看到的……别毒死我……"

叶乔难得忍俊不禁露出一点笑容，"想象力还真丰富。你现在可以马上发条朋友圈，表明此刻是和我在一起，如果出了什么意外，我就是凶手。这下放心了吗？这不过是一点安神的东西，帮你今晚睡个好觉。"

既然女神都这么说了，白凌霄也不好意思再扭捏下去。虽然实在不愿意喝下这支奇怪的液体，但还是接过来喝了。它的味道如滚烫的烧酒，吞咽后便像一团火焰般在身体里流窜。小白咂了咂嘴表示自己全都吞干净了，用求饶的眼神看着叶乔。

"还愣着干吗？走。"叶乔不耐烦地说。

零日传说Ⅰ·命运

"刚才那头……牛呢？"

"跑了。你到底走不走？"

"走走走……我这就走……"白凌霄偷瞄了一眼叶乔的武器，那两柄刀细弯轻盈，泛着冷兵器特有的寒光。可此刻就算有十万个为什么，也只能咽回肚子。他扶好自行车转了180度，欲赶紧逃离这个噩梦般的地方，猛蹬脚踏逃了。

现在，她又来找我干什么呢？

这么疑惑着，白凌霄走出了教室。

叶乔站在走廊，脸上没有一丝表情。她的气场将所有人驱逐到几米开外，男生们远远地偷瞄这边。

白凌霄只有一米七五，一米七的叶乔给他很大压力。虽然还比叶乔高两个年级，可站在她面前却像受训的小学生。他见叶乔没有开口的意思，只得没话找话，"呃……你怎么知道我在这个班？"

"我要查，自然知道。"

本来只觉得她是个高冷女神，可自从那晚的事件后，白凌霄觉得她连说话都带着女特工的感觉。

"我……我保证什么都没说。那天的事……我绝对没跟任何人提过！"

"那天的事？什么事，你给我说清楚。"听到白凌霄说这句话，叶乔似乎非常震惊。

"就是那头牛啊。"白凌霄莫名其妙。

"你竟然记得。"叶乔皱眉，细细打量起白凌霄来，白凌霄更觉得毛骨悚然了。她拨了拨头发，"这事我之后再问你。我先问

第一章 白日幻梦

你,那天,你有没有捡到……我的手表?"

什么嘛,原来是自己弄丢了东西。难道就不能放下架子心平气和地问吗,毕竟是你来求人哎……白凌霄在内心吐槽。不过他可不敢表现出丝毫怠慢,"你是说在巷子里弄丢的吗?"

"唔。"叶乔低吟一声,算是承认。

不是找麻烦的就好了,白凌霄一下放松下来,"我说大姐头,那天我吓得魂飞魄散,骑着车就跑了,哪里还注意得到其他东西啊。你的表丢了?什么样子的啊?"

"黑色的,智能电子表。"

"我真没看见。"

又细细看了白凌霄一阵,确定他不像撒谎后,叶乔咬咬嘴唇,一副心事重重的样子。但她没再问话,转身匆匆下了楼梯。

等她走远,那些在远处观望的男生才敢大声起哄。他们瞬间把白凌霄围到中间,七嘴八舌地嚷道:

"小白,叶乔可是第一次和人说那么多话啊!快说快说,你到底做了什么?"

"看不出来嘛,不得了啊,小白你完了,今天放学你肯定会被叶乔军团追杀的。"——叶乔军团是指那些像粉丝般狂热崇拜着叶乔的男生。

有人学着刚才叶乔的样子做了一个拨头发的动作,心驰神往道,"简直,太,美,了。我的女神!"

"小白你可以啊。这么大的事儿也瞒着哥们儿我?太不够意思了。"沈放脸上挂着坏笑,跟其他男生一起围在白凌霄身边长舌。白凌霄推开所有人走回教室,"你们想到哪儿去了,才不是你们想的那样。"

零日传说Ⅰ·命运

上课铃响起,仿若真实与虚幻的交界。所有同学停止言笑,重新归位拿出课本,数学老师匆匆走进教室。没抄完的试卷还摊在课桌上,一切如此真实。高三,时间像砂砾一样从身上充满质感地摩擦着流逝。

深夜无人的小巷。出现又消失的怪兽。手持双刀的叶乔。

它们,真的存在过吗?

2

还有半年多就高考了,白凌霄一直在年级三四百名徘徊。榕树中学虽说是省重点,但目前这个成绩,也只能够上普通本科线。

他是遗腹子,母亲从未跟他讲过亲生父亲的事,"白"这个姓也是随的母亲。四岁那年,母亲带着他改嫁给了一个憨厚老实、沉默寡言的四十岁光棍工人,搬进了工厂大院。继父待他没什么好,也没什么不好,一家人倒也和普通的三口之家没区别,没两年他就直接叫继父爸了。

除了这段略不寻常的身世,小白和工厂子弟没什么两样,在工厂大院里长大,渐渐成为少年;有个发小儿加哥们儿,即一个院子里和自己一起长大的沈放。小时候去沈放家里玩,只觉得他家特别整洁干净,又有不少好玩的玩具和摆设。那时候不懂,现在才知道沈放的爸爸可是厂里的高级工程师。虽并不嫉妒,但有时想想也挺生气,沈放这个混蛋,为什么家境好,成绩好,还长得帅?老天真是不公平。

后来沈放一家搬去了离工厂大院不远的一处商业小区。虽不

第一章 白日幻梦

住一块儿了,但还在一个学校上学,十几年来两人就没分开过。

想到这里,白凌霄回头去看坐自己斜后方的沈放。那家伙正在玩笔,撑着头心不在焉的样子——这就是那家伙最可恶的地方。明明平时一副吊儿郎当的样子,竟然每次测验都在前一百名,作业也是轻轻松松就写完了……

"白凌霄。"

"白凌霄!"

同桌狠狠给了一胳膊肘,小白才反应过来老师已点了好几次自己名字。不明状况地站起来,求救地看向同桌。同桌用眼神指了指黑板。

是一道解了一半的代数题。

"你说说,这道题到这一步该怎么解?"老师问。

"呃……这个……先根据条件再列出一个代数……$f(x)$=……"磕磕绊绊地吐出几个词,然后发现还不如直接答不会来得痛快。

"既然不会,怎么不好好听讲?这样下去,别说冲刺重本了,本科都没得上。好了,坐下吧。认真点。"

白凌霄坐回座位,前排的蒲苇回过头,冲自己吐了吐舌头。

好不容易,一堂课结束了。

"小白,你去小卖部吗?帮我买杯奶茶吧,好不好啦?"蒲苇忽闪忽闪地眨着大眼睛。

若是以前,白凌霄一定兴奋不已,毫不犹豫就答应下来,然后从位于六楼的教室冲下,穿过操场,去到位于食堂负一楼的小卖部,买好东西,再原路返回,吭哧吭哧跑过一百一十五级阶梯

零日传说Ⅰ·命运

回到教室，在下一节课的上课铃响之前，把热气腾腾的奶茶送到蒲苇手里。

但今天，他突然没兴趣这么做了。那天夜里，蒲苇和另一个男生手拉手的画面在他眼前晃着，这么想喝奶茶，叫男朋友给自己买不就好了？

他推托，"下节课的老师不是说了要抽问吗？我都没复习，得赶紧看一看，没时间去了。"

听到白凌霄竟拒绝自己的请求，蒲苇瞪大眼睛一脸无辜，"哼，重色轻友！我们可是两三年的同学了，叶乔一来找你，你就不管我了。哎呀，我算是看透你了。"她噘起嘴。

哦，是上节课叶乔来找我，你嫉妒了吧？白凌霄暗自得意，心情转而大好："你想到哪儿去了，才不是呢。"

"小白小白，你最好了，帮我买嘛。我肚子有点疼。"

"好吧。等着，我很快就回来。"

白凌霄揣上零花钱，奔跑在那条往返于小卖部和教室、两年来为蒲苇奔波了无数遍的路途上。之前不是还在生蒲苇的气吗？可他发现自己竟不争气地消气了。

晚自习英语老师布置了小测验，等做完试卷，离正常的放学时间已过去二十分钟。白凌霄交了卷子，和提前就答完题在教室外等自己的沈放会合。

教学楼空空荡荡，两人并排下到楼梯拐角，却见叶乔在那儿，和一个男生似乎起了争执。

白凌霄赶紧拉住沈放躲到一边。

"喂，你躲什么？这么怕见到叶乔吗，你是追她被虐了？"

第一章　白日幻梦

"嘘——"小白对沈放做了个噤声的动作，随后竖起耳朵，仔细听那边的对话。

男生晃着手中的玩意儿："请问，你是在找这个吧？"

白凌霄看去，男生手里是一只手表。不就是叶乔丢了的那只吗？

叶乔伸手去夺，男生灵巧地躲避开："让我加入你们。"

"我不知道你在说什么。"

"猎人叶乔，让我成为你们中的一员。这样说，你明白了吗？"

叶乔眼中闪过诧异，很快又恢复平静："你没资格跟我谈条件。"她闪身到男生近旁，动作快到小白根本看不清。而男生似乎也有些身手，手表仍旧牢牢在他手中，叶乔扑了个空。

"现在有资格和你谈条件了吗，叶乔队长？"

小白见叶乔处于劣势，不知哪根筋搭错了，冲出去重重扑到男生身上。男生一个趔趄往后退了几步，手表也摔了出来。叶乔敏捷地接住手表，说了声"多谢"，很快跑下楼梯不见了。

小白拍拍身上的灰，自讨没趣地站起身。这声道谢的语气怎么跟欠她几百块没还似的？还有，刚才他们的对话是怎么回事，要成为猎人？难道现在流行起打猎来了？

心里还犯着嘀咕，这才感到一股杀气传来。那个被自己撞倒的男生揉着胳膊站到自己面前，他也有一米八吧，什么时候高一的孩子发育得这么好了？现在不长到一米八没有人权了吗……小白哭丧着脸，但又不愿意失掉气势地和这个男生对瞪着，心里早已忐忑得要死。喂，这种时候沈放上哪儿去了？

"学长，你下楼梯时能不能注意一下前面有人？刚才撞得我

零日传说 I · 命运

很痛啊……"男生一脸委屈。

"啊？呃……对不起。"准备好要打一架的拳头，在身后慢慢松开。

"哈，哈哈。"沈放这时才从拐角处走出来，架起小白撤走，"我这个哥们儿就这样，莽撞得很，刚又才做了随堂测验，估计是脑子考晕了。你别介意哈。打扰你了。"

白凌霄挣扎着小声咒骂："沈放你这个混蛋，刚才躲在一边，现在没事儿了就出来，充什么好人呀你？放开我，让我问清楚先！"

沈放跟那个男生赔着笑，没有理会小白的挣扎，架着他慢慢远去。

"沈放，本大爷还有问题要问那个男生！"

"得了吧你，还大爷呢，打起来我敢打赌你不是他对手。没看见那男生打架很厉害的样子吗？别惹事了。"

就这样，小白被沈放推推搡搡一路到了自行车库，只好悻悻取了车往家骑。一路上，他被沈放缠着不依不饶问起来：

"叶乔和那个男生是怎么回事，他们在抢手表？"

"他们说的猎人是游戏里的一种职业吗？"

"什么游戏啊，小白，你是不是在跟叶乔他们一起玩那个游戏？"

……

小白黑着脸，"你别问我了，我都说了，我不知道。刚才明明可以跟那个男生问清楚的，你非把我弄走，现在好了，我还不知道问谁去呢。"

"那今天叶乔来找你是什么事？她总不会平白无故来找

第一章　白日幻梦

你吧。"

"这个嘛……"小白思虑着要不要告诉沈放那天的遭遇。毕竟一个人憋在心里也太难受了。可说出来沈放会相信吗？而且总担心那天叶乔让自己喝下的东西是慢性毒药什么的，一旦自己泄露相关信息就会毒发身亡……好几次话到嘴边，又咽了下去。

现今是十一月下旬，天气已经很冷了，路上行人不多。快到老小区，人烟愈发稀少。

两人骑在车上你一言我一语，而小白视线的余光突然捕捉到，成排的梧桐树下，一头白兽的身影一晃而过。

是它！

"追！"白凌霄大叫一声，双脚顿时如旋风般蹬起脚踏。如果是噩梦，就追过去看看噩梦的背后是什么。如果是怪兽，就揪出来吊打一顿好了。怎么都比不清不楚强。

沈放不明所以，紧跟在后大喊，"追啥？喂，你等等，发什么神经？"

小白来不及理会沈放，只是用尽全力骑车，双腿抡得跟风火轮似的。追出去好几条街，等回过神，才发现自己再次陷入荒无人烟的小巷。那头白兽停下来转过身，威风凛凛地挡住前路。

"我去，这……这是怪兽！怪，兽！"沈放在身后结结巴巴嚷起来，声音里却透出一种难以名状的兴奋。

小白看看沈放，这人是不是被吓傻了？看见怪兽至于激动成这样吗？不过此刻也管不了那么多，他又看向白牛。都怪自己太冲动，这么手无寸铁地追上来，不是送死吗？

"看起来它可不怎么友好啊……"沈放说。

零日传说Ⅰ·命运

白凌霄有些奇怪。按那家伙的脾气，此刻不是该骂自己有勇无谋吗？可他话里似乎并无责怪的意思，反而就像一直在等着这个时刻。小白慢慢后退到沈放身旁，死死盯着那头巨兽。他很确定，和上次遇到的那头一模一样。

它伏首令四角向前，摆出冲锋的姿势。

这次恐怕没那么侥幸了。

"你追它到这里，是因为之前遇到过它？"沈放不敢有大动作，只是蠕动嘴唇，小声向白凌霄询问。

"大哥，突然见到一头牛在城市里狂奔，我带你追上来送死，你没有抓狂，却问我是不是之前见过它。你才可疑吧？"

"先别问那么多。你竟敢追它到这里，你是不是属于一个什么专门打怪兽的神秘组织？"

"神秘组织？"

"别想装傻蒙我。"

"大哥，我什么都不知道。而且，属于神秘组织的人不是我。上次遇到这头牛是……叶乔救了我。"

"哈？叶乔？"沈放忍不住惊呼出声，那头牛也以咆哮回应。这声咆哮吓得两人连牙齿也开始打战，沈放绝望道，"所以会打怪兽的是叶乔，你完全对付不了它？"

"你觉得我像是那种能徒手杀牛的人吗？"

"小白！都什么时候了说话还这么不正经，那现在怎么办？"

"跑。我数三声，我们赶紧掉头跑。"白凌霄说着，调整了脚踏的位置，双手也紧紧捏住车把，"一，二，……"

"不，先别跑，等等！"

第一章 白日幻梦

白凌霄以为沈放看到了什么转机,便等着他说出接下去的话。可时间一点点流逝,那头牛越来越躁动不安,沈放只是呆立在原地,毫无反应。

"沈放,你再不跑,我不陪你了……"

沈放依然不为所动。

白凌霄不知沈放心里打的什么算盘,只得自己掉转车头,却看见握着双刀备战的叶乔站在后面。她穿着黑色夹克,和学校里穿校服的她判若两人。

大松一口气——得救了。

难道沈放之前就知道叶乔来了?

叶乔看到小白,脸上闪过一丝震惊,"怎么又是你?"随后用余光扫了扫沈放,"还带来个新的拖油瓶。"

虽被她吐槽,小白有些不好意思。却不得不承认此刻的叶乔看起来,像极了他和沈放平时爱玩的《英雄联盟》里那个狂拽酷炫的战争女神希维尔。

有女孩在担当着,自己还像个懦夫一样逃走,就太不男人了。

白凌霄和沈放将自行车扔到一边,抡起书包一左一右站到叶乔身后。小白小声跟沈放说:"别小看她,有她在就安全了。"

沈放心不在焉地点点头,却不知为何脸上有种失望的神色。他不太放心地问:"大姐头,我说,没问题吧?"

叶乔没有理会他,显然她的注意力此刻处于高度集中状态。那头白兽在地上磨着前蹄,嘴里发出低沉的咆哮。突然一声嘶吼划破长空,它甩开四条腿狂奔而来。

小白和沈放双腿发抖,手也软了,一屁股跌坐在地。

零日传说 I · 命运

白兽的角笔直顶上来,叶乔双刀撑地,助力一跃而起反骑到白兽身上。

它的毛显然很硬,叶乔双腿被扎出血,吃痛骑不稳。她一狠心,大叫一声用腿夹住白兽身子,往后下腰,将背贴在白兽颈上,双刀反握着向后插下去,交叉着切开了白兽喉咙。

白兽又乱冲了一阵子,渐渐失血过多,倒下不动了。

叶乔从白兽身上滚下,欲用刀支撑自己站起来,但腿上伤势太过严重。白凌霄和沈放赶紧上前,问她需不需要帮助。

"这种程度的伤,根本不必。"叶乔一边拒绝两人的好意,一边从书包里取出校服,当作绷带绑在自己腿上。

她的腿被扎出好几个窟窿,血液源源不断流出,绑上去的校服很快被浸透了。

沈放明明刚才还一副熊样,此时竟又恢复了绅士气质,蹲到叶乔身边,脱下自己的校服外套要帮她重新包扎,"明知道它的毛跟野猪似的,还毫不犹豫骑上去,真是太乱来了。"

叶乔一把抢过衣服自己处理伤口,冷哼一声,"它身体两侧的毛硬,背上的毛却是软的,普通骑上去不会有问题。放心,我不会为了救你们拿自己的命开玩笑。"

"我说你啊,别成天一副高冷女神的模样行不行?我和小白又不是你的脑残粉军团,今天我们也算是患难朋友了,何必总拒人千里之外呢?你现在走也走不了,不如搭我车,我送你回家好了。"

白凌霄看到沈放这副模样,不由在内心骂道,臭小子,在女生面前装什么装啊!平时跟我在一起,才没这么绅士呢。

叶乔专心处理着伤口,头也不抬说:"患难朋友?是我救你们，我们没有一起患难。"

沈放一时接不上话，小白觉得有些解气。

"对了——"小白像想起什么，"这次不用喝那个安神液了吗？"

叶乔愣了愣，随即理解了"安神液"的含义。她没理会白凌霄为了活跃气氛而故作玩笑的语气，冷冷地说，"你，不用。他，喝。"说着，她像变戏法似的手中多出一支小瓶，递到沈放面前。

沈放有些犹豫。

小白在一旁怂恿，"你就喝吧，上次我也喝了，没什么的。"

沈放想要拒绝，但看到叶乔冷冷的眼神，只好不明所以地喝下。他似乎觉得很难喝，捂住嘴，跑到一旁干呕了一阵。随后他摇了摇瓶子，示意已经喝光，"大姐头，我们走吧？"

"嗯。"叶乔点点头。

沈放赶紧去扶自行车，推到叶乔面前，扶叶乔坐上后座。白凌霄有些嫉妒，不过想想自己的破单车，要载人也挺费劲的，只好任由沈放干这件美差。可当他们骑上车摇摇晃晃离开时，小白发现了不对劲的地方——

刚才那头白兽，明明被割破喉咙倒下了吧？可这儿哪里还有它的尸体。

它消失了。

3

那个夜晚，叶乔坐在沈放单车后座，白凌霄在旁边骑行。送叶乔回家的路上，三人各自想着心事沉默着。

零日传说 I · 命运

白凌霄有很多问题想问,但看到叶乔一脸冷漠、沈放一脸凝重,只得默默跟在他们旁边。沈放这家伙到底是怎么回事啊?平时不是问题最多最好奇吗,怎么这个时候反而不说话了?

这种压抑的氛围持续到叶乔到了家楼下。她没有道谢,一跃从沈放单车后座跳下,径直走进楼洞。等叶乔离开后,小白一拳砸在沈放背上,"喂,你今天怎么了?"

两人缓缓骑上车离开。沈放问,"什么怎么了?"

"看到那样的怪兽出现在城市里,你不好奇吗?为什么能这么淡定啊。"

"也并不是淡定,我只是有些……"沈放搜寻着合适的形容词,但没找到。于是放弃了。

"你快说啊。"说话只说半句的人最讨厌了。小白这才想起看表,快十点半了,离下晚自习已经过去一个半小时!这么晚回家肯定要被老妈打死,上次手机被抢后还没买新的。老妈联系不上自己肯定快急疯了。于是顾不得那么多,只哀嚎一声"怎么这么晚了"蹬起自行车往家的方向狂奔。

沈放也加快速度紧跟上他。两人气喘吁吁,谁也没说话。直到岔路口要分别时,沈放突然说,"我之所以没那么震惊,是因为……我遇到过。"

"啥?"

夜风呼啸,小白觉得自己没听清沈放在说什么,却又仿佛听清了。脚踏的速度慢下来,大脑变得如不能思考一般。在完全反应过来之前,沈放又重复了一遍刚才的句子:"我是说啊,我遇到过怪兽。"

"白牛吗?到底什么状况,你别装神弄鬼了,赶紧说清楚!"

第一章 白日幻梦

小白快要炸毛了,一方面已经很晚了,又到了分别的岔路口,自己得赶紧回家。另一方面,沈放起了个很有意思的话头,却欲言又止。

"我想,我明白了五年前是怎么回事。"沈放喃喃自语着。

"所以呢,是怎么回事?五年前你就遇到过怪兽了?"

"我晚上回家要再整理一下思路,明天跟你讲。现在很晚了,先回家吧。"

"你这样吊人胃口特别没品,知道吗?"

"知道。"

"你……"

沈放沉浸在自己的思绪里,皱着眉头,一脸严肃。

"白凌霄!"一个女人的声音响彻夜空,吓得小白一激灵。

小白这才看见,母亲正焦急地等在路口,看到他后,脸上的表情又气又急,"你死哪儿去了?!"

"我……"小白临时编了个借口,指指沈放,"我们做题……"

沈放配合地朝阿姨点点头。

在小白母亲眼里,沈放是"别人家的孩子",有他担保,她气消了些。

小白小声提醒沈放,"明天记得给我说啊。"然后带着满腹疑问,跟着母亲回家了。

第二天来到学校,还没来得及听沈放讲故事,就先被八卦的同学淹没了。

所有人七嘴八舌地议论着校花叶乔和沈放在一起了这件事。

零日传说Ⅰ·命运

他们描述得绘声绘色，就好像都亲眼看到了沈放送叶乔回家，叶乔坐在沈放的单车后座。

也有不少人来找小白打听情况，毕竟据目击者所言，沈放送叶乔回家时，还有小白跟在旁边。如此一来，昨天叶乔来找小白的事也说得通了。肯定是为了沈放的事嘛，要不叶乔那样的女神怎么会跟小白有交集？

午休时间，刚从食堂吃了饭走出来，白凌霄和沈放就被七八个男生围住了。小白认出其中几个，是很活跃的叶乔军团分子。

为首的一个盯着小白上下打量一阵，发话道，"听说叶乔跟你在一起了，她能看得上你？癞蛤蟆想吃天鹅肉，一定是你四处造谣吧？"

小白无辜地指了指沈放，叶乔军团里也有人提醒首领认错人了，于是那个首领又侧眼打量了沈放几番，"你……你也不怎么样。我劝你以后离叶乔远些，否则别怪我们对你不客气！今天先给你些教训看看，要是继续和叶乔走得太近，就不是今天这么简单了。大家上！"

很快，这些人气势汹汹地朝沈放和小白袭来。

小白一边抵御一边大喊，"关我什么事啊真是躺枪。沈放，算你欠我顿饭！"

"什么饭不饭的，你让我请你吃饭的理由够编一本书的了，我也很无辜好吗。"

"还不是你一定要送叶乔回家？"

"昨天她那样子，不送她行么？这事儿你也有份，别抱怨了！"

第一章 白日幻梦

两人被殴还心不在焉的态度激怒了叶乔军团首领,"你们两个能不能待会儿再聊天?打架能专心点吗!"说着,铆足了劲一拳挥出去。

沈放嘴角一扬,轻哼一声,侧身躲过拳头,倒是趁着首领用力过猛又没击中目标、失去重心的空当,一个勾拳打在他下巴上。首领吃痛嗷嗷大叫一声,又盲目地朝回扑。

七个男生围殴白凌霄和沈放两人,却也占不到上风。这并不奇怪。以前在工厂大院的夜晚,小白和沈放做完作业就下楼和其他孩子一起玩。大家玩真人战斗游戏,不亦乐乎。而大部分同龄的孩子,都是宅在家里玩电脑长大,身体弱得跟豆芽似的。

可毕竟对方人多又难缠,被围在中间,实在难以脱身。

正在疲烦之际,叶乔军团的动作一瞬间全停了。他们松开包围排成一排,呆呆杵在原地,直直看向两人身后。

小白和沈放回头一看,叶乔抱着双手,冷冷地站着。

"我和他是在交往。你们有意见吗?"叶乔两步走到沈放身旁,对那几个男生说道。

"你……你怎么会和他……"

"这么说,你有意见了?"

"没、没意见。"首领顿时像犯了错的小孩子,缩着脑袋低声说。

"既然没意见,就别找他麻烦了。"

"你真的喜欢……他吗?"首领抬起头,嘴角破了挂着血,脸上脏兮兮的,眼泪一下就充盈了眼眶。

他这副模样,小白看了都觉得心酸。虽然刚刚被他们找了茬,可作为男生,小白完全很懂这种被女神无视的感受啊!

零日传说Ⅰ·命运

叶乔并不答话，只是冷眼盯着这几个男生。小白去瞟叶乔，她的眼神冰冷得如同利剑。此刻他竟想替那几个男生求情了，再怎么说，他们也都是为了爱嘛。

喜欢一个人却得不到回应，是件很可悲的事吧？

低声下气地喜欢一个人，甘愿当她的粉丝和拥趸，却被她嫌弃，真的很可怜吧？

男生被叶乔盯得都低下了头，他们小声说着："我们懂了。以后不会给你和沈学长添麻烦了……"说完，他们垂头丧气地走了。

走出没几步，首领又鼓足勇气回头道："沈学长，如果你不好好对叶乔，我们不会放过你的！"

"我根本不是……"沈放想要辩解，那几个男生已经跑远了。他只好把一腔无辜发泄到叶乔身上，"我说大姐头，你没必要撒谎说我们在交往吧，这消息要传出去，你知不知道会有多少人找我麻烦？"

"刚才麻烦不是解决了吗？"

"你到底搞不搞得清状况？"

"现在状况很危急吗？"

"你……"沈放发现对这个女生完全没办法，她太我行我素了，最后只得无奈地收了声。但昨晚没问清楚的那件事，今天一定要问清楚。他正色问道，"对了，大姐头，昨天晚上那只怪兽到底怎么回事？"

"昨晚那头怪兽？"叶乔疑惑地看着沈放。

"别装傻啊，不是你帮我们打跑它的吗？"

"你也记得？"

第一章　白日幻梦

"当然了，遇到怪兽这么大的事，怎会忘掉？"

叶乔没正面回答，只凝重地说了句，"我会再找你们的。"随后朝教学楼那边走去。

"喂，等等，你把话说清楚啊！"沈放在后面大叫。

可是叶乔并未回头。

白凌霄看着她的背影发呆，觉得自己似乎正在朝一件奇怪的事里深陷。他对一旁的沈放说，"现在你也知道不把话说清楚很惹人嫌了吧？你可以跟我讲讲昨晚你提到的那件事了吗？对了，我作为听众，你请我喝可乐。"

"又请你？"沈放无语地看着白凌霄，"好啦，白痴。"

两人从小卖部出来，手上拎着可乐，在寒风中走上操场看台，在最高处找了个台阶坐下。

离下午上课还有半小时，大部分高三学生在教室休息或者刷题。下方的球场上，有稀稀拉拉的几个低年级学弟在踢足球。

树城的冬天很少有太阳，总是雾蒙蒙的。

"我说你啊，一定要在这儿吹着冷风讲？"小白紧了紧衣领，不满地抱怨道。早知道就让沈放买热饮了。

沈放并未理会，而是眯缝着眼睛看向远方。"那是五年前了。"

沈放是十二岁那年随父母迁去商业小区的。彼时刚上初一，又遇到父母为了挣钱时常加班加点不在家，于是父母雇了一个大学生在周末时来家里给沈放补课，同时弄些简单的吃食，以免他饿肚子。

零日传说 I · 命运

大学生叫宋禾，沈放一开始叫她宋老师，熟悉后，就直接叫宋禾姐姐了；宋禾先是按部就班给沈放上课，辅导他做作业，熟悉后，干脆三下五除二指导沈放做了作业，便用剩下的时间和他一起打电子游戏。

她长发及腰，平时都不扎，也不戴任何发饰，一边别在耳后，一边自然地垂下，任柔顺的长发披在背上。光看样子，绝对会觉得她是个温柔的淑女。事实上，她在欺骗过沈放的父母，让他们觉得这是个值得放心托付的乖乖女后，很快暴露出本来面目。

她打游戏超级厉害，连沈放这个本身就爱玩游戏的小男生也投降认输。一做完作业，他俩就打开电脑联机对战。宋禾还充满创造欲，一到饭点，她绝对会发挥想象制作出各种黑暗料理，并强迫沈放吃下。如果不小心流露出"好难吃"的表情，还会被惩罚吃更多。

明明是被这个大姐姐"欺负"着，久而久之，竟习惯了有她的生活。

每天都盼着周末到来，平时会想起宋禾不顾形象放声大笑的样子，想起她身上香香的气味，想起她在欺负完自己后，又宠溺地揉自己脑袋。身边同龄的女同学都黯然失色了，这是沈放从来没对他人说过的秘密。十二岁的他虽不是太懂，但也任由小小的心察觉着——这就是喜欢吧？

然而，宋禾除了周末两天来家里陪自己外，其他时间从不出现。

沈放问过她手机号，她当时也很痛快地给了。可平时给她发短信，她是从来不回的，打电话也不接。在沈放担心她是不是遇

第一章 白日幻梦

到什么意外、或者是不是讨厌自己时,她又总是准时在周末的上午九点出现在家门口。并像未曾收到过那些短信和电话似的,仍旧谈笑风生,却闭口不提任何关于短信内容的话题。

越是这样,越让沈放好奇。

直到有个周末,宋禾来家里后让沈放自己做作业,说有事要出去一下。沈放表面上答应,但她一出门,他就跟着出门了,并偷偷跟在后面。

宋禾快速走过三条街,和一名青年男子碰面,随后上了男子的车。沈放猜测那是她的男友,赶紧叫了一辆出租车悄悄随行。

车渐渐开到老城区,那两人停好车改为步行。这里到处都是上个世纪的旧楼房,一些房子显然很久没人住过了。他们在逼仄破败的街道中拐来拐去,沈放好不容易才没跟丢。

直至一条深巷,两人脚步放慢了,行走得谨慎起来。沈放看向深巷尽头处,竟是一只九头九尾的怪兽。

说实话,十二岁的沈放并没被吓到。因为十二岁正是天不怕地不怕的年纪,加上平时常常玩幻想类冒险游戏,所以并不觉得这只九头九尾的怪物有什么奇怪。他只是担心它会伤害到宋禾,因此不由加快脚步,想赶到她和男青年身旁。

这时,那头怪兽仰起九颗头颅,呲开九张嘴发出嚎叫。这叫声无比瘆人,竟如婴儿的啼哭一般。九嗓齐鸣,仿佛九个婴儿在此起彼伏地哭泣。

如此场面,哪怕连幻想游戏里也没有过,这让沈放有些怕了。可他没有退缩。他要保护宋禾姐姐。

沈放加快速度跑了过去。

零日传说Ⅰ·命运

十二岁的男孩啊,脸上虽稚气未脱,却也少年模样初显。

他学着动画片里主角的语气道:"宋禾姐姐,放心,有我在,我不会让它伤害到你。"

男青年大吃一惊:"这小鬼到底是从哪儿……"

他话还没说完,那头怪兽便朝这边冲刺。它身形不大,速度极快,刹那间一跃而起。

宋禾一把拎起沈放的衣领将他推到身后,同时撑开风衣,双手去掏别在双腿两侧的武器。但正是因为沈放的出现分了神,她猝不及防被怪兽咬在肩上。

男青年紧握匕首刺向怪兽,那怪兽松开咬住宋禾的嘴,又扑向他,整个四肢摊开似一张皮般裹在男青年头上。宋禾的双手拔枪而出。

沈放大惊,宋禾姐姐竟随身带枪!

她瞄准怪兽,可因怪兽整个裹着男青年脑袋,她并不敢贸然射击。

男青年用头撞向墙壁,怪兽哀嚎一声,迅速松开。宋禾精准地捕捉了这一瞬间扣动扳机,枪里射出的却不是子弹,而是两道极细的金属丝线。谁知那怪兽如此敏捷,在空中一个俯身躲开了。

怪兽似乎很聪明,他知道男青年和宋禾不好对付,便转而直直向后方的沈放扑去。

沈放赤手空拳,面对扑来的怪兽猝不及防,只得双手护在脑袋前。怪兽一爪袭来,力大无穷,远比它身型看起来所应具有的力要大得多。这一爪,竟推得沈放站立不稳,后退几步跌坐在地,小手臂也多了几道口子,血液很快沁出来。

· 034 ·

第一章　白日幻梦

那九颗头个个龇牙咧嘴，眼看就要咬上来。

此刻只听耳边嗖嗖几声，再定睛一看，怪兽已被金属丝线牢牢捆住。宋禾一用力，丝线嵌进怪兽身体，九双炯目渐次失神，九颗头颅渐次下垂。刚才还生龙活虎的怪兽哀啼半声，便如死狗般摊在地上，不复生机。

沈放一动不动怔在原地，看着不远处手中仍握着闸线枪的宋禾。她没顾自己肩上的伤口，只是将枪重新别回裤子两侧，用风衣遮住，走向沈放。

她揉了揉沈放凌乱的头发，"吓到了？"

"我……"沈放张了张嘴，却发不出声音。

男青年冷眼看着，不满地责备，"宋禾，你是怎么回事？怎么会有个小鬼跟着你？"

"放心。如果上面追责，我承担一切责任。"

"碍事。"

沈放瞪了那个男青年一眼，他这么凶干吗？可心里又有些开心，他这个态度，至少可以确定他不是宋禾姐姐的男朋友了。正转着小心思，那男青年掏出一支小瓶子，让沈放喝下里面的液体。

他怕极了，求助地看向宋禾。宋禾从青年手中接过瓶子，蹲在沈放面前，"乖，这次的黑暗料理，你可以选择不吃哦。只要你答应绝不跟任何人提今天的事。"

沈放郑重点头，"我绝对不说。"

宋禾姐姐脸上浮出会心的笑容，随后她偷偷将瓶子里的液体倒在地上。"你待会儿假装已经喝了。"

沈放继续点头，"好的。"

零日传说Ⅰ·命运

宋禾拉着他绕出小巷外。随后男青年开车,送沈放回了小区。

晚上父母回家后,看到沈放手臂上的爪印惊慌失措。宋禾主动认错,说是自己带沈放出去玩,结果被流浪狗袭击了。母亲又心疼又生气,怪责了宋禾几句。宋禾也很自责,拒绝了这个月的报酬,并辞了职。

父母没有挽留。

那是沈放最后一次见到宋禾,之后她便消失了。很长一段时间以来,沈放总是给那个她曾留下的手机号发短信、打电话,但她从来没回应过。再后来,那个号码就变成了空号。

故事听完,白凌霄半天回不过神。他喃喃说,"所以,上次我们遇到的那头四角牛并不稀奇。这个世界上,其实有很多怪兽?"

"不能说很多,"沈放纠正,"但至少不是孤立事件。"

小白又想了一会儿,"还有,原来你一直以来喜欢的人,就是那个姐姐?"

"对啊。"沈放大方承认。

小白窝火,"那你这次遇到白牛并不逃跑,是因为想等她出现?"

"这个嘛……"沈放失望地耸耸肩,"我还以为她一定会来。"

"你是白痴吗!"白凌霄气得跳起来,"你怎么能确定她会出现?要不是叶乔,我们现在都被那头牛弄死了!"

"我哪知道身边竟潜伏着这么多杀怪兽的高手?之前有个宋

第一章 白日幻梦

禾就够让我吃惊的了,想来这种人全国也不过几个而已。现在看来,他们还真是有组织啊,数量还挺多的?"

"不只是叶乔和宋禾,你还记得那个男生吗?"小白想起了什么,"上次楼道里和叶乔起争执的那位,他不是说过'让我也成为猎人'之类的话吗?"

"可如果世界上的怪兽有很多,为什么很少有目击报告呢?"

"行啦行啦,"小白摇摇脑袋,真是一堆乱七八糟的事,"别多想了,越说越玄乎。说到底也不关我们什么事,对不对?就当是个比较特别的经历呗。就算知道了真相,又能怎样,还想满世界去杀怪兽?"

而沈放,一点没在意小白语气里的自嘲,反而十分认真、像是决定了一件大事般点了下头,"对,如果这个组织存在,我就要加入它。我要找到宋禾。"

之前还满不在乎的小白心里一怔,总是耷拉着的眉头不由得一皱。

这是他从没想过的选项。

真的可以这么做吗?

4

那一天,沈放坚定的模样把白凌霄吓了一跳。

虽然一开始,怎么也不认为这种想法有现实意义。可一旦产生这种想法,却又怎么也挥之不去了。

要像现在这样、像绝大多数人这样,按部就班地高考,读大学,找工作,结婚生子,过完一生;还是……

零日传说Ⅰ·命运

　　白凌霄脑补了一下自己拿着武器与怪兽战斗的样子，太帅了吧。
　　可过了一会儿又羞愧起来，是不是想太多了？
　　连状况都没搞清楚，只因沈放发神经说了一句话，就认真考虑起加入神秘组织满世界杀怪兽这种奇怪的事。再说，就算真的想，凭自己也不可能啊——白凌霄摸了摸自己肚子，没啥腹肌。连杀个鸡都不敢，还杀怪兽？
　　他放弃了异想天开，趴到课桌上继续听老师讲课。

　　可沈放是真的疯了。
　　刚一下课，白凌霄就被沈放不由分说拉去了叶乔所在的高一年级教室门口，不顾同学们八卦的目光叫叶乔出来。
　　"找我干什么？"
　　"不是你说的我俩在'谈恋爱'吗？"沈放语气里充满揶揄。
　　"我为什么这么说，你也知道。"
　　"所以说，大姐头，能不能让我加入你们组织？"
　　"我不知道你在说什么。"
　　"怪兽啊！去杀怪兽的组织！"
　　本以为叶乔会一口回绝，没想到她蹙眉陷入沉思。夕阳照在教学楼走廊，她就这样融化在光里。小白看得有点傻了。不得不承认，叶乔就如传闻中的集美艳和帅气于一身。半晌，她竟同意道，"好啊。想加入的话，周末我就带你们去吧。"
　　"真的？你的意思是，我们可以加入你的组织了？"沈放兴奋得像个小孩子，朝空中挥了挥拳，在一帮高一学弟面前简直有失身份。

第一章 白日幻梦

小白刚想笑他,才发现有什么不对,怯怯地问叶乔,"你刚才说的,周末带我们去哪儿啊?也包括我?"

"怎么,你不想?"叶乔凑近,不容置否地反问。

"我,我有说不想吗?"

"那跟着来就行了。"叶乔轻轻哼了一声,转身走回教室。

沈放大步流星地朝楼上的高三教室跑去。他几乎要跳起来。白凌霄在后面看着沈放欢快的背影,微微叹了口气。

自己刚答应了什么啊?

就这样心神不宁地挨到晚自习结束,拖着疲惫的身躯和沈放一起,和以往无数个高三的夜一样,去车库取了自行车要回家。

本来想如果遇到叶乔,就再问问她怪兽的事。

一出校门,却遇到上次和叶乔起争执的那个男生。他似乎早已等在那里,看到小白和沈放出现,便几步跨过来,二话不说一拳揍在沈放脸上。

这一拳揍得够结实,白凌霄在旁边都听到咔一声闷响。沈放嗷了一声,捂着流血的鼻子,怒气冲冲却又莫名其妙地看着眼前这个男生,"你有病?"

沈放也不是好欺负的,就这么挨了一拳,虽不知道原因,自然要还回去。他擤了下鼻子,将自行车扔到一旁,用自己最擅长的勾拳对准男生腹部挥出,却没想到轻而易举就被挡下了。那男生抓住沈放的手腕使力一折,沈放便反掌被他擒住,动弹不得。

小白见这人身手不凡,不敢上前帮忙,只得嘴上逞强,"你这个高一的小子不要太过分了!"

"学长,没你的事。"男生礼貌地冲白凌霄说完,松开捏住沈

零日传说Ⅰ·命运

放手腕的手,转而拎着沈放的衣领凑近他问,"知道为什么打你吗?"

沈放鼻血流得满脸都是,却仍旧轻蔑地说:"你喜欢叶乔?告诉你吧,前几天就已经有叶乔军团的人来找过我麻烦了。不过嘛,来打我也没用,叶乔不会喜欢你们的。这一点,她说得很清楚了。"

"叶乔?我不喜欢她。"男生摇摇头,非常认真地说,"只有像你们这样无知的雄性,才会被美丽的外表迷惑,在动物天性的驱使下,肤浅地追逐美貌。"

"……你能说人话吗?"

男生将沈放的衣领拎得更紧,"之前不是诚恳无比地说过高三要努力学习,不考虑恋爱的事吗?何……呵,人家明明那么相信你说的话,却转眼就跟叶乔谈上了恋爱。你这个态度,不是摆明了告诉女生'不是我不想谈恋爱,只是不想和你谈恋爱'吗?你可以不喜欢她,为什么要用劣质的谎言去骗她?"

"喂……"听完男生如此孩子气的话,才发觉别看他长得冷酷打架又凶,其实根本就是个幼稚笨拙的家伙。明白这一切只是个乌龙,沈放理直气壮一把打开男生拎着自己衣领的手,抓狂地说:"好吧,为了喜欢的女生来打我?真感人。可你能不能把事情弄明白再出手啊?我和叶乔,根本没有任何关系。而且不怕实话告诉你,我一点也不喜欢她那种高冷款。"

男生脸上是疑惑的表情,"那为什么叶乔亲口说了她和你在交往?"

"这我哪知道啊,她说的,你该去问她才对吧!"

听沈放说得这么信誓旦旦,刚才还紧紧握拳的男生有点不知

·040·

第一章　白日幻梦

该是进是退，只能挠着头挤出一个尴尬的笑容，"可你跟她走得很近是事实，你得给我个让我信服的理由。"

"理由很简单。"沈放扬起嘴角，"我的目的和你一样。"

"你是指？"

"怪兽，你懂的。我要成为猎人，去屠兽。"

那个男生吃惊地瞪圆双目。

此刻，站在一旁被遗忘的白凌霄看着眼前的画面：男生眼瞳在路灯的映照下，呈现出一抹碧蓝。要比英俊的话，他一点不输沈放，甚至更胜一筹。两个一米八几的男生就这样站在校门口，黑曜瞳仁和碧蓝瞳仁好奇地互相对视、打量着。冬夜寒风呼呼刮过他们，扬起校服衣角。

女生看到这样的画面会疯掉吧？

可恶，绝不能让女生们看到这个为之疯狂的画面！想到这里，白凌霄赶紧挤进画框，打破沉默，"我说你们啊，能不能照顾一下我的感受，不要忘记还有我的存在？"

"啊，学长，对不起。"男生赶紧俯了俯身子道歉，"不过我在和沈放学长讨论很重要的事，您可不可以先回避一下？"

"啧，有什么大不了的，不就是怪兽吗？"小白端起架子。

"学长，您……您也知道？"

"见过两次了。"小白伸出两根手指。

沈放搭住小白肩膀："我和他是一伙的。我们要一起去屠兽。"

谁答应要跟你去屠兽了？白凌霄内心吐槽，却硬憋着点了

· 041 ·

点头。

男生表情一凛："这不是闹着玩的。"

"当然。"沈放笑道。

男生换上敬重的表情鞠了一躬："那就祝你们顺利。"顿了顿报上名字，"南宫羽。"

白凌霄和沈放也报上名字。

"刚才是我冒失了，两位学长好。"

"好个鬼！"沈放用手捂着鼻子，"你该不会忘记你做的事吧？"

"今天的事怪我太冲动了，您的鼻子实在是对不起。我会赔您医药费的。不过，何念念那边您得给个解释哦。"

"何念念？"沈放没想起来是谁。

"就是前阵子跟你表白那个女生，您该不会忘记了吧？她知道您和叶乔在一起后，哭得可伤心了。"

"噢——"小白叫道，"你暗恋她？"

"这……这不用您管！"南宫涨红了脸，继续对沈放说，"总之，今天虽然算我误会，但如果以后您让何念念伤心，我照样会揍您的！"

"说这种话的时候，能不能不要用敬语'您'？"

"注意礼节，是人类最基本的修养。"

沈放放弃跟南宫羽辩解，无奈地耸耸肩，白凌霄和他对了个眼色。这一年级小子无论说话还是行为都很古怪，实在令人费解，还是不要再跟他浪费唇舌了。

两人扶起自行车，跟南宫羽告别，这才发现他停在不远处的

第一章　白日幻梦

坐骑。

小白扔下自己吱嘎响的破自行车，屁颠屁颠地跑了过去，"啊啊啊啊啊，超级公爵！"此刻也顾不上面子了，他小心伸出手摸了摸车身，羡慕道，"它是你的？"

"想不到您也知道这款摩托。"

"哈哈，哈哈。"白凌霄知道自己失态，只得无所谓地挠着头，"没什么啦，就是比较喜欢，所以会关注各个公司的经典款。"

"学长您既然这么喜欢，有空我们出来一起骑怎么样？"

"好啊……啊。"沈放在后面悄悄掐小白，小白吃痛，他知道沈放的意思，依依不舍离开，重新去扶起自己的自行车，和沈骑着走远了。

沈放抱怨，"你真是丢脸，不觉得这个一年级小子语气很礼貌，其实拽得要死吗？一台摩托车而已，至于那么激动？"

"你是不知道啊，那可不是普通的摩托车……它目前在国内的售价是二十万起……"

"我不了解摩托车，这个价格很贵吗？"沈放真诚地发问。

小白无语，决定自己这个平民还是不要随便跟沈放讨论价格的事了。他气鼓鼓地说，"总之那个臭小子很讨厌。"

"对！"这个观点得到了沈放的认同。

小白又说，"你也很讨厌。"

白凌霄以为成为猎人只是沈放随口一提罢了，这么多年的哥们儿，沈放的个性他最了解。那个人总是三天热情，这些年来换过的兴趣爱好多得数不胜数。却没想到沈放是真的开始认真考虑

零日传说 I · 命运

起这件事。

叶乔约他们周日早晨在树城广场碰头。于是这周接下去的几天，沈放都魂不守舍。他一向擅长数学，但在数学课上的随堂测试只刚刚及格，分数比小白还低。

小白看了看沈放的卷子，"我说，别想那些不着边际的事儿了。还是好好复习高考吧。这已经十二月了，马上就到新年了。"

"你难道一点也不好奇？"

"我当然也好奇啊，但比起好奇什么怪兽，我还是觉得下次测验不要退步更重要。沈放，你是为了找到那个宋禾姐姐，才想要加入叶乔他们的吗？"

"我啊，"沈放一改嬉皮笑脸的神色，突然正色认真道，"也不全是为了她。就算没有她，好奇心也会驱使我去看看到底怎么回事。你看我们身边的人，大多数同学的目标，无非是考个好大学什么的。可我一点也不喜欢这样的世界，为什么每个人都要走相同的轨迹，过完这珍贵的一生？现在我知道了世上存在一些不一样的事，就好像盲人突然看到光。我不会当做什么都没看见，也不会把那些遭遇忘掉。"

听了沈放的话，小白有些感慨。嘴上却仍然说，"可是……可是我们明明就是普通人啊，过普通生活，不是再正常不过吗？"

"小白，"沈放趴在课桌上，目光穿过教室的窗户，直直看向天空，"如果有机会，去过不普通的生活呢？"

冬天的风呼呼刮着，天空是那么白，那么深，那么远。教室像个小小的格子，这么小，这么死寂。谁知道远方有什么？白凌霄感到心跳突然用力鼓动了一下，一个声音在心底响起——你也不愿意就这样平凡一生吧？你也想当……英雄的吧？于是，那股

第一章　白日幻梦

被抑制已久的热血像星火在燎原般烧过心脏，小白嗖的跳起扳住沈放双肩，"好，去就去，反正先去看看——又不少块肉。就这么决定了！"

"你决定什么了？"坐在讲台上批卷的班主任看向白凌霄。

小白看看四周，正在自习的同学们齐刷刷转过头来。沈放一副事不关己的模样，作不明所以状。哼，这个猪队友！他随口编了个理由搪塞，"我，我决定下次月考要进年级前十。"

班里哗的一声哄笑开。前桌的蒲苇也转过头挤眼睛，"小白，你疯了吧，做什么白日梦啊？"

"有目标是很好，但也要注意场合和表达方式，不要打扰其他同学学习。"班主任语重心长地教导。

嘲笑吧，尽情嘲笑吧。白凌霄头一次在被嘲笑时没有觉得丢脸，他环视了一圈教室，重新坐回座位。

我要去进行一场伟大的冒险了。他在心底这样想。

第二章　唤醒者

1

周日早晨,白凌霄和沈放一起如约来到树城广场。远远的,他们看见叶乔已经等在那里了。脱下校服的她穿着马丁靴,黑色紧身裤勾勒出修长笔直的双腿,身上兜着一件宽宽大大的套头连帽衫。

叶乔走向他们,没有任何多余的招呼,单刀直入:"做好心理准备跟我走了?"

"做好了做好了!"沈放殷切地回答。

小白也点点头。

叶乔盯着他俩看了一会儿,叹了口气,"我代表组织正式向你们发出邀请:希望你们加入,成为猎户座的一员。"

这个邀请也太突然了。小白心中发蒙,但又不好露怯,只

第二章 唤醒者

问，"猎户座是啥？"

叶乔抬头望向南天，现在那里看不到星星，可她目光清澈而凝重，仿佛它就在那里一样："猎户座，是我们异兽猎人组织的图腾和信仰，也是我们最光荣的名字。"她收回遥望的眼神，再次正色询问："想好了再做回答，你们愿意成为猎户座的一员吗？"

沈放双眼放光，小白知道他期待这一刻很久了。他几乎毫不犹豫就挥起拳说："愿意！大姐头，我愿意！"

叶乔撇了撇嘴回应这个称呼，然后转向小白，"你呢？"叶乔挑眉看着他，语气里有不容置否的意味。

白凌霄呼了口气："那个，不用先考验我们一下再发出邀请吗？"

"你们已经通过最初的考验了。"

"啊？"

"所以你愿意吗？"

"我……"小白有些犹豫。

沈放戳他小声说，"你快答应啊。"

叶乔强调，"一旦加入，你们将不能再回头。你们将失去很多正常人的快乐，甚至有可能为此付出生命。你们真的愿意放弃此前平庸的生活吗？我这里说的平庸，并非贬义词。"

"也可能会成为他人一辈子都无法成为的英雄。"沈放说。

"并不是你想的那么简单。"叶乔说，"不过，我还是希望，你们既然已经通过了最初的考验，就不要浪费自己的天赋，也不要辜负自己的血脉。"

"血脉？"

零日传说 I·命运

"之后会给你们解释。要不要跟我走?"

"那我……先试试看?"小白试探着问。

叶乔不置可否,转身迈开步子:"跟我来。"

穿过树城广场,沿商业步行街行走数百米,拐进一条岔道。岔道两侧多是小吃铺,很多逛街逛累了的年轻男女在这里歇脚。一家装修成蒸汽朋克风格的模型店突兀地夹在一间包子铺和一间奶茶店中间,与整条街的氛围格格不入。叶乔领着小白和沈放推门进去,货架上整齐陈列着的高级摩托模型映入小白眼帘。虽然对摩托车感兴趣,但从来不知道还有专卖店卖模型。他双眼放光,像发现了新大陆般惊呼:"哇靠!居然有这种店!"

店员是名看上去二十六七的青年男子,他斜倚在柜台后,态度非常冷淡,头也不抬像背台词似的说:"本店只卖正版模型,如果只是想随便看看的客人,慢走不送。"

小白本来还很兴奋,被人迎面泼了一头冷水,不由得跟沈放做了个鬼脸小声嘀咕:"什么嘛,这么拽?"

叶乔倒不顾店员的傲慢,径直走过去说道:"巴克(Buck)119,猎刀中的经典款,店里还有存货吗?"

男青年闻言抬头,眼神在一刹那间聚焦,马上又恢复了原来慵懒的样子:"欢迎。存货在小店储藏室,请进。"

小白不顾刚才的不快,再次咋呼着对叶乔喊:"这儿不是模型店吗,怎么来这里买刀啊?"

男青年闻言拉开一个抽屉,里面装着各式瑞士军刀,他用调侃的语气说:"看看,人民群众最喜爱的品牌,削水果的确好用。"说着,他不知从哪儿掏出一只皱巴巴的橙子端在左手,右

第二章 唤醒者

手几乎瞬间单手打开一把纪念版"德国军官"主刃,小刀在他的几根手指间飞舞,不到十秒,一个干净而均匀的去皮橙子展现在白凌霄和沈放面前。"吃吧?算是我给二位新人的见面礼。"

白凌霄看得瞠目结舌。面前的橙子球既没有一丝皮络,也没有一处破点,这是他第一次看到这么干净而完整的橙子,而以往自己在无数次削破橙子瓤之后,都是简单粗暴地切了瓣啃……削个橙子都能这么帅!

沈放知道,看似轻松的削皮之下,是对刀的精准控制,更何况这个橙子已经有些蔫了。

两人顿时对这个青年佩服得五体投地,虽然他看起来既没礼貌又狂妄,可他的确有两把刷子。还在震惊,只听青年遗憾地说道:"花了八秒吗?刀长期不用果然不行。"

似乎因为完全被无视而恼怒,叶乔打断了这个青年的表演:"薛荣,现在不是你卖弄的时候。"

"叶大小姐,别这么凶嘛。虽是'死神的双刀'唯一弟子,也不必这么看不起我这样的小人物吧?"

"别跟我来这一套。"叶乔冷眼讽刺,"若不是一意玩弄小聪明,你现在早就是白银猎人了。"

"不敢当不敢当。"这名叫薛荣的男子连忙摆摆手,转向不明状况石化在一旁的白凌霄和沈放二人:"首次见面,在下薛荣,只是区区一名联络员。亚洲区先锋官在等你们。哎呀,刚发现这个橙子是蔫的,算了,别吃了。"说着,砰的一声,橙子被他扔进了垃圾桶。

小白吞了下口水,本来还挺想吃的。

叶乔似乎厌倦了薛荣的姿态,不再理他,径直走进柜台,拉

零日传说 I · 命运

开储藏间的门说,"进来。"

白凌霄和沈放看看薛荣,不知道这句"进来"里包不包括这个明显与叶乔不太对付的店主。但薛荣只是坐在座位玩起手机。两人对视一眼,跟着叶乔进了储藏室。

这个房间大约七八平米,和外间的装修风格不同,四面墙被包着磨砂黑绒布的专用刀具展示架填满,各种形制、尺寸、材质的刀具整整齐齐地摆放在其中。

今天,白凌霄和沈放一直都被叶乔拖着跑,对经历的一切都被动接受着。现在看到这些刀具,两人第一次有了血液沸腾的感觉,忍不住就要伸手去触摸。

"不要乱动。"叶乔一边说,一边脚步不停地走向右侧墙壁的第二列货架,伸手握住一把经典到不起眼的巴克119猎刀。两秒之后,只听嘎嘎几声,地板发出轻微震动,旋即出现一圈镂空。一圈银色金属圆环从地面的圆形镂空中升起,很快旋转着分裂出多个细圈,如同经线一样组成一个球体,将众人围在内部。

"这这这是什么黑科技?!"小白惊得大叫。他环顾四周,"经线"金属环上已经包裹了一层光滑的"墙壁",泛着灰银色光泽。

沈放故作淡定,却也半晌后才说,"还挺酷的。"

叶乔并未理会两人的震惊,自顾自将折叠在舱壁上的坐板放下坐上去,并系好安全带。

这个球形舱室均匀分布着十个座位。小白、沈放学着她的样子照做。接着,叶乔伸手拉出座椅扶手上的一个半透明触摸屏,拇指触碰了一下,屏幕上便显示出操作界面。她熟练地点击着,但从有着毛玻璃效果的背面,小白根本看不清她在摁些什么。

沈放伸手去拉自己坐椅上的触摸屏,但弄了几下也没弄起

第二章 唤醒者

来,便讪讪地住了手。"大姐头,这简直……"沈放话还没说完,突然一阵失重感袭来,和在游乐园坐跳楼机的感受一模一样,球体似乎开始急速下坠。沈放猝不及防,终于无法继续淡定,啊地叫出声。

白凌霄咬着牙,他不知道这种失重感将持续多久。既像一瞬般短暂又像一世纪般漫长,球体终于停止掉落。刚要松口气,一个加速度又嗖地压在身上,使他动弹不得。看样子球体开始平移。小白觉得自己几乎要虚脱,想喊却喊不出。

幸亏加速持续了没多久,那股压迫感渐渐消散了。球体如静止般稳固,但白凌霄知道,这个黑科技玩意儿一定正以极高的速度匀速前进着。

沈放四处打量,兴奋地嚷道:"我靠,大姐头,这球太厉害了!我们现在在地下吧?有多深?它的速度是多少?"

叶乔面无表情地回答:"不要松开安全带,更不要试图站起来走动。以海平面为基准,我们现在在海拔-1546米处的真空管道中运行,时速2000公里,是最快的民航飞机的两倍以上。另外,不要叫它'球'。它的正式名字是'深渊闪电',理论上,如果一直加速,它的时速没有上限。当然,燃料有限,我们不会一直加速。"

小白不关心这些夸张的数据,他瘫在座椅上:"我们现在要去哪儿?"

"猎户座营地。"叶乔的声音依旧没有情绪,"现在,利用这段时间,我给你们说明一下基本情况。"

"你们遇到奇怪生物,是偶然也不是偶然。地球上一直存在

零日传说 I · 命运

一些不为常人所知的怪兽，我们称之为异兽。它们是另一空间的生物，但从古至今，一直在通过某种通道来到这里，这就是世界各地都有怪兽神话和传说的原因。遗憾的是，这些异兽并不是为了和平而来，它们的目的是占据地球。猎人组织即是为应对他们而出现的。世世代代的猎人驱杀它们，守卫地球的安全。

"历史上，异兽的出现频率呈不规则的波浪形，曾有过几次高峰，而一切证据都表明，现在已经进入数百年来的一个新高峰。相应的，我们也必须培养更多的猎人。这就是召集你们的原因。"

小白仔细听着，他以为自己即将触及一个惊天大秘密，等着叶乔接着往下说。可等了半天，却不见叶乔有继续的意思。

"这就完了？"

"是我说得不够清楚吗？"

"那倒也没有……可是……"沈放还想问些什么，却不知从何问起。直到耳边听到叮的一声，二人才反应过来球体不知何时已彻底停止。这次它并未上升，在三人解开安全带站好后，球体逆着最初形成的顺序，合并成一个圆环滑入地面的环形镂空，沉下去后，地面再次恢复平滑。

眼前是一条黑洞洞的走道，两侧用烛台作为照明。刚刚从黑科技"深渊闪电"走出来，便满眼都是古老的砖墙烛火，一种奇异的反差感在这个地方融合了。叶乔在前面带路，小白和沈放跟在后面，脚步声嚓嚓作响。他俩好奇地交换眼神，却不敢开口说话。

走道尽头是一扇金属门。叶乔将手扫过一道检测板，金属门向两侧开启。内厅呈现在眼前。

第二章　唤醒者

"我的天……"白凌霄和沈放异口同声发出感慨。

一个空旷的幽暗大厅里，摆满了千奇百怪的异兽标本。

这是一座异兽博物馆！

整个房间的层高超过十米，首先映入眼帘的是中心展台上形似上古腕龙的生物。白凌霄有一阵子很迷恐龙，买了很多《恐龙百科全书》之类的书，知道这并非腕龙——它的头上有两根长而下曲的骨冠，就像副栉龙的冠饰一样，嘴巴却呈现圆筒状。白凌霄努力回忆，却没想出有哪种恐龙是这个形态，只是呆呆地看着这个自己曾经超级痴迷的物种。

叶乔看到他的表情，不屑地说："它只不过是大罢了。比它难对付的异兽多的是。"

"它不是恐龙。"白凌霄最后确定道。

"穆疏苏。"叶乔丢下一个名字，继续向前走去。

"我靠！"沈放突然大叫着跑向一边，"竟然真有这玩意儿！"

白凌霄被吸引过去，是一头长着巨翅的猛兽，小白大开眼界，咂舌称赞："啧，帅啊。"之后又不禁打了个寒战害怕地说，"不过，它们很厉害吧？遇上它们怎么办啊？"

"狮鹫格里芬。"叶乔看了它一眼，"曾经有五名猎人与三头格里芬战斗。在已负伤的情况下坚持将它们驱杀，并把其中一头的尸体封印在地球，留作研究。就是你们现在看到的这个。"

"那几名猎人呢？"

"死了。"

气氛陷入尴尬，在这之前，小白以为猎人都是一群能力超凡的战士，在跟异兽的搏斗中是不会死的。猎人还会被自己的猎物杀死？太可笑了。现在又不是原始社会，不说用什么轰炸机坦克

零日传说Ⅰ·命运

大炮,光抱着冲锋枪一梭子打过去,还怕对付不了这些异兽吗?

"纵星有坠……"叶乔注视那头狮鹫的标本,轻轻地说了一句话。

"什么?"小白没有听清。他和沈放已经完全被周围那些活生生的异兽标本震慑住了。这些可不是普通的动物博物馆里能看到的玩意儿。

但叶乔没有理他,自顾自继续往前走。白凌霄和沈放赶紧跟上。穿出展厅,一条过道尽头是两扇复古木门。叶乔上前轻叩了三下,一个稳重的男声从里面传来:"请进。"

推门而入,远端的办公桌后面,一位年近五十、气度不凡的男子起身点头示意。他身着森色制服,左胸上别着一枚银色徽章。

侧旁站着好几名和白凌霄年纪相仿的少年。他们打量着白凌霄和沈放,白凌霄和沈放也好奇地打量他们。其中一名金发少年显得尤为出众,他穿一件霜色羊绒套头线衫,领口和袖口翻出好看的小格子衬衣。这少年笔挺挺地站着,手里握着一柄精致的剑器。与其他叽叽喳喳显得好奇又兴奋的男生明显不同。

叶乔向办公桌后的男人报告:"先锋官,人带来了。"

"乔,辛苦你了。谢谢。"接着,先锋官转头对白凌霄和沈放说,"还有最后两名新同伴要来,麻烦大家再等等。"

小白和沈放两人赶紧点头。

叶乔的目光落到那名金发少年身上:"你也在?难得一见。"

金发少年点头致意:"今天专程来找亚洲区先锋官先生商议要事。正好遇到你们挑新人。"他说的中文,还算流利。

第二章 唤醒者

叶乔挥挥手："回见。我要去给我的武器做保养了。"说完她退了出去,将门关上。

其他少年三三两两围在一起,再次恢复了小声议论。一名戴眼镜的落单男生突然上来跟小白、沈放搭话："你……你们好,你俩是一起来的吗?"

白凌霄看向他,这男生明显有些局促地绞着手指。小白点点头,"是啊。你一个人?"

"嗯,他们来得早的很快就混熟了,我刚到不久,觉得插不上什么话……"

"那你跟我们一起好啦。我叫白凌霄,树城榕树中学高三的学生。"小白想了想,觉得应该做点什么,他想像电影上美国人那样帅帅地碰个拳,却不由自主伸出了手。

"我沈放,和他是同班同学。"沈放伸出拳,看了看白凌霄,又改成了握手的姿态。

"我叫陆星移,你们可以叫我阿星。在江北市读高二。"男生伸出手,依次和小白、沈放轻轻地握了握。

看样子都是第一次这么正式的握手,三人心里说不出的尴尬,于是相视而笑。

一番闲聊,又等了半小时的样子,敲门声响了。人群安静下来,好奇地看向门口。小白也很好奇新来的人是怎样的,可看到推门进来的三人,他震惊得张大嘴巴："怎么是他们……"

来人分别是之前在摩托模型店见过的薛荣、前几天刚不打不相识的南宫羽,以及给沈放写过情书的女孩何念念。

好吧,南宫羽还稍微可以理解,何念念是怎么回事?

零日传说 I · 命运

"那……那不是……"他摇着沈放胳膊。

沈放不好意思看何念念,只得心虚地盯着天花板。

何念念也垂着眼睛,并不看向沈放这边。

薛荣一副吊儿郎当的样子:"先锋官,我的人也给您送来了。"

"很好。"

"那么,你们慢慢聊。"说着,薛荣转身离去,随手将门带上,发出砰的一声。

先锋官站起身,绕到办公桌前。白凌霄这才发现他有一条腿是义肢。他摊开双手:"欢迎各位来到猎户座的营地。'唤醒者'们。"

唤醒者?白凌霄和沈放对视了一眼,他们的目光达成一致:这他妈又是什么玩意儿?

"相信带你们来的教官已经跟你们介绍过基本情况了。少年们,也许今天之前,对你们来说一切都是神话中荒诞的想象,但现在开始,我要求你们严肃起来。"先锋官顿了顿,扫视在场的每个人,"因为,我们和异族的战争就要开始了。我们保卫的不仅是人类,还有整个地球。"

"长官,为什么选中我们?"一个大块头男生问道。

"不是我们选择了你们,而是你们的血脉选择了战斗。"和蔼的先锋官逐渐变得威严,"其他人并非没有遇到过异兽。事实上,在遭遇异兽这件事的概率上,你们跟其他人没有任何不同。但所有遇到过异兽的人,都只有两个结果:要么被异兽杀死,要么被巡逻的猎人救下。你们知道猎人的意思。之所以地球上没人见过

第二章 唤醒者

异兽，是因为猎人会给所有获救的人喝鸥脑酒。这种酒从一种名为鸥的异兽脑中提炼，会让人失去短时记忆，他们不会记得自己遭遇异兽的经历。但你们，拥有猎人血脉的人，对鸥脑酒免疫。这就是你们会来这里的理由。"

听了这些话，小白悄声问沈放，"叶乔说的我们通过了最初的试炼，就是指喝了鸥脑酒后，我们并没忘记遇到异兽的事吧？"

沈放轻轻嗯了一声。脸色却有一瞬的微暗。

"长官，如果我们不愿意加入呢？"另一个看起来很臭屁的家伙问。

"那我们将使用物理方式消除那段记忆。"

提问的家伙愣了愣，没敢再开口。

"带我们来的大姐头说，这些年处于高峰期，有比以往更多的异兽来地球，对吧？它们为什么而来？"这次提问的是沈放。

"目前仍不清楚，但一切证据表明，它们的最终目的就是侵占地球，并杀死一切地球生物。"

"喂，大叔。"小白举手插话道，"我不知道其他人怎么样，就拿我自己来说，呃，我并不认为自己有能力和那些异兽作战。要知道，我从小到大除了打死过蚊子和蟑螂，连老鼠都没敢杀过。现在突然让我去打异兽，你们不会是缺炮灰吧？"

"白凌霄，"先锋官一口叫出小白的名字，"树城人，高三学生，今年十七岁。"

小白有种被人扒了衣服的感觉，不快地哼了一声。

"你怎么就认定自己不行？"

"这……这是事实啊。"小白看了看自己单薄的身板，"不管我主观上怎么想，这个客观条件……"

零日传说Ⅰ·命运

"永远不要否认一件自己没尝试过的事。当个勇敢的男子汉,你的父亲会以你为荣。"

"我父亲?你是指哪一个?如果是指亲生的那个,对不起啊大叔,他在我出生前就去世了。"

"你……"先锋官正要说点什么,突然住了口。

白凌霄以为自己成功"噎"住了这个老古董,转头向沈放眨了个眼,却突然后脑勺一麻。

似乎有什么事情不对。

先锋官好像在仔细倾听什么。接着,他猛地转向办公桌,按下一个应急按钮:"一级入侵!"几乎同时,房间侧墙打开一道暗洞,他扭头对这些年轻人急喊:"快进密道!"

少年们一阵慌乱。反应快的几个少年,已经转身奔向密道。小白脑子里闪过不好的念头,该不会是……异兽攻过来了吧?"喂,大叔!这到底是怎么回事?"

就在这时,密道里传来一阵猛兽的嚎叫。正要钻进密道的那几个少年赶紧远离洞口。

先锋官神色凝重,他伸手扯下墙上挂着的长刀,面向洞口,"有序撤退,听从指挥。陆星移,离开门口!"

陆星移几乎是下意识地离开门前,与此同时,门被砰地撞开。

是叶乔。她喘着气说道:"报告,异兽围攻,暗道已被占领,损失严重,具体情况尚不可知。"

看到叶乔的反应,小白有些慌了。不是说这里是地下吗?异兽怎么可能攻到这里来?

先锋官紧缩双眉:"我守住这里。乔,索伦,拜托你们了,

第二章 唤醒者

先带他们出去!"

索伦是那名金发少年的名字。他微微颔首,拔剑出鞘。

"是。"叶乔行叩肩礼后转向众人道,"你们跟紧我。"

2

众人朝外狂奔,原路返回至博物馆,但去路被数只长着六条腿的鬣狗紧紧封死了。其中四只顿了顿足,龇着剑齿俯冲而来。叶乔迅速抽出双刀,大喝一声朝两旁的鬣狗的头砍去。两颗狗头应声而落,滚到地上。

另外两条狗则疯了一般狂吠,狗群大乱。

是那名金发少年。他也同时出招,但他没有去砍狗头,只一振臂,剑尖微点,划破了两头鬣狗的喉咙。

叶乔保持防御的姿势,对少年道:"不愧是兰彻斯特家的剑法。多谢。"

"兰彻斯特?"噤若寒蝉的人群里响起一声突兀的低呼。

所有人几乎一齐将目光从金发少年身上转向出声的那人,竟是南宫羽。南宫自知失态,咳了两声装作没事一般。小白心中焦急:这个白痴到底搞不搞得清状况?被这么多怪兽包围,稍有不慎就可能惹恼它们发动总攻。这种时候怎么能出声,倒是安静地好好抱头待一旁啊!

金发少年仿佛没听见南宫的动静,只淡定地回答叶乔:"称呼我索伦就可以,没必要提到姓氏。"

"怎么,猎师四脉之一的姓氏让你蒙羞吗?"

索伦面露愠色,轻哼一声不再理会。

零日传说 I · 命运

叶乔凝神:"小心了,它们牙齿可不怎么干净。"

"知道。"

叶乔和索伦背靠在一起,各守一方。

鬣狗慑于刚才的攻击,一时没有动静,只是将众人围在中心,伺机而动。那两条被刺破喉咙的鬣狗狂跑一阵,终于流净了血,抽搐着瘫倒在旁。其他鬣狗同情地看了一眼,再次慢慢紧逼上来。

白凌霄护着脑袋蹲在一扇橱窗后面,紧张得心怦怦狂跳。会死吗?果然还是不应该好奇,不应该有什么不想再当普通人的妄想。普通人有什么不好?为什么大周末的要跑来这种鬼地方……

沈放和陆星移也抱头蹲在旁边。小白瞥了瞥他们,悄声问,"沈沈沈放……"因为害怕,他连牙齿也开始打战,"我我我还以为……猎人都很很很……厉害……根本不不不会……被怪兽咬死的……万一我们今今今天、死在这儿了怎怎怎么办?"

沈放语气倒是镇定,"你以为和异兽作战是什么?既然是战斗,当然会死人。"

"知道会死还加入,你不要命了?"

"要啊。谁说我不要命的?只要够强,就不会死。"

"这种大话留到活过今天再说啊!干吗拉我一起来送死?"看着前方虎视眈眈的鬣狗群——还是六条腿的,小白内心已后悔得死去活来。不玩了。想回家。要退出。这些想法开始在小白心里膨胀、扩散。

沈放的语气有些愠怒:"别再说会死这种丧气话了。谁也没有逼你来,最后你不是自己选择来吗?之前上学时不是也说过羡慕蝙蝠侠、蜘蛛侠、超人之类的话吗?以后一定会遇到更凶险的

第二章 唤醒者

情况,如果连这点状况都对付不了,怎么成为猎人?反正我会努力,不让自己现在死掉。"

"那你说,我们现在除了抱头躲在这里,祈祷叶乔和索伦能够战胜,还能做些什么?"

"我只知道,她能做猎人,我也能做猎人。她可以与那些异兽战斗,我也可以。总有一天,我会跟上她的。所以,挡在前面的障碍,我会一一扫除。绝不逃掉。"

"她?"小白愣了愣,随即反应过来,"大哥,就是为了这种青春期暗恋故事,我才在这里陪你送死啊。"

沈放有些不快,不耐烦地说道:"总之既然已经在这里了,我就要成为一名猎人。一名真正的猎人。"

"说得轻松,怪兽就在那里,你倒是出去砍它们试试?"

正吵着,那边人群里突然传来一阵骚动。转头看去,一头鬣狗趁叶乔和索伦不备袭击了那个大块头男生。鬣狗咬住他的大腿不放,大块头号叫着滚倒在地。电光石火之间,只听哗啦一声,竟是南宫羽扯下衣服包住手,击碎橱窗玻璃,捡起一块碎片狠狠从那只鬣狗背后插去。它受伤后竟凭空消失了,众人讶异。南宫扔掉还滴着血的玻璃碎片,拍拍手重新躲到何念念身边。

叶乔眉头紧蹙,她将手中的刀由防御姿势转为进攻:"必须十分钟内结束战斗,不然就出不去了。"她转向金发少年,"索伦,帮我。让我看看你真正的实力!"

"啊,这种程度的异兽,不过是因为数量太多而有些烦人罢了。"索伦轻声不紧不慢地说道,同时迅速挥剑向前。

两人如箭般射出去,杀出一条血路。可鬣狗的数量实在太多，它们皮毛斑驳一片，跑动起来几乎分不清个体，让人头昏眼花。

眼看包围圈越缩越小，白凌霄躲在后面，恨不能遁地而逃。

到底该怎么办？

他讥讽沈放："别再说那些大道理了。你知道现在这个情况要怎么才能活下去吗？"

沈放没有答话。

白凌霄低叹一声。虽然抱怨沈放拉自己一起来蹚了这摊浑水，其实他心里也清楚，自己来跟他一点关系都没有，是自己也不甘心再过那种浑浑噩噩的日子，想要轰轰烈烈一点罢了。

想让喜欢的女孩刮目相看。

不想那样普通平凡，在人海里毫无存在感地、卑微地被淹没。

但事到临头，激情和梦想真的很无力。小白觉得这个时候尿，一点都不丢人。他甚至觉得自己变得坚强起来了——要是能挺过这一关，之前害怕的高考算个屁啊！做一百张数学卷子，背几千个英语单词，都太容易了。不，就是一千张数学卷子，几万个英语单词也没问题。可如果就这样死在这里，才是超级不值。

连一头异兽都没杀掉，也没有成为猎人。只是一个自己作死的高中生而已。

如果自己死了，妈妈会很伤心吧。那蒲苇呢，蒲苇会为自己的死难过吗？——喊，这种时候，竟然还是想起蒲苇。干吗要想她那种女孩啊……

白凌霄突然觉得在教室上课的日子无比珍贵。就是自己最讨厌的化学课也好，怎样都好。

第二章 唤醒者

闭上眼睛，两年前九月的场景还历历在目：

自己和好哥们儿沈放一起来榕树中学高中部报到，两人在张贴的分班名单前看了半天，随后同时看到了各自名字，欢呼着击掌。

"靠，居然还是跟你小子一个班！真是甩也甩不掉。"沈放说。

"怎么，跟本大爷一个班很痛苦？嗯？"

"对啊。"

追逐，打闹，嬉戏。在金色梧桐的校园里穿行，跑到教学楼，找着高一（四）班的牌子。冲进教室，已经坐了一半以上的人。班主任在讲台上拿着花名册登记。

等所有同学到齐了，便是惯例的自我介绍。一个头发披在肩上笑起来有梨涡的女孩站起来说，"大家好，我叫蒲苇，植物那个蒲苇。"

秋阳穿过窗外的梧桐照进教室，在蒲苇脸上留下斑驳的阴影。回忆里的光景美如画卷，却远如光年。

咫尺之处，是鬣狗似哭似笑的嚎叫在耳边回旋着。

这时，沈放突然站起身。

"小白，这回算我的错。我负责。"

"欸？你要干吗？"

"不管做不做得到，至少要试试。躲在这里，是不会有任何机会的。"

所有蹲在地上抱头躲避的少年吃惊地看着沈放坚毅的背影。那家伙缓缓弯腰，捡起地上的一块玻璃碎片，举在手中。

零日传说Ⅰ·命运

"笨蛋！你要去送死？"白凌霄惊醒。向来没个正经的沈放一旦正经，一定是要乱来了。

沈放却头也不回，"小白，我说过不会让自己今天就死在这里。同样的，我也不会让你死。"他昂首挺胸，向着自己的英雄梦走去，然后——

一脚绊在重叠的玻璃上，重重摔倒了。

3

见沈放摔倒，鬣狗群猛扑上去。

白凌霄心中一惊，想张嘴喊沈放快逃，却骇得发不出声。沈放，我并没有真的怪你。不要死！

然后，只见一团白色的影子直扑到沈放身边，将其护住。

"何念念！"伴随一个焦急的少年音，南宫羽冲到护住沈放的白色影子边。因为跑得太急，他赤手空拳，立刻被最前面的鬣狗盯上。但他只是大喝一声，左手已精准地扼住一只扑上来的鬣狗脖颈，右手握拳，直砸向它的喉咙，只一下便将其击碎。

更多鬣狗狂吠着往上扑，耸动的斑驳鬃毛如海浪般起伏。南宫羽左手拎着鬣狗柔软的脖子，右手寻机抚过另一只鬣狗的头，四两拨千斤地一抹，竟将其与左手死去的鬣狗鼻梁对鼻梁地狠狠撞在一起，只听"咔"的一声，两个狗头同时碎了。接着南宫羽右手一拧，五指自然摸上新死鬣狗的脖子，一把抓住挥舞起来。两条鬣狗十二只长着利爪的腿兀自飞旋，竟将三人罩得严严实实。

大概是惧于南宫羽的威力，鬣狗们停了下来。但南宫羽只能

第二章　唤醒者

护住一面，鬣狗们很快便看出了破绽，明显绕开守在前方的他，朝着他照顾不到的后方转去。

沈放和何念念从地上爬起来，但显然晚了，他们已经被鬣狗重重包围。三人只能背靠背站在一起。为了阻击攻击，南宫羽甩着两条鬣狗不停移动，但它们巨大沉重，纵使他之前勇猛得令鬣狗群震惊，此刻却也暗自焦急。

看南宫羽的速度慢慢降下来，小白更是心急如焚。自己并不喜欢南宫羽那小子——光是他那一看就很高富帅的姓氏就令人讨厌，然而现在沈放的性命的的确确完全靠他支撑着。他不知南宫还能撑多久，却也没有上前协助的能力。这种时候该怎么做才好？

鬣狗群发动新一轮攻击，好几只一跃而起。似乎碍于南宫的实力，它们并没有针对他，而是一拥而上扑向沈放。沈放招架不住，被扑倒在地。小白眼见着鬣狗张开嘴，獠牙对着沈放咬下。

沈放！

一阵眩晕袭来，小白的视线渐渐模糊，周围的喧嚣似乎逐渐远离了。所有人抑制不住的喘气，紧张的心跳声……全都远离了。他感到胸口传来阵阵燥热，慢慢扩散到全身，最后似一枚茧包裹了自己。

好舒服啊，像泡在暖气腾腾的浴缸里一样，让人懒洋洋的。

这种紧张的时刻可不是犯困的时机哦，可明明就像入睡前一秒般，整个身心都无比宁静。

这也是一种逃避方式吧，小白心想，自己竟然这么怕死，怕到不敢面对。不过这样也挺好，如果沈放或者自己注定要在今天遭遇不测，能这么逃避还真是不幸中的万幸……

零日传说 I · 命运

"小白,你……你在发光。"

陆星移担心的声音在耳边响起,却又像从很远的地方传来。

发光?我又不是电灯泡怎么会发光啊。

正想反驳,一串枪声传来。

伴随着数声枪响和滋滋的焦声,房间里好几处地方突然升起一团团白烟。鬣狗群停下进攻,警觉地望着这突如其来升起的烟幕。

"啧,你们还真是顽固不化。"

这吊儿郎当的声音似乎在哪儿听过?

接着,又是干脆利落的砰砰数声枪响。烟雾逐渐退去,青年的背影显现出来。他一手将发着黑色幽光的自动步枪扛在肩上,一手叉腰。地上,遍布中枪鬣狗的尸体。

——得救了。

随着这个念头,白凌霄身上刚才那股温热迅速散去,霎时消失无踪。他清醒过来,定睛一看,扑倒沈放的那头鬣狗歪斜着脖子倒在一旁。沈放茫然地坐着,完好如初,何念念不知何时已退到一边。小白呼了口气,大家没事,真是太好了。对了,刚才是谁开枪?

青年转过脸,是薛荣。

白凌霄此刻如果还能站得稳,真想冲上去献上自己的膝盖,立马认此人当老大——他那姿势,那形象,那气质,实在太帅了!

可薛荣似乎心不在焉,他斜倚着墙眯眼看向自己的枪口:

· 066 ·

第二章 唤醒者

"叶大小姐,索伦·兰彻斯特,这种时候,还要坚持猎人的守则吗?"

"你不来,我们照样能解决这群畜生。"叶乔嘴硬。

"当然。我从不怀疑'死神的双刀'弟子和猎师四脉的实力。可是啊,这边这个小兄弟,可能就性命不保了哦?"薛荣努努嘴,指向有些狼狈的沈放。

小白不明白他们在争什么。现在问题不是解决了吗?大家不是得救了吗?

"……那是他的选择。"叶乔瞟了沈放一眼,只一瞬便移开了目光。

我去,我们选择什么了啊!白凌霄替沈放鸣不平。

似乎是不想继续跟薛荣斗嘴浪费时间,叶乔接着道:"危机还没解除,这里交给你。索伦,我们去外面看看。"

"不用了。"随着一阵奇特的嘚嘚声,先锋官提着长刀大步向这边走来。如果不是因为义肢踩在地板上时发出别样声响,根本看不出他与正常人走路有什么区别。

叶乔立刻立正,行了个右手握拳扣在左肩的礼。

"暂时阻止了异兽进攻。"先锋官同样回礼,看着满地死去的鬣狗,他眉头逐渐紧锁道,"此处还需清理,乔,立刻带'唤醒者'们离开这儿。"他的长刀上沾满黏稠的血液,很显然刚战斗过。

小白难以想象这个瘸腿的大叔是如何独自杀出来的,正要升起一丝敬仰之情,只听这大叔用冰冷得不带一丝感情的语气说道:"薛荣,多次违反猎人守则。记过。"

沈放似乎刚缓过来,他一下从地上跳起:"哈?长官,没搞

零日传说 I·命运

错吧？他刚刚救了我们，我们都能给他证明的！"

"后面会有人教你们猎人的规矩。"

"喂……"

沈放还想替薛荣争辩，薛荣却开口抢道："领罚，告辞。顺便……"他哗地又拉了一下枪栓，"可以再多记一次。"说完便大步流星地离去。气氛一时陷入僵局。

白凌霄看了看周围的人，大家沉在各自的思绪里，谁也没有要打破沉默的意思。

先锋官面有怒色，似乎是非常恨铁不成钢地看着薛荣远去的背影。虽然现在不是个好时机，但小白觉得此时再不说，可能就没有机会了，于是小心翼翼地开口："大叔……那个……嗯，你也讲了，如果选择退出，可以用物理手段消除关于异兽的记忆。我觉得……还好啦，哈，哈。这里这么多厉害的人，少一个我也没什么关系对不对？我可以……退出吗？"

说完，只见沈放讶异地盯着自己。不止沈放，目光从四面八方投来，所有人都在看着小白。小白讪讪地对沈放说："大哥，别那样看着我，你又不是第一天认识我。我就是怕死还不行吗？"

小白又想起自己刚才看到沈放要被活活咬死，吓得快晕掉的感觉。他不想再来一次了。

令小白意想不到的是，沈放没有说话，叶乔却开口了："我劝你收回刚才说的，或者再说一遍试试。你当这是哪里，说来就来，说走就走？"她上前走了一步，双臂紧绷，白凌霄甚至怀疑自己听见她的手指攥得咯咯响。

本以为自己加不加入，对叶乔来说是件无所谓的事。但看她

第二章　唤醒者

现在的表情，似乎不是一般的生气。众目睽睽之下被一个女生这么威胁，要是顺从了也太丢人了。何况，就算被她打一顿——自己肯定是打不过她的——也比糊里糊涂被什么六条腿的鬣狗咬死了好。

于是小白深吸两口气，壮了壮胆，硬着头皮重复："我说本大……我想退出，想退出还不行？还有没有人权……啊！"

话还没说完，竟被叶乔直直一拳打翻在地。小白觉得糗爆了。他捂着鼻子："你，你不要以为是女的，我就会让着你哦？"

叶乔没搭这茬儿，抱着双臂居高临下地看着小白："你是我带来的人，就算死也不能退出。"她霸道地替他决定了人生，"你不会这么没骨气吧？"

"你不会这么没骨气吧？"

这句话像回音一般盘旋在脑海。不愉快的回忆涌上来，瞬间侵袭了思绪的每个角落。

蒲苇那张脸出现了。那样的面容，真是可爱得像天使啊。

"小白，咱俩是朋友吧？"她眨着大眼睛凑在自己跟前，天真无邪地问道。她睫毛真长，就像要扑到自己脸上了。

"那当然了。"被蒙在鼓里的自己，还为蒲苇的这句话欢欣鼓舞。

"所以不管什么事，你都会站在我这边，都会帮我，对不对？"

"那是一定的。"小白拍着胸脯保证道，却没想一步步掉进了难堪的陷阱。

"我就知道你最好了！"蒲苇撒着娇叫起来，抓着小白的胳膊

· 069 ·

零日传说 I · 命运

摇晃,"那你能不能……跟我表白?"

表白?白凌霄的心扑通扑通跳动,该不会是自己暗恋的心思被发觉了吧?呃,既然被发觉了,对方又让自己表白,那就说明……是不是她愿意做我的女朋友了?想到这里,小白有些激动,却又不敢相信,只能试探着问:"什么意思呀?"

"我要你大张旗鼓地跟我表白,当然啦,我们都知道是假的,但你一定要做得很真哦!要让全校的同学都知道有人跟我表白了,把这件事闹得沸沸扬扬才好。"

"为什么要这么做?"

"你别管嘛,就说帮不帮我?嗯,我想想,九百九十九朵玫瑰摆在校门口,上面写着我的名字,你觉得怎样?这个够轰动吗?"

"可这样一来,也会被老师知道吧?"

"小白!你刚刚不是还说了我们是朋友吗?连个忙都不肯帮,区区表白都不敢,你不会这么没骨气吧?"

你不会这么没骨气吧你不会这么没骨气吧你不会这么没骨气吧……

所以,到底是因为喜欢蒲苇,还是因为不愿被看扁,才答应去做那件事的呢?

如她所求,白凌霄在周五下午最后一堂课后,在校门口用玫瑰摆出了心形,心形中间,用喷绘喷出了蒲苇的名字。蒲苇故意在人流最多时走出校门,小白手里捧着九十九朵玫瑰的花束走向她,像她要求的那样单膝下跪,"蒲苇同学,我……喜欢你很久了。之前一直默默暗恋着,但现在,我决定不再暗恋了。你愿意做我女朋友吗?"

第二章 唤醒者

蒲苇没有立即回答,而是等周围围观的同学越来越多,起哄的声音越来越大,才像个高傲的公主般缓缓开口。

她要说什么,小白知道。因为这是预先就排演好的——

"不。"

非常干脆、果断的一个音节。从蒲苇噘成一个小圆的嘴唇里吐出来。干净利落。像一柄利刃。随后,蒲苇高傲地扬着头,在旁人惊叹的目光中走了。剩下自己一人,像个白痴一样接受他人同情或嘲笑的目光。

虽然事先就知道是演戏,为什么心里还是微微酸楚呢?

后面一周,高二(四)班的蒲苇被人疯狂表白的新闻轰动全校。但随之而来的结局是,白凌霄被班主任教育一通,请了家长,写了3000字的检讨。而蒲苇很快和七班的一个男生在一起了。她大大咧咧地跟小白说:"都是你的功劳哟,谢谢!"

小白并不知道,蒲苇早就喜欢七班那个男生,还递了情书,结果被他拒绝了。蒲苇觉得没面子,于是找小白表白,制造出自己可是"抢手货"的假象。果然,那个男生反被激起竞争欲,和蒲苇谈起了恋爱。小白就这样被当成了一个工具。

当然,小白只是觉得苦涩,却对蒲苇恨不起来。

结果蒲苇和那男生没一个月就分手了。然后她继续和小白大大咧咧地玩,借他的作业抄,让他课间给自己买汽水。小白也继续甜滋滋地借作业给她抄,在课间给她买汽水。

不要把本大爷看扁啊混蛋!

让人看扁的滋味太不爽了,小白听叶乔那样说,全身的血一下冲向头顶。他站起身拍拍屁股上的灰,"退出?哼,我只是开

· 071 ·

零日传说Ⅰ·命运

个玩笑而已。"

叶乔狐疑地看他,"好,我希望你以后不要再说诸如要退出之类的话。"

"绝不再说。"

叶乔直直盯着小白,像是要看穿他内心最真实的想法。白凌霄很讨厌这种感觉,于是又睁着眼睛狠狠瞪回去。可是叶乔的目光让他感到心虚。

先锋官看着这边的情况,似乎松了口气。清了清嗓子打断两人的斗嘴,问道:"那么,还有人要退出吗?"

没人说话了。

他举手击了两下掌,郑重说道:"现在,欢迎你们加入,年轻的猎人。近期这个营地都不能再用了,异兽的攻击明显加快了进度,我们无法按照常规筛选培训新人,必须立刻开展训练。"顿了顿,"乔,带他们去选武器。"

"现在就挑武器?"叶乔似乎很吃惊。

"对,现在就挑。我们已经没时间了。"

听到可以选武器,刚刚被鬣狗袭击的惊吓瞬间烟消云散。男孩对武器的兴趣是天生的,连极度不愿意加入的小白也兴奋起来。小白想象着自己未来的武器是什么样的——嗯,像薛荣刚才那样的枪就很帅。

他和沈放一左一右凑到大步向前的叶乔身边,"喂,能挑薛老大刚才用的机关枪吗?呃,对了,如果不行,黄金 AK 也可以。"小白脑海中浮现出前阵子玩的游戏《穿越火线》,刚花了钱买过装备,那把屎色的黄金 AK 拉风爆了。

第二章 唤醒者

"不行。"叶乔白了他一眼。

"……为什么不行啊?"小白嬉皮笑脸地还想说话,被沈放抢去了话头:"大姐头,不如直接给我一台米加粒子炮,怎样?别说刚才那群六条腿的鬣狗,哪怕来群狮鹫,我也能分分钟把它们炸飞!"

叶乔还是冷冷地说:"没有。"

"那……那手枪总可以吧?沙漠之鹰?"沈放一边说,一边观察叶乔的脸色,见她仍旧不为所动,又试探着降低了手枪的档次,"柯尔特?"叶乔继续冷脸。沈放只好一咬牙喊道,"大姐头,国产54式还不行吗?!"

叶乔骤然停下脚步,紧跟着她步伐的小白和沈放撞到了一起,这才发现到了一个小房间门口。

他们看到叶乔开启面前这道不大的房门,内心隐隐失望。

看起来就不像一个很大的武器库啊!

当大门打开,他们更是失望透顶。

没有米加粒子炮,没有黄金AK,没有沙漠之鹰,没有柯尔特,连国产54式也没有。

这里有的,是一列列泛着金属寒光的冷兵器。都什么年代了,还用冷兵器?

叶乔侧身让大家进来,说道:"挑吧。"

算了,有总比没有强。虽然和想象中的武器有些差距,但这些刀剑弓弩也不是日常能见到的玩意儿。而当他们亲手握住这些坚硬冰凉的金属,沉睡千年的猎人血脉也逐渐沸腾了。

小白第一眼就看到一把刀柄几乎和刀刃一样长、刀体上有着

· 073 ·

零日传说Ⅰ·命运

行云流水一般花纹的棍刀。它并没有叶乔的刀长,但小白觉得叶乔那种刀,自己使起来很可能先伤到同伴,他可不想当猪一样的队友。而这种长柄刀就比较合适,长度足够,能和异兽保持安全距离,技术要求又不高,"唔,这种简单粗暴的武器比较适合我。管它什么怪兽,我砍、我砍、我砍。"他一边说着,一边双手握刀比划了几下,似乎比较满意这效果。

这时,一个放在不起眼角落里的小圆盾吸引了他的注意。他看看其他人,大家都在挑称手的武器,没有谁注意到那个小小的盾牌。于是他装作无意地走过去,拾起小盾。环视四周,整个武器库里,竟然只有这一块盾。他暗自得意,还好眼疾手快,抢到了这个保命的防具。小白擦了擦上面的灰,像捡到什么宝贝似的捧在怀里。

"你挑到啥了,这么高兴?"沈放从后面走过来,拍了拍小白的肩。小白被吓得差点摔到地上,他将盾藏在身后:"没,没什么。"

沈放过来却是为了展示自己的选择。他挥了挥一对爪刀,右手正握,左手反握,看起来很酷的样子,黑而长的刀刃向内弯曲,如同剑齿虎的利齿一般让人心悸。

陆星移也挑好了,走了过来,他的武器是一把弓。

"所以,小白你挑的到底是什么?"两人齐声问。

"是刀了啦!"白凌霄右手拿着棍刀挥了个刀花,长出来的半截刀柄看起来怪怪的。

"哥们儿,你这块盾是哪儿找的?"一个声音从身后传来。

白凌霄嘴角抽动着转过身,因为被戳穿而很不爽,干脆破罐子破摔地回答:"就这一个,先到先得,算我的了。"

第二章 唤醒者

听闻这边的动静,又有几个人围过来,他们哈哈嘲笑:

"快看,这人用盾!"

"简直是个胆小鬼。哪有猎人捕猎用盾的?"

"这有什么好笑的?用盾怎么了,大丈夫能屈能伸、能攻能守!再说了,保命很可笑吗?你们要是被异兽咬死了,还得靠活下来的我给你们收尸。"小白本来还有些不好意思,现在反而理直气壮了,想活下去难道是件丢人的事?

那伙人还要再说什么,叶乔过来解围:"挑好了就到一边等着。"

他们看了看叶乔,讪讪地离开了。

小白挠了挠脸:"那个,我用盾,没问题吧?"

"我不管你用什么,能战斗就行。但我警告你:到了战场上就不要怕死,因为怕死只会让你死得更快。"叶乔逼视着小白,她说的每个字都掷地有声。但小白似乎只听见前半句,既然她并不反对,便一手拿刀一手拿盾,像捡了大便宜般站到一旁。

所有人都挑好了,叽叽喳喳互相谈论着。

叶乔扫视一周:"记住你们今天所选的武器。这些武器,本应在你们成为正式猎人时授予,以后也将陪伴你们作为猎人的一生。它们由一种经过特殊处理的钽金属所制,驱杀异兽的任务,只能由它们完成。至于理由,后面特训时各自的教官会讲,我先不多做解释。"

人群安静下来,等她继续往下说。

叶乔却急道:"此地不宜久留,走吧。"

小白有些意犹未尽,还在武器库里流连。叶乔催促他快走,他只好不舍地离去。

零日传说 I · 命运

所有人原路返回。穿过博物馆大厅,两名穿森色制服的人将刚才那批鬣狗的尸体聚在一处,似乎要转运到别的地方。他们的制服上有兽血,显然也刚战斗过。小白听到他们在低声议论:

"真他妈麻烦,那臭小子叫薛荣吧?每次只图自己爽,最后还要别人来擦屁股。"

"依我看,先锋官根本就不该容他。他那样的人,有个鸟资格当猎人?"

"咳,呸。"这人啐了口痰,"自以为是,却根本不顾……"

"小白,看什么呢?快跟上。"沈放在前方喊。

"哦,来了。"白凌霄一边离开,一边总觉得好像漏掉了什么细节,有哪儿不对。但具体是哪儿不对,又怎么也想不起来。就这样思索着,不知不觉已回到"深渊闪电"的站台。地面重新出现镂空,经纬线升起,将他们包在内部。

"喂,我们就这样回去了?"小白问叶乔。

"是的。还有,不要老是用'喂'来称呼我。以后我负责你和沈放的训练,并带你们执行初级任务。叫我队长。"

"队……队长。"小白叫完后,觉得有些怪怪的,"不会在学校里也要这么叫你吧?"

"只要不用'喂'就行。"

"你怎么总一副冷冰冰的样子啦?我们又没谁欠你钱。"

"习惯。"

两人斗完嘴,小白这才发现,一向话多的沈放竟无比安静。他转头去看,那家伙正认真地擦拭着自己的新武器,连头也不抬一下。明明那对磨砂表面的黑色爪刀再怎么擦也不会亮……小白

第二章 唤醒者

想吐槽，却看到旁边坐着同样沉默的何念念跟南宫羽，这才露出一个"我懂了"的微笑。哼，看来有很多女生喜欢，也是个烦恼啊。

想到这里，小白决定整一整沈放，他故意提高了音量说道："今天真是太惊险了，沈放，要感谢何念念那个时候救了你哦。"

沈放停下手中的活计，抬头瞪了白凌霄一眼，同时转头过去，礼貌地对何念念说了"谢谢"。

然后又补充道："下次再有这种事，千万不要再管我了。"

何念念倒是神色泰然："在今天那个情况下，不管是谁，我都会去救他。这是我们家族的使命。"

听到这句话，本在闭目养神的叶乔睁开眼，脸上闪过一丝恍然大悟："你该不会是……"

"我们一家世代都是猎医。"

叶乔露出真诚笑容："你们救过我爷爷。是我疏忽了没认出你，幸会。"

两个女孩亲密地聊起来。小白和沈放悄悄交换着意见："这是什么状况，怎么每个人都好像很有背景似的？"

沈放点着头："他们都是猎二代啊！小白，你家里的祖先没有什么猎人吧？"

小白摇摇头："没有，你呢？"

"也没有。"

"就这还能选中我们，简直见鬼了。"

"而且我们学校居然有那么多有猎人血脉的人……你不觉得奇怪吗？"

· 077 ·

"是啊,奇怪……"
因为过于疲倦,两人聊着聊着就滑进了梦乡。
叶乔看着两名熟睡的少年,费神地皱起眉。

第三章　特训

1

"你对他俩有把握吗？"

"长官，这可不像您平时说话的作风。"

"你知道，现在容不得一点差池。我希望三个月内，你能交给我两个成熟的战士。"

"我尽量。"

"另外，"先锋官换上轻松的语气，"你老爹让我转达你一声，他一切尚好。"

"父亲大人……"握着的手心收紧了。

"他在异兽位于北极圈内的通道出口处执行任务，这两个月出现的异兽比往常多了十倍。当然你不用担心，目前还没有危险。"

"是吗?"

"那树城那边就交给你了。"

"请放心。"

"收线了。"

"是。"

通话挂断,叶乔握着通信器,稍微有些出神。先锋官向来是个只做万全准备之事的人,这一次启动唤醒计划,确实出于无奈。

近来异兽的进攻太异常了。它们显然有明确目的,但这目的究竟是什么还未可知。她眼前浮现出白凌霄那张欠揍的脸,和沈放那副明明连最弱的异兽都打不过还爱逗英雄的样子。这两个人,到底靠不靠得住?

叶乔不禁为未来产生了一丝担忧,并暗暗在心底制订了魔鬼训练计划。

如果那两个人靠不住,就把他们训练到可靠为止。

2

周一重新坐在教室上数学课的白凌霄有种恍如隔世的感觉,他的心思不在课堂上。

南宫羽、何念念由带他们进入猎户座的薛荣负责训练。那天对鬣狗一役之后,小白和沈放两人对薛荣崇拜得五体投地,甚至有些羡慕南宫他们。可其实他俩有叶乔这样的大美女指导,才真正令其他新人嫉妒得不行。

叶乔说从今天起,每天晚上都要进行特训。小白不清楚怎么

第三章 特训

特训。老妈管得挺严的,平时晚回家半小时都要被她一顿吼。按照计划,他需要假装睡觉,然后再翻卧室窗户溜出来。虽然自己家住在五楼,但叶乔保证过有办法让他下来。想想叶乔还是挺可靠的,小白稍稍放了心。

晚自习回家后,他不再像平时那样赖在电视机前,而是早早回到了卧室。随后,他拨通了叶乔的电话。

"队长,我回房间了。"

"很好。我和沈放已经在楼下等你了。"

"我怎么下来?"

"自己想办法。"

"啊?"怎么和商量的不一样!小白压着嗓子大叫,"队长,你不是说你有办法让我下来吗?"

"我给你十分钟。十分钟后没在楼下看到你,我就去你家敲门。"

"别别,叶乔队长,我求你别!我老妈会以为我早恋,打死我的!"

"还有九分半。"

"喂?喂!"电话那头传来嘟嘟的忙音。小白气急败坏地将手机摔在床上,在房间里焦虑地乱转。他探头朝窗外看去,五楼虽说不算特别高,但摔下去不死也得瘫痪。没办法,他只好翻出衣柜里所有的衣服,将它们系在一起,一头拴在床头,另一头拴在自己腰上,硬着头皮翻出了窗户。

真正攀爬起来,小白又开始自我感觉良好了。因为是老房子,管道、雨棚、空调很多,行动起来其实并不困难。而且他相信叶乔他们是绝对不会看着他掉下去摔死而什么都不做的。

零日传说Ⅰ·命运

等他好不容易下到地面站稳脚步,要自吹自擂一番,叶乔对着秒表说:"耗时十五分四十八秒三二。不合格,重来。"

"重……重来?"小白不太明白叶乔的意思。

"爬上去,回屋,重新下来。直到十分钟内完成为止。"

白凌霄怒了:"为什么浪费时间在这上面啊?我好不容易从家里逃出来,你不带我们去练刀吗?"

"这也是训练之一。"

"那他呢?"小白指指沈放,"他有十分钟内完成吗?"

沈放一脸贱笑:"抱歉啊,你又不是不知道我爸妈常年忙工作不在家,我走正门出来,坐电梯下楼。耗时……有一分钟吗?"

小白将书包摔到地上,那里面装着他的刀和小圆盾。他压低了声音却是不服气地冲叶乔喊:"喂,你为什么总针对我?"

叶乔并未理会,转头对沈放说:"你,绕着这栋楼跑二十圈。如果白凌霄完成任务时你还没跑完,加做一百个俯卧撑。"

"大姐头,不用这样吧?!"刚才还幸灾乐祸的沈放简直要哭了。还想争辩,叶乔已摁下手中的秒表计时,"开始。"

"活该。"小白冲沈放做个鬼脸,无奈地朝楼上攀爬。

此后的每天,小白都得爬上爬下。就在他终于能把下楼时间缩短到八分钟的时候,更诡异的事情发生了。那是在第二周的周二,正上着课,班主任来教室找白凌霄和沈放。走出教室,他们竟发现校长也在。

"你们俩隐藏得挺深啊!"班主任笑容可掬,"没看出你俩还会编程?"

小白和沈放一脸黑线:编程?

第三章 特训

他们只好沉默,这才从班主任和校长的对话中听出门道:不知道什么时候,他们两人竟和叶乔合写了一个"程序",而且入围了一个国际青少年编程比赛,获奖的话可以保送大学,因此这段时间可以每天提前两小时放学,进行比赛准备。

这可是从来没有过的事情,班主任继续笑容可掬:"看你俩每天都在一起,原来是干这个呢!加油!"

小白和沈放不知该接什么,只好挠着脑袋傻笑。

距离平时放学两个小时的时候,他们来到学校大门,叶乔果然已经等在那里了。两人用询问的眼神看着叶乔,她却只道:"开始吧。"

"开始啥?"

"特训。"

小白很奇怪叶乔干吗带他们沿着铁路走出城那么远。他很想问点什么,但想到在家里爬上爬下的训练,还是忍住了没开口。

终于,当他们来到了两个山丘之间的铁路高架桥上时,沈放忍不住了。"大姐头,你不会是要让我们从这里爬下去吧?这得有二十层楼高啊!"

叶乔没有回答,突然伸手如刀,对着他们脖颈砍去。

当白凌霄和沈放醒来时,他们发现自己正双手绑着,由一根绳子的两端分别吊在高架桥桥底两侧。耳边的山风呼呼作响。

抬头,叶乔正站在高架桥上向下看。

"喂,你要干吗?"白凌霄扭动着身体大叫。

"这条绳子挂在上面的铁轨上。"叶乔抖了抖绳子,"下一班列车还有十三分钟经过这里,它会轧断绳子。摔下去很难找到。

零日传说 I · 命运

就算找到了,也没人会知道你们是怎么摔死的,轧断这根绳子不会影响到正常的铁路运输。"

"大姐头,你不用这么狠吧?我跟你无冤无仇……"在另一侧桥底,沈放非常无奈。

"十三分钟,我认为完全够了,速度并不是本次考验的主要目的。"叶乔并不理他,"你们的武器我已经放在你们身上了,想办法用它们解除捆绑。"

小白看了看腹部,那块圆盾被夹在裤腰上,自己就像只壳长反了的乌龟。他无暇去想叶乔是怎样把盾牌夹进自己裤腰里的,现在他关心的是:"喂,我的武器是刀!大刀!你给我个盾让我割绳子,是不是故意跟我过不去?"

"自己选的,自己解决。"说完,叶乔自顾自翻过桥栏,双腿悬空地坐下来,一副事不关己的样子撑着脸,面无表情地看着这两个慌乱的人。

小白原本心急如焚,却转念一想,哼,反正到最后关头你也得救我,我就不信你真的会让我死在这里,这可是故意谋杀!想到这,他索性不着急了,虽然吊得难受,但熬个八分钟九分钟,不信叶乔不来帮忙。

另一边的沈放却没有这么想得开。他知道多说无益,开始用力弯曲身体,尝试将自己倒立起来。也得感谢之前的训练,沈放慢慢将身体弯成了九十度,接着用力一荡,同时伸直腿想去缠住绳子。

但随着沈放用力一荡,绳子两端受力不均,竟引得另一端的小白一阵乱晃,吓得他啊啊乱叫,沈放赶紧停止了动作。

好在沈放整个人已经倒立起来。他慢慢用脚缠住绳子,重新

第三章 特训

固定好受力点,然后双手抓着绳子向上弯身,终于将手靠近了刀鞘。爪刀的刀柄末端有个圆环,沈放将手指套进去,用力一扯,爪刀被拽出来,一个漂亮的旋转后,被握在了手里。

重新静下来的白凌霄看着沈放,又抬头看看叶乔,继续一副死猪不怕开水烫的表情吊在绳子上。

"叶乔队长,"小白看着天空,这个女人莫名令他生气。树城的冬日总是阴天,天上是压抑的白白的云层,风干巴巴冷飕飕的,"你以前可是很高冷、不理人的。怎么现在对我们这么热情?变着法地整我们,进入了更年期吗?"

白凌霄不知道自己为什么要说出这种话。叶乔明显被呛住了。她冷峻的脸上竟出现一丝悲伤的神色,但没有人看得到。半晌,她咬了咬嘴唇,"我只是不希望由我带入猎户座的你们会死。不过如果你不在意,那么与其以后被异兽咬死,不如就今天了结吧。"她抬腕看了看表,"还有四分半……"

说完,她愣住了。

就在这时,沈放也发现了异常,急忙大声问叶乔:"什么声音?"

小白也听到了。他反应过来是怎么回事,大骂一声:"我去!你不知道火车经常不准点的吗?"

一列载满煤石的列车远远地呼啸而来。

剩下的时间不是四分半,而是半分钟!

"你白痴吗?"看到小白只顾大吼大叫,沈放骂了他一句,"快想办法啊!"

说的同时,他自己也加紧速度攥住爪刀在绳子上蹭,可因为

零日传说Ⅰ·命运

双手被绑着不好使力，蹭了半天，绳结也并没有松开。

"呜——"火车的汽笛声从远处传来，轨道的震动由轻微逐步加剧。小白觉得自己要吓尿了："大哥，你先别顾着埋怨我了，以后随你怎么骂我都行，先赶紧挣开再帮我也解开啊！"接着继续扭头对着天空大喊："队长，我知道错了，你快帮帮我们！哎大姐大，姑奶奶，求你了！"

没有回应，只有由远及近的喀嚓声。

喀嚓声撞击着二人的心跳，沈放反而沉着了。他再次用力弯身向上，努力用牙齿咬住爪刀，将绑着双手的绳子在刀刃上来回摩擦。刀柄坚硬，随着双手的摩擦在牙缝间滑动，沈放觉得自己整个脸都失去了知觉，只感到从牙齿到太阳穴都酸胀发麻。

终于，绳子断了。

几乎在同时，大桥突然剧烈震动起来——火车开上了桥！

"啊——"小白大吼，开始一阵乱扭，但这个动作却反而让他滑了下去。他不敢动了。"沈放……我，我上不去。"

沈放从来没想到自己动作可以这么快。他几乎是在瞬间完成了从倒立状态翻身、把爪刀插回刀鞘、沿着绳索向上攀爬的动作。他一边爬一边对小白大喊："别怕！我马上来帮你！"

沈放翻上桥了吗？看不到了。震耳欲聋的轰鸣几乎是直接跑进了白凌霄的脑子，于是他对着空气轻声说："不用了。"

然后，他闭上了眼睛。

说到底，都怪自己又胆小又不努力。如果不是自己一直耽误时间，沈放早就成功逃脱了。轨道剧烈震颤着——我啊，就是个总给别人添麻烦的衰仔吧？真是弱爆了。

接着，小白感到自己坠了下去。

第三章 特训

他知道,沈放是个靠得住的人。自己嘛,就是个总闯祸还拖累别人的拖油瓶罢了。

小学几年级来着?暑假最后三天,借了沈放的作业抄。结果开学那天突然得了急性肠胃炎,因为去医院输液而没能到学校报到,也就没能将暑假作业带给沈放,害得那家伙因为没交上作业被罚抄了三遍整册课本的背诵课文。听说沈放那天晚上抄到凌晨一点多,自己却因为刚输了液,心安理得地回家睡觉了。

初二那年,和沈放约好一起去城南的水库摸鱼。那天好像闹水,水库没水,河床露在外面。自己跟个白痴似的不顾三七二十一往里冲,哪知河床的淤泥是那样软,自己很快陷在里面,进退维谷。淤泥没过膝盖,是沈放找来条树枝把自己拉起来的。可自己被弄得浑身是泥,想回家洗澡,在老妈下班回家前解决一切,却发现钥匙在慌乱中丢了。最后没办法,只好去了沈放家洗,还把泥弄得他家门垫上墙上地板上到处都是。面对狼藉的屋子,自己只能露出抱歉的微笑。沈放摆摆手说,算了算了,你赶紧回家吧,待会儿你老妈该下班了,这里我来收拾。

高一那年下晚自习,和沈放在路边摊撸串儿。因为自己嘴贱说了句什么话,惹恼了旁边的小混混。他们三个人砸了啤酒瓶骂骂咧咧冲上来,最后是沈放和自己一起抵御,战至浑身挂彩,好在总算赶跑了他们。明明不关那家伙什么事,大可以一走了之的。

虽说那家伙平时没个正经,还爱耍帅,自己也老埋怨他。可小白知道,关键时刻,沈放从不掉链子。只有自己一直用虚张声势的狂妄自大,来掩盖作为失败者的心虚。这样的自己拥有这样

· 087 ·

的伙伴，是该感到踏实，还是羞愧呢？

不想再浑浑噩噩了，其实真能成为猎人的话，一定是一次不会后悔的人生吧？

可惜晚了。

"小白，我来了！"

思绪正飘到不知什么地方，头顶上突然传来熟悉的声音，下坠的失重感突然消失，接着自己猛地被拽了上去，白凌霄睁开眼，正看到一个身影从身边坠落。

几秒钟后，他又掉了下来，紧接着胳膊一顿，他停在空中摆动。

耳边跑过一阵尖锐的呼啸声。

终于明白过来是什么情况时，白凌霄狠狠地"靠"了一句。

沈放正吊在自己旁边，连着两人的绳子，缠挂在这一侧的桥栏上，堪堪将两人悬吊在一侧。

列车速度快得让人眼花。

白凌霄完全无法想象在短短几秒时间里，沈放是怎么翻身跃上桥面，越过铁轨，又立刻攥紧绳子翻过桥栏跳下来的，但他知道，沈放就是那么做了。他甚至知道当时沈放是怎么想的，那家伙就是个爱逞英雄的白痴。

如果换做自己，也会这样去救沈放吗？不知道。自己只是个怕死的胆小鬼。

看着沈放被勒得通红的手臂，白凌霄有些过意不去，只好装作若无其事地大喊以化解尴尬："搞毛啊！你别管我了，快爬上去！"

第三章 特训

"废什么话,搞得好像要英勇就义一样,你知不知道要是你死在这儿,就是一被自己作死的傻逼?"

"你要是因为救我搞得两个人一起死,别人会以为我俩是基佬殉情啊混蛋!"

"谁说我们会死了?"沈放翻着白眼,"喏,现在只要爬上去就得救了。我没力气了。你啊,也该发挥点作用吧?我看你每次从五楼的窗户下来,爬上爬下很灵活,怎样,爬上去拉我起来吧?"

"喊。"白凌霄哼了一声,望向上方的桥。山风渐起,吹得他俩胡乱摆动。他想了想说:"我根本没必要往上爬。你只要往下使力下坠,不就能把我吊上去了吗?然后我再拉你。"

"你还真会偷懒。"沈放默认了小白的提议,一点一点向下扭动着。小白终于翻到桥上,拉起了沈放。

两人趴在桥栏上,使劲吸着气。满脸的汗珠混合着火车车厢飞撒的煤灰,流下一道道的黑印。

他们看着呼啸远去的最后一节车厢,刚才那几十秒钟的时间漫长得不真实。

一个冷冷的声音传来:"本次测试,两人同时失败。"

"啥?"小白和沈放同时抬起头,却发现叶乔正好整以暇地坐在对面的桥栏上,面无表情地看着他们,并收起秒表。

山风拂过她的长发涌向这边,一阵幽香。

小白摆了摆手,想挥去这股让人心驰神往的香味。真是最毒妇人心,别看叶乔长得好看,哼,简直心如蛇蝎。小白想过去跟她理论理论,刚迈出一步却双腿发软,索性顺势席地而坐。

· 089 ·

倒是沈放想得明白，"大姐头，你没走啊。"他吸溜着鼻子拍马屁，"我就知道你不会抛下我们的。"

叶乔冷眼看向沈放："猎人守则第一条，保持战斗力。意思是说，不做无谓的牺牲。"

小白赶紧附和："是啦，沈放你知不知道你突然从我这边跳下来，吓死我了。而且搞得我很没面子？"

叶乔闻言转向小白，表情更为严肃："猎人守则第二条，永远不要寄希望于救援。"

"是，是，我错了。"小白干脆地承认，同时有些生气道："反正怎么说都是你对，可你别忘了，你给我个盾，让我怎么割开绳子？我不等救援，难道自己用嘴咬啊？"说到气头上，小白把还夹在自己裤腰里的盾抽出来，赌气地砸在叶乔面前。

让小白没想到的是，盾牌似乎很有弹性，跳了两跳，竟然正好钻过桥栏，掉到了高高的桥下。

叶乔没有立刻回答，只是冷冷看着他。

小白被她盯得发毛，咬了咬牙，"这下我用不成盾牌了，不给你丢人了？这下你满意了？"

叶乔却恢复了面无表情的样子，语气毫无起伏，不紧不慢地说："我说过你不该选择盾牌了吗？恰恰相反，你本来应该为自己选择了这块盾牌感到庆幸。"

小白一愣，但仍强硬地沉默着。

"怕死和求活并不一样。盾牌并不是怯懦的表现。既然你能在那里看到它，就证明它是猎人的武器。事实上，那面盾牌属于一位伟大的猎人，曾经伴随他战斗一生。没有任何人会认为那位猎人懦弱怕死。"叶乔顿了顿，接着说，"那面盾叫蜕盾，盾面是

第三章　特训

用一种叫蜷龟的异兽的背壳打磨成的；盾牌内侧，则是用蜷龟肋骨包钽金属做成的十二个刀齿，只要逆时针旋转一下就能打开——这些机巧稍作研究就会发现，盾牌拿回家那么久，你自己没好好观察怨不得别人。虽然那面蜷盾不可能让你像美国队长一样上天入地，但基本的攻防毫无问题。而如果你看过《山海经》的话就会知道，蜷龟最大的特点就是防火隔热，这是其他盾牌难以匹敌的。只因为那位猎人过世后，别的成熟猎人大都有自己的独门武器，没有谁愿意再多带块盾牌在身上碍手碍脚，才使得它被人遗忘在角落蒙尘。"

"那我……"小白突然觉得自己无话可说，心里琢磨着是不是要先向叶乔道个歉。他观察着叶乔的脸色："队长，你……生气了？"

"我不会生气。选择等死还是战斗，是你的自由。另外，猎人守则第三条：无论如何，不要抛弃自己的武器。"

"哦。"小白低下头，心里有些羞愧。可他并不想承认自己的错误，只是不知为啥心里有些失落。哎，对了，刚才说到猎人守则？好像在哪儿听过。小白想起来："上次被鬣狗突袭，先锋官说薛荣大哥违反了猎人守则。他是违反了哪一条啊？"

叶乔愣了愣，随即明白了小白所指："我说的守则是我的规矩，跟那个无关。"顿了顿又补充道，"不过你最好记住，好好用你的盾，别想着搞个枪支大炮什么的。"

"为什么不行？"

"你也看到了，我们杀死异兽后，它们的尸体就消失了，上次在营地，薛荣开枪杀死的鬣狗尸体却没有消失。"

小白想起来，怪不得当时看到几名猎人在处理鬣狗的尸体感到奇怪，原来是这么回事。

"薛荣那家伙光顾自己杀异兽很爽，但热武器会造成能量失控，异兽尸体不会消失，大量留在地球被普通人发现的话很麻烦。"

小白似懂非懂地点点头。

叶乔清清嗓子："所以你明白发给你们的武器有多重要了？都是特制的，不是你去超市买把菜刀就可以当武器的好吗？"

"是是是。"小白赶紧附和，同时瞟了眼桥下，"那……那我的盾……"

"自己扔的，自己捡回来。"叶乔仍是冷冷地丢下一句话，打破了小白心里所有的愧疚，"我们在这里等你。"

"喂，这么高，我怎么去捡啊？不要吧……"

叶乔却已经翻身坐到桥栏上："还有一个半小时天黑。"

"我……"

"什么时候捡回来我们什么时候走。"

"我……去。"

后来，拾圆盾的过程成为小白人生里不愿再回忆的几个噩梦之一。

3

浑身酸痛的肌肉只在诉说一个事实：特训真的开始了。

叶乔总是在放学前两小时准时出现在小白和沈放的高三（四）班门口，叫他们去练习"编程"。三人出了校园，游荡在下午的树城。

第三章 特训

  他们这个年纪的小孩本该在上课的，穿着校服的三人引来行人纷纷侧目。看什么看，我又不是逃课的不良少年。这么想着，小白就狠狠瞪回去，却更像不良少年了。那个一脸嫌弃地看着自己的家庭主妇赶紧回过头，匆匆离去。
  心思不定地跟在叶乔身后走着，不知今天的目的地是哪儿。
  空气因为沉默变得凝重，似乎氧气都变少了。终于，沈放忍不住开口："大姐头，你好歹也澄清一下吧，别老让人以为我们在谈恋爱，求你了。"
  "这种无关紧要的事不需要专门澄清吧？"
  叶乔和沈放在交往，是早就传遍全校的"事实"，虽然只是应付粉丝军团的一时谎言，但这样一来，骚扰叶乔的人确实变少了，她也就懒得再解释。
  但这让沈放很头疼。
  "别啊，你这样，搞得我很困扰欸！你知不知道每次我去上厕所，都觉得旁边的男生在盯着我看，看得我都尿不出来了？"
  "还有闲工夫担心这些，是训练强度不够吗？"
  "不不，够了，真够了。"沈放赶紧摆手。
  "那就别废话。"
  沈放作了个鬼脸，在叶乔身后挥拳头。叶乔感受到拳头带出的风，立刻转头："还有什么问题？"
  沈放赶紧将拳头松开，装作以手扶额："没、没问题。"
  听这俩人斗嘴的小白在心底叫苦不迭——知不知道我才是最惨的那个啊！
  每次班里男生起哄让沈放请吃鸡排时，都不忘顺带嘲讽他：
  "小白，人家谈恋爱，你去掺和什么？"

零日传说Ⅰ·命运

"老跟着当电灯泡是什么滋味啊,有没有感觉快爆掉了?"

想到这里,小白有些气急败坏:"队长,今天的训练项目是什么?快开始吧,别磨磨蹭蹭了。"

"很好。"叶乔伸手招了辆出租车,坐进副驾驶后告诉司机:"二〇五厂。"

司机露出一副很费解的表情。

"去就是了,不会付不起车费。"

"小姑娘,你误会了,我不是这个意思……你该知道啊,二〇五厂早几年就……"司机一边说,一边侧眼打量叶乔,同时不忘从后视镜里看坐在后座的白凌霄和沈放。当他看到三个人都面无表情、不愿搭理自己时,只好闭了嘴,一脚踩下油门。

车子渐渐开出新区,在老城里飞驰,尘土飞扬。白凌霄的情绪也一点点往下沉了下去。

从工厂家属院出来,坐13路专线公交车,到终点站二〇五厂。白凌霄知道这条线路曾经是继父每天的必经之路,只是他自己很少走过。

二〇五厂是继父工作的地方。

三年前,继父满五十,厂子不景气,他选择了内退,然后租下门面开了个家电维修铺子。生意不算太好,听继父说,现在的年轻人电器坏了都买新的,很少选择维修。还好有些守旧的老顽固愿意敲敲补补,会上门照顾生意,才没让家里沦落至贫困线。

继父内退了没半年,工厂就彻底倒闭了。有时小白很困惑,满街轰鸣的大机器,为什么却不需要工厂?树城的老厂接连倒闭了三家,现在都是新工业、新能源的天地。

第三章 特训

相比起来，沈放的老爸要有远见得多，早早就辞去了工厂的铁饭碗出去打拼，现在已经做到了一家外资企业的技术骨干。

妈妈嫁给继父后，被安排进工厂子弟小学当生活老师。前几年子弟小学已经不招生了，妈妈就帮着继父打理生意。更多的时候，她是待在家里做家务，研究营养菜谱，希望白凌霄能考上好大学，摆脱这个虽不贫困、但很底层的状态。

都曾经是工厂大院的人，后来的差别还真明显啊。

平时，小白并不愿去深想自己所处的环境。这让他感到无力，好像周围的一切都是泥淖，在拉着他不可避免地下沉。可现在再踏上这些旧街，所有物事无不提醒着他自己的境地。

真是悲哀。再怎么逃避，这些就是自己长大的环境。

在这样的环境里长大，成为一个胆小鬼倒霉蛋也是情有可原的吧？

所以……

成为猎人能不能改变命运呢？

飞驰的出租车停在废弃工厂门外。叶乔付了钱，在司机古怪的目光中招呼小白和沈放下车。

思绪被打断。小白看着他们，两个人又帅又美的，突然有些心烦意乱。

同学们嘲讽得对。

哪怕他们不是真正在谈恋爱，自己也和他们格格不入。

叶乔脱下校服外套，塞进书包，然后将书包扔到一边，指着迷宫般的厂区说："你们先看我跑一次。"

说完，她一个助跑，矫捷地跳上一堵矮墙，如履平地般在墙

零日传说 I · 命运

垣上跑着,到拐弯处又跳到相邻的另一面墙上去。小白咂舌,这不就是电影里才有的跑酷?没有加特效,没有镜头剪辑,真人跑起来竟然也能这么美。

哎,不说驱杀异兽、拯救地球什么的,真能练成这技能,拿去耍帅也比一直默默无闻强吧……

这时叶乔已经折返回这边,一个翻身跃下了墙。还没等她开口,白凌霄便问:"你想让我们也这样跑?"

叶乔点头:"对。"

"好,我跑。"

是时候做出改变了。这么想着,小白退后几步,学着叶乔的样子朝前冲刺,左脚蹬在墙上,想借力再用右脚向上攀,却没掌握好平衡,一屁股重重摔下来。

好痛!小白觉得自己尾骨都要断了。

不远处传来沈放的声音:"你没事吧?"他跟叶乔抱怨:"大姐头,这对我们来说根本不可能嘛!这段墙至少得踩四五步才能上去。"

"那就一直训练到可能为止。"

"你从小训练,身手当然不必说了!可你能不能站在我们这些普通人的角度考虑一下……"

沈放还没说完,突然被小白坚定的声音打断:"沈放,别说了,不练当然不行。这次我一定要做到!"

"你发什么神经……"沈放无辜地叫着。

小白从地上爬起来,揉了揉脸,较劲似的拼了命往墙上跳,一次又一次失败,却一次又一次地摸索着技巧。

好在之前的攀爬训练起了作用,过了半个多小时,虽然姿势不那么帅,他好歹站在墙上了。

　　白凌霄抬头朝四周看去,锈迹斑驳的铁门、长满苔藓的红砖墙、浸着水迹的水泥楼,无不体现着贫穷与破败。水泥楼上的红框窗户几乎找不出一扇有完整玻璃的了,风吹着它们,发出刺耳的吱嘎声。这个鬼地方!小白歪歪斜斜地跑着,要把这里踩在脚下,要摆脱它!他这么想着,逐渐加快了步子。掉下墙,就爬起来,再跳上去。

　　小白就这么赌气似的向前奔跑,一遍又一遍。

　　小白喘着粗气躺在地上,睁着眼直直看向夜空。
　　他知道,只是今天可不够。
　　什么时候才能有真正的猎人那么厉害呢?
　　沈放也躺在旁边:"你今天是怎么了?"
　　"不用你管。"
　　两个人不再说话,各自想着心事,世界安静得只剩他们的呼吸声。

　　该回家了吧。小白突然感觉很饿,肚子很破坏气氛地咕咕响起。想吃老妈做的夜宵了。这些日子一直都是上课时间出来特训的,老妈倒还没发现异常,只是抱怨他的衣服总是穿一天就脏得不行。

　　如果老妈知道自己要去当猎人,会怎么想呢?
　　起身环顾四周,才想起来这里荒无人烟。小白顿时有了不好的预感。

　　"队长,我们怎么回去?叫车吗?"
　　"跑回去啊。"叶乔理所当然地说,"跑不动的话,走也行。"

零日传说 I · 命运

"不会吧?"小白感觉有些腿软,虽然明知是这个结果。

"十几公里而已。你和沈放家住一个方向,一起吧。"

"那你呢?"

"我还有事。"说完,叶乔一个纵身闪进夜色,很快消失了。

小白和沈放互相看着对方狼狈的模样,想抱头痛哭。

但哭也没用。

这些天的训练,令他们在面对不按常理出牌的叶乔时已经放弃了反抗和咒骂。两人拍拍土,扯起包,默不作声地朝家的方向走。

四周没有行人也没有车,有的只是一身疲惫。这么走着,小白突然想起好几年前的一个场景。

也是这样拖着疲惫的身躯,也是这样和沈放并肩走着。

大概是初中二年级的暑假,两人一起骑着自行车去离家挺远的美术馆看高达玩具展。

看完展览往回走时,小白自行车的车胎爆了。

美术馆不在闹市区,周围根本没有修自行车的小摊儿。小白不能把自行车扔下不管,沈放骑的是变速赛车,也没办法载着小白再拖一辆坏掉的自行车前行。两人只好推车步行。

三伏天的夕阳挂在正前方,又热又刺眼,汗流浃背的两人朝远得没边的家走着,却连个卖冰棍的小店也找不到。

沈放并没有骑车先走。虽然他自行车是好的,但他还是陪白凌霄一直走了回去。

想到这里,白凌霄有些感慨,扭头看了看沈放。

第三章 特训

他低着头，天知道正在想什么。于是小白呼了口气："沈放，我们会一起当上猎人、成为拯救世界的英雄吧？"

听到小白如此难得的真情吐露，沈放转过头牛头不对马嘴地答了一句："是啊，等我成为薛老大那么牛逼的猎人，宋禾姐姐就一定会知道我了。"

"你在想宋禾？"白凌霄倍感无语，"你知道总共有多少猎人吗？你知道她现在在哪儿吗？"

小白没有说出来的是……你甚至连她是不是恋爱结婚了都不知道。

"我会成为很厉害的猎人，让她知道我的！"沈放握拳，对着小白一笑。

"不至于吧你?！"小白满脸关爱智障儿童的表情。

"这种感受啊，你是不会理解的。"

说着，沈放竟然开始慢慢跑了起来。

小白看着他的背影，终于也跑着追了上去。啊，怎么会不理解呢？自己不也是个这样的傻瓜吗。

沈放并没有对任何人讲过这些故事细节。

虽然自己平时没个正经，常常被最好的哥们儿白凌霄吐槽，有时也会从那家伙看自己的眼神里读出满满的羡慕——但，真正过着什么滋味的日子，只有自己知道。

十岁那年，父亲辞掉了爷爷希望他干一辈子的"铁饭碗"，从国营工厂跳槽到一家外资企业，自己也从此跟着过上了同龄人羡慕的生活。

但暗无天日的日子就是从那时候开始的。

零日传说Ⅰ·命运

家里用的东西越来越好,还换了大房子。母亲是个女强人,看到父亲挣这么多钱不甘落后,一年后也从厂卫生院辞了职,去了家私立医院。

他所了解的就是这些。他不明白的是,为什么父母就此变成了没日没夜加班的工作狂。

真的需要加那么多班吗?还是仅仅因为不想回家?

大概是后者吧。

虽然父母从未正面跟他沟通过,但从他们当时吵架的内容,沈放也能大致猜出一些故事的轮廓。父亲和公司里一个法国女人好上了。那个法国女人三十多岁,据说是不婚族,所以只是跟父亲谈恋爱,也没有要求父亲离婚娶她什么的。母亲对此嗤之以鼻,冷嘲热讽,一吵架就砸东西,家里能砸的都砸了。

反正还能再买。

沈放还记得当时自己用零花钱买了台掌机,有一次出门忘了带,就放在客厅的茶几上。回家才发现父母的大战已经将它摧毁了。水杯躺着,满满一杯子水泼在掌机上,不知已浸泡了多久。沈放倒不是心疼买掌机的钱。拿去售后维修后,虽然掌机可以再用,可是游戏存档都没了,这种感觉就好像经历了一半的人生戛然而止。

还有一次,自己花了整整一周完成了一个高达模型,本来好好地摆在书房,早上走时还恋恋不舍地摸了它好几下。等上了一天的学急忙赶回家去看,却发现书房已经完全变了样:书本散落一地,而那个高达模型,正像尸体般躺在书堆里,胳膊和腿都断了。

这两个人到底在搞什么啊?这么生气,离婚不就好了?

第三章 特训

可他们最后也没有离婚,还打着为了他好的旗号。半年后,母亲不再吵闹了。她自己也找了个男朋友谈起恋爱,好像比她小七八岁。

现在他们都是大概一个月回家一两次,故作关心地对沈放嘘寒问暖。

"小放,最近成绩怎么样,高考没压力吧?"

关你屁事。

"小放,这是这个月的零花钱,下周是你生日,老爸多给你一千,自己请朋友们吃个饭吧。"

反正你连在家陪我吃顿饭也做不到。

"小放,冰箱里的东西都够吃吧?妈妈看超市里推出了新的半熟海鲜,蒸一蒸就可以吃。你不是最爱吃海鲜吗?给你买了很多,都放在最下层的冷冻室了。"

你又不会去海鲜市场买新鲜的给我做。而且,我现在已经不爱吃了。

"小放……"

这一次,沈放大声反抗出来:"别老叫我小放,烦不烦啊!"

我已经是大人了。而且这种温柔的昵称,只有真正关心的人可以叫吧?只有……

只有宋禾姐姐可以这么叫。

宋禾姐姐来家里的那段时间,正是父母吵得天翻地覆的日子。她的出现像是黑色生命里唯一阳光的定格,无论过去多少年,无论遇到多少同龄的女孩,都是无法取代和忘却的。

夜风里渐渐有了汽车尾气的味道。不知不觉,两人已快跑回市区了。

竟然真的能跑回来！

沈放看着白凌霄，突然心中一热——不管怎样，也要感谢这个白痴陪着自己这么多年。

"小白，你不会再说要退出之类的话了吧？"

白凌霄被冷不丁地问了这么一句，心里有些火大，"什么意思啊？能不能别这么看不起我？"

"那我们可不能光等着叶乔带我们训练。要当上厉害的猎人，必须能吃苦才行！"

"有道理。"小白也思考起来，"那你打算怎样？"

"以后下了晚自习，一起去训练吧。"

"好啊，谁怕谁。"白凌霄难得地没有叫苦，还嚣张地对他挥了挥拳头。

沈放笑着跟他轻轻捶了一下拳。

此刻，小白的心里被一股豪气填满了。要不是误打误撞成了猎人，凭自己没有存在感的长相、不上不下的成绩，要怎样摆脱那种深陷在砖房泥地的尘埃里、平凡而沉重的生活？但现在，另一条路已在跟前铺开。

不约而同地，两人在这个夜晚下定了相同的决心——

要成为一名优秀的猎人！

4

因为偷偷训练，两人进步神速，把不知情的叶乔都吓了一跳。

第三章 特训

虽然她嘴上没说什么夸奖的话，但看得出她心情很好。

只是，最近异兽的侵袭似乎日渐频繁，叶乔经常出去执行任务，甚至一整天都不来学校上课。有一次她消失两天后再回学校，手肘上竟打着绷带。她对外宣称是摔伤的，这可急坏了她的粉丝团。虽然她已经是沈放的"女朋友"了，但仍有爱慕者给她送去各种慰问品。拒绝不成，她就转手把那些牛奶啊零食啊送给白凌霄和沈放吃。两人一边享受着零食，一边感受着来自全校男生的恶意。

可因为他俩都是叶乔承认的朋友，就算那些男生恨得要死，也不敢拿他们怎么样。

小白开始有些享受这种感觉了——原来被美女罩着这么爽啊！

连蒲苇对自己也比以前殷勤了。这天的自习课上，她偷偷转头问小白："看不出你还会编程啊，是个什么样的程序？决赛什么时候，在哪儿举行？"

编程？小白愣了一下，才回忆起之前班主任和校长让自己和沈放提前两小时放学，就是用的"编程国际大赛"这个奇葩借口。虽然被喜欢的女生一脸崇拜地缠着问问题的感觉简直要飞起了，但小白对编程实在一窍不通，只好辛苦地编起谎言。

"呃……决赛嘛……在那个……美国。"

"美国？好厉害哦！获奖的话高考有保送吗？"

有吗？那天好像隐约听校长提起，但自己根本没细想过这个问题……哎呀，后面的高考怎么办？保送什么的，只是校长随口胡诌吧？如果考不上大学，难道要跟老妈坦白，说自己要去做猎人？肯定会被老妈说是发神经，说不定还会哭上一大场。

零日传说 I · 命运

"小白？你怎么又发呆，我问你话呢！"

"啊，你问我什么来着？"

蒲苇有些不高兴了。她嘟着嘴，"真是的，你自从跟叶乔一起编程，都不爱理我了，重色轻友！不过啊，她不是跟沈放一起吗？你不会打她主意吧，我劝你还是老实点哟。"

"喊，你想到哪儿去了，我对她又没什么想法。"小白赶紧慌乱地解释，"她不过是编程比较厉害，带我们做训练。"

说到训练，他内心苦笑。若是让那些对一切都毫无所知的同学得知叶乔的真实身份，再让他们见识见识叶乔作战的真正实力和折磨人的样子，他们还会不会那么疯狂地追她？

正出着神，小白突然感到一股杀气从背后传来。他说不清是怎样察觉的，就像是身体的本能反应，几乎是无意识地抓起桌上一本习题册举到自己和蒲苇之间，拿着笔在上面写写画画，做出讨论题目的样子。

两秒后，班主任从旁边走过，只留下一句"讨论问题时小声点儿"。

班主任走远后，蒲苇拍着胸口："好险，你怎么知道班主任来了？我完全没发现耶。"

小白心里暗自得意，表面上却做出一副满不在乎的样子："这点小事难不倒我。"

他知道，是训练的作用。放在以前，自己讲小话绝对会被老师逮个正着，但不知不觉中，自己竟能感受到后方的气息了——他以前曾无比羡慕叶乔的这种能力，现在竟然也渐渐具备了。而且，虽说每天要训练两个小时，但学习成绩竟没有下降，上课时注意力也比以往集中很多。春节前的一模考试，年级排名还前进

第三章 特训

了五十位。

没有退步就好。放假前一天,白凌霄站在成绩公示栏前松了口气。

但这种轻松很快就消逝了。前进五十位又怎样?以前考三百七八十名,这次考三百二十几名,只能上个非常普通的本科这一点丝毫没有改变。

沈放的名字一如往常地在红底榜单张示的前一百名里,尽管不是那么靠前,但……

身后女孩子们的议论太让人冒火了。

每次重要的月考,学校都要把高三的年级排名贴在公告栏里。在高一高二的女生里,沈放的暗恋者不少,她们也挤在人群里看排名,主要是寻找沈放的名字。

两个女孩的声音传进小白耳朵。

"沈学长真厉害啊,长得帅,成绩也好。"

"是啊,不愧是我觉得本校里最帅的男生。"

"他是很帅啦,但我觉得我们班的南宫同学也不差哦,说不定比沈学长还要帅些。"

听到这儿,小白腹诽,原来南宫也很受女生欢迎?

"南宫长得是还不错啦,但我总觉得他古板又阴郁,给人感觉怪怪的,不太喜欢。"

对对对,看不出你还挺有眼光嘛。小白不住点头。

"也是。对了,老跟沈放一起玩的那个男生叫什么来着?以前觉得他长得一般,看久了也还挺耐看的嘛。"

好像在夸我?白凌霄一阵暗爽,赶紧竖起耳朵听下去。

零日传说 I · 命运

"我记得沈学长老叫他小白吧。你觉得他好看？不会吧，长得衰死了。"

"没说他好看啊，只是说看久了会更顺眼而已……"

小白已经听不下去了。他捏着拳头转过身，狠狠瞪了那两个女生一眼。

她们显然认出他来，但并没为自己在背后的议论被主角听到而羞愧，反而理直气壮地瞪了回去。那眼神仿佛在说"你本来就不是什么帅哥啊我们只是陈述事实又没说错"。

最后反倒是小白低下头躲开她们的眼神，认输般走开了。

身后传来两个女生的笑声。

可恶！

不明状况的沈放从远处骑着自行车过来，"小白，我找你半天，你怎么还在这儿啊？快走了。"

女生收敛了笑，小声叽喳感叹着——

"他过来了过来了。"

"快看看我头发别好了吗？"

"放心吧他根本不会看你。"

"什么嘛，快帮我理一下……"

白凌霄气呼呼地大步走开，将那些声音抛在耳后。他对骑在自行车上的沈放不满道："耍什么帅啊，"顿了顿，他压低了声音，"我一定会成为比你更强的猎人。"

这个寒假只有七天，以及做不完的试卷。

明天就是除夕。小白并不打算在家刷题。

回家后，小白把练习册从书包拿出，胡乱塞进书桌，连看都

第三章 特训

没看一眼。随后小心翼翼把手伸进床底，拿出棍刀和小圆盾，放进书包里装好。

是时候努力训练，给那些瞧不起本大爷的人一点儿颜色看看了！

据沈放说，今年他爷爷直接下达了命令，让向来行踪不定的父母必须在家过年。父母难得回来，他自然脱不开身。大年三十这天，小白独自背上刀和小圆盾，打算去废弃的二〇五厂练习。

他跟忙着准备年货的老妈说的是："我去找沈放做作业。"

"年夜饭要回来吃啊。沈放家大人不在的话，让他也来我们家吃吧。"

小白心不在焉地答应："啊，知道了。"

街道上行人少了很多。厂区更是荒无人烟，像一块遗忘之地。之前的跑酷训练有了成效，现在小白可以很轻松地跃上砖墙了。他闭上眼睛回忆叶乔的动作，然后模仿着举起刀噩噩挥动。

左手持盾护住心脏，右手握刀杀向敌人。

"哈——"

呜呜的风扬起尘土，远处传来炮竹声。

小白并不太能体会过年的滋味。

家里亲戚很少——几乎可以说是没有。每次所谓过年，也不过是老妈多炒几个菜罢了。围在一起吃饭的，仍旧是和平常一样的三个人，不同的只是会刻意说些和过年有关的应景话。

继父没有自己的孩子，也没听他提起过自己的父母。其他同学都有爷爷奶奶外公外婆，偏偏小白什么都没有。有时候觉得真孤独啊。

零日传说Ⅰ·命运

突然，小白停下了挥刀的动作。不是因为伤感。
有什么不对。
等等——
有杀气！

就在白凌霄感受到杀气、条件反射地将盾牌往后背一挡的瞬间，一双巨大的翅膀直扑过来，轻松地将他从墙上扇下，摔了个狗吃屎。

"呜哇——"一声如婴儿啼哭的长鸣，回响在阴翳的天空之下。

小白定了定神，不行，反应还是太慢了。应该再早几秒察觉到它的！

但他现在来不及多想，一个鲤鱼打挺从地上翻起，这才看清此次来袭的生物。一头额上长有独角的巨鸟，铁一般凌厉的羽毛金棕相间。它双目圆瞪，低低地伏在地上，准备着下一次攻击。

白凌霄缓缓地长呼一口气。为什么活了十七年都没遇到过异兽，去年十二月撞上那头白牛后，竟然就像打开了异世界的闸门，开始源源不断地遇到它们？

看来它们是真的要侵占地球了？

可为什么沈放就没怎么遇到异兽？自己还真是……倒霉。

就在他一边埋怨一边盯着巨鸟有条不紊地摆出防御姿势时，连他自己也没想到：若放在以前，自己一定早就屁滚尿流地抱头乱窜了。

这一次，血液竟有了沸腾的感觉，似乎在是期待着战斗。

虽然双腿不由自主地发软，但他并没打算逃走。而且，耳边

第三章 特训

还回响起叶乔说过的话:

"猎人守则第二条,永远不要寄希望于救援。"

哪怕会有人再一次从天而降,也要像没有援兵那样去战斗。

"猎人守则第三条,无论如何,不要抛弃自己的武器。"

双手越攥越紧,像是要让盾和刀成为自己身体的一部分。

"我说的守则是我的规矩。"

不知怎么,竟想起叶乔抱着双手、高高在上、以不容置否的口吻说出这些话的样子。

那个女孩,是为了什么才选择了战斗呢?

巨鸟嘶鸣一声,扑冲过来,带起一阵腥风。白凌霄本能地将盾牌举向面前,它的利喙正好啄在盾面,发出令人难受的玻璃相划声,甚至还带出一溜火花。小白吃不住力,往墙壁的方向后退过去,就在脚触到那道墙后,仿佛预演过一般,身体竟不由自主地继续借势沿着墙向上倒退,身子几乎倒立起来,这时,他才突然灵光一闪般,借着抵着鸟喙的盾牌支撑,双腿在墙上一蹬,拧身空翻到巨鸟背后,同时挥刀成弧,向着巨鸟后脑划去!

巨鸟来不及躲闪,矮身用翅膀硬接了这一铲,几支飞羽被切断飘开,地上落下棕绿色的血液。

我伤到它了?

白凌霄圆盾护身,瞄了一眼刀口上的液体,激动万分。可他还来不及兴奋,被激怒的怪鸟便展开了反扑。独角、钩喙、利爪、巨翅接连攻击,小白只能一边用盾牌挡一边朝密集的厂房区退去。

实力不够,就用地利。他相信自己比这个怪鸟更熟悉这里。

怪鸟虽然巨大,足有大半人高,却也十分灵活,动作疾如闪

· 109 ·

零日传说Ⅰ·命运

电。小白只好在逼仄曲折的厂房之间奔跑躲避，或者钻进厂房里面的废弃房间，同时寻觅时机还击。

竟然一直逃到楼顶。

怪鸟似乎也懂战术，看出了小白的计策，利用身体巨大的优势把他一路赶了上来。

白凌霄心急如焚。后面已经没有退路了。如果跳到墙上，则无异于送死。

他停住脚步，咬了咬牙，转身挥刀一顿乱砍，希望逼它离开通道。但在这开阔空间里，那怪鸟根本无所畏惧，甚至扑扇着翅膀低飞起来，开始用巨爪和利喙攻击，一直把他逼到天台边缘。看着那黑玛瑙般的长长尖爪，白凌霄一阵心慌，手忙脚乱起来。

突然，他感觉右肩一凛，一股酥麻的感觉伴随刺痛侵入体内。

白凌霄瞬间反应过来：它有毒！

不会死吧？

完了完了完了完了！

如果说他之前还冒出过一点儿勇气，现在这些勇气全都随着那一爪的攻击抽离了身体。他双腿一软，整个人几乎就要跌倒，只能顺势躺倒然后仰躺着钻过巨鸟两腿，标准动作也忘记了，只狼狈地连滚带爬躲避扭头要啄自己的怪鸟。

怪鸟见无法啄到它，竟然用一双利爪将他钩住，直飞而起。

白凌霄就这样毫无防备地升到了高空。此时他动也不敢动，稍有不慎摔下去，必死无疑。可这只巨鸟像有意玩弄他一般，在空中盘旋俯冲，不停变换着飞翔姿势，令小白头晕目眩。

第三章 特训

　　心中慌乱无比，只感到死神再一次朝自己逼近。小白已没有任何可以反抗的手段，只担心地想着：该不会要挂在这里吧？
　　"会死"的念头一旦产生，便如滴入水中的墨汁一般，迅速扩散。
　　会死的……
　　等等，这种感觉。
　　那种感觉又袭来了。胸口燥热难安，却又异常温暖温柔，整个身子暖洋洋的，让人想睡觉。
　　这就是临死前的预兆吗，或者说濒死体验？小白这么想着。
　　不知不觉间，怪鸟停止了飞翔，落停在厂区的一块空地上。小白微微睁眼，不知是幻觉还是什么，那头怪鸟正低头盯着他，呆若木鸡。
　　如果非要形容，那就像是它看到了一个更加可怕的怪物。
　　小白感到身体似乎重新恢复了力气。
　　就像变成了提线木偶、被外来力量操纵一样，小白用脚卷起地上的刀送入手中，直接朝怪鸟劈去。
　　这刀真快啊。当时他只有这么一个感觉。棕绿色血液溅起两三米高，怪鸟还来不及出声，就变成两半重重倒在地上。
　　那股笼罩全身的温热，再次转瞬间烟消云散。

　　白凌霄如梦初醒，大口喘着粗气盯着怪鸟变成两半的尸体——我杀死了一头异兽。
　　我、一个人、没有依靠任何人的帮助、没有叶乔也没有沈放——杀死了一头异兽！
　　一阵悸动从心脏传到指尖、脚趾尖。

零日传说Ⅰ·命运

这不是濒死体验。这一定是潜能激发!

小白终于跌坐在地。

怪鸟的尸体在他面前消失了。

小白坐在地上,双手抱肩,目光直直地看着那一块空地,突然抽搐般无声地笑了起来。

只有干冷的风裹挟着旧厂的铁锈味、混合了异兽的血腥呼呼直吹,远处的炮竹声还在炸响。白凌霄视线逐渐模糊,那些砖墙在溶化、消解。

我,也并不是那么一无是处吧?

总有一天,一定也可以、也可以……

他的意识跌进了一个深渊,开始稀释、消散。

白凌霄再次醒来时,发现自己睡在一个刷了粉色墙漆的房间里,家具则是一水的白色,全是欧式风格;床是夸张的公主床,但似乎被拆去了厚床垫,只铺了一张简单的棕垫子,躺在上面一点儿也不软。干净简洁的蓝灰色条纹床品跟整个房间的粉红色氛围格格不入。

有人推门进来,白凌霄转头去看。

见是叶乔后,双眼一热,有种想哭的冲动。

"队长!我、我刚才……杀死了一头、一头异兽!"

"知道了。"叶乔表情凝重。

"我……"小白还想说什么,但感觉抓不到重点。

"你应该是被蛊雕袭击了,它喙上有毒,能麻痹人的神经。"

对哦,我的右肩被那只怪鸟啄了。

欸?不对!

第三章 特训

小白掀开被子,才发现自己上身赤裸着,肩上的伤口已经用纱布包好了。

但这不是重点。

令他如鲠在喉的是,左胸位置那块丑陋的青色胎记,就这样毫无遮掩地暴露在外。

那块胎记……

"你怎么脱我衣服啊?"小白有些气恼地问叶乔。

叶乔没有搭茬,只是往旁边让了让。又有一个人推门进来,是何念念。叶乔这才说:"要不是念念及时给你处理伤口,你整条胳膊早就废了。"

原来还不止一个人看到!

不过……好吧,胎记被看到就被看到吧,干吗那么在意……

其实还是很在意,也只能装作无所谓的样子说道:"那谢谢了。"说着,他将被子往身上裹了裹,有些厌弃地将胎记藏在里面,"对了,我这是在哪儿?"

叶乔一字一顿说道:"我、家。"

"呃,你家……那这是……你的床?"白凌霄有些浑身不自在。说起来,这还是自己第一次来女孩家里,而且还是卧室,还睡在人家床上,而且这个女孩还是全校最美的叶乔……

说出去肯定要羡慕死不少人。

可是美女不是一般都洁癖小心眼吗?想到这,小白赶紧支起身子,"我……我睡你的床……没关系吗……"

"别乱动。"叶乔命令道。

"是是。"小白重新躺进被窝,这一次觉得被子虽然是简单的灰蓝条纹,却有种让人心驰神往的香气。

零日传说 I·命运

再次打量一圈房间，小白笑出声："不会吧，队长，你卧室长这样？看不出来嘛！别看你平时那么酷，房间倒是公主风哦？"

因为笑得夸张，肩部的伤口隐隐作痛，小白只好尽量忍住。

叶乔脸上抽了抽，"这房子是租的，租来就这样。我……懒得改。家具也没有重新买，都是原主人的。"

小白盯着叶乔，她居然脸红了，像要极力撇清自己和这个房间的关系那样努力地解释着。

"好啦好啦，我只是随便说说。女孩子住粉色的房间不是很正常吗？你不用这么不好意思啦……"

"都说了这是租的！"叶乔显然有些生气。她举起拳头就要砸过来，这才想起小白是伤员，只好砸在一旁的床头上。

顿了顿，她似乎也觉得自己不该有如此过激的反应，理了理头发岔开话题："先不说这个了。小白，你有没有想过，为什么异兽总是袭击你？"

"上次不是说过吗？因为我有猎人血统咯。啧，有这种超级英雄血统，还真是麻烦啊。"

"异兽会根据血液的味道主动攻击猎人是没错，但问题是，它们针对你而发动攻击的频率也太高了一点。这很不正常。"

"是吗？大概是它们发现我有成为超级猎人的天赋吧。那叫啥来着，猎师四脉？哈哈，我可能有猎师四脉的血统。"今天小白心情很好，他忘记自己差点吓得屁滚尿流的样子了。第一次击杀了异兽，并且也没想象中困难。他怀疑自己说不定真有天赋。

叶乔并不觉得小白的玩笑话有什么趣，她眉头紧锁，一副忧心忡忡的样子。

第三章 特训

房间里一时陷入沉默。这时，突然一阵铃声响起，是当红女团唱的一首烂大街的歌。叶乔顿时一脸黑线，小白赔着笑，抱着被子翻身坐起，四处张望着找自己手机。何念念将手机递过来，小白看了看来电显示，汗毛一下全都竖起了。

是老妈！

自己都忘了年夜饭这回事！

"喂……"

"不是说了七点回来吃年夜饭的吗？这都七点半了，你在哪儿呢?!"老妈的声音像一串鞭炮在耳边炸响。

小白抱歉地看了看叶乔跟何念念，用手捂住听筒低声说："我骑车呢，就快到家了，这就回来。"

说完赶紧挂了，没有给老妈继续狮吼的机会。

叶乔挑挑眉："你的伤不要紧了吗？"

"要紧又能怎样啊……"小白哭丧着脸，飞快穿好衣服，二话不说拎起书包就跑了出去。

这才想起为了训练，连自行车都没骑。

除夕，夜幕初降的街上几乎不见行人，等了很久，网约车也没人接单。没办法，白凌霄只得咬着牙，在寒风中拼命狂奔回家。

一边跑着，竟然又想起了叶乔。

真奇怪。

自己家哪怕只有三个人，也是要吃年夜饭的。叶乔呢？今天她是什么时候救下自己、把自己带回家、又找来何念念疗伤的？除夕的夜晚，她为什么一个人待在出租屋？她的家人呢？

· 115 ·

零日传说 I · 命运

想着这些的时候，一阵突突的引擎声从后面追上来，在自己身旁停下。白凌霄看去，一个身着黑色骑行服的人跨在一辆纯黑色川崎忍者上，几乎和夜色融为一体。

该不会是飞车党来抢包？

包里虽然没钱，但有比钱还重要的武器。想到这，小白撒丫子跑得更快了。

"停下。"来人喝了一声，接着拉下头盔上的面罩，露出白皙精致的、面无表情的脸。

白凌霄目瞪口呆地盯着这个人。

叶乔侧了侧头："上来。"

白凌霄看看四周，确认叶乔是在叫自己。

"别磨蹭了，你不是赶时间回家吗？"

"哦……"小白仍旧不敢置信，笨手笨脚上了机车，坐在叶乔身后。

他不知道应该把手放在哪里，只好摸索着紧紧抓住坐垫。

"坐稳了。"话音刚落，叶乔发动引擎冲了出去。

小白整个身子一阵后仰，全身绷紧。

街景嗖嗖后退，他们在无人的街上飞驰。

"队长，这台车好酷啊。"因为风声充盈了耳朵，小白必须要大声喊。

"是吗？"叶乔也大声喊道，"是薛荣给改的。他对这个很有一手。"

"你看着跟他有仇似的……还让他弄车啊？"白凌霄想起之前每次提起薛荣，叶乔都一脸不屑的模样。

出乎意料的，叶乔答道："他是个很厉害的人，只是……不守规矩。"

这样啊。小白把脸转向一边，任寒风劈在自己脸上。他几乎从来没有这么近距离地挨着一个女孩坐过，更何况是叶乔这样的美女。他能感觉到自己心跳很快，只能靠冷风保持清醒。他不停在心底对自己催眠：叶乔那么帅，身手那么好，把她当成哥们当成哥们当成哥们……

但很快他就发现收效甚微，只好继续找话题。白凌霄看着眼前这个瘦削却坚定的背影，轻轻问道："队长，你不用和家人一起过年吗？"

不知是因为声音太小，还是叶乔不想回答。她保持着沉默。

这沉默一直持续到白凌霄家楼下。他下了车正要走进楼洞，叶乔在后面叫住他。

"白凌霄。"

"嗯，怎么了？"他以为队长又有什么训人的话要说。

"今天很有进步。"

"啊，是吗？"难得得到叶乔的夸奖，弄得小白不好意思起来。

"我回去了。"

她要一个人回出租屋了吗？不知哪里来的勇气，小白问："对了队长，要不上楼到我家一起吃饭吧？"

叶乔一愣，"不了。"她又换成以往那种冰冷的语气，"白凌霄，作为一名猎人，你最好有了觉悟：不杀死猎物，就会被猎物杀死。"

"我知道了。"

"拜了。"叶乔冲他挥手，拉下头盔上的防护面罩，骑着摩托

零日传说 I · 命运

一头扎入夜色。

小白一边上楼,一边在心里想着叶乔刚才那句话。不杀死猎物,就会被猎物杀死。"我记住了。"他在心底又郑重地回答了一遍。

第四章 三人组

1

小白他们作为毕业班，初七就回学校上课了，而直到过了正月十五，校园里的人才多起来。他这才想起今天才是正式开学的日子。

这段时间一直没见到叶乔，尽管不愿承认，小白还是觉得心里有些空落落的。下课时，正坐在座位发呆，门口的同学叫了他和沈放的名字，说有人找。

啊，肯定是队长来了！

这么想着，小白雀跃地和沈放一起走出教室。

但，站在走廊等他们的人却不是叶乔，是一个戴眼镜的小个子男生。他绞着食指，似乎不太适应周围都是陌生人的状况，一脸局促。

零日传说Ⅰ·命运

白凌霄反应了有两三秒，才喊出男生的名字："陆星移？你怎么来了？"

是之前在地下的猎人基地里认识的男孩。

"叫我阿星就好。"男孩弯曲食指，用指节推了推眼镜，露出一个有些落寞的笑容："那个，我转校了，以后就在你们楼下念高二，也会和你们一起进行……呃，训练。"他看了看四周，并没有人特别注意他们，"你们……不介意吧？"

"这是哪里话！"小白一把勾住男孩脖子，"当然不介意了。多一个人，就多一个肉盾……是吧，沈放？"他故意坏笑。

"唔，是的。"沈放默契配合，点头表示赞同。

阿星被小白的话逗笑了，"本来叶乔要在下午训练的时候再告诉你们，但是我想早点见见你们。"

"今天她会来吗？"小白赶紧问。

得到肯定回答后，小白脸上不由自主浮起傻乎乎的笑容。

下午，叶乔果然出现了。白凌霄看到她白皙的手背上有道结痂了的口子。

"队长，你受伤了？"

"这点算什么伤？"叶乔满不在乎地答。

小白看她没有继续说下去的意思，只好识相地闭了嘴。

走出校门，叶乔带他们去了附近的一个停车场。她掏出一把车钥匙摁下，不远处，一台橙色越野车叫了两声作为回应。叶乔示意三人坐进去，同时自己拉开驾驶室车门。

没人敢坐副驾驶，三个人都挤在后排。

叶乔倒无所谓，发动后驾车驶出车库，稳稳地开着。

第四章 三人组

虽然不是什么豪车，但中学生开车还是很少见的。何况这台车复古的外形加上出挑的橙色，莫名跟叶乔很搭。小白感慨着："队长，这车真酷，是你的吗？挺少见的，什么型号啊？"

"FJ酷路泽。寒假刚买的，以后用它方便带你们训练。不用再打车了。"

"你都有驾照了啊。"

"没有。"叶乔斩钉截铁地答道。

"呃……"后排三人头上飘过几条黑线。

叶乔补充说："不用担心，没有驾照只是因为不到法定年龄。"

沈放勉强笑着拍马屁："那是，大姐头的车技我信得过。"

叶乔从后视镜里白了一眼。

车子开出闹市，进入郊外，最后在一块杂草丛生的空地前停下。

叶乔拎起书包走进深深浅浅的草丛。三人跟在其后。

白凌霄小声问阿星："我记得你说过家在江北，怎么转来我们这里了？"

"负责训练我的那位猎人在前阵子的行动里牺牲了……"阿星小声回答。

小白没想到会是这样，一时不知怎么接话。半响又像想起什么："你来这边，老爸老妈没意见吗？"

"还好了，我到这边读书住校，没问题的。就算在江北念书时，也……"他低下头，没有说后面的话。

叶乔打断了他们，"陆星移，不管发生了什么事，我都希望不会影响你成为猎人的决心。"

· 121 ·

零日传说 I · 命运

难以察觉地,阿星扬了扬嘴角,脸上写满坚定,"绝不会。"

叶乔点点头,"很好。那今天不如就让我看看,你们都到何种程度了吧。"

听到叶乔这么说,三个人顿时热血沸腾起来,他们都一脸期待地望着她,等她说下去。

她依次扫视过三人脸庞,"你们两两对打吧。"

"对打?"三人同时问。

什么嘛,这又不是相扑选手选拔。小白内心吐槽。

叶乔一脸不关我事的表情,"陆星移,我不知道你之前进行过怎样的训练,今天就让我们见识一下吧。你和白凌霄先来,不用武器。"

小白抱歉地看着阿星。这个阿星温和得像个女孩子,比自己还矮半头,和他对打,真有点下不去手。阿星却一脸泰然,似乎已做好了应战的准备。

白凌霄呼一口气:"阿星,我……我上了啊。"

"好的。"

反正要分出个胜负,不如尽快解决。这么想着,小白快速冲上去挥出一拳。

不料阿星竟比想象中灵活很多,轻易就侧身躲过了自己的攻击。

"阿星,看不出来啊,不赖嘛!"

白凌霄连续出拳,陆星移也迅捷地躲避着。突然,小白脚下一滑,低头去看,竟是阿星抓住了一个破绽,绊住了小白的左脚。还来不及反应,白凌霄整个人就脸朝下摔在地上。

第四章 三人组

小白没想到阿星如此难对付，认真起来。他从地上翻起，使出全力张臂前攻。阿星伸出侧身接招，耐不住小白的蛮力，只好正身与他扭在一块儿，场面顿时变成单纯比谁力气大的死局。

小白问："队长，你……你确定让我们继续这样下去？这算什么啊？"

他以为叶乔会训斥回来，没想到只听见她轻轻叹气的声音。

"是我提了奇怪的训练方式，算了，停下吧。我只是想确认一下你们的实力罢了。"

"啊？这……"小白和陆星移面面相觑，最后都收了手，气氛一时有些尴尬。

叶乔伸了个懒腰，不顾那三个茫然的男生，整个人躺到草丛里，睁着眼睛直直看着天空。"真累啊，休息一会儿吧。"

他们不知道叶乔怎么了，明明刚刚开始训练……

但既然她让休息，那就放松一下好咯。这么想着，三个男孩也陆续学着叶乔的样子躺了下来。

小白还是有些担心，这几天叶乔似乎有些不正常，却没问出口。

冬天快结束了吧？

按日历来说，已经立春了，只是气温还没回升。有些昏昏的阳光铺在小白脸上，苍白且没有温度。

"我必须告诉你们，事态的严重远远超乎我们所有人想象。"叶乔终于还是开口说话了，像是给他们介绍情况，又像自言自语，"目前已知的异兽入侵通道入口有六个，俄罗斯西伯利亚、北极圈内的欧洲大陆、大洋洲西北、南美亚马逊河、非洲撒哈拉

零日传说Ⅰ·命运

沙漠、中国青藏高原……都有。

"更近的危险是,到现在我们还不知道上次那群鬣狗是怎样入侵地下营地的。这些天我们一直在调查这件事,不但没有任何进展,其间还造成不少伤亡……陆星移之前的教官也是……被它们杀的。死了很多猎人。从来没死过这么多。"

小白有点受不了这个气氛,缩了缩脖子:"干吗突然这么严肃……"

"大姐头什么时候不严肃啊?"沈放说。

"是哦。"小白就是一个好了伤疤忘了疼的人,虽然也遇到过好几次危及生命的情况,但毕竟都有惊无险地解决了。特别是体验了第一次杀死异兽的成就感后,更是觉得没什么好怕的了。

虽然他也不想死翘翘,但……其实,生命危险是一直存在的吧?

"反正都上了贼船,又能怎样?"小白撕着干草叶。

"我不想看到你们成为炮灰。"

"队长,既然这么想,早让我退出不就好了嘛……"为了活跃气氛,小白故意抱怨,"当时是谁用武力强迫我加入的啊!"他以为这样说,就会迎来叶乔劈头盖脸一顿胖揍。至少能让叶乔恢复往常的样子。

可一反常态,叶乔只是小声说:"是啊。你现在要退出就退出吧,我不会再强迫你了。"

她这个态度,反而噎得小白不知怎样接话。

"我已经不想退出了啊。"过去好一会儿,小白躺在地上摇了摇头,轻轻说道。他还记得长刀劈开异兽身体的触感,那种感觉,就像是在和过去那个胆小懦弱的自己告别。

第四章 三人组

比起壮烈地死掉,当一辈子小透明小空气、连喜欢的女孩都从不正眼看自己,才是无法忍受的人生吧?

"哦,是吗?"叶乔扬了扬嘴角。这抹笑容像一圈轻轻的涟漪,在她脸上一闪而逝。没人看见。

她任由阳光落在自己眼里,晃得眼泪都流出来。从小由父亲那种硬汉带大,七岁开始接受父亲挚友训练,九岁第一次杀死异兽……她的生命里只有铁血和战斗,连怎么哭泣都忘记了。她从记事起就没哭过,现在也忘了怎么去哭。虽然很多战友死了,心是悲伤的,但还是只有盯着太阳看,才会流出一点点眼泪。

没有人说话。所有人都各怀心事地沉默着。

好一会儿,沈放打破沉默:"大姐头,我可以问你一件事吗?"

"嗯。"

"你认不认识一个……"他像是下了很大决心才问出这句话,"叫宋禾的猎人?她还……活着吗?"

"宋禾?当然了。没有人不知道她。她是一位非常厉害的猎人,只是跟薛荣一样,有点不守规矩。"

真的是她吗?沈放闭上眼睛,他觉得自己心跳停止了。

这个问题问出口时,他甚至都做好了听到她死讯的心理准备。没想到这么顺利就能听到她的消息。沈放的手慢慢握成拳头,忐忑地问:"那、那要怎样可以联系上她呢?"

"你认识她?"

"那个,算是吧……哈,哈,"沈放干笑两声掩饰慌张,"我第一次遭遇异兽,就是她救了我。"

叶乔没有起疑,"她应该在某处执行任务,具体在哪儿,我也不知道。"

"没关系,这就足够了。"

虽然没问到具体消息,沈放仍旧觉得自己被一种巨大的幸福感击中了。如果说之前还是像一只无头苍蝇在乱撞的话,现在,他的目标一下子清晰起来。

要成为最厉害的猎人,找到宋禾!

而且,时间已经不多了。

照叶乔说的,现在异兽行动异常猛烈,不少猎人都牺牲了。就算相信宋禾姐姐的能力,也希望自己可以快点成长为那个能保护她的人。

沈放急道:"大姐头,有没有什么秘诀能让我更快成为厉害的猎人啊?"

"没——有——"叶乔拖长了声音,"世上哪有那么多捷径?那种掉下悬崖修得绝世神功归来的故事,现实里不可能发生的。"

"那你练了多久才像现在这么厉害呢?"

"我吗?"叶乔闭上眼睛。这么多年来,她只要一闭上眼,就能回想起自己跟着父亲和师父追踪异兽痕迹的场景。她不知道其他女孩的童年是怎样的,但她知道,绝不会是自己这样。她们的玩具是洋娃娃,自己的玩具是两把刀。"你们要达到我这个程度,必须很努力地追赶才行。我啊,可能从能走路起,就开始朝猎人的方向走了吧。"

今天是怎么了?跟他们说这么多废话。

小白想起自己的几次经历,危机时那种包裹住全身的温热,难道不是一种天赋吗?上次也是在这种温热中,莫名拥有了勇气砍向异兽,便插嘴道:"我们不是有猎人的血脉吗?肯定比普通

第四章 三人组

人强。"

"血脉算什么，不努力还不是不行。"沈放不知哪儿来的火气，着急反驳道。

"大哥，你别这么激动……"

沈放自知过激，呼了口气，"真想快点变厉害啊。"

几人聊了一会儿，白凌霄才突然发现阿星一直没插话。说起来，带自己的教官居然死了，中途换到另一个小队，无论怎样都不会好受吧？这个看上去过于温和的男生，怎么看都不是那种热血莽撞的一根筋少年，会选择成为猎人，还真是奇怪。这么想着，小白开口问道："阿星，我说啊，你为什么会决定加入猎户座呢？"

"我吗？倒也没什么特别的理由，非要说的话，大概是因为孤独吧。我总是一个人，有时候啊，就觉得太无聊了。我性格也比较内向，在学校里并没有几个朋友。因为曾经遇到异兽，也见识到那位猎人不凡的身手，当时就觉得自己要成为像他一样强大的人……收到邀请那天，是抱着'说不定能交到知心的朋友哦？''说不定能成为很厉害的战士哦？'这种心情去的……不对，应该说是幻想吧。"

"不觉得那些怪兽可怕吗？"

"并不。"陆星移苦笑了一下。"虽然说起来有点故作成熟，但比起面目狰狞的异兽，更可怕的是人心吧。"

小白没听出他话里的含义，只顾着追问，"不觉得可怕？一次也没想过要退出？"

"从没。"

"喊。"本来想从阿星那里找点儿安慰，谁知那小子竟这么坚

· 127 ·

定。小白嘴硬道,"是啦,我也不会退出的。"

又隔了一阵,他们听到叶乔笃定的声音,"你们对即将面临的危险,必须有心理准备。"

2

俄罗斯西伯利亚地区。

雪还没有完全融化,稀稀松松地覆盖在松树上。一眼望去,荒无人烟的土地只有黑白两色。

女人一头短直发,露出白皙的脖子。头发一边别在耳后,一边盖在脸上,和嘴角连成一条性感的弧线。

下颌线棱角分明的男子在树干上布着陷阱。

两个人没做交流。

五头皮毛雪白的猛兽凭空出现在林间,朝着女人的方向飞奔。

女人大喊:"它们来了,九点钟方向,就是现在!"

男子摁下手中机关。

一张网如屏障般嗖地一声在林间竖起。五头白兽接连撞在上面,被弹出去数米。它们抖了抖毛,咧开嘴,露出獠牙。

面对这样凶猛的异兽,男子竟然几同赤手空拳,只套着几乎没有长度的指虎。仅这一两秒的时间,他已蹬着树干跳到五头猛兽之间,快而狠地挥拳攻击。

他的拳头捅穿两头兽V形下颌骨的中间,直接砸碎上颌。异兽喷着血倒在一旁。

另外三头弓起背部,发出愤怒的嚎叫。

第四章 三人组

兽就是兽,稍微引诱它们一下就上钩了。女人嘴角露出一抹坏笑,掀开风衣,两把扎线枪别在左右大腿两侧。她迅速拔出它们,对准不远处的云杉射击。几根细线嗖嗖射出,稳稳绕住树干。女人双臂使力,借助细线的弹性,荡秋千般飞到林里。她闸断废线,重新对准那三头猛兽射击。几股线飞出去,将猛兽牢牢绑住,令它们动弹不得。

"小怪兽们,怎样啊,姐姐很厉害吧?哈哈哈哈哈!"一边这么说着,一边却狠狠一拉将线收紧,细线在白兽身上勒出血印,"想跟姐姐对抗,光是五头孟极可是远远不够啊!啧,无聊无聊。不玩了。薛荣,你来吧。"

"这么大了,还跟小孩似的。"

"怎么,你有意见?"

男子脸上露出无奈的笑容。他再次挥拳,又打碎两头猛兽的头颅。

"等等,不许你耍帅了!"女人跺了跺脚,"留一只给我。"说完,她双手交叉,细线变成利刃,将最后一头猛兽的脖子切开。

"不是你让我杀的嘛……"男子小声嘀咕。

"喂,你要学会领悟我话里的含义!"

"是吗……"

"不许有意见!"

"是是是……"男子不住点着头。

突然,他吊儿郎当的表情定格,眉头逐渐紧锁。

"小心后面!"下一刻,男子用手肘将女人猛地撞向一侧。几乎同时,一头不知何时出现的巨兽猛扑过来,一爪扇在男子肩膀上。男子的衣服破碎飞出,露出血肉模糊的肩肉。

零日传说 I · 命运

利爪抓出的几道口子,足有两三厘米深,陷进肉里。

原来那五头孟极只是诱饵。以为它们上了当,其实上当的是自己。

女人反应很快。她仰倒在地,借势翻滚起身的同时,就已经对准云杉的枝丫射出细线,用力一跃,跳到树上。这时她才看见这头巨兽的面目。

似虎似牛,长着一对巨大到夸张的翅膀,浑身毛发如棘刺。

她倒吸一口凉气:"穷奇?"

传说中的四大凶兽之一,印象中从近古以来就没有过关于它的目击报告了。

而此刻,这头凶兽竟切切实实出现在面前。

"别管我这边,我能拖住它,去拿枪!"女人对男子喊道。

男子担忧地看了女人几眼,在半秒内做出了决定。他不顾肩膀的伤,朝帐篷狂奔。

猛兽露出獠牙,展翅欲飞。

但女人几乎在说话的同时已经射出几条细线。很快,射线布成一张网,将这头穷奇困在了地面。

作为一名极为出色的猎人,哪怕面对的是传说中的凶兽,也会有自己的办法。

但她知道,这困不住它。

果然,巨兽发出震耳欲聋的咆哮,然后,轻松把缠着细线的巨树撞断撞倒。

女人紧咬牙,继续在树林间穿梭、织网。

帐篷建在刚才那块空地处。男子到了那儿,才发现帐篷已经被毁。他在一片狼藉中摸索,很快握到那把赫克勒-科赫MSG90

第四章 三入组

的枪托。

还好枪在。

危急时刻,规矩能救命吗?去他的猎人守则!

他定了定神,举起枪管,从目镜里瞄准巨兽头部。

"扑倒!"

他甚至没听到回应就扣动了扳机。他相信她。

一枚子弹飞出。

看到袭来的竟然不是刀枪而是子弹,怪兽似乎愣了一瞬,眼神里满是不可思议。

子弹砰的一声炸响,击进一棵粗壮的树干。而本来在树干前面的那头巨兽,消失了。

两人保持防御的姿势,四下看了一圈。

"它逃回去了。"男子说。

女人气鼓鼓哼了一声,并未说话。

即便是四大凶兽之一,也不会单独挑战现代化的高科技步枪的。

"这件事必须马上跟上面汇报。竟然出现这东西,必须引起重视。"

"嗯。"女人点点头,"对了,你那两个小猎人训练得怎样了?"

"他们根本不用我。"男子席地坐下,"那个南宫,也不知什么背景,我上次试了他一下,身手完全超过一些普通玄铁猎人了。何念念嘛,看起来小小瘦瘦的,不过倔得很。再说了,她是猎医世家,兽毒方面的事,比我还懂。"

女人嘟起嘴,叉腰俯视男子:"哦,对那个小姑娘这么夸赞,是不是看上人家了？"

"没有没有，"男子赶紧摇手，"女王大人饶命！"

"姑且相信你。"女人点了点头。她像是想起什么事，虚着眼看向天空，"树城啊。"

"那里出现异兽的频率比其他城市都高，不知它们在找什么。穷奇既然已经出现，不排除它会去城市的可能。"男子正色说。

女人也收起嘻嘻哈哈的表情，恢复严肃神态："我在这里两个月了，可以确定通道的入口之一就在这儿，但对于怎样封上通道，还是毫无头绪。你知道我怎么想吗？"

"女王大人请讲。"

女人白了男子一眼："严肃点儿，我在说很严肃的事。"

"你说。"

"我在想，既然无法封死通道，那我们是否可以找出一个方法，穿过通道，去它们的世界……"女人握紧手里的扎线枪，笑得有些邪气，"说什么用热兵器灭不了它们，它们一看到枪炮就跑回自己的世界，猎户座不许我们用热兵器。哼，带着大炮穿过去把它们全部炸飞，它们不就不会来了？"

3

"沈放，该！走！了！"白凌霄贴在沈放耳边大叫。

这人搞什么啊，不是每次训练最积极吗？今天到了训练时间，却睡得跟死猪一样。

沈放从梦中一下子惊醒。

第四章 三人组

居然睡昏了头，连现在是上午还是下午、是星期几、是在哪儿都不知道。缓了好半天，才想起是在学校。这几天睡得太晚了，果然还是不行吗？沈放揉了揉脸。

"走了啦，叶乔和阿星已经在楼下等我们了。"

两人拎起书包，穿过同学们羡慕的目光。有人在后面喊："喂，你们每天都提前放学，到底是练习编程，还是去玩啊。"

沈放头也不回，"当然是练习了，忙都忙死了，哪有时间玩？"

"这么说也太过分了，不管怎样，总比我们在教室里做卷子好吧……"

"喊，能好好坐在教室里做卷子也很幸福啊，慢慢享受吧。"小白发自内心地感叹。

但这话却被同学当成了揶揄，不满道："白凌霄，你说这话就没意思了。"

以前跟这同学关系也不错，课间常一起玩的，现在却觉得就像两个世界的人了。小白不想跟他计较，吐了吐舌头："得，算我说错了，明天请你吃鸡排。"

这人吞了下口水，伸出两根手指："两个。"

"好吧。拜了。"

随口应付过去，出了教室，和沈放并肩走在夕阳的校园里。春天到了，梧桐抽出新芽，看过去绿蒙蒙的一片。这个世界明明还是按规律运转着，并没什么不同。就算说入侵地球的异兽达到了峰值，既没见它们满世界乱跑，也没再听哪个同学提起目击了它们。危机真的来了吗？

这么想着，小白小声问沈放，"你真的相信异兽要来侵占地

零日传说 I·命运

球这种说法？"

"嗯——"沈放过了一会儿才问，"你说啥？"

"喂，"小白有点抓狂，"你这几天怎么了，老不在状态。不会是知道宋禾的消息后激动过头了吧？"

"才没有，"沈放摇摇头，又说，"不过也可以算是吧。我跟你说，我很理智的。我希望尽快查出异兽行踪的线索，这样就可以帮到她了。"

"怎么查？你这算理智？"

"我告诉你啊，不过你不许跟叶乔说。"沈放自顾自说下去，"我这几天晚上都在外面追踪它们的痕迹。可能睡太晚了，白天才精神不好的。"

"你……"小白瞪着沈放，像在看一个走火入魔的人。

"别说，还真让我发现一点踪迹。"沈放完全没关注到小白的眼神。

"这也行？什么踪迹？"

"还记得我跟你说的我第一次遇到异兽吧？那回是在一处拆迁的棚户区。前天晚上我去了那里，那里已经修了新的公寓，完全变了样，我想它们不会再在那儿出现了。于是我又去了上次我们一起遇到白牛的那个巷子，你猜我发现了什么？"

"什么啊。"

"我发现了异兽的粪便。"

"……"小白有点头大，"你凭什么认为是异兽的粪便，也有可能是狗屎。"

"哎，我跟你说不清。今晚来不来？你和我一起去看了就知道了。"

第四章 三人组

"就算是异兽拉的屎又怎样?"

"你不觉得它们老在我们树城出没很奇怪吗?说不定能摸到它们的窝点,这样就可以叫大姐头来把它们一锅端了!"

"哦。"

"哎小白,我说你这人怎么一点儿激情都没有?"

"激情能让我多活两年?"

"你就不想想那个……那个蒲苇?如果你成了牛逼的猎人,异兽大举进攻时,你就能保护她了,还怕她不对你另眼相看吗?"

"不、用、你、管。"听到蒲苇这个名字,小白变得不快。

真是哪壶不开提哪壶。

白凌霄想起的是高一那件事。

那时候自己刚喜欢上蒲苇不久,还在跃跃欲试策划着表白。如果有表白成功的机会,谁愿意默默无闻暗恋三年啊。

蒲苇是班里的文娱委员,还入选了学生会文娱部干事。

学校每年十月的运动会期间也会举办艺术节,这是树城中学几十年来的传统。艺术节包括学生美术作品展、校放映室的经典影片展播等等。

但最让学生期待,也是作为学校招牌的,是一年一度的艺术节开幕式晚会。

为了接近蒲苇,没有半点文艺细胞的小白自告奋勇加入了班级的节目筹备组,帮蒲苇打杂,忙前忙后。

他们四班的节目,是和高一年级的其他两个班一起,演出话剧《海的女儿》。

蒲苇自然是演小美人鱼了。

零日传说Ⅰ·命运

剧组成员围在一起讨论时,有人说:"这个故事太老土了。谁都知道剧情,还有什么好演的。"

蒲苇撒娇,"我就喜欢这个故事嘛!嗯,太滥俗的话,加点新鲜元素进去好了。"

"有什么新鲜元素可加呢?"

"要不然让美人鱼最后跟王子幸福地生活在一起好了。"说这话的是王子的扮演者。他一边说一边笑着看蒲苇。

白凌霄感受到了他话里的暧昧,非常不爽地赶紧反驳,"这怎么行?这……这样一改,故事就没深度了。"

这次蒲苇站了小白这边,"是啊,这个故事的高潮就在于小美人鱼投海化作泡沫。改成和王子幸福地生活在一起,"她看了王子一眼,"虽然也很好,但就不感人了。"

"不改剧情的话,怎么让观众觉得新鲜呢?"

蒲苇咬着嘴唇思索,突然露出一抹坏笑。

白凌霄有种不好的预感。

"我知道了!"蒲苇兴高采烈地说道,"找个男生演巫婆,既不影响剧情,又会很搞笑的。现在不是最流行反串吗?"

其他人七嘴八舌地附和:

"哎,这个好!"

"哈哈,光是想想都很好笑了。"

"问题是找谁来演呢?"

蒲苇的目光落在白凌霄身上,"小白,怎样,这个光荣的任务,就交给你吧?"

"啊?我……"

蒲苇不等小白回答,"就这么愉快地决定了。"

第四章 三入组

晚会上。

蒲苇穿着洁白的、点缀着绸缎花朵的鱼尾礼服,款款走上舞台。

在后台的小白看得都呆掉了。平时穿着校服,只觉得这个女生可爱,换上礼服化上妆,才发现竟像电视上的明星般熠熠夺目。

第一幕是小美人鱼在海面游泳,看到王子的场景。随后她陷入了单相思。

很快,剧组的同学捅了捅小白,"发什么呆呢,该你上场了。"

"哦,是哦。"

白凌霄穿着黑色斗篷,照排练的那样到舞台上指定位置坐下。射灯亮起,追着小美人鱼的步伐,慢慢照到自己这边。

蒲苇娇滴滴地说:"海巫婆,我、我想去岸上。您能让我长出两条腿吗?"

白凌霄尖着嗓子回答:"为了什么?让我来猜猜⋯⋯哦,为了爱情。真蠢!你知道吗?这是要付出代价的。"

效果比预期的还要好。他的嗓音一出来,台下的观众们就笑得前仰后合。掌声、嘘声响成一片。

白凌霄知道自己看起来没法更白痴了。脸涂得比面粉还白,面颊上打了两团青色。一顶乱蓬蓬的长假发披散在斗篷上,不男不女。还有那双——网眼丝袜。

并不是巫婆应该穿网眼丝袜,只是这样混搭更奇怪更搞笑罢了。

零日传说Ⅰ·命运

"我愿意。"蒲苇说。

有那么一瞬间,白凌霄恍了恍神。但很快,观众的笑声提醒了他蒲苇说的"愿意"指的是什么。他接着背台词,"我可以给你煎一服药。喝下去,你的尾巴就会从中劈开,变成两条腿了。不过,哦呵呵呵呵,你需要用你的嗓音来交换。"

"我愿意。"蒲苇低着眼睛说。

白凌霄在心底叹了口气。

他扮演巫婆的这幕戏掀起整个晚会的第一个高潮。

很快,他的戏份结束了。他重新回到后台,看着舞台上。蒲苇换下了鱼尾礼服,穿上欧式复古公主装。她跪在地上,吻了"落海窒息"的王子。观众席再次炸裂。

哪怕知道是借位,心还是像被堵塞的马桶一样郁闷。

靠,为什么本大爷要答应演巫婆?把所有人的快乐建立在一个人的尴尬身上,很好玩吗?

也许……他们真的觉得很好玩吧。

最后一幕,王子和人间女子结婚过上了幸福生活。白凌霄再次登台,对蒲苇说:"你可以把王子杀死,"他说这句话时是真心的,"这样你就可以重新回到海底的宫殿,变回一条快乐的人鱼。"

蒲苇流着眼泪,挣扎一番后,选择了跳海,化为泡沫。

真凄美。小白觉得自己几乎要被煽情的剧情弄哭了。他第一次感受到,原来安徒生的童话如此悲伤——他在后台一边换衣服一边想,我才该演美人鱼好吧?我才是不计较回报傻傻付出的那个人吧?

谢幕,蒲苇回到后台,站在小白身边,一起看接下去的

第四章 三人组

节目。

她没有换衣服,似乎很享受穿着公主装。她对小白说:"今天辛苦你了,效果超好哦!"这个语气,和刚才那条悲伤的小美人鱼判若两人。

因为得到夸奖,白凌霄的郁闷消散了些。

本来,他就在沈放的怂恿下,打算今晚跟蒲苇表白。

沈放说的是,蒲苇有什么事都找你商量吧?蒲苇不高兴时,都找你倾诉吧?再不表白,算不算男人啊?

小白觉得有道理。

他想了半天,最后决定用一支LAMY的钢笔作为礼物。他花了两百多块钱,还选择了礼品包装。他想,这个礼物应该不算寒酸。现在,那支笔正躺在精致的绒布笔袋里,静静揣在小白裤兜。

舞台上正进行到歌唱节目。一个看起来很臭屁的男生在唱流行歌。他打扮成嘻哈风格,熟稔的台风引得台下女生一阵阵尖叫。小白握着礼盒的手心出了汗。

不如,就现在?

他吸了口气:"蒲苇,那个……我……"

蒲苇根本没注意到小白的情绪,只双眼放着光盯着舞台:"那个男生好帅哦!"

"啊?嗯……"

"哈哈,我想象中的男朋友就该这样。小白,你知道吧,我喜欢发光的男生。"

发光的男生。白凌霄在心底重复着这个短语。不懂。

"就是那种万众瞩目的男生了啦。"蒲苇比画着,"在舞台上,

· 139 ·

零日传说 I · 命运

就好像是舞台之王，所有观众都被他调动起情绪，为他疯狂，随他摇摆。他只要在人群里一站，所有人都能立即被他吸引……"

反正不是我这样的。小白暗自拿自己跟蒲苇说的那种男生做了对比。

"谅你也不懂。"看着小白迷茫的样子，蒲苇想了想重新比喻道，"超级英雄漫画，看过吧？他拯救了全世界，是全人类的偶像，但他只喜欢女主角一个人。"

你是不是偶像剧看多了……小白在心底吐槽。

蒲苇掏出一个首饰盒。

咦？

她指着盒子上的标签，"看到了吧，Tiffany 的，一条手链。十班的周曦送我的。"

周曦就是扮演王子的那个男生。白凌霄捏着拳头，演王子了不起啊，早就看出你对蒲苇打歪主意了！

"你、你答应了？"

"才没有，"蒲苇做了个鬼脸，"谁会喜欢他啊？唯唯诺诺的，连个舞台剧都演不好，居然紧张到背错好几处台词，我才看不上他。不过嘛，这条手链我还是比较喜欢，就收下了。"

那我还有机会，豁出去了。小白试探着问，"那我呢？"

"你？"

"嗯，如果是我……向你告白呢？"

"哈！哈！哈！"蒲苇捂着肚子，"你？哎哟，小白你别逗我笑了。我一直拿你当闺蜜的，你可是愿意演巫婆的妇女之友啊！"

就这样，也不知有几分认真地，被拒绝了。

那支 LAMY 的钢笔，最后也没送出去。小白生气地留下自

第四章 三人组

用,但没用多久,笔尖就掉到地上摔折了。又过了一阵,小白在百货商场看到Tiffany专柜。他觉得这个英文单词很熟悉,像在哪儿见过。等他想起是在哪儿见过、然后过去看了一下手链的价格后,他的第一次也是唯一一次告白,终于以彻头彻尾的失败告终。

"虽然嘛,我早跟你说过,我觉得那个蒲苇不怎么样,"沈放的声音把小白从回忆里拉到现实,"但我知道这种暗恋一个人的心情……"

"所以咧?"

"你真没想象过蒲苇知道你是异兽猎人后的样子?说不定会让她对你刮目相看。"沈放一脸期待地看着小白。

白凌霄认输:"好好好,我加入。今晚在哪儿见?"

"我在你家楼下等你,然后带你去个地方。"

结束一天的正常训练,小白回到家。吃完饭,假装回卧室睡觉,再从窗户翻下楼,这事他很熟练了。

沈放在楼下等他。

两人骑上自行车,在深夜的道路上并肩前行。

"小白,你听,是不是有什么声音?"

"啊?"

"嘘——"沈放把食指压在嘴唇。

白凌霄竖起耳朵,果然,一阵呼救声从远处若有若无地传来。那个方向,正是之前异兽出现过的巷子。他和沈放对视一眼,达成一致——肯定是异兽出现了,快去救人!

零日传说 I · 命运

　　他们抡起腿朝呼救的方向加速骑去，呼救声越来越响。等他们到了巷子转过转角，才发现根本没什么异兽。

　　几个黑影在晃动。

　　"是抢劫啊！"沈放很快反应过来，说着扔下自行车冲了上去。

　　那边，一个六十来岁的老头死死将一个布袋抱在怀里，三个青年对他拳脚相加，老头子却不肯放手。

　　白凌霄紧随沈放后面，跑过去一下将老头护住，"这里交给我们，你快跑。"

　　老头从地上摸起眼镜，颤巍巍戴上，"你们……"

　　"哎，真是的，这么晚了怎么一个人走小路？放心吧，赶紧离开这儿。"

　　"啊，好。"老头子扶着墙站起身，抹了抹嘴角的血，晃悠悠走到一旁。

　　那三个青年要追，被白凌霄和沈放拦下了。

　　"臭小子，别坏我们事儿，滚开！"为首的青年威胁。

　　这时，他们才看清了彼此。

　　一股火从小白的脚底直蹿到脑门：这不是上次抢走我新手机的杀马特三人组吗？

　　此仇不报，更待何时！

　　杀马特青年也认出了小白，"原来是你小子。怎么，上次的教训不够深刻？"

　　"当然很深刻了。"比起凶猛的异兽，你们都弱爆了。白凌霄头一次在面临危机时嘴角上扬了一个弧度，无比淡定地说出台词，"真该感谢你们教我的东西。"

· 142 ·

第四章 三人组

说起来，要不是上次被他们打了一顿后绝望地躺在地上，说不定就不会遇到异兽，也就不会发生这后来的一切了。

"确实要谢谢你们，我才能变得这么强啊！"小白一边说着，一边快且准地跃起，借力蹬在墙上伸腿一扫，漂亮且轻易地一个连环腿将三个杀马特踢翻在地。

杀马特显然不敢相信刚才那一瞬发生了什么。他们从地上翻起，再次挥拳揍向小白。这一次，沈放出手，很快将三个人麻花似的扭成一团。

"小白，你跟他们有仇？"

"不是小仇，"白凌霄想起来就生气。被抢走新手机后，害自己只能又用回旧手机，王者荣耀都掉段位了。他对三人组伸出手："把本大爷的手机还来！"

那三个人显然蒙了，他们不知道这三个月发生了什么，才能让这个男生发生如此翻天覆地的变化。他们想反抗，可现在连一个小白都打不过，更别提还有个沈放了。

为首的杀马特使了个眼色，另一个叫道："松手，松手啊，还你还不行？"

沈放将他们松开。

他们却转身就跑。

靠，当本大爷这些日子跑酷是白练的？小白拔腿就追，几步追上后双腿朝墙上一侧，竟横着身子在墙上跑了五六步，然后落下来挡到他们身前。

沈放堵住后面，不出五秒，再次将他们两头的去路都封死了。

这次三人组终于无计可施了。他们哆哆嗦嗦掏出兜里两张一

零日传说Ⅰ·命运

百元钞票递上,"手机已经卖了,身上就这点钱,您拿去用吧,大爷饶命。"

"好吧,这次饶了你们。但以后再让我遇到你们在这儿抢劫路人……哼!"白凌霄不想跟他们再争执,接过钱,示意沈放放他们离去。

周围回归寂静,白凌霄和沈放继续寻找其异兽的踪迹来。
"你说看到了它们的粪便,在哪儿啊?"
"奇怪,"沈放嘀咕着,"上次来还有的。"
"我都说了是狗屎嘛。被环卫工人扫走了。"
"不是,狗屎能那么大一堆?很明显是牛粪,但你从小到大在我们城市里见到过牛吗?一定是那头像牛的异兽拉的。"
"说不定就是真的牛啊。"
"你以为这是印度啊!"沈放坚持,"不管怎样,这是唯一的线索。上次我顺着粪便,还发现了脚印。可惜下过雨,没多远脚印就消失了。我觉得它会再来的。"

两人又找了一圈,还是没有什么收获。小白困得睁不开眼地回家睡觉了,他觉得自己做了个非常错误的决定,那就是听信了沈放的鼓动,参与到这种莫名其妙的行动中来。

异兽要是那么容易被找到,早就被消灭了。

4

奥地利,施泰尔马克州。
一台加长版的劳斯莱斯黑色幻影停在草场旁。司机下车后恭

第四章 三人组

恭敬敬地拉开后座车门,俯首站立。

一双一尘不染的短筒马丁靴点地,随即是一个穿着普鲁士蓝大衣的挺拔身姿猫腰而出。

是名少年。一头金发在晨曦里微微闪烁。

金发少年对司机交代:"你在这里等我。"

"是。"司机重新回到驾驶室。

金发少年双手插在衣兜,朝草场深处走去。脸上没有一丝表情。

草场深处,一张白布盖着一具尸体。有两名青年在尸体旁确认痕迹、采集土壤。他们看到金发少年后,露出谦逊的表情,招呼道:"索伦。"

金发少年点点头,"查清了吗?"

"是狮鹫。他遇到了狮鹫。"青年一脸惋惜。

金发少年的嘴角有那么一瞬的抽动,"愚蠢。"

虽然这么说着,他还是不顾晨露的潮湿和泥土的泥泞,蹲下身,摘下手套,伸手掀开白布。

白布下盖着的是一名和他年纪相仿的少年,棕色卷发,脸上脏兮兮的,还留着战斗的痕迹。再往下掀,卷发少年的胸口露出来。衣服本身的颜色已经看不到了,心脏部位满是血污。

"他是被狮鹫一爪抓破心脏而牺牲的。"

"牺牲?"金发少年挑了挑眉,"送死罢了,连牺牲也谈不上。"

他将白布重新盖回去,站起身,戴上手套。

和逝者并不算朋友,只因为对方作为新人加入猎户座后,和自己分配到一起训练和执行任务。那家伙似乎很要强，不甘心一直落在自己后面，说过很多次"索伦，你等着瞧，我会杀死一头你想象不到的猎物给你看！"这种宣言。

本以为是一时赌气的话，没想到还真的蠢到单独行动、去和狮鹫作战的地步。

"知道他是怎么和狮鹫遇上的吗？"金发少年问。

"似乎是一直在暗中调查异兽，不知怎么追踪到这里来的。"

"那头……畜生呢？"

"现场完全勘测不到它的血液，应该毫发无伤。"

金发少年站起身，"如果再发现它的行动踪迹，请务必告诉我。"

"嗯？"

"我会亲手了结它的生命。"

"索伦，别逞强啊，谨慎为上。"

"我有分寸。不会像有的人那么没脑子。"金发少年瞥了眼白布，"那么，告辞了。"

他重新回到泊车的位置。司机见他来了，赶紧拉开车门，却不禁皱了皱眉："少爷，您的衣服脏了。"

"嗯。"金发少年不愿多说话，沉默着坐进车里，仰头靠在椅背，闭上眼睛，仿佛无比疲倦。

5

因为前一晚和沈放去追查什么异兽的踪迹了，白凌霄正在课堂上昏昏欲睡。

第四章 三人组

一点儿收获没有不说,还害得自己困得不行。

前排的蒲苇转头来问:"小白,这个周日我过生日哟,你来吗?"

白凌霄揉了揉脸。是哦,高一和高二都提前一个月就开始想给蒲苇送什么礼物,这次竟完全忘了这回事。

"当然去啊。"他想也没想就回答。

"中午吃火锅,下午去唱K,怎样?"

"我没意见,随你安排。"

蒲苇点点头。

"你想要什么礼物?"

"哎呀,真是没诚意。自己想呗。"

"好吧。"白凌霄开始思考该送什么礼物。

但有那么一瞬,他突然感觉自己的心被一种悲伤填满了。

高考过后做什么呢?之前还暗暗想过要和蒲苇报同一所大学,现在却不知还能不能和普通人一样好好念大学了。那毕业是不是就意味着,再也不能和蒲苇见面了呢?

至少不希望她忘掉自己。小白想到了该送什么礼物。

蒲苇是个喜欢自拍的女生。去她的社交主页,能发现很多自拍的大头照。笑得没心没肺的,做着鬼脸的,扮着可爱的。

小白买了个电子相框,下载了蒲苇的所有自拍照片拷进去,最后小心翼翼地放了张自己跟她的合影在里面。

照片上,蒲苇一脸坏笑,自己则在一旁一脸傻乎乎的表情,像个大憨包。应该是高一春游的时候,在城郊的小山公园拍的。

周日。

零日传说 Ⅰ · 命运

白凌霄拎着包装好的电子相框，早早去了约定的火锅店。

等了半小时，远远看到蒲苇在其他同学的簇拥下走过来。她穿着薄荷绿的小短衫，配奶白色及膝裙，同样奶白色的花边中筒袜下，是一双和上衣同一个色系的复古彩皮鞋。两只手都拎着礼品袋。

"小白，你这么早就到了啊。"

"嗯！"白凌霄点点头，递上礼物，"这是送你的。"

蒲苇一脸为难："哎呀，拿不下了啊。你先拿着，待会儿放椅子上吧。"

"哦。"我的礼物并不重要么？小白有些失落。

但蒲苇并没注意到他的情绪。当然了，作为今天主角的蒲苇，怎么会关注到小白的小情绪呢？

反正也习惯了。白凌霄百无聊赖地坐着。炉火已经开了，辣椒花椒在红油里翻滚。蒲苇和坐她左右的闺蜜聊着天，不时发出哈哈的笑声，也不知她们在聊什么有意思的事。小白只能自己玩着手指。

手机响了。来电显示：沈放。

白凌霄接起来，听到那家伙抑制不住的兴奋声音，"喂，小白，你猜我发现了什么？"

小白看了一眼蒲苇，她正聊得火热，没注意到自己。小白捂着嘴小声问，"你找到异兽了？"

"是的，你哪儿呢？快过来！"

"我……"小白有些不好意思，"我在给蒲苇过生日。"

"我去，不会吧？别废话，我就问你一句，来不来？"

"这……对了，阿星呢？你可以叫他。"

第四章 三入组

"阿星和我一起呢。还记得那条巷子围墙后面停工的电梯公寓吗?"

小白回忆了一会儿,"知道。"那边十年前是棚户区,后来好不容易驱走了钉子户,开始开发电梯公寓。但听说又有拆迁户对开发商给出的条件反悔了,集结去闹事。不知怎的,修了一半还没贴砖的电梯公寓就停工了,放在那儿一年半载,无人问津。

"现在我可以肯定,它们的窝点就在里面。你知道吗?后来我又发现了脚印,一直通到楼里。小白,是时候干点儿惊天动地的大事了。"

"大哥,你要干吗?"

"公寓有两个出口,你和阿星负责守住就行。我进去引它们出来……"

"喂,你不是认真的吧?现在还不能确定是什么异兽,万一特别厉害怎么办?我们三个人搞得定吗?"小白忍不住叫出来。

然后才发现自己太大声了。所有人停下正在做的事,奇怪地盯着自己。

"什么事这么激动啊?"蒲苇问。

"哈,哈,那个,不好意思,我接电话。"小白抱歉地指了指手机,起身走出火锅店。

"小白你放心,不会有问题的。上次你不是一个人就砍死一头蛊雕吗?你就不想让大姐头另眼相看?我们等你来了再开始行动,快点啊。"

白凌霄捏着手机,站在火锅店门外隔着落地玻璃窗,看着里面的人。

蒲苇笑得那样开心。一桌人已经开始涮菜了,边吃边聊。似

· 149 ·

零日传说Ⅰ·命运

乎没有谁因为他的离席而决定等一等再开始吃,也似乎并没有因为少了他,而让欢乐的气氛有所减损。

不,应该说那拨人更无拘无束、笑得更开心了。

前两年蒲苇的生日聚会也是这样。

虽然都被邀请了,但一直是个可有可无的人。聚餐多添套餐具,唱K就坐在一旁欣赏鼓掌。帮忙拎包这种事倒干了不少。

不做点什么,这种状况就永远不会有改变。

白凌霄郑重地点了下头,对着电话那头说:"等我。半小时后到。"

"这才够朋友嘛!快来,我们等着。"

白凌霄看着那桌热闹的人,想了想,没有再去打招呼,挥手招了辆出租车。报了目的地后,他又给沈放打了电话。

"大哥,你有钱的吧?"

听到肯定的回答后厚脸皮地说道:"待会儿帮我付下车费。"

"没钱打什么车……跑步过来你不是最擅长的吗?"沈放一边抱怨,一边拿出手机扫二维码付款。

"是你叫我来的,出点车费怎么了?"小白不以为意。

出租车绝尘远去。三人站在工地,跃跃欲试。

"我找到了它的脚印,进入这栋楼后就消失了。它的窝点一定在楼内,"沈放介绍着情况,这才发现了什么,"小白,你武器呢?"

白凌霄翻了个白眼,理所当然地说,"没带啊,真是的,我是去给别人过生日欸,怎么可能带武器?"

"你……"沈放想了想,将自己的爪刀分给小白一把,"拿

第四章 三人组

着，防身用。"

"是啦。"小白接过来，将柄孔套在手指上转了几圈握住，"我说，我们真的要自己去？不用通知叶乔吗？"

陆星移也附和，"她说过让我们不要擅自行动的……"

"我给她打了电话，打不通，大概又在哪儿执行任务吧。等她就来不及了。"

本来还想退缩，但想了想，白凌霄又觉得大白天应该没什么问题，来都来了，进去看看也没什么大不了的。毕竟他不太相信进去就真会遇到异兽。几个脚印能说明什么？沈放又没亲眼看到它在里面。

"走吧。阿星，你去守住那边的出口，我和小白进去。"

白凌霄一副"为什么选中了我"的表情，"不是说我也守出口吗？"

"我后来发现那个出口对着派出所，异兽应该不会从那里出去吧，不需要守。"

小白无语。但他看着阿星瘦小的样子，没好意思继续争辩。

行动开始了，他和沈放蹑手蹑脚地朝楼里走去。

楼道很暗。电梯没通电，相当于摆设。两人推开安全通道的门，沿着步梯往上走。

"沈放，你知道这楼多少层吗？"

"二十四，咋了？"

"所以……如果它一直不出现，是不是意味着我们要爬到顶楼？"

"当然了。"

零日传说Ⅰ·命运

小白汗颜,"爬楼梯很好玩?"
"别这么多废话。"
"喊。"
小白右手拎着爪刀,左手拉着扶手,闷头往上走。每上一层,他都要和沈放出去巡视一番。好在现在体力比以前强了很多,抬头看已经到了八楼,还没怎么感到累。
"你真的相信它在里面?"他问沈放。
这一次,沈放的态度没有之前坚定了:"应该在吧。"
"半点儿动静都没有。"
"这不是才八楼嘛……"
两人不再说话,继续机械地调查着。
过了十五层,他们开始喘气。
小白念叨着,"沈放,我今天损失的体力,一顿撸串可补不回来。还有,我本来正和蒲苇吃饭的。为了你专程赶来,够朋友吧?结果你就这样坑爹啊。"
"你说谁是爹?行了,待会儿请你和阿星吃体育馆对面的老刘烧烤,算我的错。"
"哼。"小白嘀咕,"可是,我好不容易有和蒲苇在一起的机会,这你怎么补偿?"
"你以为我不知道?给她过生日,是去当拎包工吧?我这是救你脱离苦海。"
"你……"
沈放在前,白凌霄在后跟着。两人贫着嘴,已经认定楼里不会有异兽了,心里竟然不知不觉轻松起来。小白盘算着待会儿要吃些什么,好狠狠宰沈放一顿。

第四章 三人组

斑驳的墙壁上,一个蓝色的圈里写着"20"。小白喘着气,最后五层楼,赶紧走完拉倒。

他没有提议放弃,因为他知道沈放是个不撞南墙不回头的家伙。

"我说啊,你下次做事不要这么冲动了。就算还要冲动,也别拉上我了,我可恕不奉陪了。还说这次肯定没错、一定在里面,亏我急急忙忙赶过来……"

小白絮絮叨叨地说着。不知怎么,沈放没声儿了。小白只顾闷头走,一下撞在前面的沈放背上。

"哎唷!你突然停下干吗?"

沈放侧身后退了一步,同时握紧了爪刀。

白凌霄这才看见,前方的楼道口里,正立着一头巨大的猛兽,死死盯着他们。

第一反应是——假的吧?

但小白几乎立刻否决了这个想法。没有哪个公寓楼的楼道里会立一个可怕的巨兽雕像作为装饰。

"这这这……这不是那什么……"小白声音颤抖着,"狮鹫?"

白凌霄和沈放在猎人营地里见过这玩意儿的标本。当时叶乔告诉他们,五名猎人和三头狮鹫作战,全死了。

"不用怕。"沈放显然也记起了叶乔的话,他说,"我们有三个人。三个猎人对付一头狮鹫,有机会。"

"我们不是三个猎人。"小白一边往后退一边纠正,"我们是三只菜鸟。"

他们这时并不知道,狮鹫已经在遥远的欧洲大陆杀了人。

· 153 ·

零日传说 I · 命运

  如果说之前遇到的异兽让人产生即将面临一场恶战的感觉，那么此刻，他们的感觉是即将面临一场屠杀。
  不一样。完全不一样。
  狮鹫浑身散发出的杀气如在宣言，它不是偶然与他们遭遇的，它就是等在这里，为了杀死他们而来。这种气势，让沈放都有些怕了。
  "小白……你还好吧？"
  "说实话，不怎么好。"白凌霄觉得自己双手发软，明明刀子就套在手上，却感觉就要滑掉了一般。
  "它……这么大。这个楼梯很窄，我觉得对我们有优势。"沈放说。
  "你要跟他打？"
  "小白，你赶紧跑出去，叫阿星一起通知大姐头，我在这里拖住它。"
  "白痴啊你！要跑一起跑，还记得叶乔说过的话吗？猎人守则第一条，保持战斗力，不做无谓的牺牲。不过……你觉得我们能跑得过它？"
  "不试试怎么知道。"
  两人说话的同时缓慢朝后挪着。奇怪的是，那头狮鹫就这样死死盯着他们，却一动不动。
  "你说它是不是睡着了？比如，睁着眼睡什么的？"小白侥幸地问。
  "那还等什么，赶紧跑啊。"
  "嗯。"

第四章 三入组

小白又退了几步,确认那头狮鹫没动静后,转身狂奔起来。

哐当一声巨响,一段楼梯扶手从天而降,砸在他们面前的扶手上,又磕磕碰碰地向下掉去。白凌霄回头一看,那狮鹫一爪击断了扶手,正朝他们奔来。

刚才不动,只是因为藐视他们罢了。

小白一咬牙,翻过扶手继续跑,沈放在后面喊:"我们分头跑,我去东边的楼梯!"

来不及回应也来不及多想,小白继续逃命。

虽然朝沈放跑去的方向更容易抓住他,那狮鹫却根本不管他,直直追着小白而来。

靠,为什么每次都冲我?

白凌霄暗暗骂娘,不料一脚踩空摔了下去,索性抱起头往下滚。楼梯的棱角磕得他头昏脑涨,但比起被怪兽咬死,这点痛根本不算什么。他正为自己找到一个迅速的逃命办法庆幸,却一下感到自己的衣领被叼了起来。

"喂,喂,干吗?"他大叫。

那狮鹫像在玩弄猎物,叼起小白,将他甩向一边。

砰的一下,小白狠狠摔在地面上。

这一下摔得小白有些蒙了,只觉得眼冒金星,耳朵里嗡嗡作响。他支起身体想继续跑,但狮鹫很快扑过来,再次将他叼起,好玩似的晃荡。

被一只动物玩弄的屈辱感涌上小白心中,他举起爪刀,狠狠朝狮鹫的眼睛挠去。但还没接触到它,就再一次被甩开了。

狮鹫就在一米开外盯着他,张嘴发出怪笑。

"小白,我们来了!"

是沈放的声音。

伴随声音的,是一支离弦之箭。

那箭头正对狮鹫头部,眼看就要射穿它头颅。但那猛兽反应极快,稍往右侧了侧脖子,精准地用嘴叼住箭身,甩到一旁。

可恶!白凌霄以拳捶地,用尽全力支起身子,看到沈放和陆星移转过楼梯拐角,朝自己跑来。

"跑来送死干什么,叫叶乔了吗?她不来我们怎么打得过!"

"联系不上她,但总不能不来救你……"

沈放话还没说完,狮鹫就一翅扇去,他和陆星移毫无招架之力地连滚出去好远。白凌霄想赶过去,却自顾不暇,狮鹫再次叼起他晃荡。

奇怪。白凌霄此刻反倒冷静下来了。它要杀死自己简直是一瞬间的事,但它似乎并没有这么做。

或许异兽也有自己的思想,它想得到一些别的?

既然是异兽,这也不是不可能。

这么想着,白凌霄壮着胆子问了一句,"你、想要什么?"

刚问完,就再次被甩了出去。小白一头磕在楼梯,有一瞬间几乎就要晕厥。他觉得自己一定是脑子有病,才会去跟异兽说话。还好没被沈放听见,要不又要被他嘲笑好长时间了。

这么想着,小白不知为何觉得眼睛有点酸酸的,几乎要落下眼泪。

那边,沈放和陆星移重整旗鼓,再次发动了攻击。

沈放先冲上来,一跃而起,将爪刀砍下。然而这次进攻依然没有什么用。狮鹫尖啸一声,像拍开一只苍蝇般一爪打在沈放后腰。

从窗户透进的光里,白凌霄很清楚地目击了这个场景。

成为一个逆光剪影的沈放像一具被劈折的人偶,他的腰几乎往后弯成九十度直角,重重摔到地上。

它不是在玩弄我们!它要杀我们!小白突然全身如坠冰窖一般恐惧起来。

"沈放!"白凌霄大喊出声。

没有回应。

白凌霄心里咯噔一下。

陆星移的箭再次射来,直冲狮鹫头颅。但同样地,它轻易叼住了箭身。

以他们的水平,根本不能对它造成任何威胁。

白凌霄发狂般大叫:"沈放!还活着吧?!"

没有回应。

白凌霄摇摇晃晃站起来,举起爪刀不顾一切扑向那头畜生。然而狮鹫只是伸出爪子,就一把捏着小白逼向墙角。

"我砍死你!"小白一边挣扎扭动,一边乱叫。

狮鹫像在观察什么似的,既不攻击也不放手,就这么瞪着两只锐眼,仔细看着他。

然后,它像是明白了什么,放下小白,转而向在远处拉弓的陆星移走去。

小白忽然紧张起来,"阿星,你快跑!不要管我这边了!"

陆星移,是个怎样的人呢?明明之前才见过几次面,明明那么弱小,这种会送命的事,干吗兴冲冲地跑来掺和啊?小白吞了

零日传说Ⅰ·命运

口带着血腥味儿的唾沫，无力地靠在墙角想着。思绪像是涣散了，根本不能集中到战斗上面，想的净是些无关紧要的事。

"我不会跑的。"陆星移笃定地回答。

为什么？

"沈放还活着，我是这样相信的。战友还留在战场上，我不会自己逃跑。"

这一切本来就不关你的事……

"今天，我希望自己能拥有那种能令他骄傲的勇气。"

他是谁？

白凌霄嗫嚅着嘴唇，但发现自己连说话的力气都丧失了。他像看电影一样看着那一端的战况，陆星移用光了他的箭，也并不能伤到狮鹫分毫，他索性放弃远程射击，紧握弓体开始上前与之肉搏。

狮鹫叼起了他。

在这一瞬间，不知道是错觉还是什么，小白感到狮鹫在用视线的余光瞟自己。

和叼起自己只是甩出去不同，狮鹫将陆星移狠狠地撞在了墙上。

一声闷响后，陆星移失去知觉，顺着墙滑落在地。

白凌霄浑身颤抖起来。不是因为害怕，而是因为愤怒。

是的，非常愤怒。

他突然明白过来，狮鹫这么做，就是为了让自己愤怒。而现在，这头畜生成功了！

被一头畜生这么戏弄、凌辱、伤害，怎么可能不愤怒？

第四章 三人组

沈放、陆星移，无声地躺在不远处。怎么可能不愤怒？

他捏着拳头。

不能原谅。不能原谅！为什么要夺走我的一切？我拥有的本来就那么少，为什么还要夺走？！

小白慢慢站起来，对着那头兽畜摆出攻击的姿势。他根本没有发现，自己浑身笼罩在一团青色的光芒之中。他只是觉得自己此刻的力量，能一拳打穿一面墙。

他咆哮着，挥拳朝狮鹫扑去。

然而，他扑了个空。

狮鹫消失了。

6

人总是一瞬间长大的。

白凌霄的那个瞬间，就是现在。

荒芜的楼梯间还散发着水泥腻子味儿。他握着拳头，大口喘气。

要当猎人什么的，曾经因为害怕而想过退出。现在因为害怕，而坚定了不能退出的决心。

指关节被握得发白，咔咔作响。然而并没有对手。

只有两个倒下的伙伴。可他没有勇气上前确认他们是否活着。

似乎只要不去确认，他们就能继续陪着自己。

万籁俱寂。

不知过了多久,楼下传来脚步声。

白凌霄警觉地保持着战斗姿势,死死盯着楼梯转角。

身后,是自己的两个伙伴。即便不知是生是死,自己这个时候也要把他们保护在身后。

但当看到来人是叶乔的时候,白凌霄整个人一软,瘫坐在了地上。

真是一团糟的战局,抱歉。小白苦笑着叫道:"队长。"

然后哭了。

叶乔铁青着脸,一言不发走到沈放和陆星移身旁,探了他们的鼻息,又翻开他们眼皮观察,这才神色凝重地说:"情况很不好,但还有救。抓紧时间,帮我把他们弄下楼去。"

"嗯?好!"小白如梦初醒,用胳膊抹了把眼泪鼻涕。

叶乔没有等小白,她自顾自将阿星过肩扛起:"我先带他下去,沈放可能有脊椎骨折,你在这儿等着,不要擅自移动他,我马上回来。"

小白忙不迭地点头。

不多时,叶乔回来了。她一脚踹下一块建筑用的隔板,让小白和她一起把沈放挪到隔板上往下抬。

我也是伤员啊……小白腹诽,但他只是揉着胸口,没有抱怨出声,咬牙走到沈放身旁,俯身搂起他。

靠,这家伙真沉。

但当沈放的鼻息喷上自己颈窝里,不知怎么眼泪又要往外冒。

第四章 三入组

混蛋，别死啊！

小白吸溜了一下鼻子。

终于下到一楼，叶乔的那台FJ酷路泽就泊在门口。她拉开后门，白凌霄将沈放塞进后座，然后自己整个人也倒了进去。他看到陆星移正倒在副驾驶位上。

叶乔沉默而快速地坐上驾驶座，一个漂移打到路上，油门到底，飞驰而出。

白凌霄大口喘着气。

车窗外的景物飞速后退。幸亏是小城，路上并不拥堵。二十分钟后，叶乔拐进一条小巷，停在一家不起眼的诊所前。

"队长，这小诊所能行吗？"小白不放心地问。

叶乔不予理会，麻利地下车敲开诊所门，一个穿着白大褂的男子出来迎接，听叶乔说了几句后，急忙跟另两名男子抬着两个担架出来，将沈放和阿星抬着往里走。

白凌霄跟着他们，穿过小诊所的厅堂，后面是个电梯。"几楼？"他看着楼层按钮问叶乔。

"我来。"说着，叶乔用手上的电子腕表在感应器前扫描了一下，楼层指示灯一个都没亮，电梯却嘀嘀响应了两声，径直上升。

电梯门再次打开的瞬间，白凌霄怀疑自己是不是穿越了。这里和一楼门面的那个破败小诊所完全不同，放眼看去，大厅有护士站，两侧的走廊分布着数十间病房，地上铺着米色地毯。

他们将沈放和阿星运到病床上，监护仪、氧气罩等设施一应俱全。这间病房有三张床，小白坐在另一张床上，看着大夫进行检查。然后有护士过来，要将病床推走。小白要跟着走，大夫一

零日传说Ⅰ·命运

掌将他按到床上:"躺好,你也需要检查。"
"我?我还好……"
"哪里好?"
小白看着大夫严肃的脸,放弃了拒绝。

这里的设施比想象的还要齐全。门上写着"核磁共振"四个字的检查室里,白凌霄第一次见到那种只在电影里见过的高端医疗设备。这绝不是一个小诊所能有的玩意儿。说起来,他除了高考体检时做了胸透,小时候摔跤拍了次CT,再没做过这类检查了。他偷偷问站在一旁的叶乔:"队长,到底什么状况啊?这个诊所也太豪华了。"

"诊所只是它表面的样子。这栋楼从外部看只有十六楼,但通过专用电梯能通往十七层,当然,这台电梯需要由猎人来驱动,普通人只会认为这是一部普通电梯,无法操作它上来。整个十七层是隶属猎户座的专业医疗基地。"

沈放躺在检查床上,医生操作机器。这里的专业程度让人安心。小白呼了口气,像要找寻勇气般对叶乔说:"他们会没事吧?"

"说不准。"冷冰冰的三个字。

"都这时候了,你就不会说些安慰人的话吗……"小白吐槽。

"我只是实事求是地回答你罢了。他们的情况,不会因为我说任何话而改变。"

"可是……如果你告诉我他们一定会好起来,至少我心里会好受些。"

"虚假的希望有意义吗?"叶乔抱着手。

第四章 三入组

小白只好认输："算了算了，你说的都对。"

没想到的是，这时叶乔反倒换上缓和一点的语气解释道："我宁愿一开始就不抱希望，这样，所有好结果都是额外的恩赐。"接着语气恢复回去，"我最恨的，就是给绝望的人以希望，再将这希望狠狠剥夺。何况，这个结果，都怪你们自己乱来。长点教训吧。"

白凌霄无法反驳，低头接受批评。

护士走进来，"该你做检查了。"

"哈？我也要做？"

"对。"

白凌霄躺在检查床上，机器嗡嗡作响，他还在回想叶乔刚才的话。

不得不说有些道理，但人类，不都愿意听到符合自己预期的话吗？他不死心地支起头问医生，"刚才那两人没事吧？"

"别乱动，躺好。"

"哦。"

做完检查，三个人重回病房，都挂上了点滴。那两人还昏迷着，小白则一个人百无聊赖地看着天花板。过了一会儿，医生拿着检查报告走进来："白凌霄，多处皮下出血，好在没有骨折和内脏破裂，需静养止血；陆星移，报告上看没有器质性损伤，诊断结果为中度到重度脑震荡，注意等他醒来再观察；沈放，腰椎骨折，需要手术。"

"他们不会有生命危险了吧？"小白继续缠问。

这一次，医生正面回答了他的问题："陆星移，需等他醒来

零日传说 I · 命运

再说。如果醒来后意识清醒,那么注意后续恢复就可以了,不排除有后遗症。沈放需先做手术进行腰椎复位,并且有瘫痪的风险。"

"瘫痪?"白凌霄觉得自己脑子里轰地一下炸开了。

"猎人有比普通人更好的自愈能力,瘫痪的概率并不高。"不知道这算不算安慰,"我们会马上安排手术。"

话音刚落,就有护士进来,有条不紊地将沈放推出去。白凌霄没见过效率这么高的医院,想跟上前看,无奈手背上插着液体。他只能对着门外大喊:"沈放,你要是不好起来,我绝不会原谅你!"

话音刚落,耳旁传来回应:"沈放,他怎么了呢?"

白凌霄瞪大眼睛侧过头,看见陆星移正睁开眼睛醒来。他有些语无伦次地问道:"阿星,你、你还记得我是谁吧?你还知道我们为什么到这里来吧?"

"这里是……"陆星移环视了一圈四周,又看了看自己浑身插着的管子,"这里是医院?我记得、我们遇到了狮鹫。现在已经没事了吗?沈放呢?"

"没事了。"白凌霄长长呼了口气,"沈放也没事,他会好起来的。你啊,这么危险的行动,跟来干吗?"

"我……给你们添麻烦了吗?"阿星的声音充满失落,"抱歉,下次我会注意。"

"哎,不是说添麻烦,只是你又不是不知道,沈放就是个冲动鬼,他叫你去,你该拒绝的,那样就不会摊上这种倒霉事了。"

"老实说,今天沈放叫我,能和你们并肩作战,我很高兴。"

"欸?"

第四章 三人组

"我算得上你们的战友了吗?"阿星小心翼翼地问。

"废话,一直都是啊。"

"所以,请不要再说让我离开你们自己去躲避危险这类的话了。就算这次受了伤,我也在想,是不是因为有了我的存在,才没让事情变得更糟呢?哪怕只是拖延了几秒钟时间,分散了些许异兽的注意力,至少能起到一点点作用,这不就是我存在的意义吗?"

"有意义的,"白凌霄抢道,"只是觉得,你要是陪我们死这里,也太不值了。"

阿星却摇摇头,"就算是下次、下下次,只要你们去作战,我绝不会自己逃避的。就让我和你们一起……"

"当然要一起行动,我们是一个小队嘛。"白凌霄回答,"不要想这么多了,你先好好休息。"

小白盯着白白的墙面,有些出神。

不知何时下雨了,窗外传来细密的沙沙声。他小声地给家里打了个电话,"妈,今天我在同学家复习功课,就不回家睡觉了。"

"哪个同学?你们别玩电脑,是真的在学习?这还有不到两个月就要高考了,千万别耽搁。"

"是学习啊,别等我回家了,我们有好多道题要讨论。"

挂了电话,他转过头,看着阿星熟睡的脸,不由得又仔细倾听起窗外的雨声。战友吗?这个温柔的家伙在想什么呢?

呼吸声和雨声混合在一起,让这个春天的傍晚显得安详而静谧,也让这个周日变得像异次元的时间一样绵长而不真实。

· 165 ·

零日传说 I · 命运

　　白凌霄摁了一下墙上的呼叫器。一名护士进来。

　　"手术室里的情况怎样了?"

　　"还没结束。手术做好他会推回病房,没有特别的事,不要随便呼叫我们,我们很忙的。"

　　"哦,好吧。"小白抱歉地挥了挥手,请护士离去。

　　他捏紧了拳头,对自己说——

　　我在这个世界的伙伴,就是他们了。

第五章 星之下

1

一头长着四个角的白牛挡住了少年和少女的去路。

"獬因。"少年说。

"南宫同学,你懂得很多嘛。一般人都叫不出异兽名字的。"少女赞道。

"没、没有啦。我只是偶然在书上看到的。"少年顿时脸颊涨红,笨嘴拙舌地辩解着。

獬因浑身蓑毛竖起,将四角冲向前方,准备发动攻势。

"小心,它要动了。"少女拉开弓。

少年往一旁让了让,弓起背。

"你真奇怪。为什么每次都不用武器?"

"拳头就是我的武器。"少年挥了挥拳。

零日传说Ⅰ·命运

"话是这样没错,但……只有用钽金属特制的武器,才能确保将它们驱离啊。"

"……是吗?"少年有些不情愿地掏出他的武器——一把简陋的匕首。

"我说,上次选武器时,怎么偏偏选了它?"少女不解。

"有它就够了啊。"少年说道。

还真是狂妄。少女没有再继续下去。

猕因鼻孔里喷出两团浊气,径直冲来。少女往远处跑了几步,转身放箭。箭飞出去,直直扎入野兽背脊。野兽疼极了,开始胡乱闯撞。

少女正回头取箭,没有注意。

"念念,小心!"少年大叫一声,冲过来护在少女身前。匕首不知何时已被收起来了,他用两手握住猕因的双角,竟如有神助般让这头体重几乎是他十倍的猛兽停了下来。猕因拼命挣扎着,而少年也稳如泰山,野兽的头部动弹不得,只有身子一阵乱扭,扬起地上的尘土。

嘎嘣一声,那两只角断了。

少年没有丝毫迟疑,几乎瞬间丢掉两只断角,之后转手握住猕因头上的另两只角。

少女急道:"有这力气,还不如早早用匕首,早就刺死它了!"说着,她手握一支箭,一个仰身下腰钻到猕因下方,从下往上刺穿了它的喉咙。

猛兽重重摔在地上,鲜血源源不绝地从它颈部涌出。少年松开手,大口喘着粗气。

少女拍拍手,坐到地上,"南宫同学,你整天到底在想些什

第五章　星之下

么呀?"

"不对,有人!"少年一个闪身,三步并作两步跑进后方不远处一个拐角。

然而那里空空如也,什么都没有。

少女从后面跟上来,看了一圈:"你是不是太紧张了?"

"那东西走了。刚才一定在的。"少年皱眉坚持。

"有什么奇怪的?说不定是猎户座暗中派人来考察我们的训练成果嘛。"

少年没有说话。此处留下的,并不是人的气味。他忧虑地看向远处。

就在这时,那头倒在地上的獩因才终于因失尽血液而死掉。

然后,尸体消失了。

2

白凌霄和陆星移康复得很快。小白为了不让母亲起疑,甚至第二天就出院回家了。他俩休息了一周就开始继续训练,沈放伤得最重,在床上整整躺了半个月才能下地,过了一个月也还只能做些康复运动,并不能加入训练。虽然他很眼红活蹦乱跳的小白和阿星,却也只能在一旁看着干着急。好在手术很成功,总会慢慢好起来。

又到了周一上午的升旗仪式,白凌霄正站在队列里发呆,突然听到主席台在叫自己的名字。

他怀疑自己听错了,转头去看排自己身后的沈放:"刚才是不是在叫我?"

· 169 ·

哪知沈放一脸茫然,"好像也叫了我……"

"不会是我们犯了什么错吧?"

他们首先想到的是"编程竞赛"的事情穿了帮。然而那事既然校长都通过了,应该不会……

主席台上,教导主任清了清嗓子,"请白凌霄、沈放同学上台。"

"还真是在叫我们。"小白一阵心虚,和沈放一起硬着头皮走上主席台。教导主任笑眯眯地看着他们,让小白毛骨悚然。

教导主任从后面的学生手里接过一面锦旗,"这是一位老先生送给我们学校的,说是为了感谢两名同学见义勇为的行为。经过调查,这两名同学就是高三(四)班的白凌霄和沈放。学校特别分别授予他们奖状及两百元奖学金。"

小白和沈放对视:这是啥情况?

教导主任继续泛着油腻夸张的笑容,超级和蔼可亲地看着他们,等他们上前来接。

到了这时候,原本硬着头皮既不敢向下看同学也不敢向后看老师的小白倒是不管不顾起来,大咧咧地就接过了从天而降的奖金。

他正有些沾沾自喜,突然感到一股杀气穿过几千名学生直直朝主席台涌来。

他朝杀气的方向望去——

叶乔正横眉冷眼地看着他们。

小白双腿一软,"完蛋了,队长生气了。"

果然,下午训练时,叶乔二话不说拔出刀,就朝白凌霄发起

第五章　星之下

了进攻。

几个月训练下来，小白已经有了基本的应战能力。他迅速拿出盾牌，挡过了叶乔的攻击。

"队长，有话好好说……"

话音还没落，叶乔已跃到后方，从背后发起了第二次进攻。小白回盾防守，接着转身应对，叶乔却更快地再次跃到了他身后。

之前只看过叶乔打怪兽，还没正儿八经和她对阵过。这一次，白凌霄深深领略了叶乔的实力，她总能先人一步抢占最佳进攻点，并马不停蹄接二连三地攻击，让人应接不暇。小白勉强又挡住一刀。

叶乔说："不要只顾着防御，拿出武器！"

小白一咬牙，旋出盾牌的边刃，朝叶乔挥击过去。叶乔双刀交叉，拨开盾牌，却说道："有进步。再来。"

听到叶乔夸奖，小白像打了鸡血，竟对着远处的叶乔用力将盾牌作为飞镖般掷出。叶乔仰身躲过飞盾，用刀一挑，气势汹汹飞过去的盾牌被改变了轨迹，直直撞上一棵树，嵌了进去。

小白一个滚身，想要过去将盾牌拾起，却只听到"叮"的一声，叶乔的刀尖停在了自己耳边。

他缴械投降，"队长，我怎么可能打得过你嘛？"

"我知道。另外，"她一手用力拔下圆盾，吹了吹上面的土，"别随便学美国队长把盾扔出去。人家的盾还能再回旋回来，你的呢？好好拿着。"

"是是是。"小白接过盾，脸上却写着不服。

但他知道叶乔说的是对的。

· 171 ·

零日传说Ⅰ·命运

叶乔转而面对沈放:"你还没完全恢复,我就不跟你打了。但你对自己的实力,至少应该有个最基本的认识吧?"

叶乔虽然严肃,但还很少见到她如此生气。两人像犯错的小孩,不敢说话。

"既然知道自己实力不过如此,为什么要擅自行动?"

"大姐头,我已经得到教训了。上次遇到狮鹫后我就再也不敢了,我这腰到现在还疼呢。"沈放撑着腰叫冤。

"那这见义勇为是怎么回事?又大晚上出去偷偷调查了?"

"没有没有!"小白摆着手,"这是遇到狮鹫之前的事了,真的。我们也不知道那个老头子送面锦旗这么慢啊!"

"真的?"叶乔逼视着他们,最后移开眼神,捋了捋头发,"随便吧,反正命是你们自己的。"

"大姐头,我们错了。"沈放难得地坦承错误,"可是,我们真的不想这么一直被动地被异兽攻击了。不是说现在异兽异常活跃吗?带我们去执行任务吧。"

"你们都想好了?"

"嗯!"沈放双眼放光。

陆星移也郑重点了点头。

白凌霄苦笑道:"我奉陪。"

"很好。"叶乔顿了顿,"今天其实正要带你们去个地方。"

FJ酷路泽奔驰在新城公路上。

和老城区相比,新城区的高楼鳞次栉比,这是时代在这座小城里的投影。玻璃楼面反射着夕阳的光芒,坚硬的棱角和质感使这个世界看上去森严而冷酷。

第五章 星之下

  叶乔在驾驶位上一言不发地开车。三人挤在后座，跟以往一样。

  这次是小白首先打破沉默："队长，不会又要去搞什么吓死人的特训吧？吊在铁轨上什么的，我可不想再来一次了。"

  "有什么好怕的？现在把你吊在绳子上，你可以轻易爬上去了吧。"

  "这倒也是。"小白点头。

  "我刚才试了你的身手，算合格了。沈放阿星也都合格。"

  小白面露得意的神色，"所以呢？"

  "待会儿你们就知道了。"

  夕阳从楼群的缝隙间露出来，西方吹来的风灌进车里，带着夕阳的香味。白凌霄这才发现，叶乔今天穿着森色制服，胸前别有一枚别致的铜制勋章。

  夕阳一点点往下坠，最终没入地平线下。城市里华灯初上。叶乔将车开到绿塔下面。

  绿塔是树城的地标建筑，有接近两百米高，站在顶楼的瞭望台上可以俯瞰全城。小白平时只是路过，从来没进去。这种气派的大楼向来令他望而生畏。说实话，他以前的生活就是出入家和学校，去路边摊吃烤串儿，有时进个商场专卖店，也忐忑半天。

  门童前来拉开车门，然后敬礼。小白他们依次下车。叶乔也下来了，由门童代为泊车。

  她神情肃穆、干练严整地走进旋转门，向大堂前台出示了证件。

  "叶小姐，以及其他三位游客，请。"

  虽说只是"其他三位游客"之一，小白仍觉得这是他迄今为

零日传说Ⅰ·命运

止的人生里受过的最高礼遇了。他们坐上观光电梯,里面有专门的服务生指示上下和摁按钮。确认是上观光台后,虽然有一肚子疑问想问叶乔,却碍于有陌生人在而憋在肚子里。

透明的舱室外,地面的灯火越来越远。天边渐渐收在眼底,呈现出橙色与蓝黑色交汇的金边。

好一会儿电梯才停下。小白迫不及待地冲到落地窗边。放眼望去,街道变成了河流,汽车变成了船。而再远一些的地方,仍充斥着低矮的平房,最后延伸进无边无际的农田。

"队长,这栋楼是属于组织的吗?好厉害!"小白叫道。

"笨蛋。"叶乔站在一旁,"你不知道楼顶对观光游客开放吗?我们只是包了个场而已。"

"干、干吗包场?"刚问完这个问题,小白突然想起最近的训练,警觉地从窗户边闪开,"你不会要把我们从这里吊下去吧?"

"我不会那么变态。"

"谁知道你会不会这么变态……"小白小声说。

叶乔没理他,只瞭望着远方,"他们还没来,你们愿意听我讲一个故事吗?"

"欸?谁还没来?"小白四处张望。

"当然愿意听,大姐头快讲吧!"沈放打断小白。

叶乔自顾自说下去:"曾经有位猎人,传言里称他为'死神的双刀'。他将双刀流用到了无人能及的地步。

"那时候并没有什么唤醒计划。每个猎人加入猎户座,都是因为有很坚定的信念。血脉?血脉只能让你拥有资格,信念才是支撑你战斗的根本。

"在一次任务里,他和其他四名猎人一起遭遇了三头狮鹫。

第五章 星之下

"一名赤金猎人,两名白银猎人和两名青铜猎人,这几乎是超越常规的超强编队。而同时遭遇三头狮鹫,他们仍然失算了。"

小白之前就听叶乔说过,猎人等级由低到高依次为玄铁、青铜、白银、赤金,那时他见叶乔胸前别着铜色勋章,还吐槽说队长你这么厉害竟然只是青铜猎人,结果叶乔说:"比我厉害的猎人有很多,我只是比你们厉害一点罢了。"

叶乔现在提起的这位"死神的双刀",是他们迄今听说过名字的唯一赤金猎人,他的能力无疑是强大到三人无法想象的,所以他们一时只是静静听叶乔讲述。

"可是,即使有'死神的双刀',他们也没能全身而退。或许是他们已经知道了必死的结局,有人打开了通信器的录像功能,才留下极为宝贵的影像资料,让我们得以观察狮鹫是如何战斗的。在此之前,我们很少遇到它们,更不知道它们的习性,缺乏有效的战术。落单的狮鹫或许还能勉强对付,但当它们结队出现,可以说,能不能活下来,全看猎人的运气。"

沈放接茬,"那个狮鹫真是很厉害。上次我们三个人,连它毫毛也没伤着。"

叶乔只是继续自说自话:"'死神的双刀'本来是有机会撤离的,但他还是选择了战斗,与最后一头狮鹫同归于尽。"

"为、为什么不逃啊?"小白不解。

"大概是因为可笑的信念吧。"叶乔突然笑起来,满脸苦涩。

"可笑的信念?"

"他啊,满脑子都是猎人的责任和荣耀,他总对我说,绝不以背部迎接对手。异兽也好,敌人也好,他都把他们当作对手,

零日传说 I · 命运

所以他应该也从未有过打不赢还能逃跑的念头。"

他这样厉害的人，其实是不需要逃跑的吧。小白却没把这句话说出来。

"对啊，是我我也不逃。难道要躲起来，眼睁睁地看着战友的尸体被吃掉吗？"沈放插话。

"吃、掉？"小白瞪大眼睛，似乎才想到这一茬，"异兽会吃人？"

"想也知道啊。"沈放白他。

叶乔点头："对。来地球的异兽几乎都是肉食性的，它们也需要补充能量，既然杀死了'猎物'，为什么不吃？"

"好恶心……"小白觉得背脊发凉。

被异兽杀死是一回事，被它们吃掉……小白一阵后怕。

"我能理解他的选择。"一向话少的陆星移突然开口，"看着伙伴牺牲，自己却逃走，就算活下来，也一定会后悔，后悔当时为什么不继续战斗。"

"哦，小朋友们已经到了吗？"身后传来人声。

叶乔转过身行礼，"你们来晚了。"

白凌霄这才发现，刚才聊天太投入，竟没感觉到来人。

薛荣亦穿着森色制服，大步流星走来，他身后跟着南宫羽、何念念。之前在营地里见过的那位瘸腿先锋官，也抖擞有力地从电梯里走出。

白凌霄瞥了眼薛荣胸前的勋章，和叶乔一样是铜色。他有些失望，薛老大那么厉害的人，等级应该再高点才对嘛！先锋官的勋章则是银色。

第五章　星之下

"孩子们，做好成为一名猎人的准备了吗？"先锋官问道。

少年们面面相觑。

"但愿你们准备好了。今天，你们将在星空下宣誓，成为正式猎人。"

不会吧！小白和沈放、陆星移面面相觑，完全没想到会这么快加入。虽然能感觉到自己进步巨大，但他们每一个人其实心里都很忐忑，总觉得自己无论能力还是精神上都还没有完全具备猎人的要求。

但这一天竟然就这么突然地到来了。

而且，加入猎户座这么庄重的事情，难道不应该在隐蔽的营地里吗？为什么要选择这么高调奢华的地方啊……

还有，他们成为了正式猎人，作为教官的叶乔应该高兴才对，但为什么她这些天却一副心事重重的样子？

尽管小白满心疑问，但看起来没人打算给他解释。

只有薛荣打了个响指，冲南宫跟何念念说，"好好干，别给我丢人。"

"放心，不会。"南宫说。

可以看出，他们很熟络。

白凌霄再次疑惑地去看沈放和陆星移，竟发现那两个家伙已然不再疑惑，只脸色潮红，兴奋地等着先锋官说下去。

似乎是为了回应薛荣，叶乔也开口道："你们几个，可别输给他们小队了。"

薛荣苦着脸，"叶大小姐，怎么又跟我抬杠？"

先锋官仍一副威严的模样，但他更接近于慈祥地看着这拨年轻人打闹。

零日传说Ⅰ·命运

小白心事重重地呼了口气。

我想要改变,不想再当一个无人在意的人,想成为英雄,可我也怕死。

而且,我还不明白明明是送死、却仍选择战斗的原因。

虽然现在和伙伴一起很安心、不会再扔下他们自己逃了,但还是、还是不知道为什么要这样做。

再不弄清楚,就真的来不及了吧?

就算被骂,也豁出去了!

"那个,大叔……啊不,先锋官。我想知道……您是怎么决定成为猎人的呢?"

"这个问题啊。"先锋官并没有生气。他走到窗前,今天天气很好,能看到夜空里的星星。在这么高的顶楼上,似乎群星也明亮了许多。他仰望着它们,"因为我们一出生就是猎人,所以并没有想过原因。最近几百年的猎人,也基本都是和我一样。直到最近启动唤醒计划后,才将你们这种有潜在基因的人拉进来。所以你会产生疑惑,并不是错误。如果非要让我说我的理由,大概就是'舍我其谁'四个字。"

"舍我其谁?"小白脸上写着一个大大的问号。

"地球。"先锋官抬手指了指远处,"河流,山川,土壤。它们不仅属于人类,也属于自史以来就生活于此的万物。现在有异界来的兽类要夺走它们,而猎人——只有猎人——拥有与异兽抗衡的血脉。这就是我们义不容辞的责任。"

小白揉了揉脸,"我懂了。每个人都不希望家园被夺走,但只有我们真正有能力守护这里,所以为什么拒绝呢?大叔,是这个意思吧?"

第五章 星之下

先锋官点点头,"你成长了很多,和几个月前那个闹着要退出的小孩完全不同了。"

"不会吧,那种事你还记得?不要随便说出来啊。"小白有些汗颜。

"那么,我再问你们一次,都想好了吗?"

这一次包括小白在内,所有人都认真点了点头。

虽然并不能真正理解,但是这个道理,当然是懂的。小白突然感觉自己离叶乔他们又近了些,血液不由自主开始沸腾。

"乔,带他们宣誓吧。"

"是。"

叶乔走到落地窗前,指向南天的几颗星,那是他们早已熟识的猎户座:"那是我们能看到的猎户座主星,而我们看不到的,还有千千万万。传言每一名猎人牺牲后,都会成为猎户座的一颗星。这是我们无上的荣耀。"

她将右手握拳,叩击在左肩:"以猎户座的名义:我——叶乔。"

"白凌霄。"

"沈放。"

"陆星移。"

"何念念。"

"南宫羽。"

"在此宣誓——

"为众生栖居的大地,为万物依仗的河川,驱杀异兽,守卫家园。

"纵星有坠,惟心不坠!"

零日传说 I · 命运

　　白凌霄心潮起伏,感觉自己第一次真心地说出誓言。

　　以前也有过宣誓的时刻。小学时加入少先队,跟着高年级的大队长说了誓词,可其实还不到十岁的自己,根本没有理解誓词的内容。

　　前阵子学校进行高三动员大会。所有高三生集合在操场,跟着主席台的学生代表发表高考宣言。最后一句是所有人大声喊出目标高校,其他人喊的都是"我要上清华!""我要上北大!",连学渣都不例外。小白觉得有些可笑,那种无法实现的目标,就算喊出来又有什么意义?于是在一片清北复交的呼声中,他气沉丹田,振臂高呼:"我要上本科!"

　　老师同学顿时投来嫌弃的目光。他一一瞪回去:怎么,脚踏实地还不行啊?

　　而此刻不同。这些誓词,让他感到一无是处的自己,竟被需要着。就好比一直生活在黑暗里的人见到的第一道光,溺进水里的人呼吸到的第一口空气。

　　和过去气息奄奄的生活一刀两断。

　　没人说话,似乎是留出时间让这些少年细细回味。

　　半晌,先锋官终于开口:"猎户座欢迎你们的加入。基础道具会在三天内通过快递寄给你们,注意查收。"

　　小白惊喜,"还有新手礼包?"

　　沈放在后面拉了拉他,故作老成地说:"淡定点啦,别一副大惊小怪的样子。"

　　先锋官换上严肃脸,清了清嗓子,"既然已是正式猎人,就

第五章 星之下

更要严明纪律。我必须再次明确两点：第一，异兽并不是蛮荒兽类，它们受兽人指挥，诡计多端，所以一旦发现兽人端倪，必须向总部汇报；第二，猎人必须隐匿行踪，如果战斗过程被普通人发现，必须想办法让那个人喝下鸱脑酒。如果他不会忘，就表明他有猎人基因，观察他，把他带给我处理。"

"所有看到异兽的人都要喝？"小白记得以前听叶乔说起过，这种用鸱脑浸过的酒能使普通人丢失一段短时记忆，"也就是说，普通人永远也不会知道我们是猎人了？"

"是的。"

白凌霄内心一阵失落，他听到自己想让蒲苇刮目相看的英雄梦碎掉的声音。

3

包裹是隔天收到的。

白凌霄一回到家就躲进卧室，迫不及待地将它拆开。里面装着一套森色制服，一枚玄铁徽章，五支鸱脑酒，和一块智能手表。

小白捣鼓了手表几下，却不得要领，只能先戴在腕上。徽章背面刻有自己的名字，他迅速换上制服，把徽章别在左胸。镜子里的自己竟有了些男子汉气概。他左手执盾右手持刀，对着空气虚砍几下，本想耍帅，却不小心碰到柜子。

"小白，什么在响？"门外传来老妈的声音。

"没、没什么。我刚把椅子撞翻了。"白凌霄迅速将武器塞到床底，又脱下制服揉成一团用被子盖住，然后坐到书桌前拿起

零日传说 I · 命运

课本。

门开了。老妈狐疑地探头进来看了看:"没几天就高考了,好好复习啊,怎么还把椅子弄倒了?"

"我知道了……"

"早点睡。"

"嗯,这就睡了,晚安。"

老妈还想说什么,但可能是怕影响小白的考前心情,最终什么也没说,阖上门离去了。

小白松了口气,赶紧将制服重新铺开叠好,取下徽章握在手里摩挲。玄铁的表面浮雕着猎户座的七颗主星星图,细线将它们连起来,勾勒出一名猎人拉弓射箭的轮廓。白凌霄倒在床上躺成个大字,回想着这些天的经历,一时说不出的恍惚。

竟不知何时睡着了。

半夜,手腕上传来的震动将他吵醒。

他翻过身条件反射地抓过手机,却不是手机在震。他意识到是手表。显示屏上,叶乔的头像在闪烁。

他手忙脚乱地摁下接听键:"喂,队长,怎么大半夜给我打电话?"

"别废话,现在有情况,赶紧过来。"

小白看了眼时间,凌晨两点十分,他把抱怨吞进了肚里,只问:"地址在哪儿?"

那边没有回应,直接挂断了通话。

不跟我说地址我怎么去啊?正想着,手表突然又震了一下,吓得小白一个激灵。

第五章 星之下

定了定神,看到屏上浮出一行字:"你收到一个地址分享,是否打开?"

小白摁下"是"。

一幅从他现在所处的地点到目标地址的地图慢慢在空气中投影开,并标出最近路线。

果然是黑科技!这个通信器这么好用,而且显然属于秘密技术,怪不得叶乔那次弄丢它后急得要命。白凌霄已经完全不困了,满心充斥着首次执行任务的兴奋。

他穿上制服别好徽章,从窗户翻出,敏捷地下到地面,一路飞奔。

到达目标地点,叶乔和陆星移已经在那儿了。没多久,沈放也来了。

小白警觉地观察四周:"队长,异兽呢,它们在哪儿?"

叶乔带他们到一个花坛后躲起来:"我接到消息,这个地方空间波动异常。我们的任务是异兽一旦出来,就送它们回去。"

"这……你一个人搞不定,需要我们帮忙了?"小白跃跃欲试。

叶乔却毫不留情泼了冷水,"不,我一个人就足够了,叫上你们说不定还拖后腿。只不过带你们进行实战演习也是我的责任,不要以为成为了正式猎人,训练就结束了。"

小白咬紧牙。不过,好吧……

陆星移突然指指前方,悄声道:"刚才,那里的空气好像动了一下。"

"空气会动?"

零日传说Ⅰ·命运

话音刚落,小白就亲眼见证了。前方小巷上空的黑夜里,一团空气如热浪般波动起来,持续十余秒后恢复平静。

叶乔握紧刀,"小心,它们来了。"

平静了几分钟后,那里的空气再次出现异常,波动越来越强烈,像要把空间撕出裂口。

一个旋涡凭空出现,几头白豹从中跃出。它们四处嗅着气味,看起来躁动不安。

"就就就那样出来了?"虽说已经有了心理准备,第一次目睹异兽降临过程的白凌霄还是吓得不轻。

"来得正好。"沈放翻身跳出去,"是时候展露我的身手了。"

"呃,你是好了伤疤忘了疼吗?"小白冷汗。做事不要这么冲动啊!

三头白豹形成一个包围圈将沈放围在中心,慢慢缩紧。

沈放回头看向花坛这边,"你们还愣着干什么?"

小白缩着脖子,"队长,沈放有危险欸,你快去救他……"

叶乔好整以暇,"哦,区区三头孟极吗?不难对付。你们自己解决吧。"

"你……"

这时,在一旁默不作声的陆星移已拉弓搭箭,瞬间瞄准。

一支箭飞出,嗖地从一头孟极的眼球扎入,整个箭尖都刺进了它脑袋。

另两头异兽被这从暗处飞出的利器吓了一跳,它们留下一头盯着沈放,另一头则龇牙咧嘴,又充满警觉地朝花坛靠过来。

沈放却先发制人,趁机闪身到其中一头身后,快速伸出爪刀

第五章 星之下

攻击，孟极长尾一剪，逼迫沈放回身防御，不想白豹竟是虚晃一招，拧身反扑过来。

沈放就地一滚，然后一个空翻躲过扑击，同时在空中再次挥出利刃，只感觉"嗤"的一划，孟极背部便拉出几条深深的血印。可惜这次攻击并不致命，被惹恼的孟极暴怒反扑，眼看就要将沈放扑倒。

"沈放，小心！"白凌霄急欲冲过去，另一头孟极却在这时扑了上来。小白用盾一挡，虽躲过了攻击，却吃不住力直往后退。那头孟极盯着他，令小白毛骨悚然。

小白忍住恐惧，狠狠与它对视。野兽的两只眼睛，如火种般在黑夜里发着幽光。可它突然移开视线，转身逃向小巷深处。

它在害怕我？

白凌霄受到鼓舞，拔腿便追。

然而追出去一两百米后，它竟在夜色中消失了。

小白有点奇怪地揉了揉眼，再次抬头，却见不远处有一道站立的黑影。他比普通人高些，大概接近两米，双眼发着幽幽的蓝光。

既然是站立着，应该不是异兽。但那蓝光……

"喂，你……是谁？"小白小心翼翼地问，手不由自主握紧了武器。

黑影没有回答。那两道蓝光就这样在小白身上扫视，像在观察一件古董般细致。

"你看什么看？我……"小白举起刀和盾护在胸前，给自己壮胆。

影子没有理他，转身没入黑暗，就像从来没出现过。

零日传说Ⅰ·命运

　　这时小白才发觉自己竟孤身一人追进了巷子深处。他打了个寒战，赶紧原路返回。

　　夏风呼呼吹着，带着血腥味儿。

　　等他跑到沈放那边，白豹已经不见了。沈放见到白凌霄，双眼放出神采奕奕的光："小白，你没看到我刚才猎杀它的英姿，真是太可惜了！"他比画着，"我就这样伏着身子，等它再扑上来，用爪刀一下把它整个肚皮都拉开了。它根本不是我的对手，要是我的腰再好一点，更……"沈放声音越来越小，他终于发现小白脸上挂着呆滞，似乎完全没听他说，"小白，你怎么这副表情啊？"

　　"我刚才……好像看到了人。"人？是人吗？

　　"有人？"沈放抬腕看看表，"这是半夜三点多欸。那人看到异兽了？"

　　"不知道。那头白豹跑着跑着就消失了，我没伤到它。"

　　"那个人呢？"

　　"很奇怪，一眨眼就不见了。"

　　叶乔面色变得凝重，"那个人什么样子？"

　　"都说了，没看清啊。"小白有些后怕，"他连一句话都没说。"

　　叶乔二话不说，朝刚才小白跑过的方向跑出去，剩下三人面面相觑，也赶了过去。

　　沈放担心地问："有什么吗？"

　　她摇摇头，但神色并未放松。

　　小白终于也想起来："队长，那会不会是……先锋官说过的兽人？我看到……他的眼睛发出蓝光……"

第五章　星之下

说出"兽人"两个字，小白背脊一阵发麻。他希望叶乔笑自己蠢。

可叶乔竟然点头，"极有可能。"

小白皱眉，"那他……为什么不攻击我？"

叶乔也一副不解的样子，兀自思索。

"喊，瞧你吓的。"沈放大咧咧勾住小白脖子，"有可能只是你看花眼了。"

"才没有……"小白嘀咕着，可他拿不出证据，甚至，他更愿意相信是自己看花眼了。

然而，那两道蓝光给人的感觉是那样压抑和真实。他等着叶乔说些什么。

可叶乔在确认周围无异样后只做了个收兵的手势，"好了，今天的任务就这样，回家睡吧。"

"这样就回家睡了？好不容易出来，刚才那个兽人还……"白凌霄耿耿于怀。

叶乔打断小白，"是的，我们决不能放松。从明天起，我会全力搜寻可能的兽人踪迹。你们若发现兽人踪迹，立刻通知我，切忌擅自行动。还有，白凌霄，"她抱着手冷冷看向小白，"像你今天这种独自追出去的行为，等于自杀。"

小白低头，"下次不了。"

"还有啊，"叶乔像是想起了什么，难得地露出一个笑容。可这笑容如此鬼魅，比她不笑还让人胆颤，"下下周就高考了吧？提前祝你们顺利。"

小白和沈放顿时傻眼，"什么？高考？"

· 187 ·

零日传说Ⅰ·命运

4

奥地利维也纳,多瑙河畔。

有音乐人在演奏小提琴。悠扬的琴声和碎在河面的阳光一起,潺潺奔流着。

"让开,给我闪开!"一个慌乱逃逸的青年打破了静谧。

一名街头小提琴演奏者挡住了青年的去路,被那人一把推开。演奏者一个趔趄,小提琴被撞到地上,琴颈砸出裂纹。

"哎?我的琴,喂……"演奏者正欲理论,那青年已经跑远了。

还没回过神,演奏者又被撞开,追逐青年的人也跑了过去。

"你们……"演奏者伸出手,最后发现是徒劳。他沮丧地叹了口气,心疼地把琴抱进怀中。

那边,青年被抓住了。

抓他的人像是其他国家来的游客,哇啦哇啦说着听不懂的语言。但可以听得出,那人很愤怒。

青年把包往地上一扔,"还你们就是了,有什么大不了的,狗男女!"然后啐了口痰在包上。

外国游客被惹恼了。男人高大魁梧,一拳砸向青年鼻骨。青年闷不吭声,只是一手擦去流下来的鼻血,转身想再跑。

男人不依不饶,抓着他拳脚相加。青年仍旧没有发出一丝声音。他任由拳头砸在自己脸上,灰色的眼瞳憎恶地仇视着男人,直到巡逻的警卫赶来阻止。

游客比画着,"这臭小子抢我妻子的包!"

第五章 星之下

　　但因为语言不通,警卫并没明白,只好把双方都带去了警局。

　　在警局,好心的女警拿来纱布,欲帮青年抹去满脸的血污。

　　青年并不领情,拨开女警的手,"不用你管。"说完,他站起来要走。

　　"等一等,事情还没处理完呢!"

　　青年握着拳,指关节发白,他想硬闯出去。但这引起了其他警卫的注意,纷纷围拢过来,手也都按在了配枪上。

　　这些警卫认出了他的脸,幡然醒悟,"好你个兔崽子,这下可落到我们手里了。别想逃,我们马上送你回国!"

　　"别……求你们了,别送我回去……"一直一脸桀骜不驯的青年,像被什么击中一般,瞬间换上一副哀求的表情。

　　从小,家里堆满各种神话、宗教史学书,小时候读了不少。后来才知道,这是因为父亲是一名虔诚的基督徒,在老家的一个小教堂做牧师。

　　可父亲并未得到庇佑。十岁时,母亲跟着一个异教徒跑了。这个家庭过了好几年才缓过来,走上正轨。十八岁那年,自己一个人离开战乱争端日益频繁的家乡,来维也纳学音乐,结果一年前,父亲被一颗流弹击穿肝脏。如果在维也纳,这是可以救活的,但家乡当地的医疗条件太差,父亲最终是因为感染了破伤风而死。

　　对于他来说,家乡就是一片被诅咒的土地。

　　他永远不想回到那里了。

　　他也憎恨神明。

零日传说Ⅰ·命运

下葬了父亲,他继续回维也纳求学。可满腔愤恨让他无法继续学业,渐渐地,他只能靠偷抢蒙骗为生。上个月,他被学校开除,签证也到期了。

"想都别想。"面对他的求情,警卫冷血地回答。说着就将手铐铐在青年手腕上。

还没将另一端锁好,青年一把推开警卫,飞奔出警局。

他没命地狂奔着,最后在一条偏僻无人的小巷跳进垃圾桶里,才勉强躲过了追击。这种躲躲藏藏的日子,不知何时到头。

等警卫跑出去十几分钟,青年才推开垃圾桶的顶盖,从果皮、剩菜中钻出。

四下无人——

不,并不准确。

一个牛头人,缓缓走到青年面前。

他曾在父亲的书里见过这个怪物。"弥诺陶洛斯。"他喃喃叫出牛头人的名字。

那个生物扬了扬嘴角,不知是笑还是鄙夷,然后,他开口用人类的语言说道:"怎么,你不怕我?"

"恶魔降临在走投无路的青年面前,多么似曾相识的桥段啊!我没什么好失去的了,而且你来不就是要和我做交易吗?有什么好怕的?"

"我不是恶魔。"

"那你想从我这儿得到什么?"

"可怜的人类啊,神话歪曲了我的面目。我并非恶魔,只是想帮助你。或者用你的话说,和你做交易。"

"帮我?那你先解开这个玩意儿看看。"青年挥了挥右手腕上

第五章　星之下

的手铐。

"我不是恶魔,当然不会魔法。它锁住了,没有钥匙,我也无能为力。"

"喊。"青年拍拍屁股要走,"还不是打不开?"

"是吗?那等等。"弥诺陶洛斯低声说,"让我试试。"

青年露出个邪气的笑容,转身将右手伸过去。有时候激将真的是一个好办法。"快给我打开!"手腕上的手铐哐当晃着。

毫秒之间,弥诺陶洛斯张开大嘴,将青年整个手腕咬了下来。

血液喷射而出。

反应过来发生了什么后,青年疼得滚倒在地,凄惨的哀号声响彻上空。

"恶魔!"他大声咒骂,"你将堕入地狱,永世不得……超生!"

弥诺陶洛斯仍旧面无表情,"我说过了,我并不是恶魔。我不会魔法,要想帮你摘下手铐,只有这一种办法。"

"同样,我也不是神明。我不会不求回报地庇佑信徒。"他顿了顿,"右手是你的代价,这份代价我收下了。阿德利姆,今天,你将得到我的承诺——你会拥有一切。"

来奥地利后,青年几乎没有用过阿德利姆这个名字。在牛头人念出这个名字的那一刻,他忘记了疼痛,奇怪地盯着面前这个怪物。他想再问些什么,但大脑里一片空白。

就在这时,一个不知从哪儿冒出来的金发少年挡在了他和牛头人之间。

少年背对着他,以手振剑,锋利的寒光运到剑心。

零日传说 I · 命运

阿德利姆看不到他的面容,但仅仅从穿着来看——洁净得体的衬衣,法式双叠袖上别着有精致纹饰的珈瑁袖扣——阿德利姆咬着牙,又是一个无忧无虑的贵族少爷。可恨!

弥诺陶洛斯低沉的声音响起:"哦?这把剑。你是兰彻斯特家的人?"

兰彻斯特家?那是什么?青年趴在地上,断腕的疼痛及失血让他的思维有些停滞。

"不用废话。"金发少年的声音里透着淡定与自信。他将剑直指前方,摆出一个标准而优雅的击剑姿势,"废话太多是大多数行动失败的原因。"

话音刚落,他已冲到弥诺陶洛斯面前。剑尖轻点,眼看就要挑破牛头人的喉咙。

"真是勇气可嘉。"弥诺陶洛斯说道。他蛮横地直接用手臂格开剑锋。仅凭力道来看,若是普通剑绝对已经断折了,可金发少年的剑弯曲了超过九十度,又弹了回来。

弥诺陶洛斯似乎也对此早有预料,不以为意地说:"收手吧,单凭你伤不了我。我今天也不打算伤人。"

少年没有理会,自顾自调整姿势,再次发动速攻。

但还没等他的剑接触到,弥诺陶洛斯凭空消失了。

阿德利姆狠狠咬着牙关。现在他不再关心自己失去了一只手掌这件事了。比起这头传说中的生物竟能凭空消失带来的震惊,失去手掌似乎也微不足道了。他震慑、拜服,浑身激动得微微发颤。

不管那是神明还是恶魔,现在,他相信了它——或者他——的承诺:他将拥有一切。

第五章 星之下

"怎样,你没事吧?"金发少年走到他面前半蹲下来。当看到他手腕的断面时,还是难以掩饰地微微皱了下眉,"我的车就停在前方路口,我扶你过去。对了,我车上还有一些防止伤口感染的抗生素,你可以服用一些。"说着,金发少年伸出手。

阿德利姆此时能仔细观察到这个贵族少年的袖扣——玳瑁面上,银丝嵌出一个星座图案。这是他的家族纹章?阿德利姆内心突然燃起一团火,这些精致的细节灼痛了他双眼。不知为何,他心里被仇恨填满了。

"滚!不用你管!"他拨开金发少年施舍般的手,踉踉跄跄逃跑。多亏东躲西藏的这些日子练就的本事,就算断了只手,也能跑得像风一样快。

"啧。"金发少年被这名青年的举动吓了一跳。他掏出手巾,试图擦拭袖口沾上的血。

等他擦完时,四下早已没有了青年的踪影。

5

白凌霄坐在高考考场上。

此前一周,叶乔都没有叫他和沈放参加行动,说是让他们认真备战考试。学校也停课了,学生都在家复习。小白哪儿都没去,为高考做着准备。

现在看来,一周的准备仓促而徒劳。

他已经不习惯这种课堂上好好学习、然后花两个小时全神贯注考一场试的生活了。一种巨大的违和感攫住了他,就好像鱼暴

· 193 ·

零日传说Ⅰ·命运

露在空气中,小白浑身不自在到窒息。

手心沁出细密的汗,但他还是深呼吸让自己静下心来,仔细答卷,毕竟是对自己十二年读书生涯的交代。

当最后一科英语考试终于结束,放下笔的瞬间,小白头脑里一片空白。

班里的同学因为分散在不同考室,所以约好明天再到学校集合,然后出去毕业聚餐。

小白回到家。老妈正在厨房里忙里忙外。听到门响,她几步小跑出来,表情紧张又故作轻松,"回来啦?考得怎么样啊?"

"不知道。"小白摇摇头。

"不知道是什么意思?"

"妈,我有点累了。休息一下先。"说完他回到自己房间,关上门。

他一直相信成为猎人是奇迹的开端,于是,他用通信器拨通了叶乔的电话。

"喂?"叶乔接起来。

"队长,我考完了⋯⋯"

"哦,是吗?考得怎样?"

"一般了,没什么感觉。喂!"小白反应过来有什么不对,"这不是你该问的问题吧?我考得怎样很重要吗?"

"你觉得不重要就行。既然考完了,下次要一起执行任务了。我和阿星有了新进展⋯⋯"

"不是啊队长,我不是说这个⋯⋯"小白有点抓狂,又怕被老妈听见,只好捂住嘴,"那个什么编程大赛⋯⋯你懂的,是有

第五章　星之下

保送的吧？"

"编程大赛？"

"你这是什么反应？"

"啊，我想起来了。"叶乔似乎转头和身边的人说了些什么，"那个啊，是我骗校长的，你也知道是假的吧？我这边有点紧急情况，先挂了。"

"等等，喂，我当然知道编程比赛是假的，可猎人就没有保送什么的……"还想抱怨，通信器已经被挂断了。

此刻，白凌霄觉得糟透了。

他趴在窗台上看着楼下。老小区的一切都显得市井而寒酸。买菜的大妈拎着或空或满的篮子，站成一堆大声交谈着。她们的笑声像一枚枚喷射而出的导弹，突突突地攻陷着城市每一栋精心设计的高楼和充满现代感的景观。陈旧的花坛旁，几个叔爷围在一起下棋，争吵声不绝于耳，仿佛拉着所有人的生活重重下沉。

之前一直抱着侥幸，觉得既然校长都能同意他们每天去参加那个"编程大赛"，那考大学一定也有特殊通道什么的。小说和动漫里不都是这样讲的吗？主角莫名其妙就收到了名牌大学的录取通知书，或者有专门的神秘大学提供全额奖学金录取他们。

现在看来，一切都不过是自己一厢情愿的幻想罢了。

老妈在叫自己吃饭了。

"这就来。"

答应着，没精打采地走出去，坐在饭桌旁。

桌上摆着白灼虾、清蒸鱼、红烧排骨，清炒时令蔬菜，紫菜汤。老妈絮絮叨叨，"喏，这些都是我今天早上刚去菜场买的。

零日传说 I · 命运

拿回家时,虾和鱼都还是活的,可新鲜了。怎么样,考试累了吧?好好补补。"

"哦。"埋头扒着饭。

"多吃点菜啊。"老妈夹了只虾到小白碗里,"那个,上什么大学,有把握吧?"

看吧,终于还是问出了唯一关心的问题。

"不知道。"小白继续闷声吃饭。

"怎么问啥都不知道。"老妈语气里带着不满。

继父打圆场,"算了算了,考完了好好放松一下。至于上什么大学,等成绩出来填志愿时再说,咱不着急。"

"我吃完了。"小白放下碗筷。

次日,树城光熙大饭店。

高三年级的毕业宴冷餐会正在进行着。

白凌霄他们班和另三个关系比较好的班级一起,加上老师,包下了一个大型宴会厅。长桌上摆着香槟、啤酒和汽水,以及各种点心、肉排。

考完试的女孩们迫不及待地要和少女时代告别,用想象中成年人的社交方式参与着这场晚宴。比起仍旧穿着T恤牛仔裤球鞋、大大咧咧就来吃饭的男孩,她们中的大部分都做了头发、化了妆,甚至穿上了礼服。

蒲苇是精心打扮的女孩之一。她穿着白色无袖短款直筒连衣裙,腰部系着一根极细的金色腰带。裙摆刚好在膝盖以上,既不过于性感,又露出了笔直的小腿。一双灰银色细跟高跟鞋,平添了几分成熟。

第五章　星之下

　　她举着一个高脚杯,和几个女孩围在一起,热烈地讨论着化妆品和连衣裙品牌。

　　她们翻着鲜嫩的嘴唇,口中噼里啪啦连珠炮般吐出一大堆白凌霄听不懂的名词。小白看着她们,在暧昧的灯光中感到些许眩晕。

　　沈放拿着两扎啤酒走过来,递给小白一扎。其他男孩也围上来嚷嚷着:

　　"终于毕业了啊。"

　　"先不去管考得怎么样,今天要喝个痛快。"

　　"干杯!"

　　"耶!"

　　他们仰起头,一饮而尽。

　　女孩们也喝了不少酒。

　　当所有人都酒过三巡,话就多了起来。男孩女孩围在一起,讲着读书时的糗事,似乎再不讲就会因为天南海北而再没有机会记住。班里有一对情侣,大家善意地开着他们的玩笑,男孩岔开话题:"别光顾着起哄我们了。班里不是还有另外一对吗?今天就让他们在一起好了。"

　　"谁和谁啊?"大家好奇。

　　"都这个时候了,别藏着掖着了,赶紧公开嘛。"

　　男孩神秘地卖着关子,"班里不是有个男生一直喜欢一个女生吗?这事你们不都知道?"

　　"噢!"所有人恍然大悟地嚷起来,目光齐刷刷看向小白。

　　白凌霄感觉很不好。刚才他还兴奋地猜着班里到底还有哪一对,现在才知道八卦的焦点竟然是自己。这种被人起哄找乐的感

零日传说 I · 命运

觉糟透了。可他又不能翻脸生气,因为那样更蠢。

"小白,怎样,不如趁着今天,大家一起给你做个见证……"班长醉醺醺地说。

"小白,表白不过牙一咬心一横。过了今天,大家就各奔东西了,就算失败也没什么丢脸的。"

"是啊是啊,我们都看出来了,不会就当事人自己没看出来吧?"

白凌霄用视线余光去看蒲苇。她当然知道小白喜欢的是自己,但被人这么起哄,脸上表情有些不耐烦。

小白呼了口气。

这也不算是很可怕的状况。有点尴尬罢了。

比起遇到异兽,比起伙伴将被异兽杀死自己却无能为力,这有什么啊。

于是在所有人带着兴奋与好奇、或者期待他人出糗的目光中,白凌霄定了定神,露出坦然的表情开口说道,"啊,是啊,我是喜欢蒲苇。"

没人想到以前总是缩头缩脑的小白会这么坦诚,他们本来以为还要再多怂恿起哄几次的,所有人一下安静了。

蒲苇脸上闪过一丝"白痴啊你干吗说出来不知道会搞得我很难堪吗"的表情,转瞬又变成嬉笑,"小白你别乱开玩笑了。"

白凌霄继续说道:"喜欢过啊,但那是以前的事了。"

"欸?"

"他刚才说什么?"

人群里发出疑惑的声音。

"以前我是喜欢过蒲苇,但她不是拒绝了吗?"他指的是那次

第五章　星之下

表演性质的表白事件,"拿得起就该放得下啊。我不会否认我喜欢过她这件事,不过现在,我们都没有那个意思了。我们只是好朋友而已。蒲苇,"他第一次直视蒲苇的眼睛,"你说对吧?"

"嘿嘿,是的,我和小白现在是朋友嘛,你们都想哪儿去了。"

"真的?"

"嗯,对啊。"

"喊,好没意思。"

没有收获想象中的八卦,大家又开始聊别的话题了。

沈放拍了拍小白的肩,小白回头,看到沈放悄悄竖起大拇指给自己点了个赞。

聚餐一直持续到晚上近十一点。曲终人散,人群三三两两散场。仍有不死心的八卦群众对小白说:"你负责送蒲苇回家哦。"

小白去看蒲苇征求她意见,她轻轻点了点头,没有拒绝的意思。

于是他大方地跟同学招手,"你们走吧,送蒲苇交给我。"

沈放关心地问:"你没问题吗?"

小白做了个OK的手势。

沈放冲他挤挤眼睛,和其他同学一起走了。

饭店里只剩下白凌霄和蒲苇。两人出了饭店,沿着街道慢慢走着。

"小白,我们女生聊天时,都说这些日子你变了很多。"蒲苇开口。

"变了?"

"嗯，变得神神秘秘的，也比以前成熟了。"
"我哪有神神秘秘啦？"
"有啊。上次我过生日，你不也不辞而别吗？"
"那是我突然想起来有急事……"
"我看到你送我的礼物了。"
"啊，你说那个……果然还是很寒酸吧？应该送女生口红香水什么的才对，是不是？"
"不，我很喜欢。我看到了里面我们的合照。"
"是吗？"
"那时我们真傻啊。"
"嗯。我还记得那次春游，一只虫子掉在你头发上把你吓得半死，没有女生敢帮你弄下来，你让我帮你弄，结果我也不敢。最后还是沈放帮你弄的。那时我真是个胆小鬼。"
"现在不是了吗？"蒲苇笑道。
"当然不是了！"小白急着反驳。

蒲苇噗嗤笑出声，"刚夸了你变成熟，结果还是这么沉不住气。你要不是胆小鬼，刚才……"蒲苇突然停住脚，"哎，你看那是什么？猫？也太大了。"

白凌霄一个激灵。他扭头顺着蒲苇手指的方向看去，一头白色的额头带有花纹的大猫，正慢慢向他们靠近。

是半个月前，和叶乔他们一起遇到过的孟极！

蒲苇也看清了来物，她声音有些发颤，"这……这什么啊？动物园里跑出来的？"

白凌霄往前一步，护住蒲苇。

非常不幸，今天没带武器。

第五章 星之下

他观察了一下形势,之前和这种生物交过手,还算好对付。只有一头也是不幸中的万幸,但不知是否还有同类。

"跑……我们跑吧?"

"放心好了,我不会让它伤到你。你只要站着不动就行。而且,你穿着高跟鞋,不是没法跑吗?"

"别逗英雄了,你对付不了它的……那是豹子吧?"蒲苇也意识到自己穿着高跟鞋这个事实,声音快要哭出来,"怎么办?"

孟极咻地一下扑了上来,蒲苇一阵尖叫。白凌霄豁出去了,赤手空拳直接对着孟极的血盆大口抓去,就在堪堪要被它咬住的一刻,变拳为掌,直劈它最脆弱的鼻骨。孟极没想到他会这么险中求变,没能躲过,顿时眼泪鼻涕横流,速度也滞了一滞。

小白没有给它缓气的机会,接着变掌为爪,死死抓住它鼻子,双脚借着前冲的力道蹬地翻身,飞过孟极头颅骑到它背上,双腿紧紧夹住它腋下,胳膊则钳住它脖子,用力拧向一侧。

孟极吃痛一阵乱窜,白凌霄咬着牙绝不放手,被甩得七荤八素。

这样耗下去也不是办法,他灵机一动,冲蒲苇大喊,"高跟鞋,给我高跟鞋!"

"什么?"蒲苇早已经被吓傻了,正跌坐在地上。听到小白呼喊,她条件反射地去脱鞋子,却因为浑身发抖,连脱鞋这个动作也变得困难。

好不容易脱下来,朝白凌霄那边努力扔去,小白却没有接住。

孟极仍旧乱窜着,试图将小白摔下去。白凌霄用尽全力地将膝盖抵住它的前腿,配合着胳膊用力的方向,逼它向前挪动。然后，他猛然松开右手，一个侧身以极快的速度捡起高跟鞋，不由分说地狠劲砸向孟极耳朵。

细跟扎进孟极身体，它哀嚎一声，消失了。

小白落到地上，就势一滚，护在蒲苇身前。

蒲苇瞪圆双眼，又惊讶又害怕地看着刚才发生的一切。她泪眼婆娑地看着白凌霄，希望他能告诉自己发生了什么。

可白凌霄什么都没有解释。

他只是拍了拍手，将高跟鞋跟上的血迹在自己的T恤上擦了擦递过去："喏，它已经跑了。穿上鞋回家吧。"

蒲苇惊魂未定，机械地穿上鞋。

白凌霄伸手扶她起来。

她整个身体都处于瘫软状态，完全使不上力。有那么一瞬间，白凌霄想把她拥进怀里。

但他最终没有这么做。

或许就像她说的，他仍旧是个胆小鬼吧。

白凌霄搀着蒲苇走了一段，两人什么话都没说。蒲苇的呼吸渐渐平复："它从哪儿来？为什么消失了？"

"它是异兽，从异世界穿过特殊通道而来。"

"你怎么知道的？"

"因为我是……猎人啊。"

"异兽猎人？"

"嗯。"小白不好意思地点点头。

蒲苇是个漫威迷。这种词对她而言并不算太突兀。很快，她像是理解了一般："就是专门和刚才那种异世界来的野兽战斗的人？"

第五章 星之下

"可以这么说吧。"

小白并没有忘记先锋官的训诫。猎户座,只在夜空中出现。异兽猎人,是属于黑夜的存在。普通人不应该知道。但他还是原原本本告诉了她,甚至比她问的还多。

"好厉害啊,为什么以前我们都不知道。"

"怎么能随随便便就让你们知道?"小白回想着沈放在女孩面前扮酷的样子,模仿着,嘴角向右侧上扬了一个弧度。但他不知道这个表情傻不傻,因为他没对着镜子练习过。

蒲苇第一次在看自己时,眼里露出崇拜的光。

白凌霄手插进裤兜,摸到了那支鸥脑酒。为了以防万一,猎人随身带着这个。他的手紧紧地握着那支液体,却怎么也不愿掏出来。

他看着蒲苇的样子,只希望她眼里的崇拜能持续久一点。可不知怎么,又突然觉得没意思。这就是被喜欢的女孩崇拜的感觉吗?仅此而已。

两个人不再说话,就这么走到了蒲苇楼下。但她并没有马上进楼洞,像是期待什么似的,她眨着大眼睛看着小白。

白凌霄将鸥脑酒拿了出来。

"终于到了,你该回去了。"小白深深呼出一口气,"喝口这个,我们猎人专有的东西,能安神。刚才吓坏了吧?喝了这个,可以睡个好觉哦。"

"是吗?"蒲苇并没有抗拒。她很听话地接过去喝下了。

他笑了笑,朝蒲苇挥手:"回去吧,再见。"

"那……暑假我可以打电话约你出来玩吗?"

"没问题啊,我们是朋友嘛!"白凌霄刻意将朋友两个字咬得

· 203 ·

零日传说 I · 命运

特别重，装作没心没肺地说。却鼻子一酸。

"那我回去了，再见。"

蒲苇凑过来，啪地在小白脸上亲了一口。然后小跑着头也不回地上楼了。

她并不知道他眼里为什么有眼泪。

白凌霄仰起头，没有让眼泪流下来。脸颊像被火烧过一样，灼热地疼着。雨丝浅浅地落下。他迈开步子，在夏风和细雨中往家奔跑。

一整个晚上都失眠了。

第六章 神隐

1

那以后又过了十几天,白凌霄时常坐立难安地等待,但并没有接到蒲苇约他出来玩的电话。

果然还是全忘了吗?

虽然失落,却又觉得这样也好。大概真的需要与过往做个了断,就此告别吧。

这天吃过晚饭,小白拎起书包出门,"我去找沈放玩了。"

老妈念叨,"大晚上的,你……"

小白抢过话,"哎呀,高三的暑假嘛。我走了哈。"

没等老妈回答,小白夺门而出。书包里装着盾和刀,他拨通沈放电话,"哥们儿,在哪儿嗨呢?"

"快来我家打游戏开黑啊。"

零日传说Ⅰ·命运

"这就去,怎么不早叫我?"小白挂了电话,朝沈放家跑去。

成为猎人之前,他和沈放没少打游戏消耗时光。到沈放家时,他一局还没结束,久了不玩,操作都生疏了。小白观战后摇摇头,"你这不行啊。"

果然,屏幕上的聊天频道里队友也骂起来:

"你行不行啊?不行滚边去。"

"傻×。"

小白看着那些不堪入目的辱骂,吐槽道:"小学生都放暑假了吗?"

沈放这局输了,他退出游戏,脸上却是骄傲的神色,"喊,他们再厉害,也只能在游戏世界里横行霸道。咱们可是来真的。"

小白问,"你听叶乔说了吗?作为猎人,没有保送,什么都没有。"

"你问她了?"

"嗯。她说编程比赛是骗校长的。"

"这也行?不过就算没有保送,我还算发挥正常,要上个重本应该没问题吧。"

小白扶额,"好吧。"

肚子咕咕叫起来,小白揉了揉,"好饿。"

沈放提议,"穿过我家后面那条巷子有个烧烤摊,开到半夜两点的,去吃夜宵吧。"

"好啊好啊。"小白立即赞成。他给老妈打了电话,说自己今晚在沈放家睡。之后两人带上武器,朝烧烤摊出发。

走进小巷,一道白影闪过他们视线。

第六章 神隐

因为之前已经遭遇过两次,小白对这孟极已经很熟悉了。只是奇怪,为什么最近老遇到孟极。

或许这就是这次危机严重的表现吧。两人对了个眼神,默契地拔腿跟在后面。

那头孟极似乎在寻找什么,并没有快速离去,而是走走停停。小白和沈放也只能远远地和它保持着一段距离,在城市间的小巷追踪。

一直跟着它追到城郊的一个废弃厂房,看它闪身进了一间仓库。

小白要追进去,沈放拉住了他。

"等等。"

"为什么?它已经进去了,我们来个瓮中捉鳖……"

"有不对劲的地方。"沈放皱着眉。

"哪里?"

"你不觉得奇怪吗?那种野兽如果有心逃跑,要追上它是很困难的。就算它在找东西,但我们跟了这么久,竟然没有被发现——你真觉得我们已经厉害到这个地步了?"

"你的意思是,它既不让我们追上,又不让我们跟丢,是故意要引我们来这个地方?"

"不错,智商上线了。"沈放表示赞同。

看来果然是吃一堑长一智,这次,沈放竟然主动提出要等叶乔和阿星一起来了再行动。

小白想着前些天问叶乔高考怎么办时她那副"不关我事"的语气,有点生气。可鉴于上次遇到狮鹫的教训,他也不敢冒这个险,于是不太情愿地"嗯"了一声。

零日传说Ⅰ·命运

沈放给他们打了电话。

两人守在仓库门口对面的一处遮蔽物,一边等着,一边小声聊天。

小白问沈放,"想过要上哪所大学吗?"

因为沈放成绩比自己好很多,平时他一般不会问沈放这类问题。但现在,他很想知道同学了十二年后,还能不能和那家伙继续当同学。

沈放半眯着眼看向夜空,"大概是树城大学吧。"

"哈?"这个答案完全出乎小白意料。树城大学是本市的一所综合性大学,有过重本线才录取的重点专业,也有本科线就能录取的普通专业,位于城郊新区,到市里大概要一小时车程。它在市民心里风评实在不怎么样,几乎不会有过重本线的本市考生选择它。"你不会是考砸了吧?之前还嘴硬说什么发挥正常……"

"因为,它曾是宋禾姐姐读的大学。"

"不想去离家远一点的地方吗?"小白想着老妈唠叨的样子,不甘心地问。在他的概念里,总是把读大学和自由联系在一起。哪怕成绩不冒尖,也想着只要去外地上了大学,就能躲开老妈的唠叨。

"对我来说,哪儿不都一样吗?"沈放叹了口气。反正我又没有家啊。

小白没有听出沈放话里的意思,有些费解地思索着。

身后传来车声,两个人回头一看,是叶乔开着她的FJ酷路泽来了。

车停下来后,她和陆星移全副武装地从车里走出来。

第六章 神隐

白凌霄和沈放也拿上武器,做好战斗准备。

两人跟叶乔汇报了一下基本状况。

叶乔点点头,打量仓库四周。这个仓库仅一层,长和宽各约十余米,不过二百来平方米。

"这么小的空间,里面应该不会有太多难对付的异兽。进去看看。"

叶乔打头阵,另外三人紧随其后。

仓库门是上下开的卷帘式,此时它并未完全打开,离地面仅半米距离。沈放殿后,四人依次翻身滚过,里面的灰尘和霉味儿呛得小白差点儿咳出声。

四下一片漆黑,丝毫不透光,叶乔朝不同方向甩出几根荧光棒,却依然看不清仓库内部的样子。

小白还在努力适应黑暗,忽听身后轰隆隆响起来。

最前面的叶乔警觉,"不好,他们要关门。快撤!"

小白心里一惊,身体赶紧往后侧滚,却一头撞到了铁门上。

"快帮忙。"叶乔急促地吩咐。

伸手去摸,铁门离地面已只剩一个手掌的距离,完全出不去了。小白伸手去抬,却根本抵不住向下的力量。

叶乔大概已料到无法逃脱了,冲门口的方向喊:"通知薛荣!"

哐当一声,铁门砸在地上。

小白靠在门上喘气,"有人逃出去吗?"

"我还在这儿。"是阿星的声音。

"沈放出去了。"叶乔说,"我们试试直接联系薛荣。"虽这么

零日传说 I · 命运

说,但她心里清楚,根据经验,敌人显然有备而来,而封锁通信,几乎是必然。

小白掏出手机,果然完全没有信号。通信器也是一样。

"听好,"叶乔的声音一如既往的冷静:"从现在开始,背靠背一起走,决不能分散行动,不许有一个人落下。我们先摸一圈四周。"

似乎是为了安慰自己,小白语气坚定地说,"放心吧,沈放一定会找人来救我们的。"

话音刚落,一个沙哑低沉的声音从黑暗的中心传来。
"各位,欢迎光临。"
小白一惊,有人?
地面微微震颤,渐渐有光线从地下透出来。
白凌霄适应光线后,才看清这个仓库空无一物,而中央的地板竟能开合,下面有个地下通道。
原来仓库只是伪装,这里其实是地下通道的入口。
"抱歉,让诸位受到惊吓。在下只是有事相求,请沿着通道下来。"声音出自一个破旧的喇叭,应该是当年工厂还没废弃时播放通知用的。
叶乔低声说,"照他说的做,不要轻举妄动。"
现在敌暗我明,只能随机应变。小白忙不迭地点头。
叶乔打头、陆星移压阵,三人沿着梯子走了下去,经过两次转折,终于到达地下空间。
没想到这个空间超乎想象的大,各种异兽自行其是,看起来似乎是它们的据点。

第六章 神隐

小白一眼就看到了引他们来这里的那头孟极。它的右耳上有一个血洞,小白想起来,这就是那晚上和蒲苇一起遇到的那头,那个洞应该是自己用高跟鞋砸穿的。可它当时明明已经消失了,为什么现在又出现在这里?

它龇牙咧嘴,冲小白发出低沉的喉音。

一个高大的黑影从地下室的中心走过来,影影绰绰的光中,小白看清了这个怪物的模样:虎首人身,四肢修长,身上还缠着三条黄蛇。

小白看见,站在他前面的叶乔拿刀的手抖了一下。

"你……是兽人?"小白颤抖地问。

那个怪物大笑几声,"在下名为赤召。赤召·强良。"

"你……你会说话?"

那人没有理会,这让小白觉得自己很蠢。

"强良?"叶乔小声重复。

赤召向他们走过来,经过那头孟极时,伸手抚摸了一下它的脑袋,在它耳边说了些什么。它有些委屈地收起獠牙,朝远处走去。

"各位不如先将武器交给我们代为保管?"他侧头示意地上的一个运土推车。

小白盯着这个怪物,不由自主握紧了刀盾。

叶乔却乖乖把双刀放了进去。

"队……"话说一半,小白知道形势比人强,只好无奈地将刀和盾上缴。

陆星移也如是放下武器。

零日传说Ⅰ·命运

"那么,现在请跟我来。"赤召很有礼貌,但小白越发觉得后背冰冷。

三人跟着来到一个房间。房间里由烛台照明,有两张床,虽然简陋,但还算干净。

"这是我们最好的客房了,请放心住下吧。"赤召站在门口介绍。他咧着虎口,发出嗤嗤的声音,似乎是在笑。然后,他转身退出去,关上门,接着响起一阵锁门声。

"喂,别锁!"小白赶紧去扭门把手,却徒劳而返。

白凌霄和阿星沮丧地坐在一张床上,叶乔盘腿坐在另一张床上。

"队长,现在怎么办?"

"这次怪我。"叶乔说,"我完全低估了这里形势的严峻程度,现在就算沈放去找到薛荣,也未必能进来。我们得自己想办法。"

"可我们武器都没了……"

"谁说没了?"叶乔将双手伸到背后,在腰带处一抹,竟然抽出一把尖细的剑形匕首,"父亲送我的,我一直贴身带着,为的就是防止遇到今天这种状况。"

小白只高兴了一瞬,很快又黯然,"可只有一把匕首,完全不是外面那些异兽的对手啊。"

陆星移说,"看样子,短时间内它们并没有要伤害我们的意思。我们可以等待时机。"

"他们更可能是要把我们当诱饵。"这才是叶乔最担心的事。

这么看来,沈放竟然像是他们故意放出去的。

小白想起什么,问道,"队长,刚才看到的那头孟极,之前我明明让它消失了,为什么它还在?"

第六章 神隐

叶乔旋即明白,"你跟它战斗时,没用配发武器吧?"

小白点头。当时用的是蒲苇的高跟鞋。

"我给你们说过,必须用配发的专用武器才能消灭异兽。"

"是啊,特殊的钽嘛。"小白记得,虽然异兽进入地球非常困难,但从地球返回异界却非常容易,所以一旦它们在战斗中受伤,就会瞬间逃回异界,养好伤再回来。而钽是唯一能暂时锁死异兽返回异界能力的元素,只有用钽制作的武器,才能令它们受伤后无法逃脱,确保将其消灭。

"它消失后还会在这里,只能说明两件事:第一,通道扩大了,逃回去的异兽能够更快地返回地球;第二,异兽加紧了侵略准备,连受伤的异兽也要参加战斗。"

"那该怎么办呢?"

"别想这么多了,"叶乔和衣躺下,"睡吧。已经凌晨一点,不养好精力就无法战斗。"

没多一会儿,旁边的床上传来叶乔匀称的呼吸。

小白在床上辗转反侧,索性大睁着双眼。后来实在忍不住,小声问旁边的陆星移,"阿星,你睡着没?"

"没有。"那边很快传来回答,似乎就等着他问了。

"哈,果然。这种情况怎么可能睡着嘛?队长还真是天赋异禀。"

"处变不惊,这就是她之所以才十六岁就这么厉害的原因吧。"阿星的声音里透着羡慕。

"老实说,你害怕吗?"

"害怕啊。但想到和你们在一起,就没那么害怕了。"

零日传说 I · 命运

"这倒也是。"小白脸上浮起傻笑。如果是自己一个人被抓进来，肯定早吓得屁滚尿流了。但现在他觉得还好。三个人，一定能想出解决办法的。还有沈放，那家伙也一定会带着援兵再来。就算自己成了诱饵，薛老大也一定不会上当。

想到这里，他稍微安心了些。既然睡不着，不如干脆聊天。他问出了心底一直的疑惑，"阿星，可以问问你吗？之前也问过你为什么要当猎人，你说是因为孤独，想交朋友什么的。可我还是想不通啊。"

"想不通什么？"

"我这么说你不要生气，我也没别的意思。你看起来……明明是那种很乖的男生嘛，怎么会来参与这种打打杀杀、随时会有生命危险的事情？就算想交朋友，也有很多其他正常的兴趣爱好啊……而且我总感觉，对于成为一名厉害的猎人这件事，你比我和沈放都执着。"

阿星那边没有回话。

沉默持续了数秒，白凌霄感觉有些尴尬，"那个，不想说也没关系。每个人都有理由嘛。你看沈放，他的理由就是为了个小时候暗恋的女孩子，说出来也挺丢人的，哈哈哈哈。"

"不是不想说，只是不知道从哪里开始说。"

"欸？"

"因为那天的事，实在不愿再去回想了。可能只有成为能独当一面的猎人，才有勇气再去面对吧。"

"那我就等到那一天，再听你说。"

"嗯。"

小白翻了个身，心情已经平静了很多，渐渐滑入睡眠。

第六章　神隐

第二天清晨，开门的声音吵醒了小白。

赤召推门进来，手上端着餐盘，里面是些粗粮。"请诸位用餐。"

小白看了下时间，还不到七点。他揉揉眼睛坐起身，警觉地看着那些食物，而叶乔已经从餐盘中取来一个馒头，大口咀嚼。白凌霄见状跟着抓了个窝头吃起来。他肚子早饿得咕咕叫了。

赤召故作吃惊，"不担心我在食物里掺毒吗？"

"啥？"听到这句话，小白嚼了一半的窝头噎在嘴里。

叶乔则继续吃着，"你们要让我们死，有无数种其他办法，我们怎么阻止？"

赤召又发出那种嗤嗤的声音，"哈哈，小姑娘说的不错。而且，力量和战斗才是我们的信仰，下毒是人类才会用的手段。"

叶乔不做评价。

"既然彼此了解，我就不绕弯子了。这次请你们来，我们无意要你们的性命。只是——请这位少年归还我们的神兽。"

小白正饿，知道窝头没毒后，一直拼命往嘴里塞。

赤召等了一会儿。

"白凌霄，你吃饱了吧？现在可以归还我们的神兽了吗？"

"欸？"小白努力将嘴里的东西吞咽下去，"你在说我？你——知道我名字？"

"不要装傻！"赤召似乎被激怒了，一改之前谦卑的语气，粗狠地咆哮道。

215

零日传说 I · 命运

　　小白吓得一哆嗦，剩下的半个窝头掉在地上，滚了两圈。
　　赤召长啸一声，刹那间，三条绳索从他身上蹿出，将三人牢牢绑住。这绳索越收越紧，勒得小白喘不过气。他扭动着身体大喊，"怎么回事，这绳子自己会动！"
　　这绳子滑溜溜的，如有生命一般。再仔细一看，小白才发现这根本不是什么绳子，而是三条黄蛇。它们吐着猩红的信子，发出嘶嘶的响声。
　　叶乔捏着拳头，关节发白，却一时没有对策。
　　小白有些慌了。如先锋官所说，兽人果然难对付，完全和那种用本能和力量战斗的异兽不同。此刻他只想能拖延一分钟算一分钟，等沈放带人来。
　　这时他才意识到，都过去一整晚了，援兵本该早到了，但沈放人呢？

　　赤召没有理会陆星移和叶乔，径直走到白凌霄面前。
　　他将手上缠着的另外一只小黄蛇举到嘴边，对它念着什么。
　　"喂喂喂喂喂喂……"白凌霄慌了，谁知道这蛇有没有毒？
　　赤召故意把手伸到小白眼前，黄蛇伸出半截身子在他眼前晃了晃，然后顺着他的鼻子爬上了额头。
　　小白能看到黄蛇游动的腹部遮住整个视线，赶紧闭上眼睛，浑身僵直不敢乱动，生怕把蛇惊了乱咬一顿。
　　蛇开始往小白衣服里钻。这感觉又麻又痒，要把人逼疯。小白哆嗦着激将道，"有本事把武器还给我们，正大光明地来场决斗。你们就是这么崇拜力量的？是怕打不过我们叶乔队长吗？"
　　赤召不为所动。他站在一旁，死死盯着小白。

第六章　神隐

发着幽蓝光芒的眼睛让人不寒而栗。

小白哀怨道,"有个问题我早就想问了,异兽也是,你也是,你们为什么每次都冲我来?"

"这还用问吗?因为你体内封印着我们要找的神兽。"

"那很不幸,你们找错人了。我从来不知道自己体内有什么神兽……"

"不知道吗?那让我告诉你,十七年前你父亲封印四方凶兽之一的穷奇时,你怀孕的母亲正好赶到现场,而神兽刚好也出现在那里。封印穷奇后,那个封印裂出一块碎片,关住了我们神兽,并掉进你母亲体内。经过我们这些年的观察,你母亲身上根本没有什么异常,唯一的答案就是那个碎片到了胎儿身上,也就是你。"

"什么凶兽神兽的,再说了,我老爸就是一个开电器修理铺的,怎么可能……"说完这句话,白凌霄自己也愣住了。

那个人是自己继父,并不是自己爸爸。

多年来问过好多次老妈关于自己爸爸的事,老妈从来不说。

"你的意思是……我爸爸他……是猎人?"

"不仅仅是猎人。"赤召发出嗤嗤的嘲笑,"还是猎师四脉之一呢。只是没想到,他的儿子竟然这么戾,应该是猎师四脉史上最差的一个了吧,哈哈。"

"我……"小白羞愧地去看叶乔和阿星。猎师四脉吗?白凌霄回想起上次营地里那个金发少年的模样。自己跟他相比真是差太远了。但这并不代表,自己以后不能变强啊!如果真有这样的血统……

赤召打量着白凌霄,"看来你对这段往事一无所知。不过我

零日传说 I · 命运

们也观察你很久了,"赤召上前一步,"如果你自己没有意识,那我就只能帮你将它放出来。"

黄蛇从小白的衣服里钻出,重新游到赤召手上。赤召发出呼噜呼噜的声音,很快跑来三头鬣狗,每头嘴里都叼着一个竹篓。赤召吹了一声口哨,竹篓里发出沙沙的声音,接着盖子被顶开,一群黑褐色的虫子溢出,如流水般朝小白涌去。

"别担心,它们会小口小口地啃噬你的皮肤,但不会致命。"赤召脸上写满邪恶,"神兽会在宿主遇到危险时出现,这次不行,我还有更多花样让你产生危机感。"

"你还能再变态点吗?"小白一阵窝火,嘴硬地说,"不就是虫子……"

话音没落,赤召突然朝叶乔扑过去。几乎同时,缠在叶乔身上的长蛇飞向赤召。另有一道黄色飞镖直扑他面门。叶乔伴着一道利光冲了上去!

赤召直接吞掉了那道飞镖——那是一只断口整齐的蛇头。那条断头的黄蛇则被他挥到地上。

所有人还没反应过来怎么回事,叶乔和赤召已近身相迎。那道利光,正是叶乔的匕首,眼看就要刺中赤召喉咙。

可惜,行动失败了。

兽人对自己的黄蛇太熟悉,被切断七寸的那一刻,他便发现了异常,立时扑过来。

叶乔则没有想到兽人如此警觉。她本打算装作仍被束缚着,靠近兽人再行动,最终却被迫提前。

赤召超长的手臂以一个奇怪的角度格开叶乔握刀的胳膊,另

第六章 神隐

一肘则狠狠撞向叶乔后背。

叶乔重重摔在地上。匕首也掉到了一边。

赤召走过来,一脚踢开那把匕首,"小姑娘,不要在我眼前搞小动作,行不通的。"

"队长!"小白见叶乔摔在地上快要散架,心里一疼,"明明打不过,为什么不再等等时机?"

说真的,白凌霄从没见过叶乔这么狼狈的样子。

在他的印象里,叶乔虽然高傲又不近人情,却是个无所不能的女孩。每次遇到危机,总是她及时出现,有条不紊地处理状况,给他和沈放解决麻烦。

但在此刻,这个十六岁的少女蜷缩着身子,疼得连爬起来的力气也没有,几近晕厥。她白皙而修长的后颈上,三道抓痕触目惊心,溢出鲜血。

可她还是用一如既往冷静的语气说,"我……是队长,什么时候……轮到你来指挥我?再不拼死一搏,你不就要被……虫子咬了吗?"

"那有什么啊!反正又咬不死,虫子而已……"嘴上这么说,白凌霄还是心里一热。那批虫子已爬上他身体,夏天穿得本来就少,它们顺着裤管和衣领满身乱爬,皮肤噬痒之痛,如百爪挠心。他在地上翻滚扭动,忍不住嗷嗷大叫。

这时,陆星移挪过来,和白凌霄靠在一块儿。

"你又要干吗?也像队长那样要乱来吗?"

阿星看着虫子开始朝自己身上转移,用颤抖的声音回答,"对不起,我还太弱小,没有帮你的办法。只是这样,能让你身

零日传说Ⅰ·命运

上的虫子少一些也好。而且，有伙伴和你一起承受这种痛苦，或许你会好受点吧。"

小白只能对着阿星挤出一个苦笑，任由细碎的疼痛在自己皮肤上蔓延。他喃喃地对赤召说，"现在我知道为什么要把异兽赶回去了。因为你们真的是非常、非常混蛋。为什么要来抢我们的地球？因为你们生存的地方像是地狱吗？可是像你们这样的畜类，本来就应该生活在地狱里，永世承受煎熬啊！我不会让你们得逞的。就算我体内真有什么神兽，就算把我折磨致死，我也不会让它出来。"

"当你觉得自己生命受到了威胁，它就会出来。这由不得你控制。"

"不，我不会让自己产生生命受到威胁的那种想法。你尽管试试看。"

小白闭上眼睛，试图忘却啃噬自己的是恶心的虫子。他努力想象自己泡在温泉里，一群彩色的小鱼正围着自己轻轻咬着，祛除死皮。

这么想着，精神逐渐没有那么紧张，心情也平复了一些，这时，他不得不承认，赤召的话有可能是真的。

之前每次遇到危险，最后不都是胸前的胎记发出青光救了自己吗？当时还以为是什么濒死体验或者潜能激发，现在想来，如果危险持续下去，很有可能青光里真有什么神兽蹦出来。

所以，赤召说的那些关于自己亲生父亲的话，也都是真的了？

猎师四脉这种命运……还真降临到自己这种毫不起眼的人身上了啊？可惜自己辜负了血脉，既不英勇也不善战。

第六章 神隐

一个想法突然在白凌霄脑海里闪现,他自嘲地一笑:想不到我也学会像沈放那家伙一样逗英雄了。

他看着痛苦的陆星移和晕过去的叶乔,定了定神,趁赤召不注意,一个滚身过去拾起叶乔的匕首,紧紧握在手里。

赤召不屑地瞟了他一眼,"这名少女数倍强于你,她于我而言都弱如蝼蚁,就凭你也想攻击我吗?不要垂死挣扎了。"

"不,我并不想攻击你。"小白反握住刀柄,开口道,"我在想,如果我体内有你们的神兽,你为什么不直接杀了我放它出来呢?"

听闻此言,赤召明显愣了一下。

小白更加确认了自己的猜测:"因为如果作为宿主的我死了,你们的神兽也会消失吧?"

赤召反应过来,大骇,"你想做什么?"

小白将刀尖冲向自己喉咙,"放了我们,否则同归于尽。"

"哦,这样啊?不要以为我们不了解你。"赤召在一瞬的紧张后迅速恢复了傲慢,"你就没想过自己为什么老是遇到异兽?不是你运气好,而是我们在观察你,我们观察你很久了,白凌霄,"他伸出舌头在獠牙上舔了舔,"你并不敢这样做。你向来都是个怕死的胆小鬼。"

"人是会改变的。"白凌霄平静地说。不知怎么,此刻他有一种解脱的感觉。

"也罢,就算你现在和以前不一样了,你尽管用性命威胁我们。"赤召冷笑,"反正会有人给神兽陪葬。"

白凌霄心里一紧,进而明白了他的意思。他忍不住转头看了

零日传说Ⅰ·命运

看叶乔和阿星,嘴上却强硬道,"他们也是猎人,早就做好了牺牲的觉悟。"他在赌,异兽们为自己体内的神兽做了这样漫长的准备,绝不会就此放弃。双方对峙、互相威胁,只看谁的筹码更大。

赤召却摆出比他更不在意的样子,"既然如此,那就如你所愿吧。"说着,他就向阿星走去,挥手就是一爪。

"阿星!"小白心中一痛,手不住颤抖,手中的匕首也抖落在地,哐当一声,像是讽刺。

陆星移吃痛虚弱的声音传来,"小白,如果你承认我是猎人,就不要在意我的生死。我并不怕。"

"白痴,可我不想让你们死啊!"白凌霄吼道。他觉得自己太天真了,还以为能就此威胁异兽,没想到被威胁的反而是自己。他仇视着这个长着虎头的恶魔。

赤召仰起头,发出一阵有节律的啸声,"是不是以为只有他们会给你陪葬?"

小白瞪着他,不搭话。

赤召继续说,"你一定也很好奇,跑走的那个少年为什么还没来救你们,对吧?"他面对面地靠近小白,"好像他跟你很熟?"

小白感觉自己从头到脚都彻底凉透了。

小屋的房门吱呀一声打开。三个矮小些许的虎头人押解着几名五花大绑的少年走进。

在蚀骨的冰冷里,白凌霄打起精神去看他们。最前面的那一个满脸挂彩,他看到小白,苦笑着用沙哑的嗓音说:"抱歉,救不了你们了。"

"沈放!"脸都肿成这样了还耍什么帅……这句吐槽小白吞进

第六章　神隐

了肚子,没说出口。

"一点轻伤,没事。"满脸挂彩的少年吸了下鼻子,扬起嘴角尽力做出个笑容。

沈放身后跟着南宫羽和何念念。这两人看起来没有沈放伤得重,但仍让小白过意不去,"南宫,算我欠你一个人情。"

"不用客气。"南宫低着头小声回答。

"好了,问候结束。"赤召口中发出几声哨音,那些已经沾满小白和阿星鲜血的虫子如潮水般褪下,重新回到竹篓中,只在地上留下一片粗浅的血痕。赤召盖上盖子,"白凌霄,你这么不配合,看样子要好好招待一下你和你的朋友们了。不过这里太挤,走,换个地方。"

"不、不走!"小白又捡起匕首,只是换了方向,重新对着敌人。

"由不得你。"赤召说完,稍矮一些的虎头人过来,轻而易举将小白从地上拎起,并夺走了匕首。

小白使劲挣扎,但完全无济于事。

他没看到沈放给他使眼色,让他不要反抗。

一行人被强行带出小屋。

小白小声问后面的沈放,"不是让你去找薛老大吗?他怎么没来?"

沈放眯了眯肿成核桃的眼睛,还是一副胸有成竹的样子,"他在外面执行任务,来不及,我就叫了南宫他们想先来救你们,没想到被打成这样。放心,我给薛老大发了定位,他会来的。"

小白点点头。叶乔也已经苏醒过来,情况还不算最坏。

零日传说Ⅰ·命运

整个地下的建筑风格十分原始，照明工具是烛火，墙面是石材，不像是现代人类社会的产物。至于是异兽们占领了废弃工厂后偷偷挖掘的，还是原本就存在的古代遗迹，无法判断。

不知不觉到了异兽们关押俘虏的地方。五人被分别绑在五根石柱上。

房间中部放着一台庞大的机器，像是工厂遗弃的。一条手指粗的黑橡胶线连着插座，旁边是一个拉闸式开关。

小白开始怀疑自己刚才的猜测：如果这里真的为异兽所筑，又怎么会有插座？它们难道懂得如何接电线吗？

赤召举着火把走到机器旁，用爪子扶住闸柄。然后猛地拉下。

机器发出嗡嗡声，指示灯闪烁几下后启动了。约一米宽的传送履带转动起来，传送的尽头，一米多长的闸刀开始有节奏地抬起、砍下、抬起、砍下。

这是一台大型切割机！

白凌霄紧张地盯着赤召，他几乎猜到了他要怎样做，但并不愿意相信。

赤召说，"虽这机器是你们人类发明，不过估计你们也并未亲眼见过，不妨让在下来给诸位演示一下这台机器的用法。"

矮小虎头人牵着一只小狗走进来。小狗看上去受了惊吓，呜呜叫着，尾巴深深地夹在后腿中间。

这只小狗就是普通狗狗，并不是什么异兽。小白认识它，它是小区门卫大爷收养的一只流浪狗，很多年了，平时都散养，小狗就在院子里跑来跑去，和很多邻居都很熟。

矮小虎头人将小狗尾前头后地绑上传送带。传送带托着它，

第六章 神隐

一点点靠近闸刀。它却动弹不得。

小狗大概知道了自己的命运,呜呜声越发悲怆。

"赤召!你想干什么?放了它!"

"阉割了的狗,"赤召摇头叹气,"太弱了。"

白凌霄并不明白赤召这句话的意思,只全力挣扎,可捆绑自己的长蛇丝毫没有松动。他眼睁睁看着小狗传送到了闸刀下方。咔嚓一声,闸刀落下来。他闭上眼睛。

小狗的叫声猛地变成尖锐号叫,而尾声甚至还来不及拖长,就完全没有了声音。

所有少年都立即明白,赤召不止是吓唬他们,而是真的做得出。

沈放急了,却只是懊恼地说:"南宫,念念,我不该叫你们来的。"

向来沉稳有礼的南宫忍不住说:"都这时候了,又要逞英雄,把责任往自己身上扛吗?"可被捆得紧紧的他似乎也无计可施。

何念念的声音很平静,"我没关系,不用道歉。"

"赤召,"一直沉默的叶乔说话了,"他们都是新人,不会对你们造成威胁,不要为难他们。拿我的命跟你换。"

赤召鼓着掌,一步一步走向叶乔。嗤嗤的刺耳笑声在空室内回响。

"你应该还没搞明白状况。我无意于取你们性命,只是这少年毫不配合。只要他放出神兽,我就放了你们。"

"白凌霄,不许听他的,这是命令!如果放出神兽,要击退他们就更难了!"叶乔瞪视小白。

零日传说Ⅰ·命运

"而且,我也不打算先杀你。"赤召观察着小白的表情,离开叶乔面前,转向沈放,"倒是这名少年的性命,白凌霄,你不会不在乎吧?"

赤召将沈放从石柱上取下来,拎着他,一步步走向传送带。

白凌霄双目圆睁,心脏迅速收紧,张了张嘴,却发不出声。

"小白,我没事。"

白凌霄看到沈放明明嘴唇都白了,却还故作轻松地安慰自己。喂,你这一副视死如归的表情是要怎样?

虎头人把沈放绑上传送带。依然是头在后脚在前,分明就是想增加他们的痛苦。

传送带嘎嘎地运转起来,沈放开始朝闸刀靠过去。

"不要死——不要死啊!"白凌霄挣扎着呼喊,一些往事的片段闯入他脑海。

初三毕业的暑假,和好几个同学一起去邻县的河段玩漂流。

那条河段是天然形成的,并非人工开凿,风景非常漂亮。六个人一起坐在一个大橡皮筏上,顺着湍急的水流往下漂。一开始还很顺利,小白和其他同学一起笑笑闹闹,在遇到大落差的地方尖叫,在浪花扑来时甘之如饴地淋成落汤鸡,好像所有烦恼都被洗去了。

但在行程过半、漂进最险恶的一截河段时,橡皮筏一个不稳,把正背过身准备和同学一起迎接刺激的小白抛进了河里。

一船人都慌了,他们大叫小白的名字,探出身子往河里找,却只看到泛白的泡沫,橡皮筏不受控制地继续快速前冲。

只有沈放二话不说,纵身跃进水里,抓着扎手的砾石,努力

第六章 神隐

站住身子，然后一脚深一脚浅地努力向前。

白凌霄根本不会游泳。因为胎记的关系，他从来没去过游泳馆。他在水底扑腾着，被水流冲着在礁石上乱撞，眼冒金星，感觉自己就要死了。

这个时候，他被冲到了沈放身边。沈放一把抓住小白，另一只手瞬时失去力量，被水流和小白带着倒在了水里。他拼命想往上浮，可水流太急，沈放并不十分擅长游泳，又拖着小白，完全没办法稳住身体。肺被灌进去的水刺得就像划开一道道口子，但他仍是死死抓住小白，用力将他向上托举。

小白也并没有丧失意识，在经历了刚刚抓住沈放的欣喜后，立刻被更大的恐慌攫住。虽然能感觉到撞在自己身上的石头少了，但他知道那是沈放帮他挡住了。他甚至能在震天的水流中听到沈放与石头磕碰的声音。他开始想挣脱开沈放，想从他手里挣脱开。但沈放却抓得更紧了。

这样下去，两个人都会死的！他想喊，结果只是多喝了一口水。

两个人就这样被水冲着在滩里乱转，碰得鼻青脸肿。然后，他的头撞上了一块大石头。

虽然一个人被淹死太孤单绝望了，可他不希望沈放因为救自己而死。在失去意识前，小白再一次尝试推开他，但沈放却仍没放弃。他感激地闭上双眼。

一切都由不得他选择。他只能悲伤地失去意识。

再次醒来，他和沈放一起躺在岸上，工作人员紧张地盯着他们，欢呼道，"醒了醒了，这个也醒了。"

白凌霄睁开眼，一片白茫茫中，他侧过头看到沈放。这个人

· 227 ·

零日传说 I · 命运

啊。张了张嘴想说谢谢,说出口的话却是,"总是逗英雄很帅吗?"

"笨蛋,我不会让你死掉啊。"

"笨蛋,我不会让你死掉啊!"白凌霄大叫。

忍不住了。

心跳加速,那种温热的感觉又一次从胎记的位置传出。白凌霄去看沈放,他一脸绝望地看着自己。

是的,绝望。

但这绝望并不是因为快死了,而是因为——

白凌霄顺着他的目光低头看自己胸口。青色的光若隐若现,像一团萤火虫般闪烁着。

"小白,你听我说!"在传送带上的沈放大喊,"我们是不是刚宣过誓?你不要把神兽放出来,要我们就真的输了!明白吗?白凌霄!"

但此刻的白凌霄已经听不到任何外界的声音。青色的光将他笼罩,他脑子里嗡嗡作响。

看到这强烈的光束,赤召的嘴角咧了一下。他伸手拉停开关,其他虎头人则把沈放从传送带上拎下来。沈放捏着拳头,恨恨地叹了口气,却也松了口气。

青光越来越强烈,几乎晃得人睁不开眼。白凌霄一声大吼,捆绑他的长蛇被挣断了。那团青光像云一样从他身上移开,停在离他半米远处。一个影子在青光里若隐若现。

众人注视着那里。

啪的一声,像有人摁上了开关,青光熄灭了。

第六章 神隐

所有人重新适应了烛火的黑暗，这才看清刚才那团青光之下出现了一头——

不对，不应该用"头"来形容。

那是一只只有半截手臂长，张嘴打了个哈欠，摊开短小的前肢伸了个懒腰，发出"吱吱"声的……

小蜥蜴。

2

小蜥蜴甩了甩头，这才发现所有人都在看自己。它背上长有一对小翅膀，但伸展用力挥了几下也无济于事。于是它鼓了口气，脖子上的褶皱像把小伞般撑开了，它用后肢站立起来，挥舞着前爪，嘴里发出"啊哦"的声音。

气氛瞬间变了。

半晌，白凌霄才问出口。

"你们的神兽……就是这个？"

赤召似乎也很吃惊。他微微咧着嘴，感觉自己被耍了。半晌后没好气地说，"既然你体内只是这么个玩意儿，那也没必要留下你了。"

"喂，到底怎么回事？"

"是我们太高估你了。"赤召摊开爪子，"或者，是我们太高估你父亲了。"他恨恨地承认，"我们找寻了很久，终于追踪到神兽的踪迹。可它在那场战争后不见了，我们本以为是被你父亲封印了，没想到他只是封印了这么一个小东西。一个跟你一样弱小的小可怜。"

零日传说Ⅰ·命运

刚才还鼓着腮帮子的小蜥蜴泄了气，委屈地缩到小白脚边。

"我、我……"小白既为出来的不是神兽松了口气，又不愿承认这只小蜥蜴真的看上去跟自己一样弱爆了。"既然不是你想要的，就放我们走吧。"

"放你们走？"赤召愤怒道，"我花了这么大精力，就算找不到神兽，也不能白费工夫。能一次消灭这么多猎人——虽然是些毛都没长齐的小屁孩——也不错。"

说完，他就再次伸手，拉下了电闸。

可整个房间却突然摇晃起来。

伴随轰轰两声炸响，地面震得不住抖动。所有虎头人都护住了脑袋。等震动平息后他们抬起头，朝炸响传来的方向望去。

小白亦期待地看向那边。

是薛荣扛着一把突击步枪，大步走来。

让小白没想到的是，在薛荣身后，还有一名双手持手枪的蒙面者。

虽然蒙着面，但能看得出她是名女性。

只见她撑开手掌，双枪分别在两手食指上转了两圈后握住，之后利落地交叉着朝左右射击。刹那间子弹飞出，正中两个虎头人额心。

薛荣托起突击步枪，也要开始扫射。但虎头人很快反应过来，立刻将少年们推到自己面前，用他们当盾牌。

赤召看了一眼倒在地上的两名虎头人尸体，也一把抓住叶乔，利爪牢牢卡住她脖子，"把枪放下。"

叶乔却冷冷一笑，"薛荣，不用管我们。"

第六章 神隐

薛荣无奈,"叶大小姐,我知道你不怕死。但对我来说,有人死亡就是任务失败。"

在这之前,白凌霄心里还充满了要英勇就义的气概。可看到薛荣扛着枪出现的瞬间,那股紧绷着的气一下就松懈了。热血和冲动褪去,他觉得自己离获救就差一步之遥,他不想死了。他也不想沈放死,不想阿星死,不想叶乔死,不想所有人死。既然体内也没有封印着什么神兽,自己仍然是个无足轻重的人,那么死在这里,岂不是太冤了?

双方僵持不下。

蒙面者退出手枪里的子弹,将手枪抛开。在赤召以为她因为威胁打算投降而分神的刹那,她掀起长款衬衣衣角,从大腿两侧拔出另两把枪来。

这两把枪里射出的却不是子弹,两道几不可见的细线伴着"嗖嗖"的破空声冲向赤召。赤召并没有立刻动手,而是将叶乔推到自己正前方,但没想到细线竟然打偏了,从他们身边滑了过去。

赤召一阵欣喜,就要丢开叶乔准备攻击。但他突然发现两道细线竟然旋转回来,把自己和叶乔捆在了一起。接着细线一紧,蒙面者竟然借力飞身跃了过来!

赤召立刻用利爪切开细线,然后丢开叶乔、准备迎战。

蒙面者的速度超出了赤召的想象,他尚未看清来势,那人就已飞至自己头顶,两条小腿一夹,正卡住他的脖子,然后拧身一旋,赤召被带得摔到地上。蒙面者甚至没有给他留出体验疼痛的时间,直接用右手举着枪托直捣赤召鼻骨,旋即左手持枪抵在赤

零日传说Ⅰ·命运

召额头，砰地一声扣下扳机。

但赤召并未中枪，他的动作同样迅捷，在蒙面者射击之前一肘顶开她左手。弹道歪了，子弹射在石柱上。他咆哮一声，反手去抓，却被她一个下腰避开。

赤召翻身站起，这时蒙面者又踏着墙面跃到他肩上，用腿钳住他的脖子，倒挂着举枪指向另两个虎头人。

赤召双腿一蹬，直直向后撞向墙壁。蒙面者只好侧身翻下，顺势向一侧的虎头人射出细线，缠住他脖子，用力一拉，竟然直接切开了一半。

但与此同时，另一侧传来了一声惨叫。

是沈放！

蒙面者只好停手，回头，正看见赤召右手的利爪深深嵌入沈放肩头，而左手的利爪，则在他的脖子上刺出一条细痕。

沈放的嘴角挂着血，头低着，几乎要失去意识。但他一次又一次摇晃着抬起头，一次又一次努力地睁开眼。

"看来你很不明白状况。"赤召咬着牙，"放下武器，否则就从他开始，一个个杀了他们！"

蒙面者看着沈放的惨状，双眼流露出不忍。

"我，我……"沈放大口喘着气，"我没事啊，宋禾姐姐！"

宋禾？听到这个名字，白凌霄精神一凛，原来她就是宋禾！怪不得那么多年沈放都念念不忘，果然很有魅力。

蒙面者一愣。

"我知道是你，宋禾姐姐。"看到她的反应，沈放竟然笑了。

蒙面者一把摘下面罩，"什么嘛，这样你也能认出来？早知

第六章 神隐

道就不戴这玩意儿了,憋死我了。"

沈放的眼泪掉了下来,和哗哗流下的汗水一起划过伤口。脸上被打肿的地方火辣辣地疼着。想过无数次再遇见她的情景,却没想到会是这副衰样。

"最后再说一次,放下武器。否则从他开始,他们都得死。"赤召手上用力。

宋禾跟薛荣对了个眼色。

薛荣举起突击步枪,慢慢放到地上,"你放他们走,我们俩跟他们换。"

赤召眼珠子转了转,"好。"

沈放大喊,"宋禾姐姐,你们快走,不要管我。"

"得了吧,什么不管你?你都快死了。看看你现在被打成什么样子?要说这种逞英雄的话,你得好好变强才行啊!"

"我、我……" 沈放咬着牙,说不出话。

他恨这种无能为力的感觉。

如果自己训练时再努力一点,现在就不会眼睁睁看着事态变成这样却什么也做不了了。

宋禾也放下武器,和薛荣一起举起双手。赤召放出黄蛇,将他们缠起来,却说:"哦对了,我改变主意了。我并不打算放了这群小鬼。"

薛荣骂了句脏话。但看样子,倒是也并不意外。

"但看在你们的诚意上,我就饶你们不死吧。"

宋禾看着哭得稀里哗啦的沈放,"小放,勇敢一点,还不到哭的时候。"

零日传说 I·命运

"我……我都说了让你们不要管我快跑啊。"

"笨蛋,姐姐是来救你的,怎么会不管你们就跑掉?"

"可现在……你们也被抓起来了……我们……"

"你以为我们会相信他能放了我们?"宋禾轻笑,不知是不是安慰,"但至少暂时不会死了,对吧?"

沈放的表情又喜又悲,"你怎么会来这里?"

"都说了,来救你们啊。"

"你知道我当上猎人了吗?我……我平时不会这么弱的。这次是准备不足,中了它们的圈套……其实、其实我也能杀死异兽的。"

"啊,我知道。我不也一样被捉起来了吗?哼,是敌人太狡猾了。"

"都怪我。要是我再厉害一些,就不会……"

"现在说后悔的话是没有意义的。要想更厉害,留着命等以后吧。"

"嗯。"沈放点点头。

可他心里并没变轻松。那边,虎头人聚在一起商量着什么。

过了一会儿,虎头人押起所有人穿进地道,似乎要转移去别的地方。虎头人虽暂时打消了杀他们的打算,可所有人都被抓起来,就没法再指望救援了。

所有人心里慢慢变得沉重,这时,他们才发现一件事——

白凌霄,不见了。

第六章　神隐

3

小蜥蜴咬着白凌霄鞋带,拽着他一直跑到距离废弃工厂很远才停下。没有异兽跟上来。

白凌霄心急如焚,现在就这样毫无准备地回去救大家肯定不行。要找先锋官吗?可是一直以来都是叶乔负责和他联系的,自己并不知道怎么联系他。

那只小蜥蜴好像在等待表扬,蹲在地上,鼓着大眼睛,好奇地看着小白踱来踱去。

小白突然气不打一处来,"当时为什么只咬断我的绳子?为什么不把大家的绳子一起咬断啊?"

小蜥蜴发出委屈的咕咕声,瞬间泄气地趴下,从下巴到脖子到肚皮都贴着地面,像一摊瘫软的橡皮泥。

白凌霄看着它的衰样——我体内的就是它啊?不是什么神兽吗?这么说,赤召说的我老爸是猎师四脉的事,一定也是弄错了。

我体内并没有封印着神兽,我老爸也不是猎师四脉。

果然啊,这种充满光环的设定才不会发生在我身上。

小白松了口气,却又隐隐有些失落。

其实这只看起来就和自己一样衰的蜥蜴并非全无作用。刚才的一片混战中,就是它偷偷咬断了绑着自己的绳子,然后用嘴拽着自己带路逃出来的。

想到这里,白凌霄蹲下身子,用食指戳了戳小蜥蜴的额头,"好啦好啦,没有怪你,别生气了。"

· 235 ·

零日传说 I · 命运

小蜥蜴立马用短小的前肢支起上身,精神抖擞地鼓起大眼珠,期待地看着他。

"你不要一下这么激动。"小白无语,"我问你,你是异兽吗?"

小蜥蜴脖子一阵乱转,却因为构造和人类不一样,分不清是在点头还是摇头。

"我再问你,你到底是跟异兽一伙的,还是跟我们一伙的?"

小蜥蜴一下蹿到小白肩上,挥舞着前肢的小爪子指着小白,一边发出咕咕声,像在表忠心。

"好了好了,我知道了。"

小白叹了口气,他现在没有心情逗宠物玩。还不知道同伴的命运,却又没有能力去救他们,到底该怎么办?连手机和通信器也被赤召收缴了,更没可能联系到其他猎人……

对了,昨晚给老妈打电话说要在沈放家睡后,就没跟家里联系过了,老妈应该着急了吧?

这么想着,白凌霄决定先回家看看。

到家后,家里并没人。他有些奇怪。

这会儿是傍晚,一般来说,往日的这个点正吃过晚饭,老妈应该在家里收拾才对。

小白用座机拨通了老妈手机。

电话很快接起来。

"喂?妈,你怎么不在家?"

那边一阵沉默。正当小白怀疑是不是线路出了问题时,听筒里传来一声大喊:"白凌霄!你——你死哪儿去了!"

第六章 神隐

接着,老妈嘤嘤哭出声。

"妈。"小白怯怯地喊了一句。

"你给我在家等着,我马上回来!"

电话挂断了。

白凌霄去卫生间看着镜子,自己身上的皮肤留下了很多红色血点,是被那些可恶的虫子咬的。想起被那些虫子爬满全身的感觉,他不禁打了个寒战。真不知道自己当时怎么忍下来的,他可不想再来一次了。好在脸上没什么伤,只要穿长袖长裤,应该不会被老妈发现。

他转身去卧室找衣服,结果差点踩到小蜥蜴。

他几乎忘了它的存在。他头疼地拉开床下的柜子,小心叮嘱:"你藏进去吧,千万别发出声响,记住没?对了,你要不要吃东西?你吃什么?"

小蜥蜴歪着脑袋看他,一动不动,像没听懂的样子。

"赶紧进去。"说着,小白就伸手去逮它。

就在手掌接触到小蜥蜴的瞬间,它闪出一道绿光,忽的消失了。

小白四处翻找,哪儿都没了它的身影。或许是又进入自己体内了?没办法,老妈快回来了,他只能先将小蜥蜴的事抛到一边,把冷气开到最低,洗了把脸,然后翻出长袖长裤穿好。

完成这一切,白凌霄假装镇定地打开电脑上网。几分钟后,老妈和继父一起风风火火地推门而入。

刚一进门,老妈就嚷起来,"你把空调开这么低,是想冻死谁啊?哎哟,怎么还穿长袖长裤,你没事吧你?今天都干什么去了?"

· 237 ·

零日传说Ⅰ·命运

"我……"白凌霄故作轻松地说,"没干什么啊。昨天不是说了去沈放家睡吗,今天又一起打了会儿游戏就回来了。"

"你撒谎!上午我给你打电话没打通,就给沈放打,结果也打不通。急得我和你爸赶紧去报警,你知不知道急死我了!"老妈一边说一边跺脚。

"妈,你想太多了。不就一天没联系上嘛,能有什么事啊……"

"你大热天的穿什么长袖长裤?"

"我……我今天有点中暑了,回家后就把空调开得比较低,又觉得冷……"

老妈用狐疑的眼神打量着他,突然眼疾手快地撸起白凌霄的衣袖。

白凌霄手臂上密密麻麻的血点暴露了出来。

连老妈也愣住了。半晌,她才小心用手摸了摸那些伤口,"你这……到底是怎么回事?"

"摔的。"说完这句话,白凌霄觉得自己都不信,又补充道,"我们去学特技自行车,结果摔在沙地里,被好多细砂硌了。"

看老妈的表情,她并不相信。

"妈,都说了我没事,这点伤又没什么大不了的,过几天就好了。"

本来还一脸愤怒的老妈,紧皱的眉头一撇,抽泣起来。"你这孩子,怎么这么不让人省心?我昨天上网,看到有高考生因为没发挥好,不敢面对成绩,跳楼自杀了。我还以为你也……"

"妈!我才不会呢。"

"后天就出成绩了,不管考成什么样,你都……"

第六章 神隐

对哦,后天就出成绩了。"反正没有超常发挥,你别抱太大希望。"想到这件事,白凌霄有些心虚。他停了停,又缓和了语气,"也没失常发挥,等成绩啦。"

老妈想责备几句,又担心自己说太重让白凌霄像新闻里的那个考生一样自杀了,只好委屈地继续哭。这个孩子每天在想什么,在做什么,她是真的越来越不懂了。她一瞥,正看到白凌霄撸下袖子去遮手臂上的血点,心里更难受了,"这些伤怎么办?去看医生吧。"

"不用。我自己有数,没多大事儿。"

"现在就去挂个急诊……"

"不用这么麻烦,真的!"

"你……"老妈一副要发作的样子,不过忍住了,"那擦点消毒的。"她转身去药箱抽屉里翻找。

"我自己擦。"说着,小白接过老妈递来的酒精和棉签进了卧室。

"够得到吗?"

"可以的,我擦完就睡了。晚安。"

门外,老妈叹了口气。

白凌霄仔细处理着身上的伤口,虽然嫌老妈太小题大做,但消毒还是必要的。就算那些虫子没毒,他也不想感染。

酒精渗进细碎的伤口,疼得小白倒吸一口凉气。

他很郁闷。

也不知沈放他们怎么样了,要尽快救他们出来才行。可自己一人到底要怎么去救?

· 239 ·

零日传说 I · 命运

还好沈放一个人住,要是他家人也像自己老妈这样报警,那就麻烦了。想到这里,小白突然有些替沈放伤心。几个小时联系不上自己,老妈和继父就急得去报警。可沈放呢,他父母什么时候才会发现找不到他了?

他躺在床上,满脑子糨糊,就在烦躁得不行的时候,突然想起树城广场后面的岔路里,那家薛荣的摩托车模型店。

对了,一切就是从那里开始的。那家店有"深渊闪电",可以乘它去猎户座营地。在那里或许能找到先锋官……

大概是太累,小白不知不觉睡着了,等再睁开眼,已是第二天清晨。他暗自骂自己,这个时候居然能睡着!

他给老妈说不吃早饭了,也来不及解释,在老妈狐疑的目光中匆匆出门。

等抵达那条街,他才发现薛荣的店根本没开,门上挂了个"店主休息"的牌子。他问了问周围早点铺的店员,都说薛荣经常消失个几天的,他的店时开时关,并无稀奇。据薛荣自己说,他是热爱旅游,开这个店全凭兴趣,并不是要赚什么钱,所以就三天打鱼两天晒网。这种小老板现在越来越多,那些店员并不以为意,只是说起来的时候眼里透着羡慕。

既然打不开门,只有强行进入了。可光天化日之下,他实在没办法破门而入。只好焦急地等待夜幕降临。

白天也不能闲着。白凌霄去了那些之前遇到异兽的地方,希望能再遇到异兽,或许可以找出端倪。可无论是哪儿,都一片寂静,完全没有异兽的踪迹。

他怕老妈再报警,回家吃了晚饭,表现出很正常的样子,心不在焉地玩了会儿电脑,睡下后定了午夜零点的闹钟。

第六章 神隐

午夜零点,白凌霄和以往的无数次一样翻窗而出,隐入夜色,朝薛荣的店赶去。

薛荣店铺所在的那条街上空无一人。他检查了一下店门的锁,完全不可能撬开,看来薛荣为了不让无关人员进入这间店铺发现秘密,做了相当的保险措施。小白又绕着这栋楼看了看,这是五层楼高的商铺,楼上是饭店,但楼梯间已经关闭。

他决定翻进饭店,看能不能从后面进入薛荣的铺子。

攀到二楼对他而言不难,难的是饭店窗户也都锁死了。他咬咬牙,脱下T恤包住右拳,然后猛地一砸,玻璃稀里哗啦碎了一地。

不妙的是,店内的防盗设施突然铃声大作。

顾不了那么多了,先找到入口要紧。小白迅速用T恤蒙住脸,然后小心避着碎玻璃钻进去。荧光绿的"安全通道"牌非常显眼,他跑过去沿着楼梯间往下跑,没想到通往一楼的楼道里也有一道铁门,并牢牢锁死。

薛荣的店就在前面,但隔着铁门,怎么也过不去。没有办法,只好向上跑。

抓贼的人已经进了楼道,听声音是几个青年。小白无奈,只得一路跑上楼顶,然后飞身跳了下去。

那是另一座楼。

他并不担心自己会被抓住,现在他对自己的跑酷水平有足够信心。他担心的是,去薛荣店里这条路,似乎也行不通。这又过去了一天一夜,救出伙伴的概率越来越渺茫了。

零日传说Ⅰ·命运

小白跑回家,睁着眼睛躺在床上。

那只小蜥蜴消失后,也不知道去了哪里。是不是真的进了自己身体?如果真的进了自己身体,难道每次都要面对生死危机才能召唤出来?那样也太不方便了。

但就在这个意识产生的瞬间,他身上飘出一团绿光,小蜥蜴伸着懒腰出现了。

小白吓得从床上坐起,"你……你从哪儿冒来的?"

小蜥蜴冲小白吱吱叫了几声。

"我也不懂你在说啥。那我问你,是不是以后只要我想你出现,你就能出现?是的话就吱一下。"

"吱。"

"你真的能听懂我的话?"

"吱!"

"那你知道沈放他们现在怎样了吗?"

刚才还一副得意样子的小蜥蜴呜地低下头。

"算了,你怎么可能知道嘛。哎。"

小蜥蜴蹿起来,钻进小白T恤里面。

"喂,你干什么!"小白脱掉T恤低头一看,这才惊讶地发现,自己胸前的胎记竟消失了。

小蜥蜴前爪戳在之前胎记的位置,期待地看着小白。

"原来是这么回事!"头一天照镜子时,因为身上到处是密密麻麻的血点,完全没有注意到,现在才发现它竟然就是身上的胎记。"原来我之所以长个那么难看的胎记,就因为你这小家伙封印在我体内?你知不知道胎记很丑啊,害得我很辛苦的!"

小蜥蜴一脸委屈,从小白身上下来,趴在床上一动不动了。

第六章　神隐

　　看它这个样子，小白又有些不忍，"给你取个名字吧。看你软踏踏的，像一摊泥一样，就叫你泥巴，好不好？"

　　小蜥蜴扭动着身体发出呜呜声，不停在床上翻滚，似乎不喜欢这个名字。

　　"反正我是主人，我说了算。就这么决定了，泥巴。"

　　大局已定，果然不能指望这个呆头呆脑的少年取出什么高大上的名字吗？小蜥蜴停止扭动，继续泄气地趴在床上。

　　小白看着它一摊烂泥的样子，也叹了口气躺在旁边。

　　突然多了只宠物倒也不坏。只是——到底要怎样才能去救沈放呢？

　　完全没有头绪。

　　白凌霄决定天亮后再去那个废弃厂房看看。就算找不来援兵，也不能任自己的同伴生死不明。下决心后，他心里稍微踏实了些，不知不觉蜷着身子睡着了。

　　小白已经做好不敌异兽、被他们再次捉起来的准备了。他甚至在书桌下压了封给老妈的信，说今天高考成绩出来，自己暂时不想面对，出去旅游散心了，过段时间再回来，但并不会寻死，让老妈不要担心。

　　就算被捉起来，至少能跟沈放他们一起。

　　可他发现自己还是想得太简单了。

　　当他再次到那个废弃厂房，那间仓库的门并未关闭。他走进去，地面光滑整洁，完全没有任何入口或门的痕迹。

　　他有些慌了，难道连最后的线索也要断掉？小白突然觉得很无助，开始大声地喊沈放他们的名字。

· 243 ·

零日传说Ⅰ·命运

声音在仓库里回响,空空荡荡,没有回应。

小白喊着喊着,几乎要哭了。

"沈放!阿星!叶乔队长!你们在哪儿?"

可除了自己的声音,再无其他。

小白并不甘心。他疯了般搜遍所有能搜的角落,可这房间就这么大,哪怕沿着地面一寸寸看过去,却依旧一无所获。

是来晚了吗?沈放他们,已经……了吗?

那些异兽又去哪儿了?

白凌霄的视线透过眼泪变得扭曲,心头慢慢涌上了久违的渺小无措之感。本来就该这样的,不是吗?以为自己可以成为英雄拯救世界,不过是妄想罢了。其实自己本就是个无足轻重的人,什么也改变不了,什么也拯救不了。

就算自己当上了猎人,猎户座就能增强很多实力吗?

——并不会。

就算自己放弃当猎人,猎户座就会损失惨重吗?

——并不会。

反而是自己,因为走了这条路,连人生都被改变了。

说起来,沈放也是因为自己才遇到异兽,然后成为了猎人,如果他出了什么事,其实追究到源头,也是因为自己吧。

那么,此时此刻,就像曾经无数次遇到困难时做的那样,干干脆脆地放弃就好了。回去查高考成绩,好好填志愿,读个大学,毕业了找工作,重新过上普通、但是平静的人生。

就当做一切都没有发生,一切都只是想象。

就当……沈放他们从来没有存在过。

沈放,叶乔,陆星移。从来没有存在过。

第六章　神隐

　　手机铃突然响起来，吓了小白一大跳。

　　听筒里传来老妈的狮吼："白凌霄！你又给我死哪儿去了？今天就出成绩了还这么让人不省心，不管考得怎么样，赶紧回来查成绩！"

　　"呃，好，好啦……"

　　"你留的那封信是什么意思？"

　　"没什么，我跟你开玩笑的，这就回来。"

　　"快点！路上小心些。"

　　"知道了。"

　　挂了电话，小白对着空荡荡的地板、对着空无一人的仓库，微微鞠了一躬致歉。

　　虽然放弃这一切，就像一块、一块、一块被割掉的心里的肉一样疼，可是这种感觉，又不是第一次体会了。

　　小时候过年，远房亲戚家带着小表弟来串门。那个熊孩子看到小白的玩具特别喜欢，爱不释手地抱在怀里。亲戚走时，老妈就自作主张地说，"哎呀，小孩子这么喜欢，就送他拿走玩吧。我们家小白都大了，不玩了。"亲戚也不客气，谢过后就拿走了。白凌霄非常不爽，那明明是自己的玩具，就算要送，也要经过自己同意才对啊！但他还是什么办法都没有，只能眼睁睁看着自己也很心爱的玩具被熊孩子拿走。

　　这种割舍的感觉，不正是自己从小到大一直熟悉着的吗？所以虽然心里有些疼，但他也有自己的办法。只要尽量不去想，尽量让自己麻木一些就可以了。就算是沈放，反正，上了大学不也是各奔东西吗？

他故作轻松地撇了撇嘴,回头最后看了一眼这个地方,然后在心底说了两个字——

"再见。"

4

在老妈期待的注视下上网查了分数,居然没有想象中的坏,超过本科线五十多分,读个普通大学应该没问题。

老妈却不满意,"还是没过重本线?"

小白在心底吐槽:不管是月考还是一模二模,从来就没过过好吗?

继父说:"也不错了,至少发挥出了平时的水平。后面可以好好放松一下了。"

老妈问:"想好志愿填哪所学校了吗?"

"树城大学吧。"小白想也没想,脱口而出。说出来后他自己都吓了一跳,之前不是总想着等读大学要去个离家远远的地方,好好享受一下自由吗?或者至少问下蒲苇报的哪儿再说。现在决意去树大,是因为沈放之前这样说过吗?

想起沈放,心里又刺痛了一下。

老妈语气里有些失望,"树大?"

"北京上海好点的普通本科学校,在我们这儿的录取分数线都接近重本了啊,肯定读不了。报树大保险一些。"小白找着借口。

继父宽慰老妈,"孩子想离家近点,也好,也好。"

班级群里,查到成绩的同学炸开了锅,热烈讨论着。考差的

第六章 神隐

哀鸿遍野，考好的笑而不语。蒲苇作为班里的活跃分子，自然是加入了热烈的讨论中。

她离重本线差5分，想报上海的一所高校学英语。

平时里玩得好的几个同学发现沈放没冒泡，好奇地问，"沈放呢？沈放考了多少？"

沈放的头像是灰色的。

"小白，你知道沈放去哪儿了吗？这个时候怎么不在啊。"

"我给他打电话打不通，是不是出国玩去了？"

小白没有回复他们。他不知道该说些什么。

他想起沈放曾经交给自己一把他家里的钥匙，说是他父母常年不回家，要是哪天忘带钥匙了或是遇到什么不测，存一把备用的在小白这里。白凌霄翻箱倒柜把这把钥匙找出来，他想去沈放家找到他的准考证号，帮他查查成绩。

班主任在群里发了通知，让第二天到学校集合，指导填志愿。

白凌霄不顾老妈的抱怨去了沈放家，帮他查了成绩。那家伙居然比重本线高30分。

第二天填志愿时，他在自己和沈放的志愿表上都填了树大，沈放是学校重点专业，过重点线录取；自己是普通本科专业。

班主任直叹气，"这个沈放怎么回事？考得也不错，干吗报树大啊？还有，他人呢？"

白凌霄讪笑着，"他出国玩去了，让我代他填志愿。走之前他告诉我这么填的。"

"对了，你们那个编程大赛怎么样了？少上了那么多课，不

零日传说 I·命运

是说有加分吗?"

小白吐了吐舌头,"最后我们没能获奖啊……"

"真是的。算了,过线就好,总算你们成绩没退步。就是那个沈放,哎……"

班主任还想说些什么,最后只是摇着头走了。

小白看着班主任的背影,不知怎么,心里有些暖暖的。他不过才三十岁出头,脾气很好,对学生也很有耐心。哪怕像自己这样不起眼的学生,他也不会粗鲁地对待。

最主要的是,班主任给小白一种"这就是生活啊"的感觉。

没有异兽,没有驱杀异兽的组织。有的只是查成绩填志愿,和一个善良又负责的班主任。

想起以前班主任在讲台上讲课的样子,鼻子竟有些发酸。

教室里,蒲苇在和她的朋友们商量着读大学的事。她们填的都是江浙沪一带的学校,约定以后小长假可以去对方的城市一起玩。

想起那天晚上蒲苇在自己脸上亲的那一下,小白还会脸红心跳,面对她时会不好意思。

不过转念一想,她又不记得了。

于是小白试探着上去打招呼,"蒲苇,你真的要去上海吗?"

"对啊。"蒲苇眼里闪着光。这种光,就像高档商场里的橱窗泛出的光泽。"我一直就想去上海的。你呢?"蒲苇夺过小白手里的志愿表,然后瘪了瘪嘴,"什么嘛,树大啊?"

小白尴尬地笑笑,"是啊,哈哈,报树大比较保险。"

"真是的,你还是和以前一样什么事都求稳啊,一点冒险精

第六章　神隐

神都没有。"

看来她真的完全不记得那天晚上发生的事了。小白耸耸肩，"我就是这样啊。"

蒲苇嘻嘻笑着，"你在大学里遇到喜欢的女生可以跟我说，我给你传授追女生的秘诀！看你笨笨的，也不知道能不能成功谈上恋爱啊。"

"我的事才不用你操心。"

两人又像以往一样斗起嘴来。

不经意间，小白看向沈放的座位，心里空落落的。

怎么可能装作跟以往一样呢？

填好志愿，白凌霄开始了郁郁寡欢的等待。他甚至不出门玩了，这几天都在家里上网打游戏。

老妈埋怨，"怎么不去找沈放玩了？以前你们不是好得恨不能穿一条裤子吗？"

"都说了他出去玩了，最近不在家啊。"

"你这孩子吧，不该玩的时候天天出去跑，现在倒好，门都不出。"

"嗯啊。"

闲下来的时候，小白还是会想起他们。

会朝好处想，告诉自己他们有一天会回来的。

要不然才是奇怪啊，那时薛荣和叶乔都在，跟薛荣一起来的宋禾姐姐也很厉害的样子。南宫似乎也很有些身手。他们怎么可能就这样被异兽一锅端了？

零日传说 I · 命运

怎么想也不敢相信。

或许是自己过于担心了，说不定再过几天，沈放他们就能逃脱，自己也会接到沈放的电话。他会骂自己不仗义，居然都没去救他，然后两个人又可以像以往的每个暑假一样，在网吧里玩游戏，在街边吃冰镇小食，看着街上往来的美女，扯着淡吹着牛。

小白孤独得只能把泥巴叫出来陪自己玩。

它是个很好的听众。

小白给它讲自己和沈放以前做的那些蠢事。讲到好笑的地方，泥巴的脖子一抽一抽，发出咕咕的笑声；讲到悲伤的地方，泥巴就整个身子贴着地面，摊成一块泥巴。

而不管是好笑的地方还是悲伤的地方，小白都讲得想哭。

五天过去，沈放他们并没有回来。

班级群里有人提议做毕业纪念相册，大家都很踊跃地上传每次集体活动时拍下的照片。

白凌霄翻看着那些相片，才发现不管是春游还是运动会，还是别的什么，自己总和沈放形影不离。

沈放救过自己多少次？那次溺水，沈放奋不顾身跳进河里；在猎人营遇到鬣狗，沈放笨拙地挡在前面；训练时被叶乔吊在桥上，沈放在火车开过的最后一秒跳了下来……

小白突然觉得自己很混蛋，居然打算忘掉这一切？这些照片，每一张都像扇在他的脸上，生疼、滚烫。

自己真能混蛋到忘掉一切吗？

绝对不行！

第六章　神隐

白凌霄从电脑前跃起——如果他们死了,我也要找到尸体,对吧?

泥巴跳到小白身边,睁着大眼睛点点头。

现在,小白已经能分清它的点头和摇头了。

"如果没找到尸体,他们就一定还活着!"

"吱。"

"我是唯一知道他们下落的人,要是我都不去救他们,他们就真的没救了。"

"呜。"泥巴低下头,似乎在担心什么。

"我知道,之前那个地方被抹掉了,我也不知道那些异兽到底去哪儿了,沈放他们被带去哪儿了。但如果我去以前那些异兽出没的小巷子,不是很容易就能遇到异兽吗?只要捉住它们,说不定能有办法。"

"对,我可以去引兽人出来。他们的目的还没达到,一定会再出现的。"

此后几天,每当夜幕降临,都有一个少年在树城的小巷里游荡。

放弃并不是一件轻易的事情,而他也不想放弃。只是,这个世界实在是平常得不能再平常。

白凌霄在各种人烟稀少的巷子、旷野、废弃工厂、停工楼盘游荡了半个月。可是根本没有什么异兽,除了流浪狗和流浪猫,他连只异兽的影子都没见到。

所有的一切都像是一个梦,不管他再怎么努力,突然之间,曾经发生的一切连同它们发生过的痕迹,都如同被抹去了一般,

零日传说 I · 命运

不复存在。

  他青春里最宝贵、最激情飞扬的那段时光，完完全全地消失了。

第七章 再会

1

　　昨晚刚下过雨，清晨雨停了。少年起身拉开深灰蓝色的雪尼尔绒窗帘，阳光照进来，在他金色的头发上闪闪发亮。他顺便支起一扇窗户，风很轻，挟卷着雨水的气味温顺地灌入屋内，将他的丝绸睡袍吹得凉凉的。他站在窗前，视线直直盯着楼下后院的花圃，却又似乎什么都没在看。

　　有人敲了敲门。

　　"进来。"

　　门吱呀一声开了，不用回头，光听脚步声也知道是莱昂，他的贴身男仆。莱昂虚长他几岁，在兰彻斯特家族大多稳重妥帖的仆人里，算是比较毛手毛脚的一个。父亲曾提出换一个人，但索伦拒绝了。

零日传说 I · 命运

"少爷……"莱昂还来不及说什么,语调一下变得紧张,"少爷,您小心着凉。"

"七月份,着凉?"

"早晚都冷着呢。"

少年答:"这算不得什么。我并不是娇生惯养的公子,你知道的。"

"那倒也是。"

"有消息了吗?"

刚才还一脸关怀的莱昂很快严肃起来,好似变了个人一般。他压低声音,"有猎人传来消息说,在中国看到了它。"

"中国。"金发少年重复了一遍这两个字。

"是的,中国西南一个叫树城的城市。三名新猎人在一幢烂尾的废楼里遇到了它,一个轻伤两个重伤,还好最后都无性命危险。"

"这是什么时候的事?"

"呃……"莱昂顿了顿,"大概……三个月前。"

金发少年皱了皱眉。"看来这个消息很滞后啊。"

"我……我本来不被允许插手这些事务,也是最近才打听到……不过那以后,就一直没有过它袭击猎人的报告了。我放出风声,说索伦少爷想亲手了断它。昨天有猎人通报说看到了它,还是在中国。只是双方未交手。"

"好。那我就去一趟吧。"

"公爵那边……"

"不用跟他汇报。"

"您跟公爵还是……"

第七章　再会

　　索伦回头，目光静静地看着莱昂。莱昂觉得这个十九岁的少年身上散发着无声的威严。他打住了嘴。

　　"那夫人那边……"

　　"也不用特意跟她说。如果她打电话来问起我，你再告诉她好了。"

　　"是。"

　　"最近异兽活动很猖獗，前阵子还攻击了我们这边的'深渊闪电'隧道，目前正在抢修，暂时是没法用了。"

　　莱昂知道少爷这句话暗示着什么，他一副了然于心的表情，"我这就去为您安排。"

　　停机坪上，那架猎鹰2000LC静静待在那里。它的尾翼上，是一幅猎人拔剑与奇美拉对峙的勾线纹饰，这是王室赐予兰彻斯特家族的荣耀族徽。白色的流线型身躯如一头出水的海豚。

　　金发少年登机后稍有一秒的迟疑，随后坐到了驾驶室机长的位置上，像是贪婪的孩子面对本不该属于自己的糖果，犹豫着要不要，最终索性一手把糖果抓走后那种得逞的感觉。

　　莱昂将行李打点好回到驾驶舱，看到索伦坐在主驾的位置，不禁有些汗颜，"少爷，您从没驾驶过飞机……"

　　"莱昂，我记得你也只开过一次而已吧？"

　　莱昂扶额，"至少有一次……那还是在公爵和奥斯汀先生都无法驾驶，不得已的情况下……"奥斯汀是兰彻斯特府的管家，一直跟在公爵身边伺候，有很高的威望。

　　向来冷峻的少年在此刻难得流露出一丝普通男孩的兴奋，"这架飞机的操作说明我都会倒着背了，父亲却从不让我碰。好

零日传说 I · 命运

不容易有了机会,当然要上手试试。没问题,你放心吧。"说着,他已经打开控制面板,熟稔地操作起来。

"您呀。我就知道您听说'深渊闪电'不能用反而露出兴奋的样子,就是想……"莱昂一副即将英勇就义的表情,系好安全带,闭眼紧紧靠在椅背上,嘴里说个不停,"公爵大人在外执行任务,我从管家那里偷偷看了他的行程安排,十天内不会用到飞机,才大胆带您来用的。如果您不小心把它哪儿碰坏了……少爷,等您到了中国,我还要开着它回来,保证它完好如初、就和现在一模一样地停在这儿呢……"

"莱昂。面对既定事实,不管多不情愿,接受它,并闭嘴就可以了。"

"我已经加满了油,不过这台飞机满油的额定航程是7000多英里,我们先飞到位于哈萨克斯坦中部荒漠的猎人基地,补充燃料后再到中国……"

"知道了。"索伦设定好航线。

莱昂知道说什么都没用了,闭嘴坐在旁边,双眼盯着前面,连眨也不敢眨一下。

当飞机终于在中国平安落地,莱昂长长舒了口气。他拎着行李箱,在前面带路,到了邮件里约定的车位,一台宝蓝色阿斯顿·马丁 Rapide 果然停在那里。一个中国男人走过来,将钥匙交到他手上,"车是你的了。"

莱昂在出发前曾联系在中国的一家服务公司,说明了要购买这样一台车,之后收到邮件,说只要他抵达中国后到邮件里所说的车位就行。看来任务很好地完成了。他满意地点点头:"尾款

第七章 再会

随后就会打到你们账上。"

"嗯。"中国男人点点头,转身离开,一句多余的话也没有。

索伦似乎也习惯了这种交易方式。

莱昂并没有急着把钥匙给索伦,而是有些骄傲地介绍说:"这台车满意吧?最适合少爷您了。非常低调,在中国不是流行的豪车品牌,外形也还算中规中矩,并不会让您被人瞩目,而它的做工和动力系统都极为出色……"

"这叫低调?"索伦有些头疼地看着这台车。

莱昂停下喋喋不休,他不明白自己哪里办砸了。总之,少爷似乎不太满意。

"你知道跑车发动时有多响吧?"

"我……我知道。"

索伦看了一圈停车场的其他车,又走到路边,盯着往来的车辆观察了十分钟。他告诉莱昂,"给我换辆大众。"

"大众?这种车……"

"我半小时后要。"

莱昂赶紧低头,"我这就去办。"

半小时后,一个男人开着一辆崭新的炭黑色大众帕萨特,停到索伦面前。索伦从他手里接过钥匙,钻进车里,发动后滑下车窗对莱昂说,"辛苦了。尽快把飞机开回去吧,在他们发现之前。我走了。"

"少爷,这是我为您短租的套房。"莱昂递上一张卡片,"您到那里后,跟大堂报上名字就行。另外,用不用我再过来照顾您的起居?我把飞机开回去后,可以搭民航……"

· 257 ·

零日传说Ⅰ·命运

"不必了。我说过,我没那么娇生惯养。我来中国有自己的事要做,再见。"索伦关上车窗。莱昂的声音被挡在了窗外。

莱昂觉得自己还有很多话没说完。车前灯闪了两下,他只得无奈地让到一旁,目送着车绝尘而去,转头对送车来的男人说,"我这就给你打尾款。另外,我这儿有台多余的阿斯顿·马丁还要劳烦您处理……"

2

中国西南,树城。

接近中午,杂乱的老小区里此起彼伏地响着油烟机的轰鸣、炒菜的滋滋声。

白凌霄早就醒了,但他一直躺在床上,直直看着天花板。

老妈一把推开房门,看到躺在床上的白凌霄,"这都几点了还睡?赶紧起床,把你爸叫回来,吃午饭了。"

"哦。"

老妈瞪了他一眼,走了。

不是不想起来。这些日子一直早出晚归的,按照往常,早就出门乱转碰运气了。可今天不知怎么的,身上一点儿力气也没有。白凌霄摸了摸额头,感觉像有些发烧。可他不想让老妈发现异样,还是挣扎着从床上爬起来,去卫生间洗了把脸。镜子里那个人把他吓了一跳:面色潮红,看起来就像兴奋过度。

其实白凌霄很少生病。虽然是个衰仔,但就像地里的野草那样,风吹雨地生长,抵抗力要差点早嗝屁了。他强打起精神,给继父打了个电话叫他回家吃饭。

第七章　再会

饭桌上,一脸潮红、看着比正常人还健康的白凌霄并没引起父母的猜疑。老妈只是随口问了句,"耳朵怎么那么红啊?"

"可能睡太久了,睡的吧。"

"所以我让你别睡那么久,年轻人有点活力,多动动,整天在床上躺着算什么?"

"妈!我也就今天多睡了会儿。"

"真是的,就会和我顶嘴,你是不是觉得高考完了,就不用我管了?"

"算了,算了,吃饭的时候别动气,影响消化。"继父在一旁打圆场。

没吃几口,老妈盯着小白胸前佩戴的玄铁猎人徽章又来了气,"你这戴的是什么?"

这枚徽章是所剩无几能证明过去那段时日不是幻觉的物件了,伙伴后失踪后,小白就时时佩戴着,以提醒自己不要放弃寻找他们。他解释道:"是漫画的周边啦。"

他倒是经常用零花钱买些奇奇怪怪的动漫周边玩意儿,老妈见怪不怪,接受了他这个解释,"别老乱花钱。"

"朋友送的。"白凌霄囵囵把碗里的米饭吞下肚,碗筷一放,"吃好了,我回屋了。"

老妈还在唠叨着些什么,白凌霄顾不上了,他回到房间反锁上门,跪在地上大喘。他觉得体内就像有一股火要蹿出来,烧得他口干舌燥。

发烧有这么严重吗?

他颤抖着,突然感到那团火离开了身体,令他一下子舒服多了。随后定睛一看,小蜥蜴出现在一旁。

零日传说Ⅰ·命运

"喂,你没事别随便跳出来啊!被老妈看见就完了。"

小蜥蜴并未理会,而是瑟瑟发抖地蜷缩在地上。小白这才发现它的皮肤也泛着潮红,似乎很难受。小白一接近它,它就发出嘶嘶的声音,像是在警告。

"你、你有什么问题都先克制点,我爸妈都还在家呢。"小白怕它捅出大娄子,赶紧小声安抚。

要是让老妈看到这个玩意儿,肯定是尖叫一声然后将它拎起来扔出窗外。老妈很有战斗力的,小时候继父工厂上班辛苦,有时还要值夜班。晚上继父不在家,家里老鼠吱吱乱跑。老妈举着扫把满屋子追它们。还有一次夏天的时候,家里进了条蛇,继父都说干脆打119求助好了,老妈却戴上大扫除时用的橡胶手套,快、准、狠地出手,一掌握住蛇颈,另一手再握住蛇尾,嘴里唠叨着"哎哟哟,杀死蛇不好的,帮我开下门,我把它拿出去放走"。

泥巴仍旧嘶嘶地警告着。它慢慢往后退,直到缩进墙角。

"你怎么了?"小白担心地问。

小蜥蜴腮部的起伏越来越急促,突然一小团火焰从它口中喷出。小白吓了一跳,赶紧闪开。好在它之前远离了写字台、椅子、床,那团火焰并没引燃什么。

等回过神,小白压着嗓子惊呼起来,"你居然喷火了?你该不会是喷火龙吧!"

小蜥蜴得意地仰着脑袋,皮肤上的潮红渐渐褪去。

小白这才注意到奶白的地砖被小蜥蜴刚才吐出的火苗灼出一块焦黑。"地板弄成这样,这下怎么办?"

"呜呜。"泥巴一脸委屈,摊开身子把那团焦黑盖住。

第七章　再会

"盖住也没有用了啦！"小白小声吼。

泥巴瘫在地上不动。

小白看着泥巴，突然有了主意，"这样吧，帮我个忙？"

小白将耳朵贴在房门上，听见老妈刷完了碗，回卧室睡午觉了；继父也出门回了门面上。他滴了几滴墨水在地板的焦黑处，又将墨水擦去，将焦黑伪装成墨迹，让它看上去不那么明显。随后轻手轻脚出了门。

他去了上次遇到狮鹫的烂尾楼那儿。

堆砌着废弃砖土的空地上，一幢高楼孤零零地耸立着。小白把泥巴叫出来，让它喷火。这样做说不定能把真的异兽吸引出来。

当然，小白也没抱太大希望。只是不想让自己显得无所事事罢了。

泥巴铆足了劲，腮帮子鼓起半天，好不容易，噗地吐出一缕青烟。

"火呢？拜托，你别关键时刻就掉链子。"

泥巴再次鼓足劲往外吹。这回连青烟都没有了。

"好吧，果然还是没什么用。"白凌霄满心失望地席地坐下。

泥巴也泄气地趴在他旁边。

小白百无聊赖地看着那幢高楼。上次三个人在这里大战狮鹫——虽然被团灭了，但那些互相支持的画面仍旧历历在目。

这时，一个格格不入的身影进入他的视线。

这里本来没什么人，就算有人，也应该是工地工人，或者来捡建材破烂的。而那个身影修长挺拔，一头金发格外耀眼——

零日传说Ⅰ·命运

那不是猎师四脉的索伦吗？

他怎么会出现在这儿？

小白绝不会忘记这个人。第一次被叶乔带去猎人营地时，此人从头到脚都散发出的贵族气息强烈地吸引着他的注意，而后和鬣狗群的战斗中，此人简洁利索的剑术更是让小白佩服不已。从小屁到大也没什么品位的小白，其他男生在他眼里都不过是一种生物罢了，但索伦那与生俱来的高贵感，却深深印在了他心中。老实说，超羡慕。

他那么厉害，说不定能帮忙。白凌霄站起身，迅速带着泥巴跟了上去。

索伦似乎在调查什么，他进了那幢上次狮鹫出现的楼房。小白小心翼翼地跟在后面。

此时，索伦停下脚步，"别偷偷跟在后面了，出来吧。"

小白看了看四周，确定只有自己一个人，无比尴尬地挠着头从拐角处走了出来，不知该做什么表情，只好像个弱智一样嘿嘿傻笑着。索伦那件一看就质地不凡的白底细线条纹衬衣前襟别着一枚银色的猎人徽章。他竟然已经是白银猎人了！连叶乔都只是青铜呢。小白默默用手挡住了自己胸前的那枚玄铁徽章，摘下来揣进裤兜。

索伦瞥了他一眼，很快视线转到拐角处，警觉问道："那是什么？"

白凌霄看了眼拐角后面，泥巴躲在那里被吓得瑟瑟发抖。他拿不准这个人对小蜥蜴的态度，只好打哈哈："有吗？没、没什么啊。"

第七章　再会

奇怪，按理索伦看不见它才对。索伦却就像能透视一般，仍旧坚定地盯着那里反问："是吗？"

"呃……"

"看来你要多提高做猎人的直觉才行。"索伦一边说，一边拔出剑。

"别别别，"小白赶紧拦住他，继续嘿嘿傻笑，"有话好商量……"他转头对泥巴说，"要不，你出来？"

泥巴低着头，一副受了委屈的样子，慢慢挪出拐角，然后嗖地一下蹿到小白怀里。小白抱着它，讨好地跟索伦说："它不是什么异兽啦。是我的宠物。"

索伦狐疑地看着这只长着还未发育完全的小翅膀的蜥蜴，不置可否，但还是将剑收回鞘中。小白松了口气，自我介绍道："那个，我们之前在猎人营地见过。我是新加入的猎人白凌霄，平时叫我小白就行。"

"我有印象。"

既然记得就好，不用再费劲解释了。小白放松了一些，问："你来这里干吗呢？"

"调查。"

"调查？"

索伦一脸懒得说的样子，不过出于礼貌，还是勉强答道："嗯。有头狮鹫杀死了我的同伴，听说它现在在中国。"

"狮鹫！"小白叫起来，"那你算是找对人了。之前我和它遭遇过，就在这幢楼里，还好我比较厉害，没被它杀死……"

"和它交战的人是你？"索伦上下打量着小白。

"那是，呃，还有另外两个我的朋友啦，我们一起的。"

零日传说Ⅰ·命运

"那你们没死真是幸运。那个家伙,"索伦闭上眼,那张棕色卷发下脏兮兮、失去血色的脸浮现在脑海,"就没你们幸运了。"

"别这么看不起人,根本不是靠运气,没死是因为我们比较厉害吧!"小白抗议。泥巴也咕咕叫着,给主人助威。

索伦没理会他,走到楼房的通风口上下打量。他盯着空气,小白却觉得他似乎在看什么。半晌,索伦发话,"走吧,这里没别的了。"

"你怎么知道?说来很奇怪耶,刚才泥巴躲在拐角后面,你也像能看见似的。"

"暗神之眼。这是我作为猎师四脉……"不知怎么,提到猎师四脉这个词时,索伦像是自嘲般哼笑了一声,"所拥有的特殊能力。我能看到热辐射,通俗点说,类似于裸眼自带红外线眼镜的功能。"

"这么厉害!猎师四脉都有这种能力吗?"

"这是兰彻斯特家族的能力,其他三个家族也有各自的能力。"

"太酷了吧。"小白羡慕地赞叹。

索伦没有回话。

虽然刚认识就拜托别人帮忙好像有些自来熟,可小白实在没别的办法了。何况这是这么多天来,他遇到的第一个能证明此前他经历的一切不是做梦的人。小白吸了口气,"那个,能不能拜托你帮我个忙?"

已经做好被一口回绝准备的小白,却意外地听见索伦说:"请讲。"

他赶紧急促地说:"我的伙伴,他们也是猎人,被兽人捉走

第七章 再会

了。可我不知道他们被关在哪里,也不知道怎样才能救出他们。"

"它们把猎人抓起来了?"索伦皱眉思考着其中的关系,"它们向来都是直接把猎人杀死才对。你确定他们不是被杀死而是被抓起来了?"

小白跟索伦讲了被兽人捉到地下,自己靠小蜥蜴逃出来,可再回去那个通往地下的仓库,入口已经消失了这一系列事件。

"异兽当时并没杀死我们,我想……"小白犹豫着,"之后也没有理由突然把人质杀死吧?"

索伦点点头,"有些道理。不过如果是这样,那就是它们有更大的目的。它们需要人质作为某种交换。"

"那我们更要把人救出来了。"

"有什么线索吗?"

小白肩膀一耸,"没有,什么都没有。就连以前那个洞都没了。"

索伦却是一笑,道:"你刚知道我们这个世界有异兽不久,曾经的世界观土崩瓦解,会把现实往妖魔化去想。其实不然,异兽也只是异兽而已,说到底,不过是一些外界入侵的不同于地球的生物。它们或许比地球生物更敏捷有力,但绝不会不遵循世界的基本规则。一个入口不可能凭空消失的,它曾经存在过,就一定是有外力将它隐藏了。"

"真的吗?"小白有种恍然大悟的感觉,又有些不服气——明明有异兽能凭空突然出现又凭空突然消失,这人谈的是什么世界基本规则啊?

索伦看向泥巴,"让这小家伙单独行动,我们在隐蔽处监视。异兽会出现的。"

零日传说 I · 命运

泥巴在小巷子中间表演着。白凌霄和索伦一起,在不远处埋伏。

这已经是第三天了。

小白几乎有些不耐烦,他不确定索伦的办法有没有用。可他别无选择。

正犯困,一个鬼鬼祟祟的青年出现了。

这个青年的右手似乎有些僵硬,小白仔细观察,发现那竟是一具机械掌。

那是小白只在科幻电影里见过的玩意儿。青年没有像大部分断掌的人那样选择一具仿生义肢,那只泛着金属光泽的右手显得无比突兀。虽然不像科幻电影里演的那样灵活,却让人不寒而栗。

"那个人好奇怪哦。"小白跟索伦说,却见索伦脸色一变。

索伦右手紧紧按在剑柄上,似乎随时都准备拔剑战斗。

"不过是一个装着金属义肢的人,有这么危险?"小白故作轻松道。

"不要说话。"索伦不容置否地命令。

小白还想说什么,但被索伦的威严完全压制住了。

金属掌青年掏出一张网兜,慢慢靠近泥巴后猛扑上去,一下将泥巴罩了起来。他收起网,得意地一笑,将网兜放进一个手提包中。

"索伦,还等什么,就是现在,快去救泥巴,它被抓走了!"小白抓住索伦胳膊,压低声音催促道。

索伦却不为所动,"我们的猎物上钩了。"

"呃,你可能不太了解我们这里……"小白焦急地说,"那是

第七章　再会

个人又不是兽人,很可能只是个珍稀动物贩子。他会把泥巴卖给餐馆做菜的!"说着他要起身跑过去,却被索伦紧紧摁住。

"那个人,我见过。"

"啥?"

"以后再跟你解释。"

等青年走出去好几百米,索伦起身钻进停在后面的车里,招呼小白上车。

白凌霄早就按捺不住了,闻言嗖地一下起身,坐进副驾。索伦发动引擎,缓缓跟了上前。

青年走到一个露天停车场,开走一辆面包车。索伦继续跟在后面。不出所料,青年开到了那个通往地下的仓库所在的旧厂区。青年下车,拎着提包走进一幢五层的矮楼房。

这个楼房是那种20世纪80年代的筒子楼。青年穿过天井,进了底层的一间屋子。索伦熄灭了引擎,握着剑下了车。白凌霄和他一起,跟在青年后面。

青年走进的那间屋子很破,窗户上只剩半扇玻璃。索伦看了一眼,确定里面没有埋伏,给白凌霄使了个眼色。小白点点头,表示自己已经准备好了。

索伦踹开门,冲了进去。

青年显然受到了惊吓,手提包掉在地上。白凌霄眼疾手快地拾起手提包,青年前来抢夺,金属掌一掌打在小白背上,小白疼得眼泪都要流出来,但他还是紧紧抱着手提包,一个滚身躲到一边。青年还要再抢,索伦的剑挡在了他前面。

小白赶紧打开提包和网兜,泥巴一下从里面蹿出来,跑进小白怀里撒娇。

零日传说Ⅰ·命运

而那边，索伦和青年，两个人直直彼此对视着。

小白有点搞不清状况，"索伦，你说你见过他，到底怎么回事……"

"Den mund halten！"青年粗暴地用一种小白听不懂的语言喝止了他。

索伦剑指着青年，两人对话道：

"你为何要这样做？"

"神明抛弃了我，我只能卖身于恶魔。"

"你究竟知不知道自己在做什么，在为什么东西服务吗？"

"弥诺陶洛斯，美杜莎，那些拥有恶魔般兽性的一切兽人。他们将会降临，拯救这个无可救药的世界。我还见到了奇美拉，阿耳戈斯……人间让我生不如死，反而是地狱给了我希望。现在，我为地狱服务。"

"……不可理喻。"

"你这种贵族少爷当然理解不了。"

"你没必要对我的身份怀抱偏见。或许，你该忘记这一切，睡个好觉。"

"忘记？你让我怎么忘记？"

"我对你经历过的没兴趣，把个人遭遇归罪于世界的人都是些弱小的可怜人。但神会原谅你，因为你并不知道自己在做什么。"

"别自大了！"青年有些激动，用金属掌一掌击打在索伦的剑上。索伦的剑韧性极佳，弯曲后又复原，只是剑锋震荡了几下。青年怒喊，"无需你高高在上地教育我！"

第七章　再会

　　完全听不懂那两人在说什么的小白有些茫然。他环顾这个房间，这里像是一个杂物室，堆着很多乱七八糟的东西。而小白在墙角处意外发现了自己之前被异兽没收掉的小圆盾和棍刀，接着仔细一看，其他伙伴的武器竟都像垃圾般扔在那里。

　　身旁两人聊得正酣，他琢磨着偷偷上前把武器拿走，这时索伦突然转向他，用中文说，"鸱脑酒在车里后排，帮我取一支来。"说完，索伦将车钥匙抛向了他。

　　"啊？"等小白回过神，车钥匙已经被泥巴用嘴叼住了。他看了看那个青年，不放心地抱着泥巴跑出房间，去车里找索伦要的东西。

　　这才注意到，索伦的车是一辆国内最常见的大众。原来贵族也这么接地气吗？小白感慨着，对索伦的印象更好了。不知其他三个家族又是怎样的？想起赤召曾误以为自己是四脉后人……小白看了看自己身上价值五十元人民币从淘宝买来的T恤，耸了耸肩。

　　沈放家里也挺有钱的，但还不至于让小白产生向往。而此时此刻，小白真的很希望能拥有高贵的血统什么的……

　　找到鸱脑酒后，他看到车里还放着个登山包，想着待会儿可能需要背走大家的武器，就顺便把登山包也拿上了，一手托着泥巴，一手拎着包折返屋内。

　　屋内显然刚发生过打斗，青年晕倒在地上。索伦接过鸱脑酒灌入青年喉咙，向小白询问："附近有什么酒店吗？"

　　"酒店？"

　　索伦这才看到小白手里的登山包，"你把它拿来干吗？"

零日传说Ⅰ·命运

"那些是我朋友们的武器。"小白指了指那堆随意堆放的武器,"用你这个包装一下,不介意吧?"小白见索伦没有反对,就走过去将那些武器往包里塞。

"我想先找家酒店把这人安顿一下。总不能把他扔在这儿。"

"这位少爷,"小白无奈地说,"这里是个拆迁区,能有小旅馆就不错了,哪还有酒店。"

"是吗?那就小旅馆吧。"

两个人将青年塞进车的后座,回到车上,驶向附近的社区。

小白这才问:"你是怎么确定这个人和异兽有关系的?"

"在奥地利我曾看见他和一头弥诺陶洛斯接触,那次等我取了鸥脑酒想给他服下时,他已不见了踪影。现在他又出现在中国,还来异兽的据点……"

"这么说,异兽选中了一些人类给它们当走狗?"小白有些义愤填膺。

"但愿情况没有我想的那么糟。"说完这句话,索伦陷入了沉默。

小白抱着泥巴坐在一旁。找到小旅馆安顿好青年后,索伦叹息道,"希望他醒来后能忘掉一切。"

他们重新返回旧厂区,索伦让小白带他去那个仓库看看。

小白一边带路一边碎碎念,"我很仔细地检查过了,入口确实消失了。别说什么世界的基本规则,那些怪兽可以从异界穿梭到我们地球凭空出现耶,让一个通道消失也并不是什么大不了的吧?"

"从你逃出来到再返回仓库检查,其间隔了多久?"索伦问了

第七章 再会

个不相干的问题。

小白不明白索伦问这个的含义，回忆道："有个三五天吧。我本来打算先通过'深渊闪电'去营地找救援，可我们这里的联络员薛荣大哥也被抓起来了，没有他我根本都进不去'深渊闪电'的站台。后来实在没办法，我又不能放着朋友不管，才打算自己回去救他们的。没想到通道入口竟不见了。"

索伦只是"嗯"了一声。

到了仓库，小白指着光滑如新的水泥地面，"你看，我就说吧。"

他跑到房间中央使劲跳了跳，鞋子落在地面发出啪嗒声。"喏，听声音也是实心的。"

索伦却像是早有预料，扫视了一遍地表，又沿着四面墙的踢脚线看了一圈。他问了白凌霄通道入口的位置，伸出手说："借你的盾一用。"

小白奇怪地把盾递上去。索伦一旋，转出盾周的剑齿，二话不说朝地面上凿去，顿时碎石四溅。

"喂，你不会是打算自己挖个通道出来吧？"

索伦又问了个风马牛不相及的问题："这个工厂是什么时候建的？"

"这些建筑这么旧，怎么也有几十年了。"

"这曾是一个重型工厂吧？"

"是啊，具体做什么我也不清楚，好像是生产什么机轮的。"

"一个重工厂，生产的货物以钢铁制品为主，使用了几十年的仓库，地面上会一点磨损、砸痕都没有吗？"

小白被问住了，他之前没考虑过这个问题。

零日传说Ⅰ·命运

"我刚才观察了地面，非常新，一点儿使用痕迹也没有。又检查了踢脚线，你们中国上世纪的建筑，室内踢脚线一般会刷上一道十至十五公分的绿漆。可是这间仓库的踢脚线，和地面接触的边缘非常不规整，上面还沾着泥印。这两点几乎已经可以印证我的猜想。加之你从入口逃出来到发现入口消失之间隔了三五天，他们完全有时间这么做；我们也得知了可能有人类在为异兽服务这样的情报。真相还不够明显吗？"

虽然很有道理，小白还是想先吐个槽："你是不是很爱看柯南？"

"柯南？"

"那，福尔摩斯？"

"你想说什么？"

"就是说你推理很厉害啦。"看来这个少爷一点也不懂开玩笑和接梗，小白说，"算了，不用在意我说的。你刚才的推理是说，他们只是铺了一层新的水泥，盖住了原来的入口？"

索伦点点头，手上继续用力凿着地面。

"可我踩脚试过，感觉下方很实在，不像空心啊。"

"你多重？"索伦头也不抬。

"我……"

小白还想再反驳，只听哗啦一声，地面穿了。

"真的是这儿！"小白顿时对索伦佩服得五体投地。

3

两人奋力凿出一个可供一人通过大小的洞口，先后下到洞

第七章 再会

穴,索伦背着那个装满武器的登山包,泥巴则跟在后面。和上次一样,仍是一段幽暗漫长向下的楼梯,仿佛通入地狱。不同的是,两侧的烛台上没有了烛火,四周一片漆黑。

索伦挽起衬衣衣袖,将那块智能腕表状的通信器露出来。他在通信器屏幕上点了几下,腕表亮起,发出一束强光照亮路面。

小白这才想起,他们的通信器也被那帮异兽没收了。

没走多久,索伦突然停下脚步,"没信号了?"

这一次,小白却见怪不怪的样子,"是异兽它们搞的鬼了啦,要是通信器有信号,我们早就联系上外面呼救了。"

"这个通信器信号极强,猎户座的通信网络是专门强化过的,所以即使是在荒无人烟的野外执行任务或是位于地下的猎户座营地,这个通信器都从来不会没有信号。虽然现在进入地下,但理论上也不该没有信号。"

"这样吗?"小白挠着头,"即使是屏蔽了信号,应该也只是一个区域,再往里面走应该会重新有信号吧,要不它们也不会收走我们的手机和通信器了。"

"但愿是你说的那样。如果它们真的能做到大面积屏蔽我们的信号,那就难对付了。"索伦的声音里透露出担忧。

白凌霄记得当时被赤召擒进来时,这个地下室里到处都是异兽。他们走过了被关押的房间,连那台吓人的切割机都还放在那里。可现在四下一片寂静,只有他和索伦的脚步声,和泥巴发出的嘶嘶声。

索伦的眼睛盯着黑暗里,仔细看着。

"这里起码二十四小时内没有活物来过。整个空间里,一点

零日传说 I · 命运

余留的热辐射痕迹也看不到。"

"它们会去哪儿呢？抓着人质，不可能迁移很远吧？"

"不好说，据我所知，这是异兽第一次这么干，我无法判断他们的想法。"索伦顿了顿，像是安慰小白，"不过这里没有血迹，他们应该还活着。"

小白发现一件怪事。此前因为是被抓住，太紧张没有注意，而现在他发现，这个地下洞室的地面都是斜的。倾角并不陡，大概十五到二十度的样子。可这表明，这并非是一个普通意义上的地下室。而是一条继续往地下延伸、不知会延伸到哪儿的洞道。

他把这个发现告诉了索伦。

索伦点头，"我早注意到了，这也是我担心的地方。前段时间在欧洲，它们偷袭了'深渊闪电'的真空隧道，那可是地下一千多米。更早的时候，也就是我们首次见面那回，它们攻击了同样位于地下深处的猎人营地。这证明它们具有了超出我们想象的深入地穴的能力。只是不知这条洞道会延伸到多深。"

"就算到地心我也要救他们出来。"小白下定决心。泥巴挥着前爪，表示赞同。

没想到索伦冷冷地说，"没你想的那么简单。万一这条隧道有分叉，相互连成迷宫呢？"

"那，那怎么办？"小白打了个哆嗦，有些不寒而栗。

"事态的严重程度极有可能远超我们的预估。这次先把你朋友救出来，但目前这个状况，我不太乐观。"

小白没搭话，只是心情沉重地朝深处走着。索伦就像他抓住的最后一根救命稻草，如果连索伦都没办法，或许自己的朋友就真的救不了了。

第七章　再会

然而索伦担心的问题很快应验了,一个岔道出现在前面。

两人随机选择了一条路线,索伦用剑在石壁上划下记号。很快,岔道又出现了第二条、第三条。他们只能凭直觉前进。

到了一个三岔路口,小白正纠结该怎么选,一直安静的泥巴突然发出兴奋的咕咕声。

小白朝下看向泥巴,它像是发现了什么线索,鼓起两腮上的伞状皱褶,跑到右侧的通道。小白看向索伦征询意见,索伦点点头,"它确实能嗅到人类难以察觉的气味,就跟它走吧。"

泥巴在前面带路,它低伏在地面上前行,东嗅嗅西闻闻。

又转过两道弯后,漆黑一片的洞道里终于漫出些许光亮。

"干得好。"小白夸了泥巴一句。泥巴正想得意一番,却对上索伦面无表情的脸,只得呜了一声缩起脑袋。

他们朝那团光散发出的地方前进。

到了发出光亮的洞口,小白探头朝里面看。首先映入眼帘的是几头异兽正悠闲地踱步。石壁上架着几只烛台,烛火摇曳跳动,将异兽的影子映照得如同变幻莫测的妖怪。小白心怦怦直跳,一切仿如消失般过去了大半个月,现在总算找到了!

他既期待看到苦苦找寻多日的伙伴,又害怕什么也看不见。紧张地慢慢转圜视线看向洞室另一侧,高高低低的石笋上,五花大绑着好几个人。

心里的石头一下落地了。

他们没有死!

白凌霄因激动浑身微微颤抖,要是以前,他一定无法冷静,二话不说就扑上去跟那些看起来像是小喽啰的异兽拼命。可此刻

零日传说Ⅰ·命运

他不敢轻举妄动。他怕自己一个不小心，就破坏了这来之不易的一切。他只能抓着索伦手臂，"看，就是他们，我要找的人就在那里……"

索伦挥挥手，让在一旁语无伦次的小白别说话。

只见在烛光的映照下，索伦皱起眉，视线盯着这个洞室、甚至穿过了这个洞室，仔细看着什么。

小白不解，只得抚摸着蹲在一旁的泥巴。

好一会儿过去，索伦确定道："我没办法透视，如果洞壁能阻断热辐射，那我确实看不到。但就有限的观察来看，除了你也能看见的四头鬣狗和两头孟极，附近应该没别的异兽了。"

"它们以为把人质藏在这儿很安全，怎么也想不到竟有人能找来这里。"听索伦那么说，小白有底气多了。他左手握了握圆盾，右手握紧棍刀的手柄，"放心，我比你第一次见时进步很多，就那种程度的异兽我也交战过几次，绝不会给你拖后腿的。"

"好。"索伦将登山包从自己背上取下，递给小白，"为以防万一，我先攻进去引那几头异兽的注意力，你再进来，什么也别管，首先解开你伙伴的捆绑，给他们武器。这样我们就是……"索伦数了数里面的人质，"九个猎人了。哪怕再出现难缠的对手，也有百分的把握撤退。"

"你确定没问题？"小白看着索伦，他必须确定这次行动不会再出意外，"虽然我知道你很厉害，但同时对付六头……"

索伦似乎对白凌霄的担忧很是不屑。还没等小白把话说完，他拔剑而出，一个助跑腾空翻身飞入洞室，仿如一道光影。只在毫秒之间，那几头异兽还没反应过来这个不速之客是什么玩意儿，他身前身后两头鬣狗的喉咙已被挑破，倒在地上抽搐。

第七章　再会

另外四头异兽狂吠着扑向索伦。

就是现在。

"泥巴，上！"

"吱！"

白凌霄左手盾右手刀，把登山包夹在双肘之间，不顾一切朝石笋那边冲去。

现在他不需要保持沉默和谨慎了，压抑已久的情绪喷涌而出，他大声喊着："沈放！队长！阿星！我来救你们了！"

光是喊出这些熟悉的名字，就已经让他眼眶发酸了。

伙伴们虽然被绑着，但似乎没受到虐待。特别是沈放，挂着一身的彩却生龙活虎地嚷着："小白，你之前怎么跑掉的？太不够意思了，怎么现在才来啊！"

白凌霄没有跟他斗嘴，他把登山包朝地上一丢，抹了把眼睛，"是我来晚了……对不起。"

这么坦诚地道歉，反而让沈放不知怎么接话。沈放只好催促道："快些帮我们解开，靠，这些天绑死我了，等我拿到武器，非得活动活动筋骨，跟它们大干一场！"

"嗯！"

另一边，陆星移的眼镜腿弯了，眼镜耷拉在脸上，但他还是一如既往一脸温和的笑容，"我就知道你会来的。"

"废话，那当然了。"小白挥刀斩断绳结，觉得此刻竟然才是这些日子以来最像做梦的一天。

自己也不是一无是处吧？总是拖后腿的自己，有一天，也能成为救大家的人吧？

想到这里，小白像寻求表扬似的看向叶乔。叶乔身上的伤已

零日传说 I · 命运

经好了，甚至看不出受伤的痕迹。她露出一个一闪而逝、难以察觉的笑容，"虽然来得晚了些，不过还是算你合格吧。"

好了好了，知道你一向都很冷酷，这话就当是夸奖好了。小白在心底想着。不知怎的，竟觉得有些温暖。

泥巴努力喷出火，将绑住大家的绳子烧断。所有人都松绑后拿上了自己的武器，他们这才想起索伦那边的战况。一行人看过去，只剩最后一头孟极正一跃而起扑向索伦，而索伦精准地振剑一击，剑尖精准地挑断了孟极喉咙。

趁着混乱，小白退到人群后方，让泥巴回到了自己体内。他怕待会儿有人问起，解释起来比较麻烦。

薛荣鼓掌，"不愧是索伦少爷，剑法永远那么利落精准，只挑喉咙。"

索伦见是薛荣，说道："阁下剑法也很好，只是不屑于使用罢了。"

"我喜欢简单直接达成目的。剑法于我而言，不过是些花哨的玩法。"说完这句，薛荣收起调侃的表情，正色行了个猎人礼，"多谢。"

索伦指指小白，"谢他吧，是他一定要救你们。我只是在进行自己的调查，顺手帮个忙。"

宋禾跟何念念向小白道了谢，小白好奇地打量宋禾。上次太急，没来得及仔细看看她长什么样，只记得她那个掀开衬衣衣角从腿上拔枪的出场方式太拉风了，心里暗道怪不得沈放喜欢她那么多年。此刻再怀着八卦的心偷瞄她，不禁再次确定：果然一看就是沈放会喜欢的类型。

南宫羽那个古怪的小子则只是羞涩地朝小白点了点头，随后

第七章　再会

沉闷地站在一旁。

薛荣看向小白，表情有些狐疑，"刚才好像有只会喷火的小蜥蜴……"

"啊？是吗？"小白心虚地岔开话题，"大家都没事吧？"

"没事。"沈放勾着小白肩膀回答，"只是你再早点来就更好了。"

"我已经尽力了啊！知不知道我一个人到处找你们有多辛苦……"

叶乔将那勾搭在一起的两个人拎开，"忘了这儿是哪儿吗？有什么话出去再说。"

"啊，好。"听到队长久违的训话，小白赶紧答应。

一行人沿索伦的记号原路返回。

营救的过程比想象中顺利许多，让此前走投无路的日子仿若一个笑话，小白隐隐有些不安。

可是看到这群鲜活的伙伴，也没什么可担心的了，就算这时再遇到异兽来袭，大家也有武器了，应该没有大碍。小白将不安抛诸脑后，跟沈放玩笑道："我说大哥，怎么就你还鼻青脸肿的，其他人的伤都好了。"

不知怎的，像戳到了沈放的痛处，他脸上闪过一丝黯然，"我也不知道啊。你别管了。"

"喂，我可是好心关心你。"

陆星移过来使眼色拉开了小白。虽然有些介意刚才沈放的态度，小白还是顿时懂了阿星此时拉开自己的意思，看了看一旁的宋禾，朝沈放挤了挤眼睛，走到了前面去。

零日传说 I · 命运

然后八卦地竖起耳朵听后面的动静。

沈放的声音,"宋禾姐姐,以后你会留在树城吗?"

"笨蛋,你姐我可是猎人,是要去很多地方执行任务的。"

"可以带我跟你一起执行任务吗?"

叶乔在一旁黑脸,"沈放,你什么意思,是对我有什么不满?"

沈放赶紧赔笑,"我没有……"

宋禾笑了,"乖啦,哪有换来换去的,我也有我的组员。你就好好跟着你们叶乔队长吧。"

任谁都能感受出沈放对宋禾过分的殷切,小白转头偷偷看何念念,她一脸若无其事,扛着弓箭走着。南宫则陪在一边,低着头。

这氛围也太诡异了。小白觉得沈放太不考虑何念念的感受了。作为一个长年暗恋、而暗恋对象拿自己当妇女之友,总跟自己讨论和男朋友之间情感问题的人,小白很理解何念念此刻的感受。他决定去打断沈放和宋禾的对话,正琢磨着要说什么,走最前面的索伦停下了脚步。

索伦二话不说关掉了通信器上的光源,四周瞬间黑得伸手不见五指。小白一下撞在他身上,揉着胳膊问:"怎么了?"

索伦没有问答。铮的一声,小白听到他拔剑出鞘的声音。

薛荣、宋禾、叶乔同样是训练有素的猎人。他们也立刻发现了不对劲,瞬间切换到作战状态。

"有异兽。"薛荣轻声说。

因为没有光,大家难以判断挡在前方的是什么。但小白知道,拥有暗神之眼的索伦能够看见。

第七章 再会

"找了你这么久,想不到在这里见面了。"索伦的声音冷峻而果决,"很不幸,你今天将被我亲手了结。"

小白还没搞清状况,一直沉默不言的南宫此刻拨开众人走上前,说出了一句让在场的所有人都惊呆的话——

他说:"让我来。"

南宫同学,你有没有搞错?要不是有未知敌人挡在前面,小白就要当场吐槽了,而此刻他只能腹诽:索伦是谁,是猎师四脉兰彻斯特家的少爷,拥有白银徽章的猎人!就算没有索伦,薛荣老大、宋禾姐姐、叶乔队长都还没发话呢,南宫这臭小子抢什么风头?

而如同响应南宫的话一般,那头挡在前面的巨兽发出低吼。

白凌霄浑身一凛,沈放、陆星移也是。这吼声他们是听过的。狮鹫!他们又遭遇了那头狮鹫!

虽说今天人多,围攻这一头狮鹫应该有胜算。可南宫说的"让我来"到底什么意思?

他们还记得叶乔讲过,一个黄金猎人,两个白银猎人,两个青铜猎人和三头狮鹫相遇。同归于尽。南宫虽然在新猎人里是算比较厉害,可是自大到想独自与狮鹫作战,是被异兽囚禁得精神失常了吗?

索伦握紧剑柄,微微蹙眉。他不理解身边这个男孩是什么意思,决定先下手,采取速攻。

而令索伦没想到的是,南宫以更快的速度冲了上去。

在南宫抢先接触到狮鹫的瞬间,狮鹫发出长啸嘶鸣。还在后方不明状况的白凌霄听到这声嘶鸣,竟觉得无比悲伤。这不像是

零日传说Ⅰ·命运

怒吼,也不像是要进攻前的呐喊。这声音只像是——一头悲伤至极的生物,在发自灵魂深处地鸣泣着。

只不过慢了一秒攻上去的索伦扑了个空。

那头狮鹫伴随那声嘶鸣,消失了。

黑暗中,除了索伦,其他所有人都根本没看清这几秒钟的时间内前方发生了什么。

小白只听见处在后方的叶乔、薛荣、宋禾收起武器。叶乔说:"它已经走了。"

"喂,南宫,你刚才怎么回事?"紧绷的弦松了,小白舒了口气。他抚着胸口,"那头狮鹫干吗突然出来,吓死我了。"

沈放则说:"我们这么多人,就算是狮鹫又怎样啊?它一定是发现我方攻击力太强,吓得逃掉了。"

虽说索伦受到的良好教养告诉他,喜怒不形于色,不做无用的抱怨。此时他还是忍不住朝南宫道:"你明明有机会的,为什么不先用武器划伤它?"

南宫沉默着。

其他人大概了解了状况,薛荣脸上有些挂不住,"南宫,我不止一次跟你说过只要用特殊金属伤到异兽,它们就不会随时消失了吧?你怎么老是不长记性,每次遇到异兽都赤手空拳扑上去?"

"我知道了。"南宫说。但他声音很轻,一点没有认识到错误的愧疚。

小白打破尴尬,嘿嘿傻笑了几声,上去跟索伦说:"算了,这次我们是来救人的,能把大家平安救出去就行。呃,至于那头

第七章　再会

狮鹫，我知道你一直想亲手杀死它，不过以后还有机会嘛。"他想了想自己攒下的零花钱还有多少，咬牙说，"别生气了。这样吧，你这样的贵族少爷一定没吃过我们中国的烧烤，等回到城里，我请你撸串。"

"中国的烧烤吗？"索伦嗯了一下算是接受邀请。

后面的人在沈放的带头下起哄，"别光请他一人，我们也要！"

小白汗颜，"喂！是索伦和我救了你们，要请也是你们一起请我俩吧？"

"那不管。反正是你说要请的。"

"喊……请就请！"

"那就这么说定了。"

其他人很开心，小白则有些后悔自己充胖子。刚才剑拔弩张的氛围稍微缓和了些，索伦也不再计较南宫故意放走狮鹫一事。

由始至终，只有南宫保持着沉默。这次说到底是南宫的错，要不是他，说不定大家已经杀死这头狮鹫了。一头狮鹫诶！小白本来就对这个南宫没什么好感，摆出学长的架势转头教训道："南宫同学，拜托你下次别这么冲动了。"

就着索伦腕表上的光，白凌霄隐隐看见南宫的脸，像是有两行泪痕。他吓了一跳，不会吧，不就被薛荣骂了一句吗？虽然是当着大家的面骂的，但也不至于这么玻璃心啊。小白吓得一个激灵，这个怪家伙果然还是……少接触的好。

他只好换了话题，"好了好了，快离开这鬼地方吧。"

4

在白凌霄和沈放往日最爱去的烧烤摊上,七个人围着一张方形长桌坐着。

没来的人是宋禾和南宫。

宋禾已经离开了树城,听说是执行别的任务去了。南宫则打了两次电话都没人接,小白索性不叫他了。

八月的夜晚偶尔吹过一丝热风,桌上摆着不锈钢盘和冰镇啤酒。小白热心地给索伦递着烤串儿,羊肉,牛肉,牛板筋,鸡胗,掌中宝,大腰子。索伦先是有些抗拒地皱眉,在他看来,这些烤得黑乎乎的玩意儿根本就不是食物。可他勉强尝了一口后就停不下来了,一边辣得喘气,一边赞不绝口地继续吃着。

"早有耳闻,只是一直没时间尝试。中华料理果然博大精深。"

沈放得意地说:"那当然,你要是有空,我们带你吃遍大街小巷,能一个月不重样。是吧?"

阿星笑着,"是啊。"

在赴宴的前一天,索伦曾打电话给小白请教,"抱歉,我不太了解你们中国吃烧烤的礼仪,有什么需要注意的吗?"

小白差点笑出来,随即决定整整他,"那你算是问对人了。吃烧烤绝对不能穿高档衬衫,要穿背心、大裤衩和人字拖来,方能显出对店家的尊重。现在淘宝买也来不及了,你等我发个地址给你,那儿有个夜市,可以去那边买背心裤衩。总之就是,你要抛弃一切贵族的礼仪,怎么粗犷怎么来。"

第七章　再会

今天，索伦果真是穿着烧烤三件套来的。当他看到小白他们还是穿着平日的T恤时也没觉得有哪儿不对，因为旁边一桌坐的大叔就像他这样穿的。他为自己遵守了中国的烧烤礼仪感到满意。

长方桌另一侧，叶乔跟何念念两个女生不知在说什么悄悄话；薛荣喝着小酒吃着串，怡然自得。因为宋禾不在，沈放有些心不在焉。小白拍拍他肩膀，附在他耳边低声道，"宋禾姐姐果然超不错，你要追她我全力支持。"

阿星也凑过来，"是啊，宋禾姐姐很酷。"

小白八卦地问："怎么样，你和她一起被关了那么多天，有没有什么进展？"

"哪儿能那么快，慢慢来。"沈放摆摆手。

叶乔突然用命令的口吻叫道："沈放，过来。"

"大姐头，有什么吩咐？"

"念念想去洗手间，大晚上的，卫生间在街对面，你陪她吧。"

"哈？"沈放一时没反应过来，但很快正色礼貌地说，"好的。"

何念念红着脸站起身。

小白一副看好戏的样子，看着沈放和何念念走远，悄悄跟阿星解释，"何念念曾对沈放表白被拒绝过，你没发觉这两人之间的氛围一直怪怪的吗？这还是他们俩第一次单独相处呢。"

阿星一副恍然大悟的表情。

老城区的街道有些脏乱，沿街开的各种大排档都把餐桌支到

· 285 ·

零日传说Ⅰ·命运

了店门外,占了大半条人行道。沈放跟何念念两人并肩走着,穿过小贩拉客的叫卖和闪烁的霓虹灯。

尴尬的沉默持续了一阵,两个人同时打破沉默,异口同声道:"对不起!"

"那个……"沈放寻思着措辞。

何念念低着头,柔软的马尾搭在肩上,刘海的碎发落下来,遮住额头,却先说道:"对不起,一直以来给你造成了困扰……"

沈放呼了口气,"没有啦,是我该说对不起。虽然我们交往并不多,但每次紧要关头都是你帮了我大忙。只是我……"

何念念接话,"我知道,你有喜欢的人了。"她抬起头捋捋刘海,冲沈放笑笑,"我懂的。今天找你说话,其实是希望把话说开。你对我无需有心理负担,像普通朋友那样相处就行了。我还是觉得你很好,但这种感情并不是喜欢了。那个……都是大半年之前的事了。"

沈放默契地点了点头,他明白何念念说的"那个"指的是她写情书向自己表白那件事。他有些感慨,"那时候我还什么都不知道,完全没想到有一天我们能以这种契机成为战友,也完全没想到那以后竟发生了这么多事。能成为战友也是一种缘分吧?"

"嗯,我会珍惜的。"何念念说。

两个人释然地相视而笑。

这时,街边蹿出一个卖花的小童,扑到沈放大腿上,"哥哥,买枝花送女朋友吧!"

何念念苦笑着摇头,"我不是他女朋友。"

小童举起手里的玫瑰花束,有红色也有白色,随机应变道:"红玫瑰送恋人,白玫瑰送朋友,象征纯洁的友情。"

第七章　再会

虽然知道小孩是胡诌的,沈放还是买下了一枝白玫瑰,递到何念念面前,"致友谊。"

何念念不再推辞,接下花握在手中。

已经走出去好长一截,沈放疑惑,"怎么没看到洗手间?"

何念念一笑,"什么洗手间,那是叶乔找的借口,我们回去吧。"

沈放回到座位,小白马上凑上去问:"怎么样怎么样?"

"我们把话说开了,以后就是好朋友了。"

"欸?你这算是给女生发好人卡啊!"

"不是你想的那样。"沈放神秘一笑,岔开话题,"别说这个了,给我们聊聊之前的事吧。被赤召抓住那天,你怎么突然就不见了?"

小白正色道:"还记得那只封印在我身上的小蜥蜴吧?虽然出场方式有些不符合大家预期,倒也不是完全没用。那天就是它咬开了绑着我的绳子,咬着我裤腿把我拉出来的。后来我和索伦再进到地下,也是它通过气味找到了关你们的洞室。"

"所以它跟我们是一伙的了?"

"嗯,我还给它取了名字,叫泥巴。"

"怎么想也觉得体内封印着别的生物,太不可思议了。"阿星说。

"是啊。不过习惯了就还好,反正这半年来我见到太多不可思议的事了。对了,你们被捉起来后,没想过往外逃吗?"

"那天赤召把我们带到那个洞室关起来后,就只留了几条鬣狗和孟极看守。之后我们再也没见过他。我们都没了武器,根本

零日传说 I · 命运

逃不出去。大姐头想过要突围,我们试了一次,掩护她冲出洞室。大姐头一出去就发现各种通道错综复杂,极易迷失。之所以守卫松懈,赤召一定是坚信我们无法逃脱。而且没有武器的我们很快又被捉回去了……"

"那你们就没想想别的办法吗?"

"我们在等啊。"

"等?"

"嗯。大姐头说,你一定会回来找我们的。我们没有更好的办法,只能这么相信着。而我,也是这么相信的。"

阿星在一旁点头。

"干吗那么相信我……"小白突然鼻子有些发酸,什么时候,自己也成了被伙伴信赖着的人了呢?他吸了吸鼻子,赶紧将自己的经历添油加醋地描述了一番,总结道:"你们知不知道我多着急,为了救你们吃了多少苦!"

本来以为沈放要说"那不是你应该做的吗?"结果听完自己一大堆夸张的描述后,沈放说:"谢谢。"

"不、不用。对了,我想起一件事,那个啊,大学的录取通知书已经收到了。"

"你说啥?!"沈放惊得一块刚放进嘴里的肉都掉了出来。

"成功录取了啊,不用这么惊讶吧。"

"我完全忘记了!出成绩时我已经被抓起来了,根本都没填志愿啊!"

"放心,填志愿什么的我都帮你搞定了。"

"我考了多少?"

看着沈放这个样子,小白决定跟他开个玩笑,收敛起脸上的

第七章　再会

笑容,"老实说,不太好,刚过本科线。我帮你填了个那种附属学院。"

"不可能。我就是闭着眼睛考也不可能下重本线的。"沈放自信道。

"人总有失手的时候啊。你凭什么这么确定自己不可能考砸?"

"我考完对过答案的!"

"大哥你真闲,输给你了。"

"所以快说我到底考了多少?"沈放给了小白几记拳头。

小白求饶,"超过重本线30分了啦。"

"这还差不多。"

"我帮你报了树大。"

"超过重本线30分,你就帮我报树大?很浪费好不好?干吗擅自帮我做决定啊!"沈放继续抓狂,欲哭无泪。

"你之前说过想上树大,忘了吗?"

沈放翻了个白眼。可他知道,自己的确那么说过。当时只是单纯地很想和宋禾姐姐上同一所学校罢了。即使她已经毕业了,即使她不会常常在树城,也还是很想看看她曾经生活过的地方是什么样子。多亏小白还记得这些。他转问小白,"你呢?"

"呃……"小白一时觉得难以启齿。难道要说"和你报了同一所"这种肉麻的话?

"彻底考砸了?"

"才没有!就算你成绩比我好,也不用这么看不起我吧。我只是……"

"啥?"

· 289 ·

零日传说 I · 命运

"很不幸地告诉你,我也录取到了树大,要继续和你当同学了。"小白摆出一脸无赖的表情,"不过不是一个系,别以为我真的很想跟你一起!"

"那你帮我报的什么系?"

"我嘛,报了计算机专业。你分数那么高,当然要去王牌专业——数学系。"

这次沈放彻底崩溃了,"你、说、什、么?"

"沈放,你冷静一点。"阿星在一旁劝阻,却是幸灾乐祸的语气。

这个夜晚,好像所有人都跟异兽没有关系,只是一群相识已久的老友在聚会。

小白看着这群人,不知不觉间有些恍惚。夏风吹着他,吹着所有人,一直吹向远方。

第八章　奈落之底

1

异兽竟捉住猎人当人质,这个事件的严重性是小白没有想到的。但他能看出来,整个猎户座都因为这件事情忙碌起来。

不说宋禾基本没歇脚就被派出去执行任务,叶乔和薛荣也急急去找先锋官商量对策了。所有被异兽收去通信器的人都重新在猎人通信网里注册了新的序列号。

或许正因为正式猎人都忙得不可开交,小白他们才有了一段时间的空闲。

转眼到了八月底,今天是小白的十八岁生日。早饭时,老妈给小白煮了长寿面和鸡蛋。她拿鸡蛋在小白头上滚来滚去,这是她老家的传统,一边滚一边念叨:"平平安安又长一岁。过了今

零日传说 I · 命运

天,你算是正式成年了。不许再像以前那样不懂事了,听见没?"

"知道了。别滚鸡蛋了,快吃面了啦。"小白从老妈手里接过鸡蛋,剥了壳,扔进面碗里,吃得吸溜吸溜的。

"慢点儿,别噎着。"

"嗯。"

其实小白每年生日都是这样简简单单在家吃碗面就算过了。上中学时除了沈放,没什么特别要好的朋友。想想虽然有些寂寞,但习惯了也就没什么了。老妈厨艺很好,小白满足地喝掉最后一口面汤,放下碗,手机响起来电铃音。

小白摁下接听键,沈放的声音传来,"小白,晚上没事儿吧,出来吃饭啊。"

"你请客吗?干吗?"

"请就请,在家快要宅得发霉了,出来一起玩。"

"那好。"还以为那家伙记得自己生日呢。小白摇摇头,笑自己想太多了。不过就算不是庆生,能和朋友在一起也不错。

晚饭时,小白去了沈放说的那家美式餐厅,到了才发现不止沈放、阿星、何念念、南宫都在。他们已经点了沙拉、薯条、汉堡和饮料,小白坐过去,不客气地吃起来。

刚才还有说有笑的几个人一下子安静了,带着神秘的微笑看向小白。

小白看了看他们,"干吗,我脸上有番茄酱?"

大伙儿继续笑而不语,小白摸了摸自己的脸嘟哝着,"看什么啊……"

"马上你就知道了。"说着,沈放摁了摁桌上的服务铃。

第八章　奈落之底

一瞬间，店内的光线变暗了；正在播放的背景音乐被切掉，换成一首八音盒音色的生日歌纯音乐。一个女生捧着点有十八根蜡烛的生日蛋糕款款走来。

这个女生脸是叶乔没错。但要说她是叶乔……也太诡异了。

她穿着抹胸礼裙，还是那种层层叠叠蓬起来的款式。头发也做成了公主头的发型。

何念念满意地欣赏着自己的作品，问小白："怎么样，好看吧？"

除了南宫，小白、沈放、阿星这三个男生齐齐张大了嘴，就差没流出口水。

叶乔到桌前，将蛋糕放下，温柔地说："小白，十八岁了哟。"

小白却已经吓得浑身发软，"队长，今天刮的什么风……"

叶乔脸上的温柔很快消失了，她轻轻一挑眉，瞬间恢复了往日的冷酷，双手撑在桌子上说道："是时候学会像成年人一样承担责任，直面战斗了！"

"乔，别这样，"何念念赶紧打圆场，将叶乔拉到一旁坐下，"你这样会吓坏他们的。"说着，念念不知从哪儿拿出一捧花递到小白手上，小白呆呆地接着。

所有人异口同声叫道："生日快乐！"

烛火的微光在跳动，小白有种幸福得要飞起来的感觉。居然有这么多人记得自己生日，还专门为自己庆祝。当了十八年小透明、倒霉蛋、陪衬、衰仔，终于在十八岁生日这一天当了一次主角。简直、简直……

沈放戳了戳他，"发什么呆呢，不会是感动过头了吧？"

零日传说 I · 命运

"才没有。"小白吸了吸鼻子,"队长,你不是去找先锋官了吗?怎么会在这里?"

叶乔从何念念座椅边拎过一只大挎包,掏出新的智能手表发给大家,"听说你过生日,就赶回来了。喏,这是总部给各位新派发的通信器,已经在通信网络里注册好了,都戴上吧。"

小白哭脸,"就这?我还以为你要拿什么生日礼物出来。"

沈放削了小白一下,"别得寸进尺了,大姐头愿意捧蛋糕出来,都是我们费了好多口舌才同意的。"

"是啊是啊,"何念念点头,"让她穿一次裙子真是太不容易了。"

叶乔没搭话,扫视了一圈众人。众人被她的气场镇住,这才停下拿她穿裙子打趣。这时她看似不经意地说:"小白,上次你救我们出来,我一直没来得及跟你说谢谢。今天我这么做,让大家高兴高兴,就当是感谢吧。"

"啊,那个,不用客气……"小白一时有些手足无措。

阿星提醒道:"小白,快许愿吧。"

"对哦,差点忘了这个。"

小白思索着自己的愿望。要说长这么大以来,最强烈的愿望有两个,一个就是每次洗澡看到胸前那块难看的胎记,都想着要是能祛除就好了。结果这胎记竟带来了只可爱的小蜥蜴当宠物,好像还蛮幸运的,也没那么讨厌了;另一个愿望就是高中的三年暗恋,一直都希望蒲苇也能喜欢上自己。可现在有了这群出生入死的伙伴,蒲苇喜不喜欢自己,好像也没那么重要了。那么现在最强烈的愿望是什么呢?他犹豫地想着,"那就希望……"

他还没来得及将愿望默念出来。一阵风从窗户灌进来,吹熄

第八章　奈落之底

了蜡烛。

"喂,我还没许愿呢!"小白叫道。

"没事,我们给你重新点上哈。"阿星在一旁安慰。

一群人张罗着重新点亮了蜡烛。

"这次赶紧吹吧,别磨蹭了。"

"好。"小白深吸一口气,鼓着腮帮子吹了出去。火光一点点灭掉,就好像全世界的幸福真的会降临。

看到蜡烛全被小白吹熄了,大家鼓起掌,有说有笑地开始切蛋糕。阿星问:"小白,你刚才许的什么愿?"

所有人安静下来,等他说出口。

"啊?"小白叫起来,"我、我忘记许愿了!"

"那你刚才对着蜡烛沉默了那么久,是在干吗?"沈放一脸恨铁不成钢的表情。

"我,我在想到底要许什么愿啊。这还没想好……"

沈放捂脸,"太浪费我们给你张罗半天了。"

"别对我这么凶,今天我生日嘛。"小白缩着头。

一群人七嘴八舌说着话。

叶乔突然问:"沈放,小白,过几天你们就该去大学了吧?"

"嗯,"小白点点头,"通知书上说的九月三号报到,就还剩五天了。"

"等你们去了大学,我们还能一起……战斗吗?"阿星的脸上有些落寞。

"放心。"叶乔说,"和之前一样,你们三个仍旧会被安排和我一起执行任务;南宫和念念则仍是跟着薛荣。"

零日传说Ⅰ·命运

阿星拍着胸口,"还好还好,没把我们拆散。"

"这个暑假过得不错吧?"叶乔意味深长地问。

"还说呢,"小白有些头大,"之前我幻想中高三毕业的暑假要疯狂地看动漫!打游戏!玩个痛快!这下倒好,走上条不归路,整个暑假一半泡汤在和……"小白看了圈四周,压低声音,"和异兽的周旋之中。好多新番我都没来得及追完。"

"后悔吗?"

听到叶乔的问题,小白觉得有一阵呼啸的风从自己心底吹过,吹得整颗心呼啦啦地响。几个月前还时时想着要退出的自己,在这一刻觉得,能和这么多伙伴一起并肩战斗,并被信赖着,真是太幸福了。

他非常认真地回答:"不后悔。"

随后又用只有自己能听见的音量重复了一遍:

"一点也不后悔。"

2

大学报到的前一天晚上。

老妈一边帮小白收拾包裹一边唠叨:"去大学没人管你了,好好学习,别玩电脑玩太晚,也别整天睡懒觉,听见没?"

"妈!谁上大学还整天学习啊。"小白脑补着动漫和偶像剧里描绘的大学校园,"大学跟中学不一样,有很多社团活动的。"

"你这是什么思想?谁说上大学就不学习了?对了,被子要不要带上?"老妈说着,开始把柜子里的棉被往外拿,取了一床觉得不够,又取了一床垫絮。

第八章　奈落之底

"妈！入学须知里说了，不用带被子，大学里有统一的。"

"统一的有什么好，为了省成本肯定用次等棉花做的，冬天冷着怎么办？家里这个是新棉花做的，暖和。"

"现在这么热，带去也用不上啊。"

"那你反正离家近，等冬天冷了再回家拿好了。别的呢，饭盒，保温杯什么的，我都给你装上啊。"

"妈……"小白无力地反抗着，但老妈已经风风火火地打了两个大包了。

"小白啊。"不知怎么，老妈的语气变得有些扭捏，"那个，到了大学，有不错的女孩子，也可以谈谈看。"

"啊，你说什么？"小白一头黑线，"哦，知道了……"

喜欢的女孩啊。虽然已经在心里决定放下了，却还是想起蒲苇的样子。最近都没跟她联系，只是一周前看到她朋友圈说已经出发去上海了，打算把江浙沪那带都玩一圈再去大学报到。后面每天都能看到她旅游的照片刷屏，白凌霄能做的，也就是不遗漏任何一条地点赞而已。

最后，一个32寸的旅行箱、一个超大的手提旅行包、一个书包堆在客厅，老妈盯着自己的战利品，终于满意地点了点头。

"周末有空就回家，妈妈给你做好吃的。"

"对啊，我离家这么近，根本用不着一次性带那么多东西走。"

小白看着那堆行李发愁，沈放适时打来了电话，约他明天一起去报到。沈放说他爸会开车送他们一起过去。

很少听沈放提起父亲，小白几乎愣了一下才反应过来，自己不用扛着这堆东西去学校了。

零日传说Ⅰ·命运

第二天,沈放还是打网约车来的。

老妈和继父一人拎着一包送小白下楼,说麻烦人家了,想当面感谢一下,却看到是辆网约车停在楼下。沈放从车上下来,帮小白把行李放进车里。小白小声问他:"你爸呢?"

"昨晚他说送的,今天早晨临时有事又走了。"

小白拍拍沈放的肩,表示理解。

沈放说:"无所谓,反正我都习惯了。"

车一路向前,驶出城区。树城并不算大,半个多小时就到了大学校园。两人报了到后各自回宿舍,准备后天的军训。

在所有同学都为军训叫苦不迭时,白凌霄觉得自己就像进入了天堂。

在这里,没人知道中学的他曾是多么弱小。而区区军训和叶乔的魔鬼训练比起来,实在是太轻松了。站军姿一小时压根不算什么,跑一千五百米压根不算什么,白凌霄几乎是一骑绝尘,在教官惊讶的眼神中完成了各种项目。

原来把别人都甩在后面的感觉这么爽!

在军训期间举办的新生杯篮球赛上,小白甚至带领计算机学院杀入总决赛,即将和沈放带领的数学科学学院对决。

白凌霄以前体育课也和班里男生打篮球,可技术非常菜,抢篮板跳不过人家,追球也跑不过别人。经过猎人的训练,他惊讶地发现自己的弹跳、敏捷和力量都有了极大的提升,普通男生完全不是自己对手了。几场球打下来,看台的观众里居然有几个女生专门为他喝彩。每次他抢到球,她们都替他打气。

第八章 奈落之底

小白打控球后卫的位置，沈放是前锋。总决赛上两人并没太多直接交手的机会，但双方队伍拼抢得十分卖力，比分紧咬不止。

在投入一个三分球，将比分反超对方两分后，看台上的观众为白凌霄欢呼起来。这种当主角的感觉太棒了，小白不禁有点飘，自认为很酷地甩了甩头发，朝看台上那几个女生的地方看去——

这一看，才扫见叶乔不知什么时候出现在那几个女生旁边。

小白像被打回原形，整个人气焰立马消了。最终中规中矩打完比赛，以七分之差输给沈放的队伍。

回到休息室冲凉换了衣服，和沈放一起往外走。小白抱怨："喂，好不容易才有几个女生关注我，让我赢一次又怎样？"

"你又没提前告诉我放水。"

"对了，我好像看到叶乔了。"

"啥？"

"刚才好像在观众席上看到了她。"

"你看走眼了吧，她怎么会在这儿？"

"但我明明看到了。"

"你是想她了吧。"

"才没有呢！"

两个人打打闹闹走出篮球馆。小白一眼瞥见那几个看自己打球的女生等在门外。他顿时收起嘻嘻哈哈的样子，昂首挺胸、目不斜视地走着。他想着她们该不会是要来跟自己表白吧，这种事还没遇到过呢，顿时紧张得手也不知该放哪儿了，只好别过头看

· 299 ·

零日传说 I·命运

向另一边——

好吧，更多女生里三层外三层地挤作一团。似乎是冲沈放来的。

哼，好不容易以为能抬起头做人了，结果还是输给了沈放那臭屁的家伙！

没等那些女生围上来，叶乔抢先一步挡在了两人前面。

"队长，你怎么来了？"小白有些心虚地低下头。

"大姐头，你还真来啦！"沈放吃惊地叫道。

"我不能来？"叶乔冷冷地反问。她今天扎着高马尾，戴一副黑超，身着男生款的宽大浅蓝衬衣，下身是一条牛仔短裤。衬衣很长，刚好盖住短裤下沿，两条修长的腿蹬在一双白色板鞋里。这副打扮，把男生女生的目光都吸引了过来，成为绝对焦点。

叶乔对着他们俩歪歪脑袋，"跟我来。"

"哦。"小白唯唯诺诺跟上去。

叶乔穿过那群女生走在前面，白凌霄和沈放像两个小弟般一左一右跟在她身后。女生们被叶乔强大的气场镇住，自动让开一条通道。

"我这次带了任务来。"

"任务？"

"跟我走，阿星已经在车里等你们了。"

小白不甘心，"别说走就走啊，能不能提前通知让我有个心理准备？晚上还有全校的迎新晚会呢……"

"你喜欢看晚会？舍不得大学生活了？"叶乔回头问。

"呃，不是……"

"那就别这么多废话。"

第八章 奈落之底

走出去一段距离，小白还是越想越不甘心，嘀咕道："队长，下次有什么事能不能打电话让我去学校外面见你？你这么拉风地跑到学校来找我，以后根本就没有女生敢喜欢我了……好不容易才有女生注意到我的……"

叶乔转头往下拉了拉黑超，视线从上方逼视而来，"我这么做让你难堪了？"

"我不是这个意思。"小白赶紧摆手。

"好，我下次会注意。"叶乔重新推上墨镜，"车没开进来，停在校外了。你们得跟我走一段距离。武器放哪儿了？去拿上。"

小白专门买了个登山包，可以把他的棍刀圆盾装进去，他把这个包锁在宿舍的柜子里。叶乔等他和沈放回宿舍拿了武器，往校外出发。

沈放摩拳擦掌，很是激动，关心地问："这次是什么任务呢？"

"很简单，护送一具异兽标本去研究中心。搭'深渊闪电'去，毫无难度，只用一天就可以完成。具体情况待会儿一起跟你们说，这对你们三人来讲没问题吧？"

"只是当快递小哥？"沈放有些失落。

"等你们完美执行几次简单的任务，自然会有更高级的任务派给你们。"

"队长，你不跟我们一起吗？"小白用讨好的语气问。好像叶乔不在就会缺乏很多安全感。

叶乔却毫不领情，"这种小事不需要我，我有别的任务要执行。"

零日传说Ⅰ·命运

沈放赶紧拍着胸脯,"我们没问题的,大姐头你放心。"

小白撇了撇嘴,缩着脖子,继续像小弟一样跟在后面。虽然听起来确实是很简单的任务,"深渊闪电"他也搭过,降到地下,嗖嗖地就到目的地了。可前段时间和索伦去救人时,索伦说过的话令他很在意:异兽竟然攻击了欧洲那边的"深渊闪电"轨道。

那是偶然吗?如果不是……

"队长,真的没问题吗?"

"那条路线两天前还有人使用过,这个任务真的是最初级的难度。你们只要保持警惕,不出意外就行。当然,发现异常,随时联系我。"

小白不敢继续将担忧表现出来了,他怕被叶乔看扁。

几人走到停车的位置,老远就看见阿星坐在后座,隔着窗户朝他们挥手。和以前一样,没人敢坐副驾驶,小白和沈放一左一右挤到后排。

叶乔一边开车一边交代着任务情况:"异兽标本在后备箱里,是刚杀死不久后急冻的。猎户座最近启动了异兽DNA解读计划,希望采集尽可能多的样本对各种异兽的DNA进行测序。研究总部设在印度新德里地下。那里人口密度极大,异兽很少出没,是个相对安全的位置。"

叶乔的话终于把小白从担忧中拉出来,让他提出了一个很早就想问但一直没有问出来的事情,"为什么异兽会来到我们地球,我们不能去异兽那边呢?"

叶乔从后视镜看了看小白,脸上流露出赞许,"很好,学会思考了。以前就给你们说过,异兽在地球上的存在可以看作一种

第八章　奈落之底

非常不稳定的状态，无论它们是活着还是死掉，都会很容易消失。这给我们杀死它们造成了很大障碍，因为无论是我们伤到了它们，还是仅仅单纯对它们构成威胁，它们都可以消失，穿越回它们的世界，养精蓄锐后再来进攻。可以说，在猎户座早期与它们的战斗中，我们几乎是无法杀死它们的，而我们的猎人却不断被杀死。直到发现它们被特制的钽金属刺伤后，竟能暂时被封锁在地球、直到死去才会消失，猎户座的屠兽行动才进入了新阶段。"

小白记得很早以前叶乔给他们讲过这些，而且正是因为钽的特性，才让猎人至今不能标配枪支。"嗯，我记得以前你还说过，这种特制的钽金属一旦做成弹药，对异兽的封锁能力就会'强化'，导致异兽死了后也不会消失了。好像热兵器刚出现时，猎户座还有过一段使用特制钽金属弹药去驱杀异兽的历史。结果异兽的尸体无法消失，被民众看到，导致那个时期怪兽目击报告剧增。就因为这个，猎户座才很快限制了热兵器的使用，继续用刀剑与它们作战。"小白突然想起什么，一下子兴奋起来，"这么说，我们要护送的这只异兽尸体没消失，是被薛老大干掉的了？"

叶乔愣了一下，才明白小白指的是薛荣使用热兵器的事，"不是。有一个事情我之前没有给你们说，记得第一次去地下的猎户座基地，在大厅里看到的那头狮鹫标本吗？猎户座虽然禁止使用热兵器，但白银以上等级的猎人会配备一枚小型发射筒，其威力和工作原理相当于一把手枪。它只有一支钢笔那么大，在猎人判断这头异兽的尸体值得封留在地球上作研究时，他可以使用发射筒杀死异兽。那头狮鹫标本，就是这样保留下来的。"

小白打起精神专心理解着叶乔的话。成为猎人后，他们获取

· 303 ·

零日传说Ⅰ·命运

了一个可以登入猎户座资料库的 ID，以供查询和学习知识，包括猎户座的历史、猎人的作战准则及战术、异兽介绍等。基本上是自学为主，叶乔有空的话也会给他们讲讲，但叶乔太忙了。小白对了解那些枯燥的知识完全不感兴趣，倒是阿星好像一有空就悉心研究。

"但现在不同了，"叶乔脚下猛地踩了一下油门，"现在情况的危急程度已经超出了所有人的预估，留给地球的时间可能不多了。以前因为技术水平低，猎人有限，而且还没到万不得已的时候，我们不能冒风险前往异界，但现在必须考虑你说的这个可能性了。这次基因组测序，目的就是要看看它们和地球生物的构造到底有什么不同，以此解开它们能在两个空间自由穿梭之谜。"

"原来是这样。"白凌霄点点头，却更加迷惑：难道现在真的到了危机边缘？可为什么世界还是照常运转，一点也没变呢？

"我送你们去薛荣店里，他会在那里接应。这是'深渊闪电'的操作手册，你们现在可以开始看了。"叶乔从副驾驶座椅上抓起一本说明书递过来，"这是位于新德里地下的研究基地站台编号，你们只需在球舱的操作系统里输入目的站台编号就行。我会再发一份任务说明到你们的通信器上，祝你们第一次独立执行任务顺利。"

车停在薛荣的模型店门口，薛荣推着一辆推车出来迎接，"货到啦？"

叶乔点头，掀开后备箱。白凌霄倒吸一口凉气：他知道要送标本去研究，可他压根没想到这个装着标本的箱子如此巨大！

是的，这只能用巨大来形容。这辆 SUV 的后备箱只是刚刚

第八章　奈落之底

好能放下这个银色的箱子。几人合力才能将它抬到推车上。

白凌霄吐槽："所以找我们三个男生来完成这任务，纯粹是因为它重吧……"

隔壁小吃店的老板娘出来看热闹，"小薛，这次进的什么货啊？"

"都是改装摩托车要用的。"

"哦。"中年妇女把"不感兴趣"写在脸上，回自己店里了。大家推着这个箱子进了储藏室，和上次一样，旋转一把巴克119猎刀后，地板开始轻微震颤。

叶乔和薛荣站到线圈外。叶乔指了指腕上的通信器，"遇到问题随时和我联系。不过，我想你们不会有问题吧？"

沈放保证道："大姐头，你放心好了！"说完，他右手握拳叩击左肩行了个礼，一副志在必得的模样。

银色金属线圈升起，将小白、沈放、阿星三人包裹在内。很快，金属环组成球体，墙壁变得平滑。哪怕是第二次见了，白凌霄还是感到了强烈的震撼——这种黑科技酷毙了！

按照操作手册，三人分别拉下一个舱壁上的折叠座椅、系好安全带。沈放拉出座椅扶手上的触摸屏控制面板，对照手册操作起来。一切都很简单，和预想的一样。在确认目的地后，舱室失重，朝地下世界坠去。

3

小白清楚记得上回搭乘"深渊闪电"，当它正式进入隧道后，那股压在身上让人动弹不得的加速度。奇怪的是，这次这种压迫

零日传说Ⅰ·命运

感并未出现。或许是有了心理准备？

一段时间后，球体开始平稳运行，沈放却指着说明书，"不对啊。说明书上写20秒后，就可以加速到时速2000公里，此时会自动关闭动力驱动，让球体匀速前行。可明明20秒过去了，面板上显示当前的速度是800公里每小时，这个读数还在逐渐变小。现在是790了。"

小白和阿星解开安全带，从座椅上站起，走过去和沈放凑在一块儿研究说明。看了半天，操作指南里并没提及过这种状况，小白只能提议："那……那就再打开动力系统，让它继续加速吧？"

沈放摇头，"燃料有限的，如果一直驱动，到后面需要减速时就没燃料了。"

三个人面面相觑，都没有处理这种状况的经验——要有才怪。

白凌霄发挥了自己向来信奉车到山前必有路的心理素质，席地一坐，"先不管了。如果速度一直在减小，就等它真的彻底停下来我们再研究对策；如果待会儿速度稳定了，就算是几百公里的时速，也不过就是到新德里那边久些而已，又不会怎样。再不济，最后还能叫队长来救我们嘛，现在没必要这么紧张，反正又不是什么危险状况。"

阿星一脸担忧，他用食指推了推眼镜，凝思不语。

沈放还在研究着操作手册。

小白天生神经大条，只要不是性命危险近在眼前，基本上紧张不起来。此时他瞥见那个装异兽的大箱子，干脆提议道："不如我们看看箱子里的东西？"

第八章　奈落之底

阿星有点犹豫，"队长没说过可以看吧？"

"她也没说不能看嘛。"

最终好奇心战胜了一切。沈放将操作手册放到一边，离开座椅到箱子旁。箱子并没上锁，只有几个搭扣。三人把箱子平放在地上，迫不及待打开了它——

里面是一只九头九尾的异兽。

箱子四壁是真空保温层，这头异兽因为急冻，样子看起来有些僵硬，但也栩栩如生。

每次遇到异兽，要么就是极其危险，要么就是它已经消失了，还从来没有机会仔细看过它们。小白用手戳了戳异兽的身子，冻得硬邦邦的，"阿星，你不是整天登上资料库研究异兽吗，看看这是什么？"

阿星打量着这具兽尸，"这是蠱侄，最早出现在《山海经》的记载里，'有兽焉，其状如狐，而九尾、九首、虎爪，名曰蠱侄，其音如婴儿，能食人。'没错，就是它，看，跟书里记载的一模一样。"

沈放说："我小时候第一次遇到的异兽就是它！那次还是宋禾姐姐救了我。"提起宋禾，沈放有些颓然地坐到一边，"也不知道她现在怎么样了。听说最近非常危险，这段时间以来有好多猎人都死掉了。"

小白却在思考着别的一些问题，"你们不觉得很奇怪吗？"

"你说它吗？长着九个头九条尾巴，是很奇怪啊。"

"不是。我是想起之前索伦跟我说过一句话，他说异兽说到底也只是一种外界入侵的生物，不会不遵循世界的基本规则。所

零日传说Ⅰ·命运

以我就在想,它们到底是从哪里来?要说世界的基本规则的话,你们相信有什么异世界、魔法世界之类的地方么?"

那两人都是小时候就遇到了异兽的人,异口同声回答:"当然相信了。"

阿星说:"我是十岁那年遇到它们的。那次……"像是想起了什么痛苦的回忆,他脸上的表情有些悲伤,"那次遇到它们后,就觉得是异世界来的恶魔。就算现在,这种看法也没改变。"

沈放附和:"是的,一个小孩子看到这种怪兽,只能觉得是从魔法世界里来的了。"

小白说:"我和你们不同。我去年才第一次遇到它们,在那之前早就不相信世界上有什么妖魔鬼怪了。当时确实觉得三观都被颠覆了,也曾真的相信它们能凭空让一个通道消失,后来才发现不过是一些笨拙的伎俩,只是我们太妖魔化它们,才把很多现象往玄了想。我越来越觉得索伦的话有道理,我现在觉得,说不定它们只是某种外星生物呢?这个解释很科学吧?"

沈放不太同意,"外星生物?别开玩笑了。它们长得是怪了点,但说到底,和地球生物还是有很多相像的地方。比如这个,长着九个头,也还是狐狸的头嘛。要说是外星生物,跟地球的也太像了点吧?"

这时阿星发现了另一件事,"你们觉不觉得我们好像一直在减速,现在比之前慢更多了?"

"有吗?"小白向来比较迟钝。

沈放担忧地走向座椅,去看触控屏上的读数,这一看,他感到了事态的严重。面板上赫然显示着"40km/h"。这个速度,何年何月才到得了新德里?

第八章 奈落之底

　　还没来得及告诉伙伴，球体砰地一下撞上了什么东西。三个人飞了出去，狠狠撞在球壁，失去了意识。

　　一段无意识的黑暗后，白凌霄重新苏醒了——他不知道这算不算所谓的苏醒。这种苏醒带有强烈的疏离感，让周围的一切都变得不真实。
　　炙热的火焰烧灼着球体前端。
　　那个部分被撞得很厉害，严重变形了。
　　白凌霄倒在球体靠后的位置，离火源有一定距离，还算能够忍受。现在球内的温度应该很高吧。五十度？六十度？
　　阿星则离火源很近。那么近，他受得了吗？
　　白凌霄想去把阿星拉过来一些，但身体好像动不了。说动不了并不贴切，而是——好像这具身体不属于自己。
　　那股灼烧的火停止了。一个尖锐的物体从烧熔的球壁刺进来，将破口拉开。视线有些不清晰，像做梦一样。白凌霄只能隐约看出，那个尖锐的物体是一只鸟喙。很尖，很长，它叼着球面，灼烤之后的球壁像一层面皮那样被它撕开了。
　　透过那撕开的破口，能看见站在外面的是只鸟。它身上羽毛呈青蓝色，羽尾零星点缀着火焰般的赤红。形态像一只鹤，但只有一只脚，傲慢地独立着。
　　白凌霄心里一沉，是异兽。
　　那只鸟侧头睁着圆眼，仔细看着球体内部。半晌，它往里迈了一步，坚硬的喙眼看就要刺上阿星。
　　白凌霄拿不准这只鸟的战斗力如何，但总不能坐以待毙。可他动弹不得。正焦灼万分，他突然想起了泥巴。

零日传说Ⅰ·命运

之前不是每到危机时刻它都会从身体里出来？

白凌霄试图让自己冷静。他平复了一下呼吸，在心里默默念着：泥巴，你听得到我说话吗？快出来，把那只鸟赶开！

嘶嘶几声，小蜥蜴应声而出。它急速蹿到那只青鸟面前，用尾巴扇在青鸟头部。青鸟被吓了一跳，暂时放弃了陆星移，转向它啄去。泥巴跳起来，喷出一小团火苗，随后溜出球舱。青鸟转身去攻击它，只见它扑开翅膀滑翔，同时张开白喙，喷出愤怒的烈火。

顿时，视线所及，火光熊熊。

原来刚才灼烧球体的火就是它喷出来的。

这儿是地下吧？球体应该是在真空管里运行的，外面怎么会有那么大的空间让它飞？

火光在跳动，白凌霄心急如焚。他不知道泥巴怎样了，而这只该死的鸟显然不好对付。半晌，它收起火焰，甩了甩头，喉咙里发出"哗剥"的鸣叫。白凌霄努力朝外看，寻找泥巴的身影，但火光熄灭后外面一片漆黑，他什么也看不见。

泥巴不会被这怪鸟一把火烧死了吧？

球舱内的壁灯发出幽幽荧光，青鸟重新回到球体的裂口旁，欣赏着它的三个猎物，似乎在思考从哪个猎物开始下手。

它喉咙里那"哗剥哗剥"的叫声混合着回音，听起来格外瘆人。

白凌霄看着那只鸟。它修长的脖子探进球舱内，尖喙即将扎进陆星移身体。

不要。不要伤害我的伙伴！白凌霄在心里大喊。

这一刹那，伴随一声兽类的狂吼，青鸟被一个兽掌掀了

第八章 奈落之底

出去。

白凌霄心头一紧。又来了另外一头异兽……争抢猎物吗？可他身体还是动不了，只能眼睁睁地看着。

球体外部，兽类的狂吼和青鸟哔剥的怪叫此起彼伏。过了一会儿，青鸟的叫声消失了。小白听见那头异兽的脚步声一点点重新移向球舱。透过球舱的破口，他看见这头异兽的样子在白色荧光里显现——

好奇怪。是那头狮鹫。它静静看着他们，看着球舱里三名一动不动的少年。

白凌霄仍旧无法行动，只能同样静静看着那头狮鹫。心中绝望地想着，可能活不过今天了。

伴随着最后一丝希望的逝去，白凌霄重新失去了意识。

4

西北塔里木盆地，塔克拉玛干沙漠边缘的戈壁滩。

五个人靠在一块巨大的裸岩下，一女四男。年纪最大的是名男性，看上去四十多岁了，岁月在他脸上留下很多沟壑，胸前别着一枚银色的猎户座徽章。

"张叔，我们在这儿守了五天了，监测网的消息会不会不准？"提问的女人百无聊赖地用食指转着手上的枪，胸前的徽章同样是银色。

"绝对不会。"张叔伸出一个手掌，"这种预警任务我执行过五十多次，监测网没出过一次错。它说哪儿有空间异常波动，哪儿就绝对有问题。"

零日传说Ⅰ·命运

"张叔,也不能全信经验,凡事总有例外嘛。"另一个男青年搭话。他看起来年纪最小,一脸愣头青的样子,胸前的徽章是铁的。

"小李,出任务前他们告诉你了吧,这次任务执行成功,你就可以升级青铜猎人了。"

愣头青嘿嘿笑了两声默认,不好意思地挠了挠额头。

张叔打开水壶,对着壶嘴咕咚咕咚喝了几大口,又在衣服上擦了擦手。随后他从衣服胸口的兜里掏出一张照片,端起来半眯着眼看。

另两个胸前戴铜色徽章的青年凑过来,"张叔又在想婶婶了啊。"

照片上是母女俩在景点的合照。她们背后是水天一色的海面,母亲抿着嘴,姑娘十五六岁的样子,笑得露出了十颗牙齿。出任务前,姑娘送自己出门,挥着手说,老爸,这次出差要记得给我带礼物哦!你忘记多少次了。

每次去野外执行驱杀异兽的任务,他一直跟家里人说的"出差"。

"哪有,"张叔把照片往手里藏了藏,"我是想我家姑娘了。"

"张叔,你女儿越长越好看了嘿。"

"一边去,臭小子别打歪主意。"

"再让我们看看照片吧。"

"不给。"张叔小心翼翼地将照片揣回兜里,像是想起了什么,"本来想给她买串玉石珠子手钏的,没来得及。"

"张叔,你还挺舍得啊,好贵的。"女人听到这个话题,感兴趣地凑过来,"不过小姑娘肯定喜欢,你在心里琢磨了挺久才想

第八章 奈落之底

出来的吧?"

"我哪儿想得出来,是来这边看到城里很多玉器店。"

"那种店你也信,专门宰游客的!"

"算了,宰就宰吧,答应她好几次了,可惜每次都没时间去买礼物。"

"婶婶和你女儿会理解的。"

"我不求她们理解,一家人平平安安就够了。"

"有家人真好啊。"女人头靠在岩石上感慨道。

"宋姐,你也成个家呗!"愣头青玩笑道。

另两个青年跟着起哄,"是啊宋禾,你跟你那位什么时候……"

宋禾打断他们,"小李,阿衡,谢威!你们够了啊,好好执行任务。"

"所以监察网说的这里形成了个通道出口,近日会有异兽出现,到底准不准啊?再等下去生米都煮成熟饭了。"

"你那是什么比喻?"

"我是说太热了,我都要被烤熟了。"

就在这时,宋禾突然惊叫了一声。

"怎么了?"两个青年一骨碌爬起来,"有情况?"

"不是啦。"宋禾突然站起身跑到不远处,伸手从沙地里捡起一枚小指甲大小的石子。

"张叔,给你。"她将石子交到张叔手里,"之前没听你说要给妹妹带礼物,就没想起来,这里产'葡萄干'。"

张叔手里的石子,正像一粒瘦巴巴但晶莹剔透的红葡萄干。

"这东西又叫戈壁玛瑙,最近挺流行的,多捡一些,可以穿

· 313 ·

零日传说 I · 命运

手铐。"宋禾笑着说,"各种颜色都有,可好看了。手工礼物,也很别致。"

张叔正要开口道谢,突然身子一滞。

空气波动了一下。

虽然已经盯梢了五天,精神不如之前那么高度集中了。但对于训练有素的猎人以及经验极为丰富的张叔而言,这一丝波动逃不过他们的眼睛。

五个人如出一辙地抓起武器,有些翻身站起,有些伏地隐蔽,都警觉地盯着前方。空气破开一道裂口——

巨兽现形了。

站在最前方的张叔心里一紧,举起一只手,"最高级戒备,所有人原地待命,不要轻举妄动。"

宋禾紧紧握着扎线枪的枪托,食指放在扳机上。

愣头青小李在后面小声问:"来的那是啥?"

谢威哼了一声,"算我们运气好,中头奖了。"

阿衡说:"小李,把这个东西解决了,你说不定可以直接升级白银猎人。"

"那这是……"

"没猜错的话,是穷奇。"谢威看着这个浑身长着硬刺、四肢有力、铁爪锋利的家伙,"我只看过它的复原图像。历史上只有猎师四脉的人封印过它,但还没有……没有猎人杀死它的记录。"

听到"穷奇"两个字,小李抽了口凉气。和恐惧同时降临身上的,是作为猎人的血液,开始沸腾。

巨兽盯着这几个猎人,并没有立即攻击,像是有些不屑。

第八章　奈落之底

张叔交代着："要想解决它，只能找机会从腹部下手。待会儿它开始进攻，我们要尽量引它露出腹部。阿衡小李，你们用的是弓弩，找准机会朝它心脏的部位射击。宋禾，你尽量用线牵制它的行动。谢威，你用的是近战武器，和我一起尽量俯低身子往它身下去。明白了吗？"

"明白。"

"听好，今天我们别无选择，就算不是我们遇上它，也会是别的猎人遇上它。只要和异兽的战争打下去，迟早得解决掉这头畜生。我要你们抱着赴死的勇气、和绝不能死的信心。"张叔用力攥了攥那粒戈壁玛瑙，"猎人的信念是……"

"纵星有坠，惟心不坠。"四人异口同声回答。

张叔笑了两声，"能和这样的对手干一场，也算是猎人的荣耀了。值了。"他猛地用中指和拇指将石子向穷奇眼睛弹去，大吼一声，"上！"

五个人急速分开队形。

宋禾射出细线，箭头扎进那块裸岩里。她借力跃上高处，再转身对着穷奇射击。细线嗖嗖飞出，缠绕在巨兽身上。趁着穷奇被石子和细线分神的瞬间，阿衡和小李对着它头部射出箭矢。然而穷奇只是稍微用力便挣脱了线刃的束缚，同时以一种这种体型难以想象的灵活避开了箭矢。宋禾被带得坠下岩石，摔在地上。她咬咬牙翻身而起，单膝跪伏在地面，重新寻找机会。

穷奇并未被激怒，对于拥有绝对力量的它来说，刚才的攻击连痒痒都没挠到。它展开翅膀在低空斡旋了几圈，随后张开血盆大口，直冲它的猎物而去，似乎要一口咬下那人的头颅。

零日传说Ⅰ·命运

"小李，低头，伏地上！"张叔冲过去一把推开小李，自己因来不及躲避，被穷奇的巨翅扇得滚出数米。他借力多滚了几圈，逃出穷奇攻击范围才拄刀起身，却见那边谢威正苦苦独自迎战。

谢威并无太多经验，武器又是两把匕首，面对这样的巨兽，实在难以发挥出优势。好在宋禾射出的细线瞄准了穷奇最脆弱的眼睛，才迫它微微一滞，让谢威脱离了被一口咬掉头部的危险，但穷奇仍然一掌挥去，在谢威手臂上拉开四道口子。谢威吃痛倒地，穷奇拧身转向宋禾，另一只后腿却抓向谢威。

宋禾射出的那根线已经旋转回来缠到穷奇的脖子上，她借力飞身向穷奇后颈扑了过去；穷奇的那只爪子也在堪堪要抓住谢威的一瞬间抽了回去——是阿衡射中了穷奇的爪缝。

虽然只扎进去一点，仍足以让穷奇发出揪心痛呼！

谢威并没有因为穷奇的退缩而为自己庆幸，相反，他用尽全身力气，猛地弹身抱住穷奇这条腿，紧握匕首往它大腿刺去，并在异兽另一只铁掌抓过来之前，重重摔回了地上，借着自己下坠之力，在穷奇大腿上划开了一道口子。

但这似乎依然未对它构成有效威胁。它咆哮着以坚硬如铁的巨翅贴着地面划了一圈，翅膀将所有人掀倒在地。

其他人都迅速翻起身，行动本已不便的谢威却似乎被坚翅扫伤，蜷在地上呻吟。穷奇没有丝毫停滞，也根本不放过这转瞬即逝的机会，径直冲他咬去。正在旁边的张叔不敢大意，却已来不及阻拦，只能以最快速度冲过去，后仰身体从异兽两条后腿间沿着沙砾滑到穷奇腹下。宋禾也不失时机一边大叫一边向天空发射了一枚线刃，而阿衡则心有灵犀地一箭射中线刃。

箭矢撞击线刃，发出一声刺耳的金属摩擦声，吸引了穷奇的

第八章　奈落之底

注意，扭头去看的穷奇则发现线刃被箭矢改变方向，正冲自己眼睛而来，这时小李的另一支箭也已飞至面门，穷奇急忙挥翅。

这一下线刃当然不会对穷奇造成什么实质性的伤害，但穷奇却感到一阵久未体验的剧痛——张叔成功躲开了穷奇的注意冲到了它腹下，在它最柔弱的地方狠狠扎了一刀！

穷奇急忙飞向天空，无奈张叔并不松手，反而用力一剜，将刀刃插进了穷奇肋骨骨缝之中。

兽血潺潺流出，滴在张叔身上。宋禾见好，赶紧扣动扳机放出线刃缠住穷奇那只沾满血的后腿，"小李阿衡，就是现在，快上！"

两人连忙……另一只后腿，而谢威则只能紧紧抱住张叔，避免……。但穷奇力量实在太大，他也被拖了起来，两……看想要夹住什么。

穷奇终于被激怒了，它仰天长啸一声，挥起一掌拍在张叔胸口。所有人都听见人类脆弱的肉体被拍碎的那个声音。噗叽，咔，咔。在他们愣住的那一毫秒间，谢威感觉手上一轻，抱着张叔重重摔倒在地。

穷奇展翅，斜着朝沙漠深处飞走了。

"张叔！"阿衡看看这头又看看那边，大叫着举起弓弩要去追那头异兽。

宋禾在后面喊："别追了。救人要紧，追上去也是送死。"

阿衡又徒劳地射了两箭，眼睁睁看着穷奇身影消失在黄沙和蓝天交接的边际。他颓然站在原地，狠狠地朝地上啐了一口，"他妈的！"

· 317 ·

零日传说Ⅰ·命运

被张叔压在身下的谢威一脸慌张,他几乎要哭出来,将张叔平放在地上后带着哭腔喊:"张叔!你别吓我,没事吧?你挺住,我……我去拿急救包……"

"我去。"小李站起来要跑。

张叔抓住他衣角,"别去了。来不……来不及了。没用的。"他的衣服已经全部被血浸湿,而血还在从他胸口的窟窿里源源不断涌出来。

别说随身携带的急救包,即使是放在二十公里外招待所里的医疗箱也救不了这种胸膛被利爪刺穿的伤势。

小李重新蹲下身,把张叔的头捧起来。

阿衡脱掉自己上衣,压在张叔的伤口上。他大声喊:"救人啊!你们都愣着干什么,去找人来救人啊!"

几个人没有动。其实阿衡自己也知道,就像猎户座只在黑夜出现一样,异兽猎人也是只属于黑夜的存在。每次有战友受伤,只能送去猎户座的私密医院救治。拨打120,就近送去普通医院是不行的。而猎户座的医院并不是哪儿都有。

一句话,猎户座的一切救治措施,建立在你尚能活着回去的基础上。

阿衡一拳捶在沙地。

"没关系……它受了伤……没法回到异界……尽快汇报……"张叔费力抬起手,举到胸前,"只是有点……遗憾……"

宋禾明白了他的意思,"照片!他想要照片。"

阿衡慌乱从张叔衣服兜里掏出那张照片,递到张叔手上,扶着张叔的手帮他举到眼前。照片已经被血浸透了。

"我一直跟她们娘俩说,我是个导游。"张叔脸上浮现出笑

第八章 奈落之底

意,"后天就是我和老婆结婚二十周年的日子。她还说等我回去,好好过一回……结果连个结婚纪念礼物也没来得及买。麻烦你们……买了交给她们……我旅行箱里有钱……就说我……说我……遇到老虎……"

"西北哪来的老虎啊?我们怎么给你家人交代?"宋禾哭道。

"那就……狼……都可以。给你们添麻烦了。纵星有坠……"

张叔的手捏着照片垂了下去。

5

高楼鳞次栉比的城市。在钢筋森林下一条车水马龙、人来人往的街道上,白凌霄拎着近十个购物袋,像小跟班一样跟在一个女生后面。喧嚣的车声和鼎沸的人声灌满了耳朵,他觉得似乎有两个人在叫自己名字,但听不真切。

"小白。"

"小白!"

他回头看了一眼,后面都是些行色匆匆的路人。他再转回去,前面那个女生走出很远了。他赶紧小跑跟上,"蒲苇,等我下啦。"

蒲苇是谁?怎么会自然而然地叫出这个名字?

女生停下脚步,转过头来,一脸娇俏,举手指向另一家装潢高档的服装店,"你太慢了,快点,我还要去那家店看看。"

这个女生的脸好熟悉。白凌霄似乎有些想起蒲苇是谁了,是自己整个平凡的高中里,拼命注视着的那个名字吧?只是,好像已经和她告别过了。并不是挥手说了再见那种告别,而是在内心

零日传说 I · 命运

里与她所存在的那个世界，一分为二的告别。

她不是去上海念大学了吗？

这里是上海吗？

自己怎么会突然在上海呢？

来不及多想，只能拎着大包小包跟在她后面屁颠屁颠进了那家店。在进店门时好像又听到有声音叫自己名字。可他摇了摇脑袋。这里是上海嘛，根本不会有人认识自己。听错了吧？

这种高档的时装店让小白觉得有些不自在，他只能找到个座椅，像鸵鸟一样坐了上去。蒲苇挑了三条连衣裙，一件件换上出来问："好看吗？"

小白四周看了看，确定只有自己在陪蒲苇逛街。他觉得很奇怪，什么时候轮到自己陪蒲苇逛街了啊。

"好看。"小白点点头，发自内心地承认道。

"那我都买了哦！"

"啊？呃，好吧。"

蒲苇去了柜台开票，等了一会儿她扭着脖子说："还坐那儿发呆干吗，付钱啊。"

欸？要我付钱？白凌霄看着手里已经有的那一堆购物袋，有些想不起它们是怎么出现在自己手里的了。白凌霄怀着不好的预感去了柜台，小票上是五位数。

这么贵啊。小白有些慌张地掏出手机，但微信和支付宝里都只有几块钱……这时，那两个呼喊自己名字的声音又响了起来。

"小白！"

这次他听清了这个声音在说什么：

"小白，你还要晕多久，快醒醒！"

第八章 奈落之底

这个声音拨开喧嚣的云雾,直直灌进了耳朵。再看身旁,高档服装店变形了,正在扭曲、消解。蒲苇的身影越来越模糊,慢慢融化……

他跑出店门,追寻声音而去。等一下我,我跟你们一起走。别丢下我一个人。

"我们不会丢下你的。"

"小白,听得到吗?"

听得到。这么在心里回答着,白凌霄睁开双眼。

惨白的荧光里,沈放和陆星移的脑袋凑在面前。

"醒了醒了。"阿星叫道。

"你这个白痴要睡多久?急死我了。"沈放说。

欸?刚才是晕过去了?

对哦,之前搭乘的"深渊闪电"球舱出了事故。

所以刚才的蒲苇、上海、时装店、五位数的小票……都是假的了?小白眨了眨眼睛。

守在小白身边的泥巴咕咕叫了两声,一下蹿到他身上,把头搭在他脖子上蹭来蹭去。痒痒的。

显然在自己晕过去的这段时间里,沈放、阿星已经跟泥巴认识了。他们摸着泥巴的身子,"这就是你提到的那只小蜥蜴吧?"

"是啊。可爱吧?"小白得意地问。

"我也想要啊!"沈放不服气地大喊。

泥巴也活着。大家都活着。所以,再之前的青鸟、大火、狮鹫,也是假的了,只是被撞晕过去产生的幻觉而已?

也对,那只青鸟和狮鹫都是异兽,怎么会打起来?而且,如果它们真的来过,怎么会留下活口?

零日传说 I·命运

小白吐了口气,坐起身,看着被撞破的球舱,"现在,该怎么办?"

小白已经被两人从破口抬出了球舱,武器就在身边地上放着。球舱设计得很安全,并没有使用太多可燃物,而且由于采用模块设计,没有损坏的模块依然发出荧光。

他们此刻处在一个巨大的地下空间中。真空管道从这里经过,但被破坏了,球舱刚才就是撞在变了形的管道断口上。

沈放观察着这个设计,恍然大悟道:"怪不得我按操作说明加速,却达不到额定速度,因为真空管道已经不是真空了!关掉动力系统后,球舱一直在减速也印证了这一点。"他很是懊恼,捶胸顿足,"这是初中物理就有的知识,我早该想到的。是我们太大意了。"

"现在不是自责的时候,"阿星说,"问题是,谁会到地下这么深,破坏掉这个管道呢?"说着,他看了看四周。球舱里泄出的微光只能照亮周围一小团空间,更远的地方被黑暗吞没了。阿星打了个寒战抱起双臂,"这是什么地方?"

"对了,猎人的专用通信器可以当电筒用的。"小白略一摸索,找到了光源开关,沈放阿星也学着打开了通信器光源,照向四周。小白记得之前索伦说过,这个光源的射程大概是两百米。而当他将光源对准四周照去,一束光宛如投进了无尽虚空,竟看不到边。

他吓了一跳,这意味着这个空间非常大。再向上照,洞顶只能隐约可见,恐怕有百余米高。小白一阵后怕,还好真空管道贴近地面,如果是悬空穿过,他们一从球体里出来就会直接坠下,

第八章　奈落之底

摔得粉身碎骨。

三人面面相觑。现在他们除了脚下能踩到地面，对其他方向的边界一无所知。他们如同被抛进了宇宙，无尽的空间里，只有尘埃与他们相伴。

一股彻骨的恐惧攫住了小白。

直接遇到异兽还好，再凶恶的异兽，至少是明确的对手。要实在怕得不行，屁滚尿流地逃掉就好了。而现在这个地方，没有对手，逃无可逃。

"这个空间太大了，难以想象。"阿星说。

小白为了缓解心里的紧张，故作轻松地说："一个地下溶洞而已，大是大了点，也没什么可怕的嘛。"

可是这句话好像并未起到缓解氛围的作用。沈放反问："只是普通溶洞还好。可为什么管道在这里会被破坏？"

他们都知道——总不会是人干的。谁没事吃饱了撑着跑来地下一千多米弄坏一个管道？

但他们都不愿意去想、更不愿说出来那个最大的可能性。

三个人紧抓着武器，打开智能通信器里的指南针，朝北移动。走出去两三百米后，光源大概能照到前方的洞壁了。三人继续往前，直至触到洞壁。洞壁凹凸不平，看起来没有人工痕迹，但也不太像是天然形成的。贴着洞壁摸索走了数十米，竟发现一个通道入口。三人探着身子往里看了看，并不敢贸然进入。

一直跟在他们后面的泥巴蹿到通道口，它耸动着鼻孔闻了一阵后，便拼命摇起小脑袋，并将前爪交叉摆成"×"状。

"它是让我们不要进去。"小白解释道。

阿星问："泥巴，你是不是闻到异兽的气味了？"

· 323 ·

零日传说 I · 命运

泥巴点头。

阿星终于小心翼翼提出一个观点,"说不定这里是……异兽的巢穴?"

沈放一拍手,"有可能!因为异兽总是从空中出现,我们便误以为它们是从异界来的。说不定它们就是地下生物呢?千百年来,一直在地下生活?"

"不会的。"小白摇摇头,"如果它们早就生活在地下,猎户座建立'深渊闪电'的管道交通网时就该发现了。猎户座的营地不也都建在地下吗?'深渊闪电'运行了那么多年,至少在修建它之前,地下都不可能有异兽的。"

沈放沉思了一会儿承认道:"小白,你这段时间智商飞涨啊。"

"那是!你以为是谁克服万难救你们出来的?我以前是老跟你在一起才被拖低智商水平的好吗?"

听小白这么说,阿星想起了什么来,"还记得之前我们被关起来的那个地方吧?"

沈放点头。

"那里也是地下,也是一个个的洞室。只是不如这里这么深,也不如这么大。可你们想过没有,如果我们沿着那边洞穴的通道一直往下走,会不会就到了这里?它们会不会是连通的?"

"所以这里……"

"是的。"阿星握了握他的弓箭,"我想,起码现在,这里已经是异兽的巢穴了。它们随时……随时都有可能出现。"

"那,那我们说话小声点,别把它们引来了。"小白压低了音量说,"给叶乔队长打电话吧?这个状况我们搞不定的。"

第八章 奈落之底

三人重新回到球舱等待,小白让泥巴回到了体内。幸好只是管道被破坏了,附近的信号中继站应该还在,通信器还有信号,白凌霄感慨:"黑科技就是好,要是没信号我们就死定了。"他拨通叶乔电话,和每次把事搞砸了一样,愧疚地叫道:"队长……"

叶乔的声音传来:"怎么样,标本送到了吗?"

"那个,没有……我们……"

一听他这吞吞吐吐的语气,叶乔就知道出状况了,"白凌霄,简要汇报状况,不用废话。"

"是,是。"小白组织了一下语言,"真空管道被毁坏了,我们猜测是异兽干的。现在我们搁浅在地下,但发现了更了不得的东西,这里居然是个洞穴。超大的!"顿了顿,白凌霄补充,"真的超级超级大。"

"收到。通信器有定位功能,你共享一下现在所处方位的坐标给我,我马上赶去救你们。记住,坐标用三维模式,加上 Z 轴,这样我可以知道你们位于地底的深度。另外,标本呢?"

小白一惊,这才想起那具异兽标本的事。他环视球舱,怯怯地答道:"不、不见了……"

"不见了?"叶乔提高了音量。

小白赶紧捂住通信器:"队长,你别激动,小声点啊,会把异兽引来的。是这样的,之前我们都被撞晕了一段时间,等我们醒来就不见了。"

"好。不要乱动,我即刻就来。"

叶乔切断了通话。小白一边发送定位一边回忆着晕过去时产生的幻觉,那只怪鸟和狮鹫真的来过吗?标本是被它们拿走

零日传说Ⅰ·命运

了吗?

三人把各自武器放在身边,抱腿坐在球舱里等着叶乔。大姐头虽然冷酷又严格,但真是一个靠得住的伙伴。不知为什么,听到她说即刻就来后,小白心里不再害怕了。肚子咕咕叫了几声,此刻他只想在这漆黑的巨大洞穴里生起火,烤一只全羊。

他想起小学毕业时,一家人难得出去旅游。虽然没去很远的地方,只是去了省内的一个景点,但回想起来还是觉得很开心。那里也是一个巨大的洞穴,只不过是溶洞。晚上的时候,商家在溶洞口的露天草场上生起火堆烤整只的羊。小白和老妈继父坐在草场边,买了一只羊腿。全羊烤好后,商家把羊腿切下装在大盘子里端上来。小白一边大快朵颐,一边看着满天的星空。

说起来,老妈和继父对自己是很好的。如果自己在任务中死翘翘了,要怎么跟老妈他们解释呢?呃,叶乔应该会处理的吧?

小白看了看另两个人,问:"你们怕死吗?"

沈放和阿星看着小白,像是一时没反应过来他为啥突然问这个。

小白自顾自说下去:"以前我一直都超怕死,你们知道的,我是个胆小鬼嘛,哈哈。"他自嘲地笑了两声,"其实现在我倒没那么怕死了,就是说没那么怕死本身了。可一想到死了以后,老妈不知会有多难过,就觉得还是很怕的。"

"你这么说,我倒真有点好奇我要是死了,爸妈会是什么反应。反正他们也不在乎吧。"沈放故作无所谓地说。

阿星把头支在膝盖上,一脸落寞的表情。

小白赶紧岔开话题:"好啦好啦,不说这么扫兴的了。我们

第八章　奈落之底

不会死的。好几次遇到危险,最后不都没事?新手运气很好的。"

"不知道宋禾姐姐现在怎样了。"

"你想她了?"

"听说她一直和其他猎人在外执行任务。这段时间以来死了不少猎人,很危险的。我老这样需要人救是不行的啊,"沈放捶了捶地,"快点变厉害能保护她就好了。"

阿星安慰:"放心,她那么厉害,一定没事的。"

"小白,"沈放问,"你还喜欢蒲苇吗?"

"喂,干吗突然提起她……"小白脸红了,他想起自己晕过去时的那个梦。自己现在的生活和她的生活已经是两个世界了吧?他自嘲地笑了笑,"我早就……早就不喜欢她了。"

"其实大姐头不错哦。"沈放来了这么一句。

"啥?"小白没听清。

"叶乔不错,是吧?"沈放看向阿星征求意见。

阿星顿时明白了沈放的意思,笑嘻嘻看向小白,"嗯,而且听说没有男朋友的。"

"你们俩诚心坑我是不是?"白凌霄气急败坏,"我好不容易从仰望女神的坑里爬出来,现在你们让我去仰望一个更高不可及的女神。是不是觉得我很配做备胎?这种事我不会再做第二次了。"

"叶乔和蒲苇不一样的。"沈放说,"一开始我也觉得她高傲又冷漠,拽什么拽。可熟悉以后,才发现她只是外冷内热罢了。摆一副臭脸,嘴上又凶,可每次遇到危险,都是她拼了命救我们。这些,你不是最清楚吗?"

"她这么好,你喜欢她不就得了。"小白讥讽道。

· 327 ·

零日传说 I · 命运

"我有喜欢的人了。"

小白看向阿星,"那你也可以喜欢她啊,干吗针对我?"

"我?"阿星吸了吸鼻子,"我和她走一起的话,比较像她弟弟。"

"喊。"

白凌霄不再跟他们争辩,掰着手指发呆。他承认沈放说得没错,叶乔是那种冷冰冰到极致,可一旦她心里认同你是她的伙伴,就会用行动证明一切的人。可是,这并不代表要喜欢她,自己又不是受虐狂,喜欢叶乔不是自找苦吃吗?但不知怎么,他觉得心里有些空落落的,就好像小时候老妈带自己去游乐园,明明看到一个超想要的玩具,可因为玩具太贵,知道自己家没那么有钱,就说"不想要"的那种心情。

有什么关系,没有高档玩具,还不是开开心心地长大了?只是从陈列着这件玩具的橱窗走过去时,不爽了那么一小下而已。

"对了,你们……"小白抬头想跟沈放和阿星继续闲聊,这才发现两人都惊恐地睁大眼睛看着自己身后,吓得小白忘记了自己要说什么。

沈放和陆星移是面对球舱的破口坐的,白凌霄则是背对破口。看到那两人的表情,小白小心翼翼回头看,只见一把黑色长发从破口上面垂下来。

"鬼啊!贞子啊!"他尖叫着弹到了对面,和沈放阿星坐在一起哆嗦。

"闭嘴。还嫌把事搞得不够砸吗?"叶乔的声音从上方传来。

白凌霄他们的球舱撞击后卡在了管道的断口上,只有顶部和

第八章　奈落之底

管道之间有空隙。此刻叶乔正从顶部爬过来。她利索地将自己的两把刀扔进舱室，手撑在球舱的破口两边，一个滚身翻进了球舱内。

"队长，你能不能先出个声，头发在上面晃很吓人的好不好？吓死我了。"小白拍着胸口。

沈放嫌小白不会说话，在后面拉了拉他，适时拍上马屁，"大姐头，身手不错，能拍动作片了，比特效还酷。"

阿星一脸抱歉，"队长，这次全怪我们……要是我们能再警觉些就不会出意外了……"

叶乔没有理他们，拾起自己的刀后，往球舱外探了探。确定离地面不远，她一纵身跳了出去，打开光源照向四方。

"果然很大，超过我的想象。你们算是塞翁失马，竟然误打误撞发现了很重要的情报。这甚至有可能影响到猎户座的作战部署。但是，"她顿了顿，"作为一个任务来说，你们是彻底失败的。从猎人的角度而言，你们也完全不合格。"

三个人像犯错的小孩子，低头站成一排，不吱声等着挨骂。他们也知道自己神经太大条了。

"在行动中，发现任何有违常理的地方都要引起高度重视，不要以为幸运会永远在。因为疏忽造成的死亡，是对猎户座资源和战斗力的浪费。我们管这种人叫——"叶乔的目光从每个人的脸上掠过，"蠢货。"

"别这么凶嘛……"小白小声嘀咕。

阿星戳了戳小白，低头道："队长，是我们错了。"

"大姐头，下次我们会注意的。"沈放保证。

叶乔用锐利的目光看向沈放，盯得沈放有些不自在："传说

· 329 ·

零日传说Ⅰ·命运

几千年前,异兽在地球肆虐,人类无可奈何,死伤无数。先知挑中了一批最为敏捷智勇的人类成为猎人,赋予他们更善战的血脉。"

小白他们不知叶乔说这段话的用意何在,三个人面面相觑。

停了停,叶乔一字一顿道:"沈放,既然是被选中的人,就要好好对得起自己的身份。光是有勇无谋地没脑子乱冲,是不行的。"

"不用你说,我知道。专门针对我是什么意思?"听了这话,沈放非常粗鲁地打断叶乔,这很反常。

叶乔只是轻轻笑了一声,"你知道我为什么针对你说这段话。"

阿星向来是老好人,赶紧站到两人中间,岔开话题:"队长,这个洞穴要再探探看吗?北边的洞壁大概在往前走五六百米处,其他几个方向还没去过,反正光是照不到的。"

"你们在这儿等着,我去看看,很快回来。"

说完,叶乔闪身冲进黑暗,快速往北去了。

直到叶乔的身影和她戴的光源一起看不见了,小白才看向沈放,"队长刚才针对你的话是什么意思?"

沈放眼神有些躲闪,"我不知道。"

小白神经大条,没在意沈放的躲闪,"你别太在意了,她不还是经常说我?"

"还有我。"阿星补了一句。

叶乔速度很快,不到十分钟就回来了。她皱着眉,"今天的任务到此为止,跟我回去。"

第八章　奈落之底

"欸？不用再看看了吗？"

"管道这两天刚破坏，现在凭我们几人探索这里危险系数极高，忘了我说的猎人守则了吗？"

"记得的！"小白答道，"第一条，不做无谓的牺牲。第二条，不寄希望于救援。"

"知道就好。我拍了洞壁的照片，拿回去请上面研究一下再做安排。若要再次探索这里，也应该派更有经验的猎人来。"

"所以就这样回去了？"沈放有些不甘心。

"不然？"叶乔反问。

小白劝道："是啊沈放，回去吧，再待下去太危险了。保存实力嘛。"

沈放不再说话。

叶乔驾驶的球舱停在管道。几人从毁坏的球舱上面翻过去，搭新球舱返回。他们坐在座椅上，各怀心事地沉默着。

过了一会儿，阿星说道："会不会是我们太紧张想得太复杂了？我刚才又想到一种可能，说不定是普通的地质活动呢？像地震之类的，造成了那个空洞，也损坏了管道。"

"对呀！"小白一拍手，"我怎么没想到？"

"可能性很低。"叶乔否定了，"我观察过管道的断口，有高温炸裂或者是灼烧的痕迹，并不是地震能形成的。"

刚觉得事情出现转机的小白再次陷入低落，"所以，真的是异兽了？它们在那么深的地下做什么？"

"现在还不好说，但很可能地球上异兽数量比我们估计的更多。它们已形成聚群、并在地下建造巢穴，这不是不可能。"

"那、那我们弄丢了标本，会不会后果很严重？"

· 331 ·

零日传说 I·命运

"并不是十分重要的东西,只是研究材料,不至于非要把它找回来。但这一点我没想明白,如果是异兽来把标本拿走了,为什么没攻击你们?"

小白回味着晕过去时恍惚中看到的情形,"会不会是它们觉得没必要弄死我们?"

"它们不会放着到手的猎物不管,这件事我需要再想想。"叶乔凝重地说,"我希望你们不要再抱有任何侥幸的态度。危机真的开始了。"

第九章　群兽盛宴

1

白凌霄和沈放就读于树大五年前才建成的新校区，宿舍很新，是上床下桌的四人间。小白的室友分别是来自本省的周南、王力杨，和隔壁省来的应飞。

今天是周末。因执行任务一晚上没睡，他拖着疲惫的身子回到宿舍，将装有武器的登山包锁进柜子，正打算上床补觉，同寝的男生围了上来。

周南一脸讨好，"霄哥，不错啊。"

白凌霄不习惯，赶紧摆手，"叫我小白就行。"

那三个人一脸神秘和羡慕地看着他。

小白被看得毛骨悚然，"看什么看，没事我睡觉了。"

"你撞大运了。"王力杨说。

零日传说 I · 命运

"昨晚辅导员查寝了?"

"没有没有,是——"王力杨努嘴指了指他桌上,小白看到一堆零食吃完的包装袋。

"吃完扔了啊,留着干吗?"

"嘿嘿,"应飞不好意思地解释,"那是有人送你的。昨晚你一直没回来,我们通宵玩游戏,半夜太饿了,就忍不住吃了。你不介意吧?对了,"他从桌上的垃圾堆里翻出半包薯片递上来,"专门给你留的。"

白凌霄回来之前,和沈放他们已经在外面吃过了。他现在一点儿不饿,看着那堆垃圾也没胃口,就摆摆手。

"不吃?"应飞有些尴尬,把薯片重新放回桌上。

周南问:"我说,你就不关心是谁送的吗?"

"谁啊。"小白心不在焉地问。沈放?不对,昨天沈放是和自己一起出去的。再说,沈放才不会那么娘娘腔地送自己一堆零食呢。那是南宫、何念念?好像跟他们没这么熟。是南宫还在为上次破坏了围剿狮鹫的行动而自责,到处送零食赔罪吗?

"嘿嘿嘿,"那三个男生脸上的笑容更欠打了,"外语学院的王梓,知道吗?"

"王子?怎么不是公主?"小白吐槽。

"是木辛梓。"应飞一脸神往,"昨晚的迎新晚会,你没参加实在太可惜了。我们计算机学院女生是少,但外语学院、文学院好多美女的。昨天王梓表演了一段架子鼓 solo,现场五千人都要炸了。听说管院院霸放话说一定要把她追到手。"

"去去,"王力杨一把推开应飞,"别说得那么土鳖,什么院霸。那是管院大三的徐维北,富二代。"

第九章　群兽盛宴

周南说："霄哥虽然没看到王梓的表演，但也没什么遗憾，他被另一个大美女接走了嘛。霄哥，那个大美女是你女朋友吗？"

"大美女？"小白一愣，随即反应过来他指的是叶乔，"不是啦！我们只是普通朋友。还有，我说了叫我小白就可以……"

"不是女朋友，为什么跟她走了，一晚上没回来？"应飞笑得一脸猥琐。

"滚蛋，不是你们想的那样！"

"不是就好。"王力杨不再追问小白去干了什么，只道，"昨天晚上王梓送零食来，托我们问你有没有女朋友。"

"女朋友？没有。本大爷母胎单身十八年。问这个干吗？"

"怪不得你母胎单身，人女孩子问这个，说明她喜欢你呗！"三个人一脸这人竟身在福中不知福的痛心疾首。

"欸？不会吧。"

一张写着号码的卡片递到小白面前，王力杨晃着卡片说："我们已经把你的微信号给她了，这是她的。她说了，中午要请你吃饭。"

刚在地下探险了一整个通宵的小白躺在床上辗转反侧。本来说补觉的，现在彻底睡不着了。

王梓是谁？他在脑海里回忆打篮球时看台上的那几个女生，是她们之中的一个吗？想到自己中学时还是个无人关注的小透明，小白开始膨胀。当上猎人太好了，他的春天果然来了。可是对被女生喜欢这种事，他完全没有经验，想来想去，他给沈放发了条信息："喂，如果有女生喜欢你，该怎么做？"

"拜托，我在睡觉。你不好好休息发什么神经。"沈放懒洋洋

· 335 ·

零日传说Ⅰ·命运

的语音传来。

"别废话,给我传授点秘籍。你兄弟我春天到了。"

"哦,有女生跟你表白了?"

"极有可能。听说是个连管院院霸都看上的美女哦。"小白卖起关子。

"也不是什么很重要的事,值得你专门吵醒我睡觉吗?"

沈放的话让小白有些窝火,那个自恋的家伙怎么那么讨厌?小白后悔请教沈放这种问题了,问他简直是自取其辱。他不再回复,躺在床上自个儿琢磨这件事。

多年积累的不自信让他脑海里蹦出一个很不好的设想——会不会是室友他们联合起来整他的?照大家对王梓的描述,她应该是那种又漂亮又酷的女孩子。这种女生凭什么看上自己?

想着想着,他迷迷糊糊睡着了。

也不知睡了多久,小白被一阵铃声吵醒。他抓起手机一看,11:30,来电显示是个陌生号码。但小白一下想起王梓的事,赶紧摁了接听键。

"你好,是白凌霄吗?"那头传来一个女孩清脆的声音。

"是、是我。"

听到电话,那三个正在打游戏的室友扔下键盘鼠标凑了上来。小白用眼神白他们,他们却嬉笑着凑近了偷听。

"我是外语学院的王梓,嘿,想请你中午一起吃饭。我已经在你宿舍楼下了。"

"啊?这个……那个……"小白一时乱了手脚。王梓这是征询他人意见的语气吗?完全就是不容置否的命令。这种说话方式

第九章　群兽盛宴

还真像叶乔。

应飞推了推小白，悄声催促："愣着干什么，快答应啊！"

"那个……我……"

"我等你哟！"王梓说完，挂了电话。

这女孩子这么直接的吗？小白满腹牢骚爬下床，去卫生间漱口洗脸，盯着镜子里那个男生。内双的眼睛，鼻梁也没有很挺。也就是笑起来一副无公害呆呆的样子。虽然看起来还是不知道哪里讨女生喜欢，却比一年前那个走路背都挺不直的衰小子好多了。

他换好衣服出了门。

刚走出宿舍楼，站在对面树荫下的女生迎了上来。及肩发，白衣短裙，运动鞋。小白的心怦怦直跳——撞大运了，这妹子是我的菜！

她嬉笑着说："我就是王梓。"

小白正要自我介绍，女孩却又说："不用报名字了。我知道你是白凌霄，篮球打得很好的。"

小白只好挠着头傻笑。

"请你吃饭。想吃什么？"

"呃……"

"学校后门出去有餐饮一条街，韩国烤肉，小火锅，点菜，什么都有。"

"我都行。"

"那我们吃韩国烤肉吧！"

"嗯，好。"

零日传说 I · 命运

两人并肩走出校园。

王梓接着问:"你哪儿人啊?"

"我就是本地的。"

"噢。中学时有很多女生喜欢吧?"

"没有没有。呃,哪有什么女生喜欢我……"

"真的?"王梓脸上写着不信。

小白害羞地笑了笑。

从头至尾,王梓都主导着聊天,她继续发问:"昨天的晚会怎么没参加?"

"有别的事要忙。"小白如实回答。

"以后有机会来我们乐队看我表演吧。"

"你有乐队?好酷。"这是小白第一个感兴趣的话题。他想起中学时,自己就特别羡慕那些学音乐的艺术生,他们组了器乐社,课外活动时有一间专门的教室练习。其中弹吉他的男孩最讨女生喜欢。他也想买把吉他自己在家练练,不过觉得老妈肯定不会同意,就不了了之了。

王梓却说,"这不算什么,只是几个朋友一起玩玩。你呢?平时喜欢干些什么?"

"我嘛……没什么特别的。" 小白想了想。以前的自己是个没什么爱好的人。如果非要说,大概就是玩游戏吧,但也没有玩到能电竞的程度,只是个普通的一遇到高手就被虐的手残党而已。至于现在,平时在做的事是……屠兽。他苦笑了一下,真是个无法与任何人分享的"爱好"。如果没有成为猎人,说不定就可以在大学里实现学吉他的心愿,或者好好谈一场恋爱。可如果没有成为猎人,自己就还是会像以前一样弱,根本不会有自信,

第九章　群兽盛宴

也不会有女生喜欢了。

到了烤肉店，两人坐在靠窗的座位。点了菜后，王梓用手撑着脸，似笑非笑地看着小白。

小白被看得有些浑身不自在，"怎么了？"

"哈哈，觉得你可爱。没想到球场上那么敏捷的男生，现实里这么害羞。"

"啊？这个……"

氛围有些冷，小白不知该说什么。好在手机适时响起，一看是阿星来电，他有些奇怪。

"小白，我们在等你了，现在有空么？"

小白看了看对面的王梓，捂住听筒小声问："有状况？"

"不是状况，是有任务要我们去执行。"

"现在？"

电话那头换了人，叶乔的声音传来，"白凌霄，这次没直接去学校找你了，没让你难堪了吧？"

小白看了看对面的王梓，吞吐着："还好……"

"车停在校门口等你。马上拿了武器出来。"

"可我这边……"

"这是命令。"

挂了电话，白凌霄抱歉地看着王梓，"我突然有急事……"

王梓疑惑地问："很急吗？现在就要走？"

小白心虚地点点头。

她显然从未被人放过鸽子，声音里有些委屈，"不能吃了再去吗？菜都点好了。"

· 339 ·

零日传说Ⅰ·命运

"对不起,真的有急事。下次请你吃吧?"小白知道叶乔的脾气,让她等久了,还不知她会做出什么事来。他完全相信叶乔会做出找到他的室友打听出他的下落,再不顾情面地冲进来把他拎出去这种事。

王梓无奈地笑了笑,大度地说:"算啦,你去忙吧。我可以自己吃。"

这反而让小白更过意不去。他不住赔礼道歉,起身离开。

走出两步后,王梓在身后叫住他。他转过头。王梓脸上没有写着一丝不快,反而很真诚地问:"我们可以当朋友吗?"

小白感激地点点头,"当然了。"

"快走吧,拜拜!"王梓朝他挥手。

"嗯!"

小白快步往寝室跑着,穿过带有初秋气息的微风。他想起几个月前的心愿——"和过去那个胆小懦弱的自己告别。"

现在的自己,是不是已经不那么胆小懦弱、甚至能有女孩子喜欢了?

这么想着,他觉得浑身都充满了力量。

回到寝室,没人。室友们应该是去食堂吃饭了,免去了被追问的麻烦。白凌霄拿了登山包,去校门口和叶乔会合。

叶乔驱车往老城开。沈放也在,却扭头看向窗外,异常沉默。小白奇怪刚才为什么是阿星给自己打电话而不是沈放,偷偷问阿星:"怎么了?"

阿星小声说:"宋禾姐姐那边出事了。"

第九章　群兽盛宴

"啊?"小白悄悄看向沈放。

"你先别紧张,宋禾姐姐没事,但和她一起执行任务的一名猎人牺牲了。听说是遇到了穷奇,《山海经》记载它为中国古代的四大凶兽之一,而在猎户座机密资料记载的传说里,它与欧洲的海德拉、拉丁美洲的羽蛇神、非洲的卡托布莱帕斯并称四方凶兽。传说当四方凶兽一起现身之时,整个地球将遭遇灭顶之灾。"

叶乔听到他们的窃窃私语,开口道:"猎人牺牲很正常。我们早就有这种觉悟了,你们慢慢也会习惯的。"

沈放却说,"伙伴会死,喜欢的人也有可能会死,这种事怎么习惯?"

叶乔的语气还是没有波澜,"生离死别不是人生常态吗?无可奈何的事,介怀也没用。不如学会接受。何况,"她冰冷的声音里有了一丝柔和,"死去的战友会变成星星守护我们。"

"你会信这种自欺欺人的安慰吗?"

"我不认为这是自欺欺人。"

"可我只相信,如果在乎重要的伙伴,在乎喜欢的人,就让他们好好活着。"

叶乔轻声笑了一下,不知是在笑沈放的幼稚还是什么,"那要看你的本事了。这里有压缩饼干,你们没来得及吃午饭吧?吃一点。今天的任务可比送标本复杂。"

三人一人拿了一块压缩饼干,拆开包装机械地咀嚼。没有想象中的那么坚硬,仿佛是小时候爱吃的蛋黄酥。小白一边吃一边想着那家韩国烤肉店,心里有些沮丧。早知道多吃一些肉再来……

叶乔见他们吃得差不多了,问道:"记得之前我们被赤召抓

零日传说 I·命运

起来的那个地方吧?"

"嗯,仓库嘛。"小白点头。

"我向先锋官汇报了你们搁浅在地底时发现的那个巨大洞穴。先锋官认为它的确可能和那个关押我们的地方是连通的。他希望我们能从仓库进去,再探索一下异兽的地下巢穴。当然,这次行动战斗力有限,只做初步探索。"

"为什么不找一些更强的猎人,一次探全?"沈放问。

"这段时间以来成熟猎人伤亡非常严重。穷奇现身了,听说欧洲那边也出现了海德拉。这些异兽牵制了大量战斗力,因此才让你们这样的新人承担这种本不在你们承受范围内的危险任务。只做初步探索是折中的选择。"

没人再说话。所有人都暗自琢磨着即将面临的任务。

一记急刹,车在仓库边停下。这回仓库的闸门关着。小白正想问怎么办,只见叶乔二话不说拔刀上前,暴力破解了锁扣,随后用力将门撑开。四个人鱼贯而入。

上次索伦铲出的洞口还在,他们进入洞穴,才发现通往深处的入口处被一堆碎石堵住了。

小白、沈放和阿星上前砸了几下,碎石相互咬合,纹丝不动。

叶乔一副早有预料的样子,从背包里掏出一捆炸药。小白吃惊,"队长,你连这也准备了?"

"这很容易想到。这里是它们如今唯一暴露的入口,上次捉的人质又逃走过,它们怎么可能不堵住这里?不过,比起重新用水泥刷地面封住入口,现在这个做法可不怎么精致啊,看来它们

第九章 群兽盛宴

也赶时间。你们离远点,到拐角处等我。"

叶乔熟练地将炸药绑在巨石上,点燃引信,转身躲到一处隐蔽点。几秒后炸药爆破开石障,背后的通道展现出来。

叶乔走出来时已经戴好了口罩,做了个前进的手势钻进洞。

小白他们赶紧掏出之前发给他们的口罩戴上,跟着钻进去,往深处进发。

2

天刚亮。

欧式装修的公寓式酒店里,金发少年皱眉靠在沙发上,回忆到底是哪儿不对。到中国两个多月了,这段时间解决了三头不痛不痒的异兽,而狮鹫再没出现过。

时针指向早晨7:00。敲门声笃笃笃地响了三下。

"谁?"

"您好,客房早餐。"

"我没叫过。"

"是我们赠送的,表达对您这段时间居住的感谢。"

服务员声音很奇怪,像一个男人捏着嗓子在说话。索伦从猫眼看了看,一名身着酒店制服的男性服务生站在门口推着餐车,头压得很低,看不清脸。他无奈地取下防盗链打开门,没好气地问:"你怎么来了?"

来人很吃惊。他抬起头,恢复了正常语音:"少爷,您是怎么认出我的?"

索伦一手摘下对方头上的服务帽:"你头发都从下面露出

来了。"

"少爷真聪明。"

"进来吧。"索伦把门让开,"你来干什么?"

莱昂推着餐车走进屋,到了餐桌旁边,揭开银制的保温盖,一边将精致的早点摆在桌上,一边说:"这些天我不在,您有好好吃饭吗?这是今天我来之前委托这里的厨师专门为您准备的。"

餐具是洁白镶金边的骨瓷。食物包括一只表面烤得焦黄的牛角面包;一条烟熏鲱鱼,生菜切成细丝垫底,鲱鱼卷立在上面,旁边是一小匙鱼子酱作为点缀和调味;一份萨罗普蓝纹干酪沙拉;一个荷包蛋;一杯牛奶。早点摆好后,莱昂又依次放好餐叉和餐勺,退到一旁站好,"少爷,请您慢用。"

索伦坐下,"你不会就是专门来给我送吃的吧?"

莱昂有些吞吐,"不、不是。是……"

"有什么事就快说。"

"公爵有急事,要您赶紧回去。等您用过早点我们就走。"

"哦?他有什么事需要我啊。"索伦的语气里充满嘲讽。

"听说是……海德拉现身了……"

索伦愣了一下,随即继续手上的动作,将一块鱼肉放进嘴里。

"公爵受了伤。"

"哦。伤得严重吗?"

"还好没有大碍,只是一点皮肉伤。但海德拉袭击了多名猎人,很多人因此丧命。公爵大人说要你赶紧回去,协助重新封印这头异兽。"

"母亲呢?"

第九章　群兽盛宴

"夫人没事。"

"她回家了吗?"

"没有。据说在外面执行别的任务……"

"嗯。"索伦继续吃着早餐。

"少爷,我这就去帮您收拾行李。"

"你不吃点吗?"

"我刚才在后厨吃过了。"

莱昂将柜子里的衣服叠好,装进旅行箱,又把索伦的剑取下。他收拾起来如行云流水般流利,在索伦吃好前完成了所有工作。

索伦不紧不慢地用完早餐,用餐巾擦了擦嘴。柠檬水漱口过后,他拿上剑,"走吧。"

"好的。少爷,您愿意回去帮忙,公爵一定很高兴。"

索伦大步在前走着,莱昂手忙脚乱跟在后面。索伦直奔停车场,莱昂好不容易赶在他发动前上了车。"少爷,您慢点儿……"他喘着气,"去机场吧,公爵派了飞机来接你。这次有专门的驾驶员。"

树城没有机场。机场位于80公里外的另一座城市。索伦一言不发,一脚油门到底,在道路上疾驰着。

到了机场,那架猎鹰2000LC已经在滑行轨道上等着了。索伦没有去想父亲是怎么做到让私人飞机优先占用跑道的,他也并不因此感谢父亲的富有和权力。虽然不得不承认,金钱和权力能解决几乎所有问题。但对他而言,所谓的"解决"不过是事后的弥补。这两样东西,全是他人生悲剧的根源。

零日传说Ⅰ·命运

　　索伦在座椅上坐好，系上安全带。飞机即刻出发。

　　莱昂坐在一旁，看着索伦痛苦的样子，决定说些什么。"少爷……都两年了，您还没原谅公爵吗？"

　　"才两年而已。"索伦挥了挥手，让莱昂什么也别说。他闭上眼睛，戴上眼罩，想着两年前发生的那件事。

　　当然不会原谅。就算过去十年、二十年，也不会原谅。

　　莉莉娅死去时双眼仍旧睁着，但瞳孔里没有恐惧，只有望眼欲穿的等待。索伦一闭上眼就会感到那双灰色的眼睛正炽热地注视自己。她在等自己来，但自己最终没能赶上。索伦知道愤怒于事无补这个道理，但他决定在这件事上纵容自己的愤怒。

　　这是为了不要轻易忘记那个女孩。

　　与莉莉娅初见，是在一次款待客人的晚宴上。

　　索伦从未去学校上过学，教育是由父亲请来的家庭教师完成的。父亲要求他掌握四门语言，除母语德语外，他选择了英语、俄语、中文。

　　教他俄语的老师是地道的俄罗斯人，在奥地利一所大学担任文学教授。十六岁那年，父亲邀请几位老师到家里参加晚宴，并让他们带家人一起。俄语老师带来了她的女儿莉莉娅。

　　晚宴时，兰彻斯特公爵和索伦分坐长桌两头。所有客人在两侧列席，莉莉娅排在后面，正好靠近索伦这边。每个人面前叠放着两个餐盘，餐盘左边是大小不一的三把餐叉，右边是两把餐刀、一只茶匙和一只汤匙，上方是一副甜点叉匙。左上角摆放着一个黄油盘和面包刀，右上角依次摆着水杯、红酒杯、白酒杯和咖啡杯。最左边是一张26英寸的餐巾。

第九章 群兽盛宴

开始进餐后，索伦饶有兴味地观察着莉莉娅。

莉莉娅和他年龄相仿，看起来受过良好的教育，但并非贵族子女。索伦想看她在面对这些繁复的餐具时慌乱不知所措的样子，以前那些来家里做客的人就常常这样。有时是些猎人前辈，他们鄙夷地扫视了一眼餐具，最后干脆用一把叉吃到底。父亲倒并不在意，任由他们胡来。但下次请猎人来家里做客，仍旧要求仆人依最上级的贵族礼仪摆桌。

然而莉莉娅并未如索伦所料地出错。虽然不熟练，每样菜上来后，她都要思考一阵该用什么，最后还是几乎全用对了。

她发现索伦一直盯着自己，像是知道他心思般说道："怎么，想看我出丑吗？"

索伦愣了愣，坦诚道："是。可惜很遗憾，你全对了。"

莉莉娅并未生气。她一头亚麻白的长卷发，眼瞳是深邃的灰色，看起来有种不可侵犯的高贵感，却很亲和地笑道："别把我当笨蛋。我虽没参加过这样的宴会，但来之前专门查了资料学习的。"

"可惜你的衣服不怎么样。"

"抱歉，这是我最贵的连衣裙了。"

"你应该穿晚礼服。"

"没有那种东西了啦！"

这个女孩强烈地吸引了他。索伦觉得有一团火飘进了自己心里，在里面燃烧。

"索伦。"一位老师叫道，"等你长大了，想做什么？"

索伦不知该如何回答，求助地看向父亲。

这些老师并不知道兰彻斯特家族猎人的身份。父亲帮索伦掩

零日传说Ⅰ·命运

饰过去,"自然是继承家业。"

另一位有些学究、教欧洲史的老师不合时宜地道:"公爵阁下,恕在下无知。您这张餐桌看起来是文艺复兴时期的风格,而桌腿上的纹饰,实乃在下见所未见。是专门定制的吗?可否告知在下有何寓意呢?"

这张长桌由紫檀木制成,桌腿上浮雕着一位剑士与一头怪兽对峙的纹饰。

"这是皇室专门赐予我兰彻斯特家族的族徽。据说祖上英勇善战,从一只猛兽口中救下皇室,从而得到了公爵的封赏,世袭至今。"

"原来如此。是在下孤陋寡闻了。"

大人们又开始谈其他无趣的话题,莉莉娅小声问索伦:"你没有自己想做的事吗?"

"父亲说了,继承家业啊。"

"你真的感兴趣?"

索伦神秘地笑了笑,"不是你想的那种家族生意。这是一件很有趣的事,可惜恕我没法告诉你。"

"小气鬼,告诉我又怎样?"

"等以后吧,有机会的话,"索伦心中一动,微笑了一下,"你会知道的。"

在餐桌上坐够两小时,直到吃完最后的果盘,大人们才移去客厅继续交谈。索伦带莉莉娅去了庄园。两人在花园的小径里走着。

"我已经上大学了,是班里年纪最小的学生。可能是从小就

第九章 群兽盛宴

看妈妈的书吧。不要小看我啊，教授都夸我很有天赋的。所以没什么我不能理解的，你的家族生意到底是什么？"

索伦笑而不答，只问，"上学好玩吗？"

"是的，有开心的事，也有不开心的。会交到志同道合的朋友，但也会遇到很讨厌的人。因为我年纪小，之前上中学一直被班里的混混欺负。不过现在上大学好多了。"

"有人欺负你？下次你告诉我，我帮你打他们。"

"这话可不像贵族公子说出来的。你没他们壮，又一个人，怎么跟他们打？"

"不要小看我。"索伦学着莉莉娅的语气，"我打架也……很有天赋的。"

"没事啦。不管怎么说，学校里还是开心的事比较多。"

索伦不住央求道："再多给我讲讲学校的趣事吧。"

"你真的一天学也没上过？"

"没有，父亲都是请老师到家里来。"

"真惨。"

"你也觉得我很惨吧？你是第一个这么说的人。其他人都说我不懂得体谅父亲的良苦用心。"

"那千万别告诉他们我这么说。"女孩做了个鬼脸，"你平时一个人在家，不孤独吗？"

"孤独？"索伦想了想，点头承认，"是的。"

女孩停下来，"可以问你一件事吗？"

"只要不是关于家族生意的……"

"不是。"女孩正色，"你……妈妈呢？"

"她……"索伦垂下眼睛。那个女人也是猎人，和兰彻斯特

· 349 ·

零日传说 I · 命运

家族结姻生下他后,不常在家里。好像和家里人也没什么感情。她说自己不习惯贵族礼仪,父亲给她买了一套普通公寓,她一直独居着。

莉莉娅看着索伦的表情,抱歉道:"对不起,我不知道……"

"不是你想的那样。她仍在世,只是不怎么住家里,不常和我们在一起。"

"噢。"莉莉娅露出松了一口气的表情,她抬手看了看表,"不早了,我得跟母亲回家了。"

"要走了吗?"索伦流露出不舍。

"用手机联系啊。"莉莉娅做了个打电话的姿势。

两人交换了号码。

莉莉娅昂起头,学着贵族小姐的样子骄矜地抱怨:"绅士应该主动问女士要电话的。"

"对不起,"索伦脸红了,"是我没想到。"他没有过跟同龄人这么交流的机会。

莉莉娅朝索伦莞尔一笑,"再见。"随后小跑着穿过小径,披着一身星光消失在茂盛的植物枝叶之中。

图书馆里,榉木书架渐次排列,仿若没有尽头。莉莉娅熟练地穿梭其间,嘴里念念有词:"啊哈,终于找到了。"她抽出一本装帧古雅的书。

是本《希腊神话》。

这段时间以来,索伦一有空就到莉莉娅就读的大学找她。莉莉娅带他到系里听课,久而久之,教授和同学都知道了这位金发少年名叫索伦,是莉莉娅的男朋友。下课后,莉莉娅爱泡在图书

第九章　群兽盛宴

馆,索伦就陪她在图书馆待着。

两人席地而坐,倚在书架上。莉莉娅迅速翻着那本希腊神话:"索伦,还记得你家餐桌上的浮雕吗?我一直觉得那头怪兽的形象好像看哪儿描述过,终于让我想起了。啊,找到了。"

她举起书,断断续续念起来,"……他先命令柏勒洛丰消灭危害吕喀亚的怪物奇美拉。这怪物是巨人堤丰与巨蛇厄喀德那所生的儿子,它上半身像狮子,下半身像恶龙,中间像山羊,口中喷着火苗,烈焰腾腾,委实可怕。天上诸神都可怜这个无辜的年轻人。他们眼见柏勒洛丰将要遭到大祸,便急忙派波塞冬和美杜莎所生的一匹双翼飞马珀伽索斯去援助他……柏勒洛丰驯服了飞马,他把辔头套在马头上,然后穿上盔甲,骑马腾空而行,弯弓搭箭,射死了怪物奇美拉。"

索伦的心开始怦怦直跳。这段描述他太熟悉了,这些记载古时人类——或者说是神——和怪兽作战的古籍向来是猎人的圣经,猎户座普遍认为,这些是被神话了的先知和猎人祖先的战斗记录。

莉莉娅放下书,"你说,你家餐桌上雕的那头怪物,是不是奇美拉呢?狮子的头,山羊的身,恶龙的尾。是吧?"她转头去看索伦,被吓了一跳,"你脸色怎么这么难看?"

索伦平复了一下心绪。此刻他有一种强烈的冲动,要把关于异兽的真相,把自己作为猎人的使命,全盘告诉莉莉娅。只要莉莉娅同意保守秘密就行了。虽然父亲一再强调,猎人的使命就是不让世人得知异兽的存在,消除一切异兽存在的痕迹,粉饰这个世界的太平。这些话从小听到大,像信念一样印刻在索伦心里。而此刻,那种想要吐露倾诉的冲动,让他几乎有些震颤。"莉莉

零日传说 I · 命运

娅……"索伦张了张口,喉咙无比干涩。那团秘密有如火焰,焚烧着他的魂灵。

"亲爱的,"莉莉娅被索伦的样子吓了一跳,她半开玩笑地问,"怎么了?莫非你见过这种怪物?"

索伦侧过身,将莉莉娅紧紧抱进怀里。莉莉娅感到他浑身在颤抖,于是轻轻拍着他的背。索伦颤抖个不停,莉莉娅开始吻他。两人像在分享一枚软糖那样,轻盈又甜蜜地吻着。索伦舔了舔嘴唇,捧起莉莉娅的脸,他们鼻尖碰在一起,卷曲的睫毛也几乎要碰在一起,"答应我,你会为我保守一切秘密。"索伦做出了他的决定。

"你想说什么?"

"你记得第一次见面时,问过我的问题吗?你问我,我将继承的家族事业是什么。"

"是的。"莉莉娅赶紧坐好,"现在愿意告诉我了吗?"

索伦点点头,"我们家以屠兽为生。不是猎杀狮子、老虎、豺狼。我们的猎物是——就像你刚才说奇美拉那样的——异兽。它们的存在并不是神话传说,我……我……"索伦急促地呼吸着,更多的细节,他发现无从说起了。

莉莉娅眨了眨眼,试图理解刚听到的一切。她看着索伦的表情,打消了询问他是否在开玩笑的念头。她只是伏在索伦耳边,非常轻地说:"我知道了。"

索伦捂住自己的脸,让呼吸渐渐慢下来。半分钟后他站起身:"对不起,刚才是我失态了。"他朝莉莉娅伸出手。

莉莉娅握住他的手,借力站起:"我不会再问,也不会跟别人说。"

第九章　群兽盛宴

两人拉着手穿过榉木书架，走出图书馆，一级一级下着台阶，没有说话。只是手握得很紧。

"索伦，你俄语老师的女儿叫什么名字？"父亲的声音传来。

屋内没有开灯。索伦刚约会回来、正轻手轻脚穿过门厅。他被父亲的声音吓了一跳，随即故作镇静地答道："莉莉娅。"

适应了黑暗后，索伦能看到父亲正襟危坐在沙发上的身影。"你喜欢她吗？"父亲问。

"喜欢。"索伦坚定地回答。

"喜欢可以，我也不反对你们谈恋爱。但你应该知道，作为兰彻斯特家族的继承人，你不可能娶她。我希望你明白这一点。"

"为什么？"索伦提高了音量，"因为她不是贵族出身吗？可母亲也不是贵族，您还不是……"

父亲发出一阵意味深长的笑声，让人毛骨悚然，"儿子，你说得对，但也不对。你不能娶她的确因为她不是贵族，但你知道，我兰彻斯特公爵从不以金钱、权贵论贵族。于我而言，判断贵族与否的标准只有一个，那就是猎人血脉的纯净程度。"

"您什么意思？"索伦感到心往下沉了一下。所有让他困惑的事情被撕开一条破口，迎刃而解。

"我的儿子啊，你很聪明，稍微想想就能明白。娶普通女子，只会让我们的血脉越来越弱，甚至几代后还能不能遗传下去都是问题；但娶一个拥有猎人血脉的女子，我们的后代就会越来越强。只要这样，作为四脉之一的兰彻斯特家族，有朝一日就能成为最强的那一支……"

"原来如此。"索伦打断了公爵的话，声音变得冷冰冰的，

零日传说Ⅰ·命运

"怪不得您和母亲之间毫无感情,怪不得母亲从来不住家里。原来你们在一起,就是为了……"从小到大索伦没说过脏话,但此刻有一个词,不由自主从他的喉咙滚上来,再由牙缝挤出,"配种。"

父亲并未生气,仍不缓不急地说:"皇室赐予我们家族爵位、庄园、族徽,我们自然要时刻铭记身上的使命。"

"爵位,庄园,族徽,都是您的。我可以不要。"

"孩子,不必这么激动。你尽可以和那个莉莉娅谈恋爱,我并未制止啊。我只是希望你知道,你的婚姻应该由血脉决定。以后你会明白的。"

"父亲,我不想再听到您这样的言论了,让我感觉肮脏。"索伦摔门而出。

"少爷,少爷!"莱昂从佣人间跑出来。

"跟好他,开间酒店让他好好休息。"公爵命令道。

"是。"莱昂弯腰行礼后,慌乱地换好鞋,去追索伦了。

索伦掀开眼罩,揉了揉太阳穴,拉开遮光板,看着窗外蔚蓝的晴空和下方层叠的云彩。莱昂见他醒了,立刻上前询问:"少爷,想喝点什么吗?"

"不用。"索伦摆了摆手,"我们到哪儿了?"

"现在大概是……"莱昂操作座椅背后的面板查询,"俄罗斯西南部的上空。"

索伦皱着眉。他知道,最痛苦的那段回忆要涌上来了。不知为什么,和莉莉娅交往的那些美好细节瓦解得很快,它们变成一点点的碎片,消融在记忆深处,但最后那最为悲伤的一幕,始终

第九章　群兽盛宴

铭刻在心间。

他不知自己该向异兽报复，还是向父亲报复。或者两者兼有。

"莉莉娅，告诉我。我该怎么办？"

3

地下洞穴和上次来时一样，索伦做的几处标记也都还在。白凌霄松了口气，至少这证明那些异兽并不十分神通广大，不至于让地底洞穴构造改变、凭空消失之类的。可当他们稍微往里深入了一些，才发现不少通道都被巨石堵上了。

"队长，它们真的是有意要把路堵住，不让猎人进去。"小白说。

叶乔点点头，"一路炸进去不是办法。现在我们已经深入它们的地盘了，响动太大有可能将异兽引来，更可能引起塌方。"

"那怎么办？"小白伤脑筋地抓着头发。

沈放道："小白，你不是说过你上次来救我们时，是泥巴带路找到那个洞室的吗？"

经沈放这么一问，小白才想起来，"是的！它能追踪到异兽的气味。"

叶乔狐疑地问："泥巴？"

"就是那只小蜥蜴，你看。"小白在心底叫泥巴出来，小蜥蜴果然在一团绿光中出现了。

叶乔盯着泥巴，"这就是封印在你体内的异兽？"

小白赶紧解释："它帮过我很多忙，现在已经是我的伙

零日传说Ⅰ·命运

伴了。"

泥巴眨着无辜的大眼睛，讨好地看着叶乔。

一向冷冰冰的叶乔被它萌得心头一软，默许了它的存在。小白赶紧跟它使眼色。泥巴接到小白的讯号，嗖地蹿到前面，自告奋勇要带路，叶乔有些怀疑地斜睨着它问白凌霄，"它靠谱吗？"

泥巴听到这句话有些生气，嘶嘶叫着转身，挥舞小爪子抗议。小白一把将它揽进怀中，抚摸着它后颈安慰，"好了好了，别这么小气。队长只是一向都很严谨。乖，去带路吧。看你的了。"

泥巴小爪子握拳一挥，重新蹿到最前面，仔细嗅着空气里的气味。众人跟在它后面。

小白看了看叶乔的脸色，怕她对泥巴产生芥蒂，絮絮叨叨解释着，"队长，不管它是什么，一直都站在我们这边帮我们倒是真的。不能因为它长得比较奇怪就一定要列为敌人吧？喏，你看，它很可爱的。"

"行了，我又没说要把它怎样。"

听叶乔这么说，小白松了口气。

上次进入这里因为急着救人，小白并未仔细观察环境。此番再探，才惊觉这个地下世界的构造比想象中要复杂得多。这里宛如一个构造繁复千百倍的巨型蚁穴，每进入一个洞室，可能都会再多出另三四条通道可选；每一条通道里，又分出三四条支线；一条通道的尽头，可能是三四个洞室的入口。

索伦做过标记的路线，几乎都被封死了。

叶乔说："它们并不笨，看出了那是猎人的记号，为了避免

第九章　群兽盛宴

猎人沿原路攻进来，就封死了那些路。但这地下巢穴四通八达，必定有很多条路线能进去。"

"道理我都懂，"沈放说，"但路况这么复杂，它们自己不会迷路吗？"

"异兽、兽人无论是嗅觉还是触觉，都数倍强于人类，我们感受不到的讯号，它们却能感受到。它们可以用气味做标记，要想出去，也可以通过感受风灌进来的路径。"

"那我们现在怎么办？"

叶乔想了想，"它们并没有把所有路线全部堵死说明两点：第一，它们需要这个地下网络上到地面的出口，哪怕知道猎人发现了这里，也舍不得将它彻底摧毁；第二，它们有信心让猎人要么进不来，要么进来了就出不去。我们必须时刻保持注意力高度集中。但是，"叶乔挑起嘴角，"我们有了通行的王牌。"

"那是。"小白听到叶乔夸泥巴，骄傲地接话头，"关键时刻还得靠我的宠物嘛！"

小蜥蜴听到主人夸自己，露出个和小白如出一辙的得意表情。它贴近地面仔细嗅着气味，带着大家前进。叶乔坚持用一些碎石摆出随机的形状做记号。

"待会儿让泥巴再带我们出去就好了，队长，你没必要再做标记了。万一让异兽发现怎么办？"

"我用碎石做出的标记几不可辨，比起索伦用剑在石壁上画的记号，它们应该发现不了这个。另外，记住我的猎人守则第四条——多留退路，不到万不得已不要孤注一掷。或者说，不要把所有鸡蛋装进同一个篮子里。"

"知道了。"小白吐了吐舌头。

· 357 ·

零日传说Ⅰ·命运

这时，小白发现泥巴开始躁动不安地微微颤抖。再看阿星，他神色凝重地侧着头。"你们怎么了？"

阿星皱着眉，"有没有听到什么声音？"

叶乔最先回应，她很快从背上拔出双刀，警觉地说："确实有。"

小白和沈放也不由自主握紧了武器，静静聆听。一阵如天边夏雷的低吼断断续续地隐隐传来。因为声音太微弱，让人感觉像是耳压升高的轰鸣，所以他们之前并未在意。小白一哆嗦，"队长，怎么办？"

叶乔思索了一会儿，决定道："去看看。"

小白蹲下拍了拍泥巴的小脑袋，"看你的了，带我们去找这个声音的来源。"

泥巴接受了使命，嘶嘶往前溜去。

一行人跟着它朝巢穴深处走，那个声音越来越响，越来越清晰，听起来像是有节律的兽鸣。大家不敢发出响动，轻手轻脚朝声源靠近。

进入一条通道后，他们到了已经不需要泥巴也能够彻底听清这个声音的位置。声音从这条通道的尽头传来，那一头还跃动着光亮。几人对了个眼色，更谨慎地走到通道口，探头看去。

这一看，让所有人倒吸一口凉气。

不同于之前的路径仅有轻微坡度向下，这个通道尽头路便没了，成为几乎接近九十度急转直下的峭壁，往下约百米是一个大坑。坑底，几百头各种各样的异兽整齐有序地排列，犹如人类古时的军队方阵。方阵前方，一团篝火熊熊燃烧，一名兽人在说着

第九章 群兽盛宴

什么，他身后站着另两名兽人。

"你们看！"小白低声道，"后面那两个兽人里的一个，是不是赤召？"

"是他。"叶乔确定道。

几人握紧了武器，静静等待叶乔的指示。

因为距离太远光线太暗，看不清另外两个兽人的样子。兽人说的应是它们的语言，小白看向叶乔，叶乔摇摇头，表示也听不懂。兽人一席话结束，异兽方阵里响应起咆哮，各种不同的叫声混在一起，犹如滚滚雷声。

在看到这个场景以前，小白想象中的异兽是一群蛮荒兽类，无非是漫无组织地蛮横入侵、再被猎人逐出地球罢了。即便有一些兽人显示出智慧和组织性，但也不成气候。而此刻它们显然不是想象中的那种蛮荒兽类。它们理解语言，能够听从兽人的发号施令，显示出惊人的智力，更具有可怕的组织性和纪律性。

小白太过震惊，以至于忘记害怕。"我们刚才听到的就是这声音啊。"

沈放强装着冷静，"啧，看不出它们还有组织。"

阿星推了推眼镜，"是全世界的异兽都集中在这儿了吗？"

"就怕全世界都有这样的巢穴了。"叶乔的声音无比冰冷。她将智能腕表的录像功能打开，对着坑底录像。

阿星继续问："你们看，它们这个样子，像不像战前誓师？"

"战前誓师……你是说，它们要发动总攻了？"小白额头冒汗。

阿星点点头，转向叶乔询问："队长，异兽之前都是一头两头地出现，最多也不过是上次成群来袭击我们的六腿鬣狗了吧？

零日传说Ⅰ·命运

可是如此多种群、如此多数量的异兽集体进攻,在猎人历史上遇到过吗?资料库里的屠兽史我还没来得及看。"

叶乔摇头,"据我所知是没有,起码在有记录的历史上是没有的。这样规模的异兽如果同时发动攻击,即使世界上所有猎人同时出战也不一定有胜算。十八年前,在大兴安岭区域发生过一次被称作'北境狩猎战'的混战,大概就是近百年来规模最大的一场人兽之战了。四脉之一的林修平在那一场战争中封印了穷奇,却也就此失踪。而就算是那场北境狩猎战,出现的异兽也远少于现在聚在这里的这些。"叶乔的声音仍然冷静,但多了一丝忧虑,"但愿这就是它们全部的兵力了。"

"可惜这种可能性很小。"阿星理智地分析,"没理由全世界的异兽都一下子集中到中国地下。"

小白有些吃惊,"那我们更没有胜算。对了,队长,世界上大概有多少猎人啊?"

叶乔低声答道:"在启动'唤醒计划'以前,真正的猎人无非一两千人。去年开始遴选带血脉的新人加入进来,也不过五千多人而已。但新人都还没成为成熟猎人,是无法应对这种战争的。而且,"叶乔顿了顿,克制住声音里的波澜,"这次异兽大规模入侵以来,我们的成熟猎人大概已牺牲四分之一。"

"战况这么惨烈?"小白起了一身鸡皮疙瘩。

沈放插话,"别泄气了。这不是运气好让我们看到了吗?那正好来个一锅端。大姐头,敌在明我在暗,在这样的环境里搞个炸弹什么的扔下去,它们就全玩儿完了吧?你不是带了炸药来吗?"

叶乔沉思了一下,从智能手表上调出高度计,读数显示这里

第九章　群兽盛宴

位于地下一百多米处，"这里太浅了，空间又太大，要炸死它们所需的能量足以引发地震，撼动地表。而这个经纬度……"叶乔调出定位看了看，"上方是城区，地面塌陷会造成上面民众的极大伤亡。而小能量的普通炸弹或许能炸死一部分，但无法确保一次性彻底摧毁它们。别忘了，它们只要察觉危险，是随时能消失逃回异界的。目前为止它们还未招摇过市攻击普通人，到时若是逼急了它们，玉石俱焚，后果将更为严重。"

"那到底怎么办？"小白着急地问。

叶乔想了想，"先撤。"

"就这么走了？"沈放不甘心。

叶乔说："沈放，要我教你多少次，别做无谓的牺牲。我们此行的目的仅是探索，现在有了结果，可以回去向先锋官汇报了。"

小白忙不迭点头，"队长说的有道理，快走吧，被它们发现就完了。"

叶乔做了个撤退的手势。

小白立马起身往回跑，却因太急踢到一块石头。石头沿着巷道滚落下去，哐哐几声。

几人一愣，看向小白。小白惊慌失措，脚底一阵发麻，直贯头顶。

坑底传来一声尖利的鸟鸣。

不好，被发现了！

有鸟要飞上来了！

这条通道很长，想跑出去已来不及。叶乔观察四周，见一处凸起的石结，飞快贴身躲到它后面。众人也反应过来，各自找了

零日传说Ⅰ·命运

凸起的石结躲到后面。

几乎与此同时,通道口出现一个巨大的影子。

是只巨鸟。

它收起翅膀,停在通道口,大约有两米高。昏暗的光影里看不清它的具体模样,只见它侧过头,散发着幽幽赤光的眼珠子咕噜转着朝通道内打量。白凌霄紧张得心怦怦直跳,却又不敢大口喘气。此刻若被发现,就算有一百个叶乔也必死无疑!

巨鸟迈出粗壮的利爪,一步步向通道里走来。

躲在最前面的是沈放。

巨鸟只需再走十几步,就能发现躲在那处石结后面的沈放。随后依次是叶乔、阿星、小白。

一步。

白凌霄咬着嘴唇,悔恨万分。为什么每次掉链子的都是我?为什么就是不吸取教训,总那么毛手毛脚?

两步。

该怎么办?神啊,求求你告诉我,现在该怎么办?

三步。

小白对上了沈放的眼神。沈放脸上是释然的微笑,眼睛里闪着坚毅的光。小白很熟悉他这个表情,每当他做出这个表情,就表示他又要打肿脸充英雄了。

四步。

小白夸张地对沈放做着口型:你想干什么?给我停下来!

五步。

小白看见沈放握紧了他手里的爪刀。他知道沈放要干什么

第九章　群兽盛宴

了。他想从石结后面跳出去和巨鸟硬拼。

六步。

因为阿星和自己躲在一侧,小白此时无法看见他,不过想来他一定也做好准备了。好吧,那就一起拼了!小白冲沈放点点头。

七步。

沈放却对小白拼命摇起头来。怎么,不是要硬拼的意思吗?

八步。

摇头过后,沈放竖起食指,比了个"1"的手势。然后指向了自己。

九步。

小白终于明白了沈放的意思。那个总幻想当英雄的白痴,他是想自己一个人跳出去,以死掩护大家。小白无助地看向叶乔求救,叶乔的脸冷若冰霜。

十步。

小白知道,没办法了。今天这个状况怎么都得有人承担责任。不是一个人送死,就是所有人全都被发现一起死。好吧,既然是我惹出的祸,就让我来承担责任好了。才不能每次都让沈放出尽风头啊。没有时间犹豫了,必须在抢在沈放之前跨出去。

十一步。

小白刚抬起腿,泥巴一溜烟跑了出去,蹿到巨鸟面前,和巨鸟对视着。

所有人一愣。

有转机!

零日传说Ⅰ·命运

白凌霄吃惊地看着泥巴。它做无辜状,鼓起腮,扇动小翅膀卖萌,发出咕咕的声音,同时用尾巴扫着通道里的碎石子,将它们弄得哗哗作响。它使劲吐了团小火苗,表明自己也是异兽,和巨鸟是一伙的。巨鸟警觉的眼神稍微柔和了一点。它用自己的长喙轻轻啄泥巴,泥巴吓得一哆嗦瘫在地上。

然后,巨鸟叼起泥巴,往巨坑飞去。

小白心里一空。

泥巴"嘶嘶"的叫声从坑底传来。小白此刻顾不得别的了,他从藏身处冲出,想要探头出去看泥巴在坑底的状况。叶乔过来一把将他横胸拦住,拎起他往反方向走。她扫视了一圈环境,斩钉截铁命令道:"撤!"

"是!"沈放和阿星醒悟过来,紧跟在后面。一行人沿记号急速返回。

"放开我。"小白奋力挣扎,小声叫嚷,"我不走,你们别管我,我不能丢下泥巴不管。你放开我!"

"少废话,你给我老实点儿。"叶乔捂住小白的嘴,提着他后领拖着他往外跑。她力气很大,小白根本挣脱不了。

它也救过你们,你们就这样抛弃它吗?小白想喊,但嘴被捂住,只能发出"呜呜"声。他知道叶乔的做法是对的,可他就是接受不了。也不清楚是在生自己的气还是在生叶乔的气,小白无能为力地哭了。

"都成年了,又不是小男孩,哭什么哭。"叶乔低声训道。

是啊,哭鼻子真丢人。可为什么就是忍不住呢?

小白从小就很喜欢小猫小狗,可老妈一直不让养。这么多年来都幻想着要是能有自己的宠物就好了,路上看到别人家遛狗都

第九章　群兽盛宴

挪不动腿，要蹲下去摸半天。

初二那年放学回家的路上，小白在路边摊买烤肠。一只流浪狗走到他脚边，眼巴巴地看着他手里的食物。小白被看得受不了，把烤肠给了它吃。结果这只流浪狗就赖上他了，跟了他一路，一直回到家里。

老妈一看到这只跟回来的灰扑扑的小狗就炸毛了，严令禁止小白把它带回屋，非要小白立刻把它送走。小白央求就多留一晚也不行。老妈的态度非常决绝。她揪着小白下楼，那只狗也只能跟在小白后面下楼。到了小区里，小狗像是知道老妈不欢迎它似的，摇摇尾巴离开了。它一边跑一边依依不舍地回头看小白，直到看不见。小白看着它屁股一扭一扭地奔跑着消失在茫茫夜色，鼻子一酸就掉下眼泪。

虽然泥巴看起来很衰，也不知道它到底是异兽还是什么。但它是自己真正意义上的第一只宠物吧？暑假时朋友们生死未卜，也是它陪着自己上刀山下火海的。要不是自己笨手笨脚踢到什么石头，今天的任务本来可以用"完美达成"来形容。还以为自己已经不再是过去那个什么都做不好的男孩了，结果全都是自己的一厢情愿。自己还是把一切都搞砸了。

一个把事情搞砸的倒霉蛋有什么资格说三道四？没把大家害死就算万幸了啊……这么想着，小白丧气地不再乱动，机械地跟着叶乔的步伐撤退。

四人回到地面，席地坐下大口喘气。

叶乔拍拍身上的灰冲小白说："抱歉，我刚才比较粗暴。"

"这不怪你。"小白小声说。

零日传说Ⅰ·命运

叶乔安慰道："你不用太担心了。它是异兽，最多算是被自己的同类接走，回到该去的地方了。异兽们不会对它怎么样。"

白凌霄底气不足地反驳，"它是我的宠物，是我们的伙伴，才不是什么异兽……"

"你这么说也改变不了事实。我没说异兽不好，至少到目前为止，我承认它是我们的伙伴。"

小白赌气地撑着脸。他揉了揉胸口，一想到现在那块胎记已经不在那儿了，就觉得身体像被挖走了一块一样，空洞洞的。

对了，不是可以让泥巴回到身体里吗？或许也可以远程控制？

小白集中精神，在心里默念着让泥巴快回来。可是根本不起作用。他完全感觉不到它的气息了。

沈放和阿星一左一右看着小白。他们不知该怎么安慰他才好。

小白长长地呼了一口气，叶乔说得对，同为异兽，泥巴应该没有生命危险。也许它会跑回来找自己呢？它的鼻子那么灵。这么安慰着自己，他才觉得稍微好受些了。可一想到刚才撤退时叶乔决绝的模样，还是生气。这个女孩子的心怎么会那么硬啊！

叶乔不再理会小白，虽然仍是不容置否地安排任务，语气却罕见的温柔，"这两天发生很多事，大家都辛苦了。我待会儿先送你们回学校，好好休息准备，过几天我会带你们一起去营地找先锋官详细汇报今天的情况。"

他们……还能做多久的猎人呢？叶乔甩了甩头，想抛掉这个想法。

小白故意找茬嘀咕着："后天就是星期一了，大学正式开课，

第九章　群兽盛宴

沈放，你们系也是吧？"

沈放点头。

"队长，刚开学我们就三天两头往外跑，不太好的。连我宿舍的同学都经常问我上哪儿去了。"

"别这么老实，"叶乔说，"大学生逃逃课不算什么吧？再说马上就该放十一长假了。"

小白挖苦，"这回我们可没什么参加编程大赛的邀请函。"

叶乔不以为意，"用什么借口请假是你们自己的事，这种小事我不会再帮你们了。"她又恢复了以往的样子。

小白吐槽："不用你帮了。上次就骗了我那么久，我一直以为真的有加分可以保我上北大清华，再不济也是一所专门培育猎人的神秘大学，全额奖学金那种。结果最后告诉我大学还得自己考？还好我学业没怎么落下，要不大学都没得上了。现在你又来教唆我逃课……"

叶乔站起身，走向停在不远处的FJ酷路泽，"这么不爽，你可以退出的。之前强迫你加入是我不对。"

小白紧跟在后面酸酸地说："哟，你什么时候这么好心了？"

"好心？"叶乔回头挑了挑眉，"反正你现在这个状态，留在猎户座里也不过是大家的累赘罢了。"

"你……"小白咬牙。

阿星焦急地给小白使眼色，让他不要再惹毛大姐头。

叶乔目不斜视地拉开车门坐进去，插钥匙、发动、挂挡一气呵成。

小白赶紧和沈放阿星拉开后车门跳上后座。他抱着一副死猪不怕开水烫的决心，无赖地说："现在让我退出好像有点晚了。

· 367 ·

零日传说Ⅰ·命运

我不会退出的。"

叶乔没再接话。

"我是说，别看不起我，总有一天我会超过你，成为比你还厉害的猎人！"

"那你要比我努力一百倍才行。"虽这么说，叶乔嘴角却浮起一抹微笑。

车窗外，街道飞逝。小白看着这些老城区的街道，想着地下那些恐怖的异兽们，又摸了摸空荡荡的胸口，双手紧握成拳。

4

一行人在叶乔的带领下，去营地向先锋官报告上次的见闻。

这是白凌霄第二次进入猎户座位于地下的营地。他打量着这个地方，没有超大的异兽博物馆，没有用烛火照明的通道。沈放也注意到了这些不同，问道："怎么和上次不一样？"

叶乔回答："猎户座并不是只有一个营地。上次那里遭到鬣狗突袭，已经暴露了，之后又被异兽围攻了几次。现在我们已经放弃那里，转移到了这儿。当然，也可以说是我们失去了那个据点。"

听到叶乔这么说，大家表情有些凝重。小白还在想泥巴的事，心情无疑雪上加霜。

这个营地的建筑风格的确很独特，非要说的话，有些像地下迷宫。

阿星打破沉默："这里怎么会修成这样呢？"

叶乔解释道："这是为了防止异兽入侵。逼仄的空间能限制

第九章　群兽盛宴

大型异兽的动作,加上这里有很多房间、暗门、通道,如果遇到突袭,异兽很难直接闯入指挥中心,我们也有足够的时间做准备。"

几人点点头,表示了解。

身后传来一串脚步声,一个女声说:"嘿,真巧,竟在这里碰到你们。"

寻声看去,宋禾和三名青年正朝他们这边走来。

沈放像是不相信似的揉了揉眼睛,随即兴高采烈地叫道:"宋禾姐姐!"

宋禾揉了一把沈放的头发算是招呼,径直走到叶乔面前,其他三名青年也和叶乔打了招呼。宋禾正色说:"情况很不好。张叔死了。我们遇到了穷奇。"

叶乔点点头,"我听说了。你们一直在外面追踪异兽,辛苦了,注意安全。"

一名青年凑上来:"乔,生死算什么,我们早看透了。只求死之前多杀几头畜生。是吧?"

另两名青年响应。

宋禾苦笑:"谢威,你们别闹了,一看到美女就话多。今天我们来还有重要的事,别分心。"

几个青年冲叶乔傻笑。

沈放有些不爽,挤到前面去问:"宋禾姐姐,他们谁啊?"

宋禾一一介绍,"这是谢威,小李,阿衡,我们是一组的,一起执行任务。"

沈放看了看谢威和阿衡胸前的铜色勋章,抱起双臂,把自己的玄铁徽章遮住,生硬地打了招呼。

零日传说 I · 命运

　　一行人一起朝先锋官的指挥室走去。

　　先锋官在指挥室等着大家。大半年不见，小白觉得这个大叔老了很多，眉头上的皱纹更深了。互相行礼后，叶乔直入主题，"长官，您收到我的录像了？数量大概在五百头左右。"见先锋官点头，叶乔对着墙上挂的屏幕打开录下的视频，为其他几人播放。

　　播放完毕，所有人都陷入了沉默。先锋官双手十指交叉撑在额头，似在思考。

　　一起看视频的谢威一拳砸在画面里一头长翅巨兽上，懊恼地说："这就是那头穷奇，张叔就是被它杀死的！下次要是再遇到它，我一定……"

　　先锋官打断他，"谢威，不要冲动行事。很多猎人就是因为想着为战友报仇，在遇到异兽后不顾状况冲上去，结果白白牺牲了。今天这么多新猎人在，你是前辈，要沉稳点。"

　　谢威讪讪低下头。

　　宋禾玩弄着自己的扎线枪，"这么迫不及待就要来进攻了吗？如果这就是它们的全部力量，我们也并非不可以一战。我等着它们来。"

　　叶乔点头："这个数量虽然棘手，必定会伤亡很大，但仔细研究作战策略，并非没有胜算。"

　　先锋官说："乔，你把画面再放大一点。"

　　画面放大后，先锋官盯着看了一阵，随后沉重地说："很遗憾，我认为实际情况比你们所想的要糟糕得多。"

　　小白"啊"了一声，"大叔，这还不够糟？"在他的世界观

第九章　群兽盛宴

里,看到几百头异兽聚在地下巨坑,已经是比噩梦还可怕的情景了。

"我接到欧洲区的消息,海德拉现身解开了封印,但画面所示的异兽群里,我没有看见海德拉。你们明白这意味着什么吧?"

叶乔点头,"看来陆星移的猜测是对的。"

"是说这几百头异兽并非它们的全部兵力?"小白问。

"对,"先锋官凝重道,"我们必须做最坏的打算。这只是以穷奇为首的异兽群,攻击亚洲大陆。我想欧洲大陆那边,还会有以海德拉为首的数量相当的异兽。另外根据'四方凶兽'的传说,这样的凶兽有四头。无论穷奇还是海德拉,还是另外两头,它们是杀不死的,只能被'封印'。再加上近年出现的关于神兽的传闻……现在只愿另两头凶兽的封印尚未解开,但我们必须加快战斗的进程了。"

听到和神兽相关的话题,小白又想起泥巴。它没可能是神兽吧,一定是搞错了。

"长官,还有一件事令我很在意。"叶乔说。

"你一向缜密,应该想到这点的。"先锋官赞许地看着叶乔,"说说看,我们俩想的一不一样。"

"关于它们的地下洞穴。如果已经有这个规模的异兽在地球上,那么它们在地球上就一定有老巢。现在几乎能肯定,那些地下洞穴就是它们的老巢。而我们进去的几次,都并未发现这个巢穴有尽头,似乎走哪儿都能联通。如果往最坏了想……"

这个想法太可怕了,叶乔没敢说出口。

小白挠了挠额头试探着说:"没有尽头?意思是,整个地下已经……全被挖通了?"

· 371 ·

零日传说 I · 命运

先锋官、叶乔和宋禾点点头。

"喂,别点头啊。我开玩笑随便说的,不可能吧?大叔,你说话啊。"

先锋官沉吟道:"往最坏了想的确如此。"

"那它们什么时候挖的洞?总不可能是一两个月挖出来的吧,少说也要几年,不会挖了几年都没人发现吧?"

"这就是恐怖的地方。"宋禾坐到先锋官的桌上,双手撑着桌子,修长的双腿点着地面:"你是小放的朋友吧?"

"我叫白凌霄,可以叫我小白。"

"小白,想想看,假设它们建成这种规模的地下洞穴需要五年。也就是说,它们为了这次入侵已经准备五年了,而且这五年一直没让人类发现地下洞穴的存在。它们这次可是很志在必得的哦!"

"我们不会让它们得逞的。"沈放热血地说。

"很好,就是要这种志气。"宋禾揉了揉沈放的头发鼓励道。

小白吐槽:"光有志气有什么用啊。这家伙……"本来想提这家伙几次打肿脸充英雄的糗事,突然想起来宋禾是沈放的女神,不能让他在女神前面丢脸,只好话锋一转,"这家伙从来都很勇敢的。阿星,是吧?"

"嗯,我和小白经常被他救呢。"阿星很上道地应和。

先锋官似乎下定了决心,他抬起头看着面前这些年轻的面孔,"虽然形势严峻,也不是你们想象的那么可怕。它们不可能真挖出了这么一个地下网络,只是将不同的地下溶洞、穴窟、通道等连到了一起。好了,"他站起身,"乔,宋禾,正好待会儿有一场战略部署会议要召开,你们带来的情报很重要,一起列

第九章　群兽盛宴

席吧。"

"是。"

话音刚落，砰的一声闷响传来，整个营地的地面开始震颤。

小白被吓了一跳，"地震？"

还没说完，警铃随之大作，先锋官面色一青，"来得还真是时候。全员注意，异兽攻来了，立刻进入战斗状态！乔，你带你的人从左甬道攻出去；宋禾，你带你的人走右甬道。我守住这里，结束后到中控室集合。"

"是！"

屋里所有人兵分三路，依令行事。沈放有些不舍地回头看了看宋禾，最后还是什么都没说，跟在叶乔后面冲进左边的甬道。白凌霄和陆星移紧随其后，一行人向前跑出数十米后，与一小群异兽狭路相逢了。

小白傻眼，这些异兽长得也太恶心了，似乎是以前从未交过手的品种，也不知它们战斗力如何。

阿星迅速分辨着，"那是葛钽！红眉鼠眼狼形。"叶乔没有停下脚步，一跃而上，双刀交叉一挥，这头葛钽瞬间变成三块。

这干净利落的一击鼓舞了士气，沈放叫道："大姐头，砍得漂亮！"然后挥舞爪刀迎敌而上。

阿星也不甘示弱，"九尾四耳，眼睛长在背部，羊形。这是傅池。"他拉开弓，箭嗖的飞出，扎进傅池背部的眼睛中，它嚎叫着扑上来，但被沈放挡下了。

小白咬咬牙，握紧自己的盾牌和刀，硬着头皮攻了上前。

冲上来与他应战的对手是……一只黑色的小猪。

零日传说Ⅰ·命运

他被这只小猪撞在胸前,滚出去好几米。翻身站起后他问道:"阿星,你看看这是什么?"

没听到回答,他这才发现其他几个人在前方和另几只异兽战作一团。小白有些郁闷,这只小猪怎么看也很弱的样子嘛,难道我看起来就只配这样的对手?哼,小看本大爷的后果可是很严重的。

这么想着,他甩刀向前一劈——

那只猪向后一退灵巧地躲过了。

小白严肃起来,这些日子的训练可不是白练的。他看了看甬道的地形,几步蹬到墙壁上,借力一跃,再次劈刀而出。这一击无论是速度还是力道,都足以解决以前遇到过的鬣狗啊孟极啊之类的小喽啰,可这只小黑猪看起来呆萌,没想到竟仍然轻松地一滚躲过了攻击。

"光会躲是赢不了我的!"小白叫道,继续发动速攻。可无论他怎样左挥右砍,小猪总能躲过去。小白有些急了,而此时那只小猪嚎叫一声,露出獠牙对着小白猛扑而上。小白举起圆盾一挡,獠牙磕在盾上,发出哐当一声。小白被扑倒在地,他赶紧一个翻身滚起来。果然不能看脸啊!这头小猪看起来萌萌的,力道竟这么大,稍不注意,就会被他用獠牙戳中胸膛。

小猪龇着獠牙,一步步紧逼向小白,小白只得一步步后退。它突然咧开嘴,像是在笑。小白打了个寒战。在那诡异的笑容里,小猪脑袋一低,本来该是脖颈的地方,突然变成了猪臀。

小白一阵恶寒,这是什么生物构造?

更诡异的是,小猪另一头本来应该是屁股的地方却抬了起来,向后一转,那儿竟是——另一个头。

第九章 群兽盛宴

小白头皮发麻,内心翻江倒海。

这只双头猪转眼又恢复了之前的样子,继续咧着嘴,龇着獠牙,带着这阴森恐怖的表情步步朝小白紧逼。

小白定了定神,不能再退了。现在他已经快被逼回甬道口,离叶乔他们很远了。再退就直接退回先锋官的指挥室了。这么想着,他后退了三步,助跑向前,跳起来想从中间将这只双头猪砍成两半。可双头猪躲过了攻击,小白的刀劈在地面上,溅出火花。双头猪趁此刻往前一拱,小白左肩被戳破了,同时被掀得往后滚了几圈。

小白站起来,浑身痛得要死。发起好几次进攻了,可他的刀连对方一根毛都没碰到。他往甬道深处看了看,叶乔他们正和数只异兽战至胶着,想朝他们求援是不可能了。他转念一想,先锋官就在后面,不如跑去指挥室找他。虽然有些丢脸,但这双头猪实在不按套路出牌,活下来要紧。

这么想着,小白转身往指挥室跑。一边跑一边喊:"大叔,您帮帮我,这只长着两个头的猪实在太难……"

等等,好像有什么不对。

从小白的位置看过去,指挥室里只有先锋官的身影。可他站在办公桌前,手握长刀,上身低伏,似乎正在与敌人对峙。小白倒抽一口凉气,很明显,先锋官对面有很强的对手。可小白现在已经刹不住脚了,只得由着惯性冲进了指挥室。

小白朝指挥室另一侧一瞥,对面站着的不是一个敌人,是四个。

一头浑身披甲、尾部有如一个圆锤的爬行动物;两头红毛红眼的狸;一头龙头虎身的猛兽。

零日传说Ⅰ·命运

小白抱头蹲下,恨不能就地遁形,可对面那四头异兽发出吼吼的叫声,显然已看到了他。他只好定了定神,重新摆好迎战的姿势。

先锋官见了小白,低声怒斥:"白凌霄,不是让你们从甬道走吗?回来干什么?"

小白瞥了一眼甬道,双头猪正扑上来。小白指了指:"大叔,那个猪……"

"闪开!"先锋官一把将小白推到身后,义肢飞起一脚踢过去——他那条义肢是金属的,竟如刀刃般锋利。双头猪为了躲避,朝左一翻,落在办公桌上后,再次跃起扑来。这一切发生在零点几秒之间,小白几乎看不清。先锋官对着再次扑来的双头猪挥刀而出,刀刃在空中切割,那头异兽竟碎成了肉块掉下来,血液四溅。

"大叔,你好猛……可是也没必要这么暴力吧……"小白看得目瞪口呆,蹲在一堆肉块里有些反胃。

"它叫并封,连我都第一次见。"先锋官调整动作,重新和前面的四头异兽对峙。

刚才对并封的一击形成了威慑效果,那四头异兽安静下来,目露凶光,肩部耸动,直直逼视向先锋官和白凌霄二人。突然,那头红毛红眼的狸张开大嘴,喉咙里发出尖啸。小白以为它要往上扑,赶紧举起刀。先锋官却一把将小白扑倒在办公桌后,整个人护在小白身上。

"大叔,你干吗……"

小白还没来得及问完,只觉察到一股逼人的热浪滚滚而来,

第九章　群兽盛宴

他被呛得剧烈咳嗽。

"捂住鼻子！"先锋官道。

"噢，好。"小白忙不迭将自己口鼻捂住，紧贴地面。

"叶乔没带你们学习各种异兽的习性吗？"

"呃，她让我们自己登录资料库学，我……"

"连对手如何攻击都不知道，这在战场上是很危险的。狡猊，以口中喷出的蓝色火焰作为攻击，它一张口要千万小心。好在它每发动一次火焰攻击，都需要歇息较长时间才能再次发动，我们必须在它两次攻击间的间隔将它解决掉。"

小白非常懂这个，"明白了，就是说它爆大招很厉害，可惜技能冷却时间有点长。大叔，是这个意思吧？"

先锋官闷声"嗯"了一下。

小白察觉到他有些不对劲，侧头去看。只见先锋官额头全是汗珠，牙关紧咬，嘴唇发白。小白知道他为自己挡住了大部分热浪，心里有些愧疚："大叔，你没事吧？"

"它这波攻击要停了，无论如何不能让它们再有下波，准备反击。"话音一落，先锋官翻身一跃，义肢在地面上借力弹起，他便如一枚子弹般射向异兽那侧，挥刀左右一砍，直接斩断了两头狡猊的脑袋。

但他是抱着死士的决心攻出去的，全力攻击必然疏于防守，在解决狡猊的同时，那头龙头虎身的猛兽一掌拍在先锋官肩部，小白听到咔嚓的碎裂声。

"大叔！"白凌霄从办公桌后冲出去，一步跳上桌面，再从高处朝前方跃进。他逆时针旋转盾牌内侧，十二枚锋利的刀齿旋出，"你们这群畜生不要小看我啊，我早就当够拖后腿的弱者了，铜的也好铁的也罢,现在的我好歹也是佩戴猎户座徽章的猎人啊!"

他将盾牌掷出,带着利齿的盾牌回旋着飞出去,那头猛兽没来得及躲避,被利齿插进左肩。小白跳到它颈上,双腿叉开骑上去,拔下盾牌重新握在手里,同时挥起棍刀朝猛兽喉咙切去。然而这头猛兽开始狂躁地满屋子乱撞,小白被甩到了地上。

"猇貐。力量很大,动作迅捷,不是好对付的。"先锋官说道。他右肩被拍碎了,使不上力,只好改左手握刀。但他动作并未变缓,攻势也未变弱。爬兽挥着尾部的肉锤朝摔在地上的小白砸去,先锋官及时赶到,用刀面挡了过去。

小白趁机翻身起来,一刀劈向爬兽尾部,"大叔,你不是说要依据对方的特点来攻击吗?看我先把它尾巴断掉,它就没有武器了!"白凌霄志在必得,然而在刀就要劈上爬兽尾部的一瞬,爬兽的肉锤一下砸在刀面。震动通过刀柄传上来,震得小白整条手臂发麻。

失去了感觉的手无力松开,刀掉在了地上。

猇貐一脚将刀踢开,小白滚身以盾相迎,这时爬兽挥动肉锤一下砸向盾牌,将小白整个人一下击飞,他的后脑勺直直撞在墙上。

脑子里轰的一声炸开了。

小白像根面条一样倒在地上,失去意识。

5

"你回来了。"和每次有重要的事发生一样,索伦一进家门,

第九章 群兽盛宴

就看到父亲笔直地坐在沙发上,面朝窗户,背对着这边,用他那万年不变的声调问道。

"嗯。"索伦从喉咙里冷漠地挤出一个声音。

"情况,莱昂都跟你说了吧。"

"说了。"

"索伦,封印海德拉向来是我兰彻斯特家族的使命,你知道我找你回来做什么吗?"

"知道。我会协助您的,兰彻斯特公爵。"

"你还是不愿意叫我父亲。"

索伦没有搭话,他换好了鞋,径直穿过玄关,想上楼回自己房间。

"站住。"公爵叫道。

索伦停了下来。

"你就不问问我的伤势如何?"

"您能坐在这里,想必没有大碍了。对拥有高贵、纯良猎人血统的您而言,一些小伤一两天便愈合了,无需我担心。"

"的确如此。"公爵的声音只停了一瞬,"你回去吧。"

索伦上了旋梯。由始至终,他没有看公爵一眼。莱昂有些局促地冲公爵鞠了一礼,拎着行李箱忙不迭跟在索伦后面上了楼。

回索伦房间后,莱昂一边将行李收拾进柜子,一边说:"少爷,您也不必和公爵那么别扭。这么些年了,他对您一直……"

"莱昂,有人杀了你心爱的女人,你会原谅他吗?"

"他毕竟是您父亲,再说,他也不是故意……那只是个不幸的意外。"

零日传说 I·命运

"你相信那是意外吗？"索伦反问。

"这……"莱昂一时不知如何作答。

"就算是意外，但这意外完全可以不必发生。他很精明，将我逼入这种两难的情势。"

"少爷，恕在下愚笨，实在有些听不懂了。"

索伦叹了口气，"他一心只想当个最强的猎人，只想让兰彻斯特家族成为最强的家族，无论是冲名声还是权力，我都不在乎。但如果我恨他，我就应当毁了他这一切，从此洗手不干，忘掉异兽，忘掉猎人的使命，让他后继无人。可莉莉娅毕竟是死在异兽手里，我不得不为了她继续拼尽全力和异兽战斗。这倒正合了他心意。"

"少爷，是您想太多了。在下认为，顺从本心，做自己愿意做的事就可以了，不必多想。"

"是吗？你什么时候说话这么文绉绉了？"索伦定了定神，看向窗外。虬壮的椴树叶子黄了，在微风里摆动。这个世界看起来一如既往的平静，然而终究是不同了。

屋外响起敲门声。莱昂去开了门，来人是奥斯汀管家。他伏了伏身，说道："少爷，公爵让我转达您，今晚将进入洞穴进行第一次探索。希望您不要意气用事。"

"让他放心。"

幽深的洞穴里仅两束光亮，兰彻斯特公爵和索伦一前一后在洞穴里探行，他们手中的佩剑反射出寒光。在这三百多米深的地下，任何声息都被掩埋了。他们行动很轻，也没有交谈，让寂静显得更为彻底。

第九章 群兽盛宴

他们是从"深渊闪电"的轨道乘球舱下来的。欧洲大陆下的运行管道已被多处破坏，猎人的交通处于瘫痪状态。他们深入地下后便从球舱出来，进入了构造复杂的洞穴。洞室有大有小，大的超过一个足球场，小的如一个十几平方米的公寓房间。各个洞室之间通过通道相连。

探行一段后公爵打破沉默，"果然如此。"

索伦仍旧没理会。

公爵自顾自往下说："我接到消息，中国那边推测异兽已在地下挖通巢穴，现在看来，不是没有这个可能。前些日子，有猎人在地中海海域目击了挣脱封印的海德拉，如果地下是异兽的巢穴，我们需探查这里是否有足够大的地下河。不排除海德拉通过地下河进入这个地下巢穴的可能。那就更麻烦了。"

身后传来一丝不易察觉的气息。

索伦突然如离弦之箭般弹了出去，剑锋一震，在黑暗中刺在一头猛兽喉结上。猛兽的血喷射而出，发出噗叽一声。

要说家族的血脉带来什么好处，暗神之眼或许算一个。在黑暗里，他能更准确地看见猎物。所有猎物在他面前都无处遁形。

公爵夸道："出手很快，干脆利落，是我们兰彻斯特家的剑法。"

索伦收起剑，"是，兰彻斯特家的剑一向很快。所以我不相信您说的，来不及救她。"

公爵愣了一下，没有吭气。

索伦继续说："您把我支开，说要单独跟莉莉娅谈话。当我回来，就只有死去的她和一头异兽的尸体了。是真的异兽出现得太突然，您没来得及救她吗？"

"索伦。人只相信自己愿意相信的真相。"
"我相信自己的逻辑判断。"

6

失去意识的白凌霄仿若朝着无底深渊下坠。

突然,像有什么力量将他从深渊里打捞起来,他渐渐苏醒,却感到陌生。

这种感觉似曾相识。上次是什么时候有过这种感觉呢?

现在不是想这些的时候。

他跌坐在墙角,像旁观者一样目睹着发生的一切,如同身处梦境。异兽并未消失,战斗也尚在继续。先锋官面朝他和爬兽对峙,他挥刀砍下,爬兽肉锤般的尾巴断成两截。而那头猰貐正从先锋官背后袭来。

大叔,小心后面!

白凌霄张了张嘴,却发不出声音。好在先锋官毕竟身经百战,他已迅速转身,举刀朝猰貐劈斩。

出乎意料的,猰貐一个闪身躲过攻击,没有理会先锋官,径直朝白凌霄扑来。

之前明明是晕过去了。一动也动不了,却又眼睁睁地像看电影一样看着一切发生。所看到的这一切是幻觉,是梦境,还是现实?此刻是真的有一头猰貐扑过来吗?如果被它伤到,会从这个梦里醒来,还是会死?

白凌霄想起上次经历这种感觉是什么时候了。在地底巨大洞穴,他和沈放阿星一起乘在球舱里被撞晕了。晕过去之后也产生

第九章 群兽盛宴

了这样一段恍惚的幻觉,还看到一只喷火的鸟和那头狮鹫。

喂,你别过来啊!白凌霄在心里大喊。

毫无作用。又是那种无能为力的感觉,虽然能看见,却什么也做不了。

可恶……

沈放他们已经从甬道跑出去了吗?那个家伙不是每次紧要关头都能出现吗?这次……

那头猊貐咆哮着扑来,白凌霄闭上眼睛——

咚的一声。

如地狱般的死寂持续了几秒后,白凌霄发现自己并没有死。他慢慢睁开眼,看到先锋官不知何时已抓住自己丢在地上的盾牌,以盾护身冲过来挡在了自己面前。但猊貐的巨掌过于凶猛,而先锋官因为情况紧急无法调整好姿态,虽然挡住了这致命一击,但盾牌被猊貐拍偏,内侧盾刃直插进了先锋官胸膛。

见这个中年男人死命相抵,猊貐喷着浑浊的粗气,怒目直视他,随后慢慢抬起眼珠子,盯向后面那个少年。

好像在确认他死了没有。

而白凌霄此刻的心里并没有恐惧。他不清楚这是梦还是现实,只是非常沉着地睁眼与这头猛兽对视。眼里的光如寒冰般凛冽。

他的内心在呐喊,在咆哮,在嘶吼——

杀了你。

杀了你!!!

白凌霄想握紧拳头,可失去意识的身体尚不可操控。焦灼之

· 383 ·

零日传说Ⅰ·命运

际,突然嗖嗖两声,两股线刃飞了过来,缠在猰貐身上。宋禾的声音响起:"你个畜生,给我退开!"

猰貐一愣,从先锋官胸口收回利爪,盾牌也因惯性被拔掉,鲜血顿时喷涌而出,一股腥甜的气味在白凌霄身边散开。猰貐扯住宋禾的线刃,欲将她拖到这边,但宋禾及时切断了这股线,躲开了。

就在这时,白凌霄眼角余光看到跟着宋禾的另两名猎人被近十头异兽倒逼,从甬道跑回了这边。

宋禾姐姐……白凌霄张了张嘴,但仍旧没有声音。

宋禾看了眼这边的战况,脸上闪过一丝悲绝,但很快稳住了情绪,只是皱眉叫道:"这里不行了,我们把异兽引开,朝外撤!"

她和谢威、阿衡往指挥室外冲去,所有异兽紧追在他们后面,慢慢消失在白凌霄视野。

仍旧挡在自己身前的先锋官咳了两声,呛出鲜血。

大叔,你怎么样了?白凌霄拼命想把话说出来,但舌根动不了。

先锋官开口了,"白凌霄。"

嗯?

"我知道你有意识。"

你怎么知道?

就像能听到自己心里的话,先锋官嘿嘿笑了几声,"你是猎师四脉林修家的后人。你们家族的特殊能力,是晕过去后苏醒第二意识的'濒死之魄'啊。"

这是什么?

第九章　群兽盛宴

"接下来我说的每一句话，你要听好。"

喂，大叔！等等，你先给我解释一下什么叫我是四脉后人？

"我脖子上挂了半颗兽爪。你取下它，去……去树城银桦街……永安公寓3幢601……找那个人……接任先锋官之职，重振……"

别说这些没用的了，你省点力气等人来救援啊。叶乔队长，沈放，阿星，他们解决掉那边，一定会回来救我们的！

"不要惊慌，冷静一点。还记得猎户座的誓言吧？我这个年纪不太适合把誓言挂在嘴上了……但那一直是我的信念，所以对此早就有了觉悟……"

纵星有坠，惟心不坠。白凌霄在心底喃喃默念。

"现在不清楚营地其他地方战况怎样了……白凌霄，你先藏在这儿，过几个小时再出去……一定要去找到……那个人。"

大叔，你倒是告诉我现在该怎么办。

"白凌霄，你的'濒死之魄'并不只是让你苏醒后眼睁睁看着一切发生。集中注意力，坚信这一切并非幻觉，你便可以由第二意识操控身体。"

是吗？可为什么我还是……动不了？

"要是他在……今天这点小喽啰根本……"先锋官直直看着天花板，"抱歉，看来你得晚一些再重新归隐了。"

一些年轻时的场景依稀浮现在先锋官脑海。

三个人从小一起训练，一起上阵屠兽，搭档了很多年。而十八年前的那场北境狩猎战后，便只剩自己苦苦支撑。还记得他离开那天曾说，"没什么事就别来找我了，让我隐退，过过普通的生活吧。"

零日传说Ⅰ·命运

　　白凌霄不太理解先锋官最后那句话的意思。喂，你在对谁说话？你倒是好好撑住，告诉我接下来该做什么啊。
　　"白凌霄，你的父亲……算了，等他自己告诉你吧。"先锋官又咳出几口鲜血，几乎吐尽了最后一丝气息。
　　白凌霄仔细听着，但先锋官的声音越来越微弱。
　　"小白！先锋官！"不远处，几个焦急的声音响起。
　　白凌霄用视线余光朝声音传来的方向看去。伙伴们正焦急地朝这边赶来。
　　他松了口气，闭上眼睛。

　　小白一睁眼就看见沈放的面部特写。他先是满脸焦虑，见自己睁眼后，皱作一堆的五官有所舒展。他和阿星赶紧一左一右把自己扶起。
　　沈放一把给了小白一个拥抱，"白痴啊你，看你满身是血，还以为你死了。吓死我了！"
　　越过沈放的肩膀，小白有些恍然地看着满地狼藉，"不是我的血。是……先锋官的。"
　　营地被彻底摧毁了，先锋官被移到了一边。叶乔坐在先锋官身旁，脸色铁青地伸手探了探他的鼻息。
　　"怎么样？"三个人紧张地看着叶乔。
　　叶乔没有回答，又侧耳伏在先锋官胸膛，听了半晌，"好像还有一点微弱的心跳。"
　　"太好了，我们带他去猎户座的医疗基地！"小白说。
　　叶乔看了看四周，似乎在找有没有能运送先锋官的木板。突然，她的通信器响起一阵蜂鸣。听到这声音，她表情一怔。随即

第九章 群兽盛宴

她抬起手腕,看了一眼通信器的显示,悲恸地摇了摇头,"先锋官,牺牲了。"

"为什么这么说,刚才不是还有心跳的吗?!"小白叫道。

"通信器发出了先锋官的死亡确认。"叶乔抬起手腕,"通信器能感应佩戴者体温、脉搏,脉搏停跳后,它会将持有人的死亡讯息和死时的定位发送给他的通信录好友。"

小白觉得脑海里乱糟糟的,幻觉好像和现实重叠了。他带着哭腔,"对不起,是我太弱了。如果我强一点,就不用他来保护我,他也不会……"

叶乔默默取下先锋官胸前的银色徽章,"不用自责,你尽力了。"

所有人颓然坐在先锋官旁,在心里默哀。

沈放想起了什么,他看了看自己的通信器,"大姐头,你刚才说猎人如果牺牲,通信器会自动将他的死亡信息发给通信录里的联系人,对吧?那我没收到宋禾姐姐的消息,是不是说明她没事?"

叶乔点头。

沈放起身,"不好意思,这边交给你们处理了,我得去找宋禾姐姐,说不定她正在陷入危险!"说完,他拨腿就要朝右甬道里跑。

小白拉住沈放,指向指挥室外,"他们不在那里,我看到朝那边去了。"

"他们之前不是走的右甬道吗?"阿星疑惑。

"我好像晕过去后也能看见在发生什么事。据说是'濒死之魄'的能力。"小白小声说着。

·387·

零日传说 I · 命运

听到这个词，叶乔一惊，扭头看向他，"你说什么？"

"先锋官说我在晕过去后会有第二意识苏醒。刚才我看到和听到的，究竟是幻觉还是真实发生的，验证一下就好了。"

"濒死之魄？"叶乔皱起眉陷入沉思，"你拥有濒死之魄？这是四脉之一，林修家族的能力。这个家族确实销声匿迹十几年了。"

小白茫然地摇摇头，"我不知道。大叔说让我带着他脖子上挂的半颗兽爪去找一个人。"说着，他移到先锋官旁边，伸手去他脖子上摸索，果然摸到一个挂绳。这条挂绳似乎已佩戴了很多年，有些发黑，失去了本来的颜色。他顺着挂绳往下摸，摸到了那半颗兽爪。他将挂绳取下，挂到自己脖子上。"还有，宋禾他们朝那边跑出去了，也是刚才晕过去后看到的。"

"我先去找她。"沈放拔腿就跑，众人一下没将他拦住，只能追在他后面冲到指挥室外。这里的通道壁竟被撞出个不规则的大洞，他们想也没想就从洞里跑进去，竟通到了异兽巢穴的洞室。几人摸索前行一会儿，发现了谢威和阿衡的尸体。

沈放脸色很难看了，他几乎要哭出来。小白拍了拍他的背，试图让他冷静。沈放打开通信器，试着从通信录里点入宋禾的页面，"失联"两个字跃上屏幕。

一直还绷着一根弦的沈放彻底崩溃了，如同溺水的人失去最后一棵救命稻草，他一拳狠狠砸在洞壁，要朝里面冲。

叶乔收回谢威阿衡胸前的青铜徽章，跑上来钳住沈放，低声而决绝地说："你到底要多久才能学会忍住冲动？要难受就恨我吧，现在不是冲动的时候。这里是异兽的巢穴，它们随时还可能攻过来。放弃行动，走！"

第九章　群兽盛宴

沈放甩开叶乔,"她可能正处在危险中,我们难道就不管了吗?"

叶乔要钳住比自己高半个头的沈放有些费力,被甩开后,她紧紧抓住沈放衣领,无比严肃地说道:"沈放,你最好明白,今天要不想让更多人死在这儿,就理智一点!"

"你可以不去救她,但我不能。"

"少废话!我不会看着我的队友去送死。失联有两种可能,一是通信器信号被屏蔽了,人还活着,这样她自己会出来与我们会合,我们去找她也没用;二是她在遇难前通信器被异兽破坏,如果是这种可能,里面就更危险了。没看到今天的战况吗?先锋官死了,很多猎人都死了。我们活着是为了完成使命,冲动行事是对猎户座战斗力的浪费。"

沈放完全没听进去,只是挣扎着,想挣脱叶乔的束缚。

叶乔一掌劈在他肩上,"我再说最后一次,请你理智想想现在的情形。否则,别怪我用暴力带你出去了。"

沈放捂着脸,终于滑倒在地。

小白一惊,想起另一个问题,"今天和宋禾一起来的人有三个吧?"

叶乔点点头,"谢威,阿衡,小李哥。"

"对,还有小李哥……"小白一脸惊惶,"我晕过去时看到只有宋禾姐姐、谢威和阿衡从右甬道里跑出来,小李哥并没有。"

其他人立刻明白了小白话里的含义。他们重新进入右甬道探查,往前走了一百多米,发现了小李哥的尸体。

今天是白凌霄他们加入猎户座以来,第一次直面真实的牺牲。小白突然感到胃里一阵翻腾，跪在地上干呕。

　　阿星过来拍了拍小白的背，可连他自己都浑身在震颤。沈放脸色铁青地杵在一旁。叶乔显然对这种场景更有经验，也坦然得多。她不发一言，只是取下小李哥胸前的玄铁徽章揣进兜里，"这都受不了，就不要加入猎户座了。打起精神，还有更多事要我们处理。"

　　小白茫然看着面前的遗体，"他们……怎么办？"

　　"他们吗？"叶乔克制着情绪，"徽章背面刻有每个人的名字。猎人向来在野外作战，遗体不便运输，天地为葬。只由同伴将他的徽章取回去，见章如人。"

　　小白咬了咬嘴唇。

　　叶乔已站起身，"走吧。"

　　三人跟在叶乔身后，往站台撤退。

　　每个人心里都很清楚，危机真的开始了。

尾声

1

猎来的野兔被剥了皮处理干净,穿在木枝上,架在一团柴火上烤着。油滴下去,溅起火花发出哔剥声,肉香味让人闻了食指大动。少年和少女守在火堆前。

少女看着火堆发呆。她咬了咬嘴唇,像是鼓足很大勇气,"南宫同学。"

"嗯?怎么了?"

"其实你也知道我之前跟沈放表白过吧?"

少年的脸唰一下红了。"嗯啊。"

"不过当时很惨,被毫不留情地拒绝了,哈哈。"少女夸张地笑了两声,像是掩饰尴尬。

少年动了动嘴唇,想说什么,却又什么都没说出来,也开始

零日传说Ⅰ·命运

盯着火堆发呆。

"我还知道你因为他拒绝我，去找了他麻烦。"

"那、那个……"少年脸彻底红了。

少女继续说："其实没什么啦，他不喜欢我也不是他的错，我并不难过。但我一点也不后悔跟他表白，喜欢一个人就要说出来啊，不是吗？可能是因为从小见到了很多猎人之间的生离死别，总觉得还是把每一天都当最后一天过的好。特别是现在战况这么惨烈，说不定哪天就死掉了。"

"……你不会死掉的。"

"还有，如果不说出来，却一直默默付出，你有没有想过，有可能会给喜欢的人造成困扰，让对方感到不安呢？"

"会这样吗？"少年似乎从没想过这个问题，一脸慌乱地蹙起眉。

"那个，我就直说了，你喜欢我吧？"少女问。

少年手足无措，他看了看不远处靠在树下打盹的男子，那是两人的队长薛荣。确认队长没被吵醒后低下头，任额发落下遮住眼睛，"我隐藏得……不好吗？"

"你真奇怪。"少女起身转烤着火堆上的野兔，"为什么要把自己的想法藏起来？你总是对我很好，却不明不白的，会让我感到愧疚啊。"

"这个……那个……"

看着少年这副样子，少女叹了口气，摆摆手说："算了。当我没说吧。"

睡在不远处的薛荣醒了。他钻进旁边的帐篷，不一会儿拿着

尾声

一个调料瓶走过来,"烤得怎样了?"

南宫和何念念赶紧打住话题。

薛荣俯身看着已变得焦黄的野兔,满意地点点头,打开瓶子往上面撒调料。

"队长,你出来执行任务……连这也带?"念念撑着下巴问。

"我是来屠兽的,又不是来吃苦的,带这个怎么了?"薛荣深深闻了闻食物的香气,"这调料是我独家秘制的,你们待会儿尝尝就知道它的绝妙之处了。"

南宫的肚子咕咕叫了几声。

"念念,南宫,我跟你们说啊。"薛荣将调料瓶放到地上,拍了拍手,"不要觉得当了猎人就苦逼兮兮的了。该吃吃,该喝喝,异兽来了打死它们就得了。被它们弄死?笑话。"说着,薛荣将野兔举到面前,确认彻底烤熟后,他掰下两个腿分别递给南宫和念念,"尝尝。"

薛荣自己也撕下一块兔肉,塞进嘴里大口咀嚼。

突然,薛荣眉头一皱,似乎是通信器收到了消息。他抬起手腕,看了眼屏幕,脸色突变。

"队长,怎么了?"

"妈的。"薛荣低咒一声,咬了咬牙,深吸一口气。顿了几秒,才故作轻巧地说,"先锋官那个老爷子挂了。"虽然语气仍旧是一贯的吊儿郎当,他的嘴角却不由自主抽动了几下。

何念念闻言,肃穆地行了个猎人礼,看向天空轻轻吟念:"纵星有坠,惟心不坠。"

南宫闷不吭声坐在旁边。

薛荣想起什么,迅速在通信器上摁了几下,拨通宋禾的号

零日传说 I · 命运

码。随后,"失联"两个字在屏幕上闪烁。

"妈的!"他又骂了一遍,一拳砸在地上,颓然地垂下头。

何念念安慰道:"宋禾姐姐不会有事的。"

薛荣没有回答。

"队长,"何念念一脸担忧,"你不用这么硬撑着。难过的话,就发泄一下吧。"

薛荣再抬起头,脸上的表情已恢复平常。"不用担心我。"他说。

"先锋官牺牲,整个亚洲区的猎人行动要不了多久就该乱套了,我们接下来怎么办?"

薛荣攥紧了拳头。"先把眼下的任务完成好。"

这是一片荒芜的山林。秋风吹落黄叶,掉在地上铺了厚厚一层,踩上去发出窸窸窣窣的碎裂声。监测网探测到这里异兽出没频繁,三人此次的任务是前来查探。

对于这两个学员,薛荣很是放心。他们都拥有过人天赋,不需要他花多少心思指导。

以前没听说过南宫家,但南宫那孩子刚一加入进来就已经有青铜猎人的身手了。虽说大多时候是用蛮力,但蛮力大到一定程度,是可以弥补技巧上的缺陷的。何念念则是猎医世家的孩子,战斗力弱一点,但长期浸淫在对异兽有所了解的人群中,对猎户座的由来、异兽的历史都很清楚,无需薛荣多讲。

因此他很快就带着他们一起执行任务了。他们也从未让他失望过。可以说,南宫跟何念念形成了很好的互补,一个拥有绝对的蛮力,一个在技巧、知识方面不成问题。薛荣甚至想着,假以

尾声

时日，那两人应该可以成为很著名的搭档吧。就像……

就像曾经的他和宋禾那样。

但最近，南宫变得越来越古怪。

一丝金棕色的晃动闪过薛荣视线。他迅速握紧拳头上的指虎。

不用他提醒，南宫和念念显然也察觉到了那个一闪而过的影子。念念将箭搭在弓上，四处瞄准着；南宫则摆出随时手撕一切的姿势。

"南宫，跟你说多少遍了，用武器，你怎么就是记不住？"薛荣责备。

他本来以为这孩子是有些死心眼，近来却越发感到，南宫并不是死心眼那么简单。薛荣说不上理由，只是猎人的直觉。

南宫"哦"了一声，心不在焉地拿出匕首。那把匕首再普通不过，本来是作为方便随身携带的候补武器制造的。谁知挑选武器时，这个死心眼的小子偏偏就选中了它。好像对具体要用什么武器一点儿都不上心，只是随手拿了一个罢了。

呜哇一声，一只怪鸟展翅扑来。不等薛荣和南宫出手，念念的箭已经直直射出了。箭头准确地扎穿怪鸟心脏，它坠落在地，激起几片落叶。

"蛊雕？"薛荣皱眉，"这种程度的异兽此时出现，不是送死？"

但很快三人就知道了原因。十几只蛊雕接二连三地扑上来，翅膀扑腾得遮天蔽日。距离太近，念念的箭无法施放，改为短兵相接。蛊雕并不难对付，但数量实在太多，显得有些麻烦。

"队长！"念念叫道，"它们不是从异界过来的。"她指了指对

零日传说 I · 命运

面一座山的半腰,"那里有个山洞,它们是从洞里飞出来的。"

薛荣哼一声,"果然和推测的一样。它们已经把老巢搬到各种洞穴里了。"

正在薛荣与蛊雕战至胶着之际,一声兽吼从不远处传来。薛荣晃眼一看,暗叫不好。来的是头狮鹫,那可不是好对付的玩意儿。他加快了清理蛊雕的动作,一个扫腿出去,连中三头。"来得正好,你今天既然来了,就不能再让你活着逃走了。"薛荣自忖着,滚身朝狮鹫而去。

这一次他不打算立刻用枪。子弹有限,而他还带着两个新人,在新人面前,不到万不得已,就姑且还是遵守一下猎户座的守则吧。

又有数只蛊雕涌上来,挡住了薛荣的去路。

狮鹫尖啸一声,扑向站在另一边的南宫和念念。

何念念举弓欲射,却被南宫一把搂进怀里。"念念,小心!"

南宫一改往日的温良,几乎有些粗鲁地将何念念的头埋在自己胸膛,挡住念念的视线。

那一边,薛荣被蛊雕纠缠脱不开身。

但狮鹫扑上来后,却并未对南宫和念念发动攻击。

它只是围着一动不动的南宫和何念念转了半圈,青色铁喙凑到他们头上,仔细嗅着。

南宫的目光与其对视在一起,仿佛并不害怕,而是在进行无声的交流。

突然,南宫移开目光,瞥见薛荣正拔枪出来。

"小心!快跑,快跑!"南宫大喊。

狮鹫突然转身正对薛荣,即便面对着枪口也岿然不动,威风

尾声

凛凛地展翅而立。

"快跑,不用管我们!"南宫喊。

薛荣扣动扳机,还未待子弹击中,狮鹫忽地消失了。

南宫搂着何念念立即矮身躲过这一枪。待到两人重新站起,薛荣手里的枪正瞄准着南宫的额头。

"你,刚才是什么意思?你让谁快跑?"薛荣冷冷地问。

南宫突然推开何念念,对着薛荣猛地掷出匕首。

薛荣当然轻松躲过,这时他才听见何念念和南宫几乎同时冲他大喊:"小心后面!"

薛荣一惊,转身看向自己身后,来者竟是穷奇。

它不知何时出现在这里,正虎视眈眈地立在地面。面对南宫的飞刀,不客气地挥翅扫到一边。

薛荣迅速将枪对准它,砰砰连射。穷奇似乎不愿硬碰,躲开子弹展翅腾空起飞,巨大风涡扇得满地落叶腾空乱舞。

当落叶渐息,薛荣看见一道黑影直直飞入了对面的山洞。

两座山遥遥相望,要追击是不可能了。不过,就凭他们三个要对付穷奇也是不自量力。他们同时松了口气。

"刚才我是让您快跑。"南宫垂着眼睑,却不卑不亢地解释。

薛荣没有回话。他重新将枪塞回枪套,然后转身逼视着南宫,想从他身上看出些蛛丝马迹。

南宫的瞳仁碧蓝如海。澄澈、纯净,而又深不见底。

2

离开惨烈的战场,回到地面,回到一直生活的城市,回到

零日传说Ⅰ·命运

学校。

夕阳把白凌霄和沈放的影子拉得很长。

刚第一次直面了死亡,迎着琥珀色的晚霞,小白觉得自己的心好像变硬了,又好像变得更软。

看沈放一言不发,他开口打破沉默,"你不要怪叶乔,今天她是不得已,才决定撤退。宋禾姐姐不会有事的。"

"我没有怪她。我是怪自己。"

小白苦笑,"我们成为猎人以来,一次任务都没圆满完成过。"

沈放过了一会儿才说,"但我不会放弃的。"

小白闭上眼睛,眼前浮现先锋官大叔死前的样子,"当然不会再放弃。虽然我还不够强,但还是有很多事要做。过几天就是十一假期了,到时叫上阿星,一起去找先锋官说的那个人吧。"

沈放点头。

回到宿舍,小白接到老妈打来的电话,还是熟悉的唠叨,"开始上课了吧,进度能跟上吗?食堂的饭还吃得惯不?最近降温了,晚上记得盖被子,毕竟是秋天了,小心感冒,听见没?"

跟异兽战斗的场景还历历在目,而无论走了多远,老妈的声音总是能将小白一下拉回现实。"妈,我知道了。"

儿子竟难得地没顶嘴,老妈愣了愣,语气也比刚才温柔许多,"后天就是十一了,放七天假吧?回家来妈给你做好吃的。想吃什么?"

"妈……学校有事,我就不回去了。"

"十一放假怎么会有事?"

尾声

"那个,老师布置了作业,说假期过后要交论文。我想留在学校的图书馆查查资料。"小白随口编了个理由。

"这才刚开学就让你们写论文?"老妈有些狐疑,但最终还是说,"那算了,你要好好读书啊。"

"嗯。知道了。"

"平时要和同学搞好关系。"

"知——道——"小白把声音拖长,却突然变得严肃,"对了,妈,我想问你个事。"

"啥?"

小白犹疑着,"我爸他……"

虽然发生的事太多,让小白脑子里乱糟糟的。可先锋官最后那句话总让他耿耿于怀。先锋官认识自己的父亲吗?他最后是想告诉自己父亲是谁吗?

老妈却完全没领会小白的意思,接道:"你有话跟他说?他在店里,还没回来,你打他手机好了。"

不是继父,是亲生父亲啊。小白透过窗户看了看窗外降临的夜色,最后没问出口,只说,"噢,好的。挂了。"

室友们在打游戏。小白难得地加入他们一起玩了一会儿,却心不在焉,连送好几个人头。被室友一顿暴揍。

生活看起来还是那么平静,那么正常。仿佛没有异兽,没有可怕的事会发生。

可白凌霄知道,海面之下,暗涌的波涛正渐渐扩散。它们很快就会袭来。